黑暗胶囊

赵小赵 著

人民文学出版社

图书在版编目(CIP)数据

黑暗胶囊 / 赵小赵著. -- 北京：人民文学出版社，2025. -- ISBN 978-7-02-019456-8

Ⅰ. I247.5

中国国家版本馆 CIP 数据核字第 2025KL5057 号

责任编辑	高处寒　张玉贞
封面设计	汪佳诗

出版发行	人民文学出版社
社　　址	北京市朝内大街 166 号
邮政编码	100705

印　　刷	安徽新华印刷股份有限公司
经　　销	全国新华书店等

字　　数	236 千字
开　　本	890 毫米×1240 毫米　1/32
印　　张	12.125
版　　次	2025 年 8 月北京第 1 版
印　　次	2025 年 8 月第 1 次印刷

书　　号	978-7-02-019456-8
定　　价	69.00 元

如有印装质量问题,请与本社图书销售中心调换。电话:010－65233595

白昼的光,如何能够了解夜晚黑暗的深度呢?

——〔德〕尼采

目 录

楔子：玛丽那个岛 …… 1

第1章 生死摆渡 …… 9

第2章 沉默的证词 …… 41

第3章 杀死雪花 …… 91

第4章 审判者 …… 164

第5章 黑暗传 …… 218

第6章 犯罪拼图 …… 276

第7章 走失的李查德 …… 328

楔子：玛丽那个岛

秦皓必须处理掉尸体，他要确保这个可怕的秘密，全世界只有他和马丽知道。

一下、两下、三下，他叼着烟，蹲在饭厅地板上，抡起哑铃不断砸向尸体的颈椎和下肢。骨骼隔着皮肉发出的爆裂声，犹如啄木鸟敲开一段空心树干，在寂静的渔村里显得格外瘆人。五年前，洞庭湖上的这座岛屿设立湿地保护站，渔民全部搬迁到市区。村子人去楼空，到处是破碎的渔网、朽坏的船只、无人采摘的果蔬，以及各种丢弃的生活用品。还有一台报废的手扶拖拉机——上面总是趴着一只缺了半只左耳的黑猫，不断打哈欠，仿佛已到暮年，永远都睡不醒。每次看到黑猫，秦皓的脑海里都会升腾出一个念头——它是被主人遗弃的，还是自己不愿离去？他倾向于后者，动物比人类更留恋乡土，比如候鸟，每年总是奋不顾身地穿越万水千山回到南方——它们破壳而出的故园。而人类从来不会如此执着，春运期间，如果一票难求，或者天气恶劣，很多原本想回故乡的人就会打退堂鼓。对他们来说，乡愁只是个文学名词，已经从基因里消失殆尽。

野蛮生长的藤蔓爬满每一栋房子，看上去就像一个个绿色而奇幻的魔方。秦皓和马丽就蜗居在这些神秘的魔方里面，一个住村东，一个住村西。房主虽然已经搬走，但大到席梦思、衣柜、沙发、液化气灶，小到锅碗瓢盆、桌椅板凳，生活设施一应俱全。当然，大都是破旧的。村西是一栋面朝湖水冬暖夏凉的石头房子，两层，楼下围了一道竹篱笆，养了些鸡鸭。楼顶搁着三盆花，分别是玻璃翠、虎刺梅和蟹爪兰，都是从野地里挖来的。花盆也是从渔村捡拾来的陶陶罐罐，造型古拙。整栋房子由页岩修筑而成，上面有许多志留纪的海洋生物化石，秦皓能够分辨出来的有鹦鹉螺、三叶虫和海百合。这些凝固的生物遗骸，见证了岁月的沧海桑田。

推开窗户，就能看见候鸟在湖面跳华尔兹。

每年秋末冬初，从西伯利亚飞来的候鸟集体迁徙到洞庭湖中的这座岛屿越冬，数量能达到惊人的几十万只，直到次年春天才会原路返回。这些候鸟不仅极具观赏价值，也有很大的科研价值，其中有许多是濒临灭绝的珍稀品种，比如黑鹳、斑背大尾莺、白头鹤、东方白鹳、中华秋沙鸭，等等。它们叫声各异，有的高亢，有的低沉，有的嘶哑，有的清越，汇聚在一起，像在唱一台湖南花鼓戏。

对秦皓而言，渔村就像美国作家梭罗笔下的瓦尔登湖，充满了诗意和哲学的味儿。而现在，这里躺着一具血淋淋的尸体，散发着修罗地狱的气息。回想起来，这个阳光灿烂的冬日下午处处透着古怪。

秦皓是湿地保护站的巡逻员，今天礼拜五，他两点钟就下了班。走在鹅卵石和贝壳铺砌的渔村小路上，他发现那只流浪的黑猫没有趴在锈迹斑斑的手扶拖拉机上打瞌睡，而是把尾巴竖成高高的旗杆，站在一堵矮墙上死死盯着他，眼神阴冷凶狠。往日在屋脊上叽叽喳喳吵个不停的野鸽子不见了，村里寂静得像个密封的玻璃容器。路过马丽住的石头房子时，他发现篱笆内的鸡鸭没有像往常一样悠闲地觅食嬉戏，而是全都蜷缩在笼舍里，似乎受到了巨大的惊吓。

难道马丽家被小偷光顾了？想到这里，秦皓觉得好笑，石头房子内的东西都是他帮马丽从渔村里淘来的，旧得不能再旧了，收破烂的都不稀罕。但他很快收敛了笑容，一缕似有若无的血腥味和雪茄味，从细窄的门缝里飘出来，钻进他的鼻孔。马丽出事了！秦皓心里咯噔一下，连忙推开篱笆墙，上前转动石头房子的老式门把手，但没拧动，门从里面反锁了。秦皓喊了一声马丽的名字，屋内依旧没有任何动静。

不祥的念头更加强烈了，秦皓压抑住狂乱的心跳，从肩头摘下保护站配给他的五连发，端在手里，抬起脚，哐当一声踹开房门。啊！马丽发出一声惨绝人寰的尖叫。她坐在饭厅地板上，目光呆滞，头发凌乱，白色的睡衣上全是喷溅式的血。她面前有只敞开的紫色行李箱，里面空无一物。箱子旁边趴着一个高大健硕的男人，身下也全都是血，像是一只在花瓣上酣睡的瓢虫。

男人的身边搁着一把剪刀，还有一支抽了小半截的雪茄。马丽浑身打着哆嗦，嘴里喃喃自语：他死了！秦皓壮着胆子把俯卧的男人翻转过来，那是一张并不陌生的脸孔。伸手一摸，呼吸和心跳全无，身体已经僵硬。秦皓的手触电般地缩回来，倒抽了一口凉气，问马丽：他怎么会在这里？马丽还是那副惊恐的表情，还是那句话：他死了。秦皓探头朝外面看了一眼，没有任何人。于是重新关好门，放下五连发，给马丽倒了一杯水。她咕咚咕咚地喝着，像是渴了一整天……

秦皓弯腰捡起那半截雪茄，点着后抽了起来。这是他第一次抽雪茄，很冲，有股奇异的香味。马丽的声音依然在发抖，皓哥，我好怕，我不想坐牢。秦皓伫立在窗前，望着湖面上翩翩飞舞的候鸟，十几分钟后他转过身来，看着马丽那张比尸体还要惨白的脸，问道，有人知道他来过这里吗？马丽摇摇头，应该没有。

忙活了半小时，秦皓放下哑铃，用剪刀剪去尸体的十个手指甲，然后把颈椎骨和腿骨都被敲碎的尸体塞进那只紫色行李箱，锁死拉链。马丽一脸不可思议地问，这么快就好了？秦皓把带滚轮的箱子推到墙角，尽量让自己的语气显得轻松一些，放心吧，他不会钻出来的，天黑后我把尸体运出去埋掉。

一个活生生的人就这样消失了，成了一件无人认领的行李，这实在是太魔幻。马丽的眼里还残存着惊惶，但这并没有损害她的颜值，反而让她有种楚楚可怜的娇媚，她说，我和你一起去吧。秦皓在一张嘎吱作响的竹椅上坐下来休息，目光扫过墙上张贴的许多照片，无声地笑笑，不用了，你抓紧时间把现场清理干净。

马丽点点头，她对秦皓的话深信不疑。若不是他，她不会活到今天。马丽用湿拖把反复擦拭地面的血迹，秦皓皱了皱眉头说，这样不行，要用清洁剂，再洒点儿杀虫剂。马丽茫然地问，为什么？秦皓解释说，可以破坏鲁米诺反应。已经二十八岁的马丽依然保留着一份花样年华的单纯，成熟与青涩是如此和谐地统一在她身上，一点儿都不违和。她又问，鲁米诺反应是什么？秦皓努力让自己的解释通俗一些：是一种化学试剂，与血红蛋白接触时会发光。警察勘查案发现场时，经常用这个试剂检测血迹。马丽把他的话记在了心里，没有再问，她转身回屋里拿清洁剂。杀虫剂也有，岛上潮湿，一年四季都有蚊虫。

很快，石头房子里就散发出一股奇特的气味。

马丽对秦皓信任感由来已久，就是他要她到这座岛上来的。湿地保护站和金盛旅游公司联合开发岛屿，马丽是公司的候鸟讲解员。岛不大，只有三十平方公里。到处都是粗壮高大的乔木，从树叶缝隙漏出来的阳光和月色洒在身上，斑驳流离，很有点儿蒙太奇的效果。特别是走在荒废的渔村里，她有一种穿越时空的恍惚感，似乎连风和阳光都是不真实的。她喜欢看岛上的云，有各种奇特的形状。她还喜欢看洞庭湖的朝霞和夕阳——宛如达·芬奇的油画。她更喜欢看雷暴来临时水天交接处的闪电，有时如火树银花，有时如金蛇狂舞，有时如凤凰涅槃。岛屿似乎处在另外一个维度，时间流逝的速度很慢，慢得就像在菜叶上爬行的蜗牛。在市区一个礼拜都看不完的小说，在这里半天就能从头看到尾。黄昏在湖畔走几个来回，天都不会黑下来。

马丽渐渐爱上了这座岛，她的视频号就叫"玛丽那个岛"，有十多万粉丝。

按照秦皓的要求收拾完后，马丽换了一身海蓝色的休闲服，头发在脑后挽成一个好看的髻。她的情绪稳定了一些，对秦皓说，你身上有血迹，把衣服换下来我给你洗洗。秦皓低头看了一眼自己的衣服，的确有血污，是处理尸体时沾上去的。他说，不急，等搬完家再洗。马丽吃惊地问，搬家？这里不能住了吗？秦皓弹了弹烟灰，反问，你还敢住吗？

马丽猛然反应过来，这里刚死了人，她确实不敢再住下去，晚上会做噩梦。马丽说，那我住民宿。秦皓断然否决，不行，突然搬离渔村太反常了，等于是此地无银三百两。马丽问，那我住哪儿？秦皓轻轻地吐出一口烟圈，也吐出一句话：住我那里去。马丽犹豫着：这——秦皓解释道，不是跟我同居，是我们交换住的地方。马丽的脸微微有点儿红，原来是自己想岔了。她说，我不能连累你，你别搬过来了，我住你那儿去，我们分房住。说完这句话，她的脸更红了。

秦皓看了一眼墙角的紫色行李箱，说，还是我搬过来吧。他认识你，但不认识我，警察不会怀疑这里是案发现场。马丽服从了，她从不怀疑他的判断，就像她毫不怀疑每年候鸟要飞到南方越冬。马丽突然想起了什么，有些担忧地问，宽子知道我住在这里，怎么跟他解释？秦皓问，他有多久没来这里了？马丽说，半个月，上次来还是我们仨一起在湖边吃烧烤。秦皓凝思了一会儿说，下次碰见宽子，就告诉他，你半个月前就跟我换了房，理由是这里老鼠太多，吵得你整夜睡不着觉。马丽去取墙上的照片时，又想起一个人，说，吴迪也知道我住这儿，他可没那么好忽悠。秦皓一丝不苟地擦拭着五连发，不假思索地说，谁都可能告密，只有他不会。

　　马丽留恋地打量着这个即将放弃的简陋却温馨的家。每件家居都沉淀着她的审美趣味。那些石化的古生物遗骸似乎从来没有死去，一直是鲜活的，日日夜夜陪伴着她。如果以岩层年龄来计算，这座石头房子有亿万年历史。如果以入住时间计算，马丽搬进来不到半年，这里是她的新家。确切地说，是她命运的拐点。她的生活、情感、价值观，乃至灵魂，都在这座荒芜的小渔村获得了某种程度的新生。往深层次里说，渔村就是她的玛雅神庙，是印第安人的希望之屋。马丽从没觉得这是别人的房子，仿佛自己就在这里出生、长大，只是出去流浪了很长一段时间，如今繁华阅尽重返家园。这种强烈的归属感让她的灵魂和身体都特别放松，充满了多巴胺和催产素。眼前的这个男人也让马丽很踏实，他们认识十多年了。从相遇那天开始，马丽就发现秦皓是一个非常奇怪的人，大多数时候他能让她一眼看穿，但有时又让她捉摸不透，跟达·芬奇画中的密码一样晦涩难懂。或许，这正是他的魅力所在。

　　秦皓放下猎枪，看着正在收拾屋子的马丽，她的背影如同一把弧线优美的琵琶，漫射出魔性，很多男人都渴望在上面弹奏出动听的音符。箱子里的那个男人，就是因为这个执念丢了性命。此刻，秦皓却没心情欣赏她迷人的体态，他的脑细胞正以每秒百万次的速度运行，检索着自己的方案是否存在隐藏的漏洞。如果有，就要及时下载补丁。他很清楚，只要出现一个 bug，他和马丽的人生就会发生系统性的崩溃，连重装的机会都没有。

秦皓看向窗外，马丽饲养的鸡鸭似乎知道危险已经解除，不再瑟缩在笼舍里，纷纷跑出来嬉闹抢食。他的目光漫过篱笆，望向远处，那只缺了半只左耳的黑猫跳下墙头，趴回了手扶拖拉机，尾巴蜷缩，哈欠连天。野鸽子在屋脊上忽起忽落，继续着它们毫无意义的争吵。渔村又恢复了往日的常态，似乎什么都不曾发生。检索了几遍后，秦皓没有发现需要补漏的地方，自己设置的防火墙应该足够对抗风险。他这才如释重负，吹起了口哨——

这是他从小养成的习惯，是解乏和解闷的最好方式。

他吹的是《光阴的故事》，多少年过去了，他还是最喜欢这首歌。有些东西被流水匆匆带走，有些则在心里一成不变。

至少在这一刻，秦皓还没有意识到，2023 年这个口哨悠扬的冬日下午，当他把一具僵硬的尸体藏进那只上锁的行李箱里时，许多被掩埋的往事死而复生，悄悄从阴暗潮湿的墓穴里爬出来，爬进这座只有两个人的渔村，爬进这个宛如伊甸园的无名小岛。

一切变得不再可控。

第1章 生死摆渡

1

我一直觉得自己不适合做刑警，我喜欢用口琴吹过时的情歌，经常望着天空的云彩发呆。阳光有时在我眼里是蜂蜜色的，还有甜味儿。风像棉花糖，三月的雨噼噼啪啪地落在法国梧桐树叶上，仿佛春天用打字机写给旷野的情书。刚从警官学院毕业那两年，我只要不穿警服，往人群中一站，就是妥妥的文青——夏天白衬衣牛仔裤，冬天黑风衣红围巾，手里总拿一本书，这本书还是外国作家写的。

第一次执行任务时，我和几个同事去抓捕一名流窜到雁城的逃犯，那家伙姓刘，绰号黑皮，背负三条人命，身上有支仿五四手枪。街头跟踪没多久，我们就发现黑皮拐进了市新华书店。那天是周日，书店人多，队长担心在店内动手误伤群众，就派我进去盯梢，其他人在外面布控，等黑皮出来后再动手。我来到书店二楼，看见黑皮在文学柜台前浏览书籍，我也随手拿起一本小说冒充读者，那是英籍日裔作家石黑一雄的《远山淡影》。最初我还用眼角余光不断瞟向黑皮，但很快就被小说情节吸引住了，完全忘了盯梢这回事。二十分钟过去了，队长不见我发信号，也没见黑皮出来，觉得不对劲，就进书店查看。这一看把他气得七窍生烟，我正津津有味地翻阅《远山淡影》，黑皮早已不见踪影。

队长奔向楼道，发现黑皮正翻过窗户，顺着排水管道往楼下爬，估计这龟儿子进店前就察觉自己被跟踪了。队长冲我大吼一声，齐鲁，你就等着停职写检查吧！话音未落，他就冲下楼去堵截黑皮。谁也没有料到的是，黑皮眼见遁地无门，竟然掉头爬回书店，还抓了一名人质威胁警方让路。这名人质恰好是我，刚在收银台付款买了那本《远山淡影》。

黑皮一手勒住我的脖子，一手持枪顶着我的太阳穴。冰冷的枪口让我感觉到了死亡的寒意，我哆嗦着说，哥，把我放了吧，这书送给你。黑皮叫嚣，少他妈——"废话"两个字没说出来，我右肩猛然往上一耸，顶在黑皮的下巴上。那家伙的舌头当即被牙齿磕出了血，疼得龇牙咧嘴。我趁机扭臂、夺枪、甩胯，一个帅气的过肩摔把他扔在地上，动作如行云流水一气呵成，黑皮束手就擒。谢天谢地，我不用停职写检查了，但也没受表彰，功过相抵。

黑皮接受审讯时懊恼地说，我真他妈眼瞎，没看出来他是警察，白净斯文，一身书生气，还以为是个大学生呢。

经办的案子多了，我身上的文艺范就收敛了许多。我学会了抽烟喝酒嚼槟榔，可以在碎尸现场若无其事地吃盒饭，审讯犯罪嫌疑人时动不动就口吐芬芳，蹲守时最长一个月没洗澡。那本《远山淡影》也不知道被我扔到了哪个旮旯角里，甚至小说中的情节我都忘得一干二净。用队长的话来说，我像一名刑警了，也更像一个真正的男子汉了——我听了这句褒奖耳根发烧，敢情队长以前一直把我当娘炮呢。

2023年秋末冬初，全省开展扫黑除恶专项行动，塔城公安局刑侦大队队长魏建波因车祸殉职。时年二十九岁的我从雁城紧急空降，接了老魏的班。调职前，我也是刑侦队长，副的。我真没吹牛，当时我是省公安系统最年轻的刑侦队长之一。然而，我的自信心在塔城任上遭受了沉重打击，时隔一年，每每想起那个案子，我依然热血沸腾意难平。案子最后虽然破了，但我的心脏也仿佛破了好几个洞，时不时往外冒血。特别是在雷暴天气里，宇宙中的那些带电粒子不断通过我的身体，让我的每一个细胞都为之战栗。

原本我并不喜欢写作，后来为了缓解身心上的强烈不适，我开始写《刑侦笔记》，里面收录的内容，就是我在塔城经办的第一个案子。动笔前我做了长达半年的准备工作——走访调查、研读卷宗、提审犯人，我试图最大程度地还原整个案情，包括主要涉案人员的生活轨迹和心路历程。这个活很不好干，因为有些事死无对证。尽管我当时是专案组的副组长，掌握了常人无法知晓的大量信息，但也没有通灵的本领，把犯罪嫌疑人带进坟墓的秘密套出来。要想完成犯罪拼图，只能依靠推理。

凡有接触，必留痕迹——这不是我说的，是法证学先驱艾德蒙·罗卡提出来的。生而为人，都会在这个世界或多或少地留下一些痕迹，有些可见，大部分不可见，如同暗物质。但不管可见还是不可见，都遵循某种规律。只要找准了规律，就能推理出事物的全貌。当然，肯定有失真的部分。天地万物，没有绝对的存在。没有绝对的圆，没有绝对的三角，也没有绝对的直线，包括善与恶，黑与白。推理同样如此，不可能绝对完美，出现偏差是大概率的事。所有已破获的案件，都不是真相的全部，只是无限接近真相。我以不同的身份和视角来叙述案子，这种代入感让我更真实地体验到了当事人的犯罪心理，以及他们的喜怒哀乐和悲欢爱憎。但这也导致我有时会人格分裂，恍惚中搞不清楚自己到底是谁。所以，在沉浸式写作了一段时间后，我必须抽身而出，看看闲书，听听轻音乐，或者到户外走一走。否则，我很可能会迷失在那些暗物质中。

当我写下最后一个句号时，窗外雷鸣电闪，无数带电粒子如烟花在夜空中绽放，有时橘黄，有时玫瑰红，有时苹果绿。我不知道那是命运的挣扎，还是灵魂的狂欢。只知道在光芒四射的那一刻，我的视网膜被深深灼伤了。

是的，我从一种疼痛，滑入了另外一种疼痛。

我至今清晰地记得，2023年11月17日，车子路过塔城南门外时，太阳照在葫芦形的白塔宝顶上，闪烁出一种犹如五彩舍利的奇异光芒。那天我去塔城市公安局报到，原定的欢迎茶话会被临时取消，局长赵宏森寒暄了两句，就交给我一个紧急任务。是一起失踪案，当事人为男性，三十二岁，已超过四十八小时联系不上。按理说，成年人失联两天很正常。我爸退休后闲不住，经常把手机一关去外地旅游，一个星期找不着人是常有的事。但这个失踪者身份特殊，是耀龙集团的董事长唐胜龙，知名企业家，塔城的纳税大户，身价几十亿。据秘书邓嘉伟说，昨天唐胜龙缺席了公司一个重要的商务洽谈会，周一上午的公司例会也没主持。邓嘉伟去了唐胜龙在潇湘梅苑小区的家，保姆说他已经有三天没回来住了。接到报案，技侦科立即追踪唐胜龙的手机信号，结果发现信号于上周五下午两点消失在鸟岛，之后一直处于关机状态。

我是坐水上派出所的摩托艇前往案发地的，高速行驶的船体在波峰中颠簸得很厉害。赵局指派了一位警花给我当助手。这丫头叫周雨彤，入职不到半年，妥妥的生瓜蛋子。她补充了唐胜龙的一些信息——父母在美国西雅图定居，得知儿子失踪，夫妻俩心急如焚，已买好机票启程回国。唐胜龙的妻子叫王欢，一年前在意外事故中去世。鸟岛正在开发旅游产业，大搞基建工程，监控设施受到严重影响，处于瘫痪状态。岛上总共有四家民宿，全部查过了，没有唐胜龙的入住记录。游客只能从城区北郊的三官殿码头，乘坐渡轮到岛上的关公庙码头，单程四十五分钟，两小时一班。购票不需要登记身份信息，船上也没有安装监控设备。除了基建队的工程车，机动车辆一律不许上岛。在三官殿码头找到了唐胜龙的劳斯莱斯，车内有一部佳能单反和几盒哈瓦那雪茄，没有其他贵重物品。单反检查过了,里面都是唐胜龙平时旅游拍的照片,但没有鸟岛的。

我最初怀疑唐胜龙是观鸟时迷了路,钻进了芦苇丛,陷在沼泽地里动弹不得。转念一想觉得不可能,如果陷入沼泽,唐胜龙肯定会打电话求救。就算手机没电了,也可以点燃芦苇引起别人注意。车内有雪茄,说明他抽烟,随身应该带有打火机。这个季节的芦苇非常干燥,一点即燃。

摩托艇劈波斩浪,冰凉的水花溅在周雨彤的脸上,她脑洞大开,说唐胜龙可能是故意玩失踪,想测试公司员工对自己的忠诚度。谁要是对他的失踪表现得悲痛欲绝,以后就能得到重用,谁要是无动于衷就会被炒鱿鱼。我很想怼她,你是警校毕业,还是幼师毕业?但最后我还是硬生生地把这句话憋了回去。上任伊始就发火,尤其是对一朵娇艳欲滴的警花,实在有损我这个大队长的风度。

出发前,周雨彤联系了金盛旅游公司,包了一辆电瓶观光车来接我们,以便查看岛上地形。司机梁树宽是个二十来岁的小伙子,很帅气,也很精神。我们上车后,他说金盛旅游公司和湿地保护站对唐胜龙的失踪很重视,组织了一支联合搜救队。但到目前为止,还没找到人。我举目四望,岛上堪称鸟类天堂,许多候鸟成群结队地过马路,人与自然的和谐美体现得淋漓尽致。周雨彤问我,唐胜龙会不会是遭遇了抢劫,凶手杀人后埋尸灭迹?梁树宽接话道,鸟岛民风淳朴,治安情况良好,从来没有发生过恶性刑事案件，小偷小摸都没有，防盗门窗都没人安装。我也觉得抢劫杀人的可能性很小，越是有钱人，越惜命。遇到打劫，唐胜龙肯定会舍财保命，不太可能激怒凶手杀人。周雨彤又说，唐胜龙有可能在岛上游玩时被渣土车撞倒，受伤严重，甚至有可能当场死亡。肇事司机害怕承担责任，就把尸体藏起来了。看着不断从身边驶过的渣土车，我摇头说，岛上只有这一条公路，渣土车的运输频次很高，每半分钟就有一辆。如果发生了重大交通事故，肇事司机几乎不可能有足够的时间来掩盖现场。

路过观景台时，我注意到一个年轻女人正在跟游客讲解候鸟的种类和习性。她穿着一件荷绿色的羽绒服，五官如瓷，皮肤白皙细腻，几乎没有任何瑕疵。她的瞳仁不是纯黑的，而是那种少见的蓝莓蓝。下午三点半的阳光穿过树叶缝隙，以四十五度的斜角照下来，斑驳的光影落在她凹凸有致的身上，像刷了一层淡黄色的釉。我心中泛起一阵涟漪，叫梁树宽停车，然后朝那位女讲解员走去。

胸牌显示，她叫马丽。她的声音很好听，糯糯的，像刚蒸出来的糍粑。我没有急于跟她搭话，而是站在旁边等待。直到讲解告一段落，游客自行参观拍照时，我才上前表明身份和来意。马丽莞尔一笑，脸颊露出两个好看的酒窝：这件事我听说了，希望唐董平安无恙。我听出了她话里有一丝不寻常的意味，忙问，你认识他？马丽说，很早就认识，加过微信，不过平时没什么联系。我要过她的手机，查看了唐胜龙的朋友圈。最后一条是在上周四晚上发的健身照片。我把手机还给马丽，问她，上周五你在岛上见过唐胜龙吗？马丽整个人沐浴在光影中闪闪发亮，她说，没有，那天上午我在带团，下午在家里休息。

又交谈了几句后，马丽带着游客前往下一个景点，我回到电瓶车上，点了一根烟。看着马丽的背影，我觉得她就像一幅画，跟周围的风景完美地融为一体。我甚至有种奇特的感觉，她身上散发出来的气质，就是这个岛的气质，也是这个季节的气质。电瓶车继续前行，我吐了口烟圈，对周雨彤说，当务之急是搞清楚唐胜龙上岛的目的。周雨彤不假思索地说，现在正是观鸟季，他来岛上肯定是观鸟。我说，刚看了唐胜龙的朋友圈，他喜欢分享户外活动的照片，但这次一反常态没有分享，找不到一张候鸟的照片。所以，他应该是有意把单反留在车上，因为他上岛根本就不是来观鸟的。

梁树宽很热心，边开车边介绍岛上的景点和风土人情：左边是原塔城精神康复中心，去年搬迁了。因为这里桑树和梓树较多，被当地人称为桑梓园。看见那座灯塔了吗？废弃很多年了，是抗战时建的。长沙保卫战期间，国军一个排全部战死在上面，可惨了。那边是渔村，以前有四百多户。现在永久禁渔，渔民都住进了城里的安置小区，整个村子都空了。对了，刚才那个叫马丽的讲解员就住在村里。

二十分钟后，电瓶车来到翠柳村舍，我和周雨彤今天就住在这家充满湖乡风韵的民宿里。

一大群候鸟从北方迁徙而来，声震长空，气势如虹，组成一幅波澜壮阔的画卷。我无心欣赏这种在城市里难得一见的美景，我隐隐觉得，这起蹊跷的失踪案，包括刚才那个气质独特的年轻女人，都显得很不简单。

2

翠柳村舍的客房里挂着一张仿旧水墨画《渔舟唱晚》，床头有部老式留声机，我刚放入陈百强的一张唱片，周雨彤就急匆匆地推门进来，一张粉脸涨得通红，她说，齐队，刚刚接到邓秘书的电话，唐胜龙给他发了一条短信。我挪开唱针，颇为诧异地问，唐胜龙没有失踪？这家伙不会真的把我们都耍了吧？周雨彤呼哧带喘，跟燃料不足的火车头似的，她说，短信不是唐胜龙本人发的，是绑匪，唐胜龙被绑架了！我问，什么内容？周雨彤说，绑匪声称唐胜龙在他手上，要耀龙集团准备六百万现金，装在一只行李箱里，今晚十点整，送到紫鹤山上的观音阁门前。我关掉留声机，问她，绑匪还说什么了？周雨彤说，绑匪警告邓秘书，如果想要唐胜龙平安无事，就不要报案，否则一定撕票。

周雨彤入警后，第一次遇到这么大的案子，她努力让自己平静下来，说，技侦科已经定位了唐胜龙的手机，就在紫鹤山脚下，但绑匪发完短信就关了机。我当即打电话从局里调派人手，刑侦队的大部分兄弟都跟着杨副队长参加扫黑除恶行动，留守的没几个，我干脆把内勤也调了几个过来。周雨彤问我，齐队，唐胜龙上周五就失去了联系，绑匪为什么直到今天才开口索要赎金？

看着留声机里沉默的唱片，我的脑细胞仿佛也休眠了，不知道该如何回答。

这的确是个谜。

紫鹤山在鸟岛的最南端，海拔五百多米。山上郁郁葱葱，飞瀑流翠，是鸟类的乐园。始建于明代景德年间的观音阁位于峰顶，香火一直鼎盛，还是省级文物保护单位。经过相关部门特批，邓嘉伟今晚将开着唐胜龙的那辆劳斯莱斯从货运码头上岛。一轮满月孤悬在夜色浩瀚的紫鹤山巅，"冷月孤鹤"本是洞庭湖十大胜景之一，在2023年这个寒意萧瑟的晚上，却充满了肃杀之气。

不到九点，抓捕小组全部蹲守到位，有将近二十人，半数带枪。山上能通车的路只有一条，路障已提前准备好，只要绑匪的车敢上来，就别想再下去，妥妥的关门打狗。周雨彤看了看"观音阁"三个苍劲大字，捂嘴暗笑，敲诈勒索，还想让观音菩萨保佑，绑匪把交付赎金的地点选在这里，简直是脑子进水了。我用草根掏了掏耳朵，嚼着槟榔，防止自己犯困。周雨彤瞥了一眼四周深邃的密林，突然有些担心地问，齐队，绑匪会不会选择从小路逃窜？我吧嗒一声，伸手捏死了一只飞到脸上的小虫子，反问，你知道六百万现钞有多重吗？周雨彤被问住了，她出身工人家庭，对巨款毫无概念。愣了一会儿，试探着说，有七八十斤吧。我忍俊不禁，说，你以为是日元呢，六百万人民币差不多七十公斤重，还得是一百元面值的。周雨彤恍然大悟，绑匪只能选择用交通工具带走赎金，不可能拎着重达一百多斤的钱箱子从小路逃窜，否则分分钟被抓。但很快她又冒出一个念头，问我，绑匪会不会不知道赎金的重量？

我没有回答这种幼稚的问题，歹徒能不留任何痕迹地绑架唐胜龙，足以说明他智商超越常人，不会白痴到连赎金的重量都搞不清楚。但我又迷惑不解，绑匪怎么会选择这种非常不利于逃窜的荒山野岭交易？我甚至觉得，绑架者和勒索者是两个人，一个是高智商作案，一个是低智商作死。看到我没搭理她，周雨彤意识到自己可能又说错了话。她不好意思再问，紧盯通往观音阁的山路。

已经十点零五分，周雨彤突然压低嗓音，齐队，人来了！

随着一阵呼哧呼哧的喘气声，一个身影跌跌撞撞地沿着山路跑过来。深更半夜，观音阁早已关门，不可能是香客。湿地保护站提前打了招呼，今晚不会派巡逻员来巡山。除了绑匪，还能有谁？但他并没有交通工具，这大大出乎我的意料。不过现在无暇多想，我打开强光手电筒晃了晃，发出了行动信号。蹲守人员迅疾从藏身地冲出来，把黑影团团围住：不许动，老实点儿！一声声暴喝当即把黑影吓瘫在地，当手电筒照射在他脸上时，周雨彤认出了这个五官已经错位的男子，说，齐队，搞错了，他不是绑匪，是邓秘书。

我连忙把灰头土脸的邓嘉伟扶起来，问他，你不是开车送钱过来吗,怎么自己跑上山了?邓嘉伟哭丧着脸解释,我还没到山脚下,车就被一块大石头挡住了去路。我以为是从山上滚落的,就下车去搬,结果路边树丛里有个男的朝我喊话,说唐董就是他绑架的,叫我抱头蹲在地上,不然就开枪打爆我的脑袋。我只好照做,他趁机把车开走了,钱放在后备箱里,是用一只红色行李箱装着的,全是百元面值的真钞。我心中一紧,你看见枪了?邓嘉伟说,没看见,但听见了子弹上膛的声音。我又问,绑匪长什么样?邓嘉伟说,他不准我抬头,黑咕隆咚的,我也看不清楚。听脚步声,就一个人,车门也只开关了一次。周雨彤埋怨道,你怎么不给我们打电话?邓嘉伟懊恼不已,绑匪叫我关机,把手机放车里,我哪有机会打电话。车一走,我就撒丫子跑来向你们报信,肠子都快跑断了。

今晚的行动不仅放了空炮,赎金也被绑匪取走。抓捕小组成员如同脱水的植物,个个耷拉着脑袋,了无生气。周雨彤很不甘心,问邓嘉伟,绑匪有没有说什么时候放人?邓嘉伟点点头,说了,明天上午十点前,地点另行通知。警察同志,车和钱公司都可以不要,但你们一定要保证唐董的安全啊。一股寒意从我脚底升起,直达脑门。很显然,我们被截胡了。我现在明白了,绑架者和勒索者就是同一人,智商比我想象的更高。下山时,周雨彤一路深吸着湿润的空气,身体内似乎有了一些水分,不再那么蔫了,她问,齐队,您说绑匪会守信用吗?我弯腰紧了紧鞋带,放慢脚步,跟走在前面的邓嘉伟拉开距离。清凉的风夹杂着暗香吹过来，我反问她，你觉得呢？周雨彤想了想说，应该会。扣留人质不放，警方会加大追捕力度，对绑匪没任何好处。再说了，六百万够花一辈子的，绑匪也该知足了。我看着邓嘉伟的背影，淡淡地问了她一句，绑匪就不怕释放人质后，会暴露自己的身份？

月亮的清辉包裹着周雨彤全身，她的五官像羊脂玉一般细腻光滑，她说，也许唐胜龙是被绑匪偷袭，从后面一棒子打昏，自始至终没看见绑匪的脸。我说，不是偷袭，是熟人作案。周雨彤问，您是说绑匪绝对不会放人？我看着像墨汁一样流淌的夜色，语气低沉地说，会，但放的不是活人，而是死人。

搜索了整整一夜，天蒙蒙亮时，终于在岛上一个叫瓦窑湾的地方找到了绑匪遗弃的劳斯莱斯。车身大部分没入湖中，只露出车顶。从轮胎印可以看出，劳斯莱斯没有采取任何制动措施，就直接开进了湖里。这显然是绑匪故意所为，借助湖水冲刷掉他留在车内的所有痕迹。装有六百万现钞的行李箱不翼而飞，沙滩上没有发现任何足迹，绑匪应该在湖边预先备有船只。从车内脱身后，他凫水过去打开后备箱，把装钱的箱子拎出来，放到船上带走了。

弃车现场的痕检已经没有意义了，这再次刷新了我对绑匪的认知，典型的高智商犯罪。我有种直觉，一个博弈高手恍如候鸟，就隐身在黑暗中冲我诡异地笑着。我茫然四顾，却找不到对方身在何处。

回到翠柳村舍，已经到了早餐时间。我没有回房间补觉，吃了一笼汤包，又喝了杯速溶咖啡，然后独自一人前往渔村。这里的季节变化并不明显，虽然是初冬，但是满目都是苍翠欲滴和姹紫嫣红，十分养眼。岛屿和城区完全是两个不同的世界，一个像童话，一个像肥皂剧。如果手头没有案子，这片孤兀于洞庭湖中央的陆地倒是个休闲的好去处。

进入破败的渔村，循着鸡鸣，我没费多大劲就找到了马丽住的那栋吊脚楼，她正在篱笆墙内给鸡鸭喂食。她还是昨天那副衣着打扮，略施粉黛，妆容淡雅，只是腰间多了一条碎花围裙。我瞟了一眼吊脚楼周边的环境，至少从表面上看不出有其他人居住的迹象。马丽端着饲料盆，一脸惊讶地看着我问，齐警官，大清早的，找我有事吗？我晃了晃手机，笑道，哦，没事，听说这里的民居很有特色，我过来拍几张照片。马丽嫣然一笑，似乎有什么香甜的液体从两个浅浅的酒窝里面溢出来。她邀请我进入喝杯茶，我欣然应允，这也是我此行的真正目的。马丽放下饲料盆，打开篱笆门。我跟在她身后，穿过满是鸡鸭粪便的院子往吊脚楼里面走，一直来到二楼客厅。她解下围裙擦了擦手，转身去泡茶。

我趁机查看房间，有两间卧室，一间空置，住人的那一间摆设的都是女性用品。阳台上有三盆花，还晾晒着一条红色的裤衩和一只黑色的乳罩，正在风中妖娆地飘荡。这是一个纯粹的女人空间，没有男人的任何味道，连只烟灰缸都没有。客厅一角有个简易书架，上面堆满了小说，其中有很多是村上春树的。我数了一下，差两本就凑齐全套了，看来她是村上春树的铁杆粉丝。我也喜欢这位日本作家的书，但有好几年没读过了。如果记忆没有出错，我上一次读小说还是三年前，一个春光灿烂的午后，在我常去一个小咖啡馆里。读的是2019年诺贝尔文学奖得主，奥地利作家彼得·汉德克的代表作《无欲的悲歌》。

书架旁边的墙上张贴着几十张照片，内容有候鸟、花草和湖泊，以及岛屿晨昏时候的云彩，还有雨水和雾霭。更多的是闪电，各种形态和颜色的闪电。其中有张照片特别引人注目，装在木头做的相框里，摆在正中央的位置，上面有巍峨的山峰，有高大的樟树，有非常壮观的紫色闪电。

照片带有时间水印，2012年4月20日，边上还有四个字——生命之吻。

我一时有些恍惚，回过神来后，我坐在了一张表皮严重磨损的人造革沙发上。马丽端上两杯普洱茶，还拿来几个橘子和一些青枣，说水果是从渔村后面的果树上摘的，没施过肥也没打过药，纯天然绿色食品。我吃了颗青枣，甜得发腻。又剥了个橘子，甘甜多汁，很有点儿小时候的味道。马丽坐在我对面，手里攥着编织针，用深蓝色的毛线织一条围巾。她说，齐警官起得可真早，我还以为警察都是夜猫子呢。我用纸巾擦了擦手上的橘子汁说，昨晚通宵都在办案，生物钟紊乱了，回笼觉睡不着，干脆出来溜达一下。看着窗外浩瀚的湖水和湖畔星星点点的野花，我打趣道，海子没有实现的梦想，你已经实现了，而且是升级版，不光春暖花开，还四季花开不败。马丽的手很巧，编织针在指间飞舞，就像穆桂英耍花枪。她说，我社恐，岛上的生活简简单单，很适合我。

房间里弥漫着橘子的清香，我问马丽，你住在这荒无人烟的地方，不害怕吗？她笑了笑，岛上的治安状况挺好的，我养了这么多鸡鸭，一个蛋都没被偷过。再说了，我一大龄剩女，还穷，谁会打我的主意？我说，别忘了，唐胜龙就是在岛上出事的。马丽问，他有消息了吗？我把绑匪敲诈勒索，以及昨晚抓捕落空的事叙述了一遍，然后端起茶杯，透过升腾的蒸汽观察着马丽的反应。她满脸惊讶，手一抖，毛线球滚落到了地上。

我告诉马丽，绑匪还没放人，但唐胜龙凶多吉少。马丽一副不敢置信的表情，眼睛瞪得很大，嘴巴微张，像只被掐住了脖子的鱼鹰。察觉到我盯着她看，马丽捡起毛线球说，不会这么严重吧？赎金已经到手了，绑匪杀人完全没必要，只会罪加一等。我喝了口茶说，我也希望他平安，但真的很不乐观。马丽叹息一声，都是钱太多惹的祸。像我这种极简主义者，就不会有人惦记。我用漫不经心的语气问，你是怎么认识唐胜龙的？马丽说，我以前在一家旅行社当导游，耀龙集团组织员工去凤凰旅游，是我带的团，就这么认识了。

我继续问，他这次上岛前，有没有跟你联系？马丽自我解嘲地笑笑，他这么大个企业家，去哪儿怎么会跟我这种小人物打招呼？我的目光滑过墙头的照片，转移了话题，照片是你拍的吗？

马丽点头说，大部分是在岛上拍的，这里的空气能见度很高，拍什么都很漂亮。我由衷地说，你很会捕捉美的瞬间，尤其是那张《生命之吻》，画面特别惊艳。马丽的眼里忽然多了一抹深情，目光变得柔软而迷离。她说，我也最喜欢那张，还用来做手机屏保壁纸了。不过，只有那张不是我拍的，其他都是。我把烟灰弹在了橘子皮上，说，你和那位摄影者的审美都很独特，一般人很害怕闪电，你们却把闪电拍得这么美。

提到闪电，马丽陡然满目生辉。我和她的视线在那张《生命之吻》上面产生了碰撞，似乎也爆发出了一道闪电。她兴致勃勃地说，闪电是大自然最神奇的杰作，比极光还要绚丽。而且它是动态的，每一道闪电都有不同的样子，是独一无二的。我说，怪不得每张闪电的照片都拍得不一样，不知道的，还以为是烟花。马丽停下了手里编织的围巾，说，出于恐惧心理，平常人们很少认真观察闪电的颜色，其实闪电有赤橙黄绿青蓝紫白，一共八种颜色，有时几张颜色会交替出现。我说，你的观察真细致，像艺术家。

墙上的那些带电粒子似乎照亮了马丽的视网膜，她像在朗诵一首抒情诗：天空就是一个无敌的魔法师，能变化出许许多多的神迹，而且从不重复自己。

时隔多年，早就被时间磨灭的文艺气质，又在我的脑袋里咕噜咕噜地往外冒泡。就跟外婆腌在坛子里的大白菜一样，酸溜溜的。

这绝不会是什么好兆头。

2024年夏天,当我在一台老式电脑上敲击键盘,开始写作《刑侦笔记》时,耳畔依然回响起马丽那天说的话,一字不漏。我还记得那个蒹葭苍苍的上午,乌云低垂,湖里无风三尺浪。渔村寂静无人,空房子以各种奇形怪状的姿势站立着,像一个个意义不明的隐喻。

突然响起的手机铃声中断了我和马丽的闲聊。电话是周雨彤打来的,她说,齐队,八点四十五分,唐胜龙的手机信号再次出现,还是在紫鹤山脚下,给邓秘书发送了一条短信就关了机。

短信内容是——去猴子矶找人吧,旁边有个十字架。

告别马丽,吊脚楼的门在我身后关上,缓慢而迟疑。但我感觉另外有扇门悄然打开了,一道目光正透过门缝窥视着我。

也许,我刚才见到的只是一个替身,这扇无形的暗门里才是一个真实的她。

3

猴子矶位于鸟岛东端,一看地形,我就知道这是个杀人抛尸的好地方。突兀出水面的礁石有数十块之多,形态各异,犹如群猴大闹蟠桃宴。因为害怕触礁,过往船只都会避而远之。附近有茂密的芦苇丛和树林,方便隐藏行迹。唯一能见证罪恶的,只有那些沉默的候鸟。

一个用芦苇秸秆扎成的十字架歪歪斜斜地矗立在沙土中，上面蹲着一只翠鸟，仿佛在举行某种神秘的祭祀仪式。沙滩平整光滑，没有提取到任何可疑的脚印。鸟爪印倒是不少，密密麻麻的。一些水草和藻类从湖中蔓延上来，完美覆盖了埋尸现场的痕迹。挖掘很快有了结果，十字架下面两米深的位置发现一具赤身裸体的男尸。抬出来一看，正是失踪的唐胜龙。

我现在明白凶犯为什么没有在绑架唐胜龙当天，就向耀龙集团索要赎金了。唐胜龙失联当晚被埋尸此处，之后两天都下雨。凶犯是想让雨水冲刷掉自己留在埋尸现场的痕迹后，再跟警方玩猫捉老鼠的游戏。尸身上有很多处锐器伤，从尸体腐败程度来看，死亡时间应该在三天左右。我注意到一个细节，尸体的十个指甲都是光秃秃的。周雨彤是第一次近距离目睹凶案现场的尸体，她的肠胃一阵痉挛，连忙跑到一边翻江倒海地呕吐起来。两名刑警从沙坑往外抬遗体时，明显感觉唐胜龙的脖子和下肢不受力，骨骼呈粉碎性断裂。

勘查现场时，我发现沙滩整体很平坦，但埋尸附近出现了一处浅坑，有人为挖掘过的痕迹。在浅坑里，我找到了一只滚轮。我马上做出判断，死者是被强行塞在箱子内运过来的。可能是因为长时间拖拽箱子，导致滚轮脱落。嫌犯挖掘砂石填充进空箱子，留下了这处浅坑，箱子很可能沉入了附近水底。果然，在湖边寻找了半个多小时，就从近一米深的水底打捞上来一只沉甸甸的紫色行李箱，少了一只滚轮。打开箱子，发现里面除了衣服鞋袜，全是鹅卵石。我想象着唐胜龙赤身蜷缩在行李箱里的情景，就像一个沉睡在母亲子宫内的婴儿。生命真的不可思议，来的时候是睡着的，走的时候也是睡着的。在生死之间摆渡的，似乎是漫长而虚无的梦境。

写作《刑侦笔记》的过程中，最困难的不是如何组织语言，而是怎样以涉案人员的视角叙述案子。这种身体和灵魂的双重裂变，时常让我敲击键盘的手指微微颤抖。

把唐胜龙的尸体装箱的那天晚上，秦皓来到了猴子矶。

没跟马丽换房前，秦皓住在渔村东面的一栋吊脚楼里，就是后来马丽住的那栋。朝向和石头房子一样，正对洞庭湖；只是面积稍大一些，屋内陈设差不多。他刚住进来时，爬满墙面的打碗碗花和凌霄花竞相斗艳，把房子装饰得如同一座美轮美奂的珐琅彩琉璃塔。保护站其实有员工宿舍，两人一间，配备了电视和洗衣机，独立卫生间，二十四小时热水，条件还不错。但随着湿地面积扩大，员工增多，站里越来越嘈杂。尤其是晚上和双休日，麻将声、吆喝声此起彼伏。2023年春天，渔民集体迁移进城，秦皓就搬出宿舍住进了渔村。那时候马丽还没有上岛，这个荒废之地只住着他一个人。

秦皓当巡逻员已经四年了，最初他并不喜欢岛上的生活，枯燥乏味，有时鸟粪还会掉在头上，挺恶心的。一开始，他分不清候鸟的种类，看上去几乎一个样，只是颜色稍有区别，有的白，有的灰，有的黑，有的红嘴，有的绿尾，有的褐腿。久了之后他能认出上百种，比如白额雁、豆雁、灰树鹊、白琵鹭、小天鹅、斑嘴鸭，等等。渐渐地，秦皓发现候鸟非常有灵性，不仅能一眼认出他，还会读懂他的喜怒哀乐。他开心时，候鸟会围着他跳空中芭蕾；他郁闷时，候鸟会安安静静地蹲在身边陪着他。他就这样爱上了这座岛，像慢慢爱上一个女人。搬到渔村后，秦皓几乎是一夜之间回到了古时候。

渔村早就断了水电，喝水要到湖里挑，照明得靠蜡烛或煤油灯，手机在湿地保护站才能充上电。这种回归大自然的方式让生活变得简单朴素，让秦皓有更多的时间和心情跟自己的灵魂对话。马丽来岛上后，秦皓多了一个人对话，日子变得更加有趣。他们白天置身于尘世的浮躁和喧嚣中，晚上则华丽转身隐入渔村，灵与肉都是轻盈而通透的。他们或赏花看云，或泛舟放歌，或秉烛夜谈，以一种非常缓慢而抒情的节奏挥霍光阴，把日子过成了他们真正想要的模样。

2023年的观鸟季，这个生活节奏被一场意外打断了。

那天直到晚上九点，秦皓和马丽才换完房子，还借着月光在吊脚楼前筑了一道篱笆，把鸡鸭全都赶了过去。吃完马丽下的面条，秦皓回到石头房子，坐在黑暗中抽了一根精白沙，稳定心神。烟灭后，他从床底下拖出装尸的紫色行李箱，提着铁锹，一头扎进浩荡的夜色中。他还背上了那支五连发，他有持枪证，遇到盗猎分子或者黄鼠狼之类的野生动物袭击候鸟，可以开枪驱赶。不过这次，他背枪是为了壮胆。

出门时秦皓感觉到了马丽强烈的目光，像爬山虎，缠缠绕绕，一直跟随他到村口。他没有回头，脚步不停，兀自沿着环岛公路往前走，竟然有种风萧萧兮易水寒的悲壮。岛上没有路灯，机动车辆晚上九点后禁止通行。所以岛屿的夜晚非常黑，一片死寂，像是走进了一座巨大的坟地。偶尔有巡逻员一闪而过的手电光，如同磷火。秦皓没有遇见一个人，连只野猫都没碰到。往日巡逻时，野猫几乎满地跑。整个世界似乎都在回避他，回避他藏在箱子里的那个骇人的秘密。

一小时后，秦皓下了环岛公路，穿过一片茂密的灌木林和芦苇丛，来到岛屿东端的猴子矶。他的脚印和行李箱的轮辙，清晰地留在沙滩上。但不用担心，他看了天气，明后天都有雨，到时所有痕迹都会被抹得干干净净。岛上以前有人淘过金，遗留了不少沙坑。他找了个现成的，约莫有一米多深，两尺多宽。他往手心里吐了口唾沫，抡起铁锹开始挖掘。沙子松软细白，很快，他就把沙坑扩展到了两米深。足够埋进去一个人了，哪怕是站着。

秦皓见过葬坟，在震天的唢呐声中，几个精壮汉子一齐吆喝，把一具通体漆黑发亮的棺材缓缓放进墓穴，里面装的是他父亲。他觉得那个圆锥形坟丘就像句号，象征着人生的终结。但这只行李箱里的尸体不能有坟丘，他知道，即使埋下去，埋得再深，那个人的故事也远未结束。

秦皓扔掉铁锹，歇了口气，然后打开行李箱，戴上手套，有些吃力地把尸体搬出来。老辈子的人说，死沉死沉的，一点儿都没错。死者的手机掉了出来，是苹果最新款，机壳上镶了钻。秦皓用的还是小米老款，古董级别，经常黑屏。他把这部苹果手机塞进自己口袋，又撸下了死者戴的劳力士手表，值一百多万呢，比他这些年总共挣到的钱还要多得多。接着，秦皓把尸体的衣服鞋袜全部脱掉，裸身掀进了沙坑。然后他再次抡起铁锹，花了半个多小时把坑填平，用脚把松软的沙土夯实，直到肉眼看不出任何异常。不到一个星期，这里就会覆盖许多水草、苔藓和鸟粪。微生物会迅速将尸体分解，没人知道沙坑里埋葬了一个牛气冲天的亿万富豪。在死亡面前，所有的生命都丑陋不堪，而且一文不值。

秦皓精疲力竭，浑身被汗水湿透。他把铁锹往沙土里一撅，坐在行李箱上大口喘气，就像一条搁浅的鱼，又像是一只刚从湖里爬出来的鬼鬼祟祟的水猴子。他点了两根精白沙，一根自己抽，一根吧嗒了几口后插进沙里，是给死者抽的。死者身家几十亿，平常不会抽这种十块钱一盒的廉价烟，只抽古巴雪茄，最次也是百元一包的和天下，但今夜只能将就了。秦皓只买得起白沙，两天抽一盒。

惨白的月光下，秦皓如同巫师念念有词，铁锹仿佛是他的法器：早点投胎，来生做一只候鸟吧，记住这里是你的故乡。

行李箱里有死者的血液，很难清洗干净，必须扔掉。秦皓起身，把死者的衣服鞋袜一股脑儿扔进行李箱，用铁锹往里面装沙子和鹅卵石。接着，他掰下箱子的一只滚轮，扔在挖掘砂石形成的浅坑里，然后把这只沉甸甸的箱子扔进了湖中。

等风头彻底过去，秦皓和马丽宁静而美好的渔村生活不会再受到任何人的干扰了。秦皓有时候觉得，他和马丽就是两只候鸟。他经常做一个梦，胁下长出白色的翅膀，人面鸟身，和马丽并肩飞翔，不断朝远方迁徙。从故乡到异乡，再回到故乡。奇怪的是，马丽也做过相同的梦。或许，构成他梦境的粒子，跟她发生了某种神秘的互动。又或许，他们原本就是宇宙中一个完整的意识体，被上帝之手一分为二——马丽是不是这样想的，他不知道；但他清楚地知道，从十二岁那年夏天开始，他就有这种奇异的想法。

在那名葬身沙坑的死者的牵引下，马丽的命运列车曾经呼啸着开往另外一个方向，差点儿冲出轨道，车毁人亡。而这个万籁俱静的夜晚，秦皓和马丽主导了死者的命运。秦皓越来越相信宿命论，有些东西就是注定的，因果轮回，生生不息。他拿起五连发，推弹上膛，很想朝天放一枪，发泄如积雨云一样堆砌在心中的情绪，但还是忍住了。

当巡逻员之前，秦皓是出租车司机。他很喜欢这个职业，能接触形形色色的客人，听许多稀奇古怪的故事。他觉得生活远比电视里演的更精彩，只不过精华往往沉没在看不见的暗流之中，浮出水面的大都是泡沫。后来网约车多了，开出租挣不到钱，他就转了行，从此再也没听过一个有意思的故事了。

这个候鸟回归的季节，秦皓有了强烈的创作灵感，要自己写一个故事——利用这具尸体大做文章。这将是他的得意之作。准确地说，是他可以傲视一生的鸿篇巨制。想到这里，他的嘴角露出一丝诡异的笑。

已经凌晨两点了，夜露渐渐深浓，滴在眼角眉梢，凉凉的。四周是如月华般的宁静，似乎在尸体被埋葬后，一切烦恼都消失了。天地清朗，人间祥和。秦皓用水洗了洗手，也洗了一把脸。半夜三更的洞庭湖清幽阴冷，就像一面铜镜。他的影子倒映在这面镜子上，黑黢黢的，泛着寒光，说不出的奇诡怪诞。

一阵湿漉漉的风穿过时间的旷野悠悠吹来，紧接着，一道极其耀眼的光柱蓦然撕裂了整个夜空，岛屿刹那间亮如白昼，似乎所有的秘密都无处隐藏。

那不是闪电，而是伤口，黑夜血淋淋的伤口。

4

可能是2023年冬天的那个案子太炸裂，2024塔城全年无大案，我获得足够多的空余时间。为了让《刑侦笔记》中的人物更接近本来面貌，我通过各种渠道，几乎花费了整整一个春天来追溯秦皓的过往。当然，也包括马丽和其他涉案人员。埃隆·马斯克说，人类生活在真实世界的概率或许不到十亿分之一。我在追溯中不止一次陷入迷惘，难道我们真的是被高等智慧生命写进程序的一串代码，一生的际遇都是注定的吗？

秦皓的母亲是被他拾荒的父亲从垃圾堆里捡来的，生下他后就死了。父亲是秦皓在这个世界上唯一的亲人——这话似乎不太准确,父母的家族那边,肯定还有他的亲戚。但母亲是智障,根本说不清楚自己的来历。父亲是流浪汉,很小的时候从人贩子手里跑出来,不记得老家在哪里,只记得家门前有条小河,一到春天就发大水。河两岸都是油菜花田,狗在里面钻来钻去。父亲还记得自己姓秦,上面有两个姐姐,别人都叫他秦老三。秦皓对往事最深的记忆就一个字——跑,从大街跑到小巷,从南门跑到北门。

秦皓还不会走路的时候,父亲就每天背着他,手里拎着一个肮脏的蛇皮袋去捡废品卖钱。等他会走路了,就跟在父亲屁股后面一起捡。拾荒者是市容管理部门的重点关注对象,父子俩捡垃圾时经常遭到驱赶。小区保安和传达室大爷也把他们当治安管控人员,见一次就撵一次。他们捡垃圾,却被人当成垃圾。为了逃避监管,父子俩只好四处打游击。这些逃跑的恐怖画面深深烙印在秦皓脑海中,怎么也擦不掉。跑的次数多了,秦皓就有了经验。去捡废品前他会提前查看地形,规划退路,甚至掌握了管理人员的性格特点和生活规律。因此,他对危险的直觉比一般人更敏锐。

秦皓曾经问父亲,为什么别人不需要捡垃圾,不需要每天跑来跑去?我们是要跑一辈子吗?父亲抽着劣质烟,擦了擦眼角浑浊的泪水,露出嵌着韭菜叶的牙龈说,因为每个人有每个人的命。那时候秦皓还不知道命是什么,后来看了很多从垃圾里捡来的书,特别是弗洛伊德的著作。他隐约知道了,命就是早就写好脚本的一台戏,是一种与生俱来的非常玄奥的东西——混合在骨髓里、血液中、基因内,而且具有遗传密码,能代代相传,生生不息。

秦皓就是偷偷跑到这个世界来的,姥爷不疼姑姑不爱舅舅不亲,宿命逃不掉。也许这一生,他注定要一直跑。

垃圾的气味充斥着秦皓的整个童年和少年时代,以至于长大后一闻到这种气味他就反胃。在《刑侦笔记》中记叙秦皓的出身时,窗台上米兰花开,芳香弥漫,我却从字里行间嗅到了一股垃圾味。但我很清楚,秦皓反胃的其实不是垃圾,而是那段整天跟蟑螂和老鼠为伍的经历。秦皓和父亲住在塔城先锋路东湖新村的一座铁皮房子里,以前是工棚。当地有座大型的西汉古墓,发掘工作持续了三个多月,出土了许多文物。考古队就住在临时搭建的工棚内,队伍撤走后,那里就成了父子俩遮风避雨的场所。这之前,他们大都住在防空洞里。

父亲的风湿病越来越严重后,他们就住进了所谓的凶宅。这些地方要么发生过凶杀案,要么有人横死,家属都不敢住,也很难租出去。但对父子俩来说,凶宅简直就是安乐窝。里面什么都有,家具和锅碗瓢盆一应俱全,甚至还有彩电、冰箱、热水器。从小跑到大,秦皓得出一个经验教训,这个世界上最凶的不是"阿飘"之类的东西,而是人。房主需要有人来驱除凶宅的晦气,名曰"洗屋",所以对父子俩鸠占鹊巢往往睁一只眼闭一只眼。但几个月后,"洗屋"目的达到,房主就会把他们扫地出门。不过秦皓和父亲不愁没地方住,一座城市每天都有很多人哭着出生,也有很多人不甘地死去，凶宅层出不穷。父子俩从来没有在凶宅里碰见过什么邪乎事，别人说那是因为捡废品的八字硬。好像是这个道理，命如垃圾，一无所有，无牵无挂，还有什么可畏惧的？而且父子俩蓬头垢面，邋里邋遢，看上去比那些不干净的东西还要可狰狞可怖。

十三年前，秦皓还是黑户。父亲也是黑户。因为没有户口，秦皓上不了学。父亲一咬牙，提着好烟好酒去了民工子弟学校的校长家。买烟酒的这笔钱，父亲要卖整整半年的废品才能攒下来。第二天，秦皓就成了这所学校的插班生，但没有学籍。他被安排坐在最后一排，而且是一个人坐。没有同学愿意跟他玩，老师也不愿批改他的作业，嫌他身上和作业本上都有股难闻的垃圾味。上学后，秦皓只有周末才会跟父亲去捡破烂，平常都是穿得干干净净的。他很奇怪，自己身上怎么会有垃圾味？他使劲嗅了嗅，根本闻不到，父亲也说没有。但同学们从他身边经过时，都会下意识地掩住口鼻。即使他天天换衣服，甚至往衣服上洒香水，还是被人嫌臭。似乎那股垃圾味是从他的毛细孔里散发出来的，根本没法清除掉。

秦皓迟到早退，不出操不交作业，都没人管。老师也从不叫他起来回答问题，批评和表扬都没他的份儿。仿佛他就是教室后面的一堆垃圾，不值得任何人理会。他的各科成绩却是班上最好的，但不计入班级总成绩，也不参与排名，他只是默默陪跑。因为缺乏办学资质，违规招生，这所民工子弟学校后来被有关部门取缔。那一年，秦皓正好读完六年级，不仅没有小学毕业证，连小升初的考试资格都没有，他又成天跟着父亲去捡垃圾收破烂。他经常一只手拎着蛇皮袋，一只手插在裤兜里，用口哨吹着那些从街头巷尾听来的歌曲。

那年的梅雨比往年来得更晚一些，整整两个月，没下一滴雨。蝉儿躲在树荫深处拼命呐喊，仿佛喉咙带血，把阳光都染成了刺眼的猩红色。正是在那个梅雨姗姗来迟的夏天，秦皓认识了马丽。

那天下午，父亲因为牙疼在铁皮房子里休息，秦皓独自拎着蛇皮袋去捡废品，不知不觉转悠到了韭菜园。这条散发着香樟树气息的老街他来过很多次，并不陌生。路过一栋阁楼时，秦皓听到一个女孩在门口叫他，喂，废书要吗？秦皓点点头，要的。女孩跟秦皓年龄相仿，个头也差不多高，长得像漫画书里的小魔仙。问了价钱后，女孩要秦皓上楼帮她搬书。秦皓站着没动，女孩觉得奇怪，问他，你怎么不进去，不想要了吗？秦皓低头看了看自己脏兮兮的汗衫和鞋子，有些拘谨地说，不是。女孩问，那你还愣着干吗？秦皓脸的红了，说，我身上脏。女孩咯咯地笑了，露出两个很萌的小酒窝，说，我没觉得你脏，快进来吧。书太重了，我搬不动。

秦皓犹豫了一下，把蛇皮袋放在树下，跟女孩进了屋。到了楼上，看见那些要卖掉的书，秦皓才知道她刚参加完小升初的考试。一本英语习题集在书桌上摊开，女孩正在为上初中做准备。秦皓无意中瞟了一眼，发现她有两道题做错了。秦皓指出了错误，她惊讶地看着他,有点儿不敢置信。她翻了书后面的答案,证明他确实是对的。女孩问,你学习这么好,怎么去捡废品?秦皓默默地收拾那些她不要的书,没有回答。这样的问题,他说不清楚,她也听不明白。

一个中年女人满头大汗地抱着西瓜走了进来,五官和女孩很像,应该是她母亲。看见秦皓,中年女人有点儿警觉,你谁啊,怎么在我家?秦皓还没来得及开腔,女孩就抢先回答了,妈,他是我同学,来找我借书的。

中年女人打消了疑虑,拿起水果刀切西瓜,邀请秦皓一块吃。秦皓的脸又红了,他翻着书,不好意思吃。女孩把一块西瓜塞在秦皓手上,挤挤眼睛说,别客气,上次去你家,你爸还请我吃巧克力呢。秦皓知道,女孩是不想让母亲嫌弃他是个收破烂的。秦皓吃着西瓜,嘴里和心里都甜滋滋的。以前从来没有人请他到家里做客,还拿吃的招待他,今天是头一回。中年女人离开后,女孩告诉秦皓,她爸妈在楼下开了家纸品批发店,今天出门走亲戚。她妈先回来,她爸还在亲戚家打麻将。

秦皓把书扛到楼下,塞进蛇皮袋。他掏出几张皱巴巴的钞票递给女孩,她却不要,说,你帮我清理了垃圾,我怎么还能收你的钱?秦皓把钞票放在女孩家窗台上,说,我吃了你家的西瓜还没给钱呢。女孩可能是害怕伤害秦皓的自尊心,就不再推辞了,她问,你叫什么名字?秦皓报出了自己的名字,秦叔宝的秦,皓月当空的皓。他父亲特别喜欢看《隋唐演义》,秦叔宝是父亲崇拜的偶像。女孩笑了，看着她灿烂的笑脸，秦皓心里像融化了一支冰淇淋，又香又甜。女孩俏皮地眨眨眼，小酒窝更可爱了，她学着他的样子自我介绍，我叫马丽，马到成功的马，风和日丽的丽。

来到人世间，秦皓的很多第一次都发生在这个燥热的夏天，而且跟马丽有关。第一次有人问他的名字，第一次有人主动向他介绍自己的家庭。准备离开时，秦皓突然想起什么，问了一句，你没闻到我身上的垃圾味吗？马丽凑到秦皓跟前使劲闻了闻，然后连连摇头说，什么味儿都没有。她认真的样子一点儿都不像撒谎，眼睛亮晶晶的，灿若玻璃球。秦皓相信了马丽的话，因为自始至终，他都没见到她掩过口鼻。除了父亲，马丽是秦皓人生中第一个说他身上没有垃圾味的人，也是第一个朝他笑的女生。

从那以后，秦皓白天不再去韭菜园拾荒，怕被马丽的母亲撞见。要去，只晚上去。不是捡垃圾，而是故意吹着口哨从马丽家门前走过，想悄悄看她一眼，想听听她朗读英语。马丽卖给秦皓的那些书，他没有送到废品收购站去换钱，而是留着自己天天翻，嗅着她留在上面的各种气味。久而久之，秦皓居然能分辨出来哪是香水味，哪是橘子味，哪是巧克力味，哪是面霜味。这种气味似乎有致幻的魔力，让秦皓心醉神迷，甚至能掩盖整座铁皮房子里的垃圾味。有天黄昏，趁秦皓不在，父亲把马丽的那些书拿去换了一瓶老白干和半斤猪头肉。秦皓回来发现后，气得把酒瓶摔碎了，猪头肉扔外面喂了狗。那是秦皓第一次冲父亲发火，也是唯一一次。后来秦皓找到废品收购站的老板，重新把马丽的书买了回来。

那年夏天,秦皓十二岁,马丽也是,她只比他小两个月。秦皓经常梦见自己和马丽钻进铁皮房子里,躲在堆积如山的废书后面,一起吹口哨,一起朗读英语。世界开始很大,慢慢变得很小很小。两人浓缩成一个奇点,在一场大爆炸中诞生出奇妙的宇宙。

醒来时,秦皓身上有股怪怪的味道,那是他人生中第一次梦遗。

第 2 章　沉默的证词

1

发现唐胜龙尸体的当天下午，雨席卷了整座塔城。来势很凶，街道像患了严重的肠梗阻，所有车辆只能蜗行。寒衣节都过去好多天了，居然还雷鸣电闪，预示着这个冬季很不寻常。

雨一连下了三天，放晴时，尸检报告刚好出炉。唐胜龙死于失血性休克，体内没有检测出酒精和任何药物成分。身上有十二处锐器伤，都是从正面刺入胸腹。死亡时间在 11 月 17 日下午两点左右，误差不超过半小时。其下肢被钝物反复击打过，颈椎骨和腿骨多处粉碎性折裂。但这并非搏斗造成，而是死后所为，以便将尸体塞入行李箱内藏匿。经邓嘉伟辨认，紫色行李箱里的衣服鞋袜确系唐胜龙平日穿戴，西装的破损处跟尸表的伤口吻合。清空箱内的沙石后，发现了一个精白沙烟蒂和几根头发。烟蒂在水中浸泡时间过长，已无法提取到 DNA。从头发中提取到了 DNA，不是唐胜龙的。行李箱上面附着了一些湖底沉积物，主要是藻类。从湖大请来的一位生物学专家计算了藻类的生长速度，箱子沉没湖中的时间不会早于11月18日凌晨一点，不会晚于凌晨三点，这应该也是埋尸时间。唐胜龙失踪当天的通讯记录查过了，跟他联系过的几个人已全部排除作案嫌疑。最后一个电话是邓嘉伟当天下午一点四十五分打进来的，向唐胜龙汇报上周日商务洽谈的安排事宜。通话结束没多久，唐胜龙就关了机。

案件披露后，迅速冲上热搜，引起塔城社会各界强烈反响。尤其是商界，塔城的企业家人人自危，纷纷给自己雇用保镖。塔城招商局引进的几个大型项目也搁浅了，投资人担忧当地的治安状况。局里压力巨大，迅速成立了专案组，赵宏森担任组长，我是副组长。但案情分析会召开那天，赵局正在省厅汇报扫黑除恶阶段性成果，会议由我主持。

我把窗户打开一条缝，室内抽烟的人多，让空气流通一些。阳光似乎不是照进来的，而是从窗户缝里飘然而入，踩着圆舞曲的节奏。我说，唐胜龙上岛前，可能没有和犯罪嫌疑人联系。但有一点可以确定，两人是熟人关系。而且嫌犯熟悉地形，应该就住在岛上，有固定居住场所。周雨彤给我倒了一杯水，说，怪不得嫌犯拿到赎金后还要撕票，他是为了灭口。不过如果是熟人作案，那就很好查了。巴掌大个岛，唐胜龙能有几个熟人？排查一下他的社会关系，要不了几天嫌疑人就能浮出水面。坐在我左边的贾庆松是个大块头，以前在水上派出所工作，熟悉岛上情况，我特意把他从扫黑办要到专案组。

贾庆松信心满满，说岛上的常住人口不超过五百，最多三天，排查就能出结果。专案组成员都很乐观,觉得案子指日可破,但一名叫郑瑞的刑警提出了质疑,唐胜龙身价几十亿,犯罪嫌疑人抽的却是十块钱一包的精白沙,两人身份太悬殊了,怎么会在岛上相约见面?我撕开锡箔纸,点了一根芙蓉王,慢悠悠地说,有两种可能:第一,那个白沙烟头不是犯罪嫌疑人抽过的,而是别人丢弃的。是嫌犯把沙石装进箱子里时,不小心带进去的;第二,嫌犯故意用别人抽过的烟头干扰警方的侦查视线。贾庆松刚从扫黑办过来,一周没洗澡了。他挠了挠油腻的头发,头皮屑像雪花一样纷纷扬扬地飘洒下来,蔚为壮观。他说,齐队的分析有道理,这狗日的比猴子还精。听说抓捕现场大伙儿就被他摆了一道。在弃车现场,嫌犯也没留下什么有价值的线索。咱们可不能轻敌,当心又着了他的道。周雨彤的疑惑还没有完全消除,她说,我就奇了怪了,嫌疑人这么心狠手辣,反侦查意识超级强,而且手里有枪,按理说应该有前科才对,怎么DNA没有比对上?

我看着窗玻璃上跳跃的阳光,心里也很纳闷,从犯罪嫌疑人老到的作案手法来看,应该是有前科的。我说,也许他有犯罪天赋,从来没有暴露过。队里的另外一朵警花黄萍说,嫌犯不是单身,至少不是独居,箱子内的头发可能来自他的家庭成员,朋友和同事一般不会把自己的行李箱借给别人使用。黄萍的观点起到了抛砖引玉的效果,会议室里开始了热烈讨论——唐胜龙身上有十二处刺伤,案发现场肯定不会在户外和公共场所,而是在私密性很强的室内。如果凶手不是独居,他又要杀人又要毁尸装箱,这么大的动静，他是怎么瞒过家里人的？贾庆松摸了摸下巴上的胡子茬说，有可能案发那天，嫌犯家人恰好不在。也有可能他家人目睹了作案过程，但出于自身利益考虑，包庇了凶手。

窗外忽然飘起了白色的絮状物，洞庭湖区芦苇茂密，起先我以为是芦花，但立马反应过来季节不对。我定睛一看，竟然是雪花。没错，是阳光和雪花同时飞舞。这种罕见的天象我以前只遇到过一次，上一次是我外婆去世的当天，但那是在腊月，阳光夹杂着雪花肆虐了整整一个下午，像老天撒了一大把纸钱。我把视线从窗外收回来，努力让自己的注意力聚焦在案情中。我深吸一口烟说，如果箱子里的头发并非嫌犯故意放进去的，那头发的确有可能来自他的家庭成员。但我觉得合伙作案的可能性更大，嫌疑人的同伙十有八九是女性。周雨彤好奇心大起，问我，齐队，您怎么判断出凶手的同伙是女性？

专案组成员全都看向我，新官上任，大家对我不熟悉，好奇中还带有几分质疑。我也是够倒霉的，刚来就碰上命案，如果破不了，以后我在队里说话就不好使了。我说，男人之间发生斗殴，一般不会马上动刀子，而是先比划拳脚，这样就会留下抵抗伤，但唐胜龙尸体上并没有。女人胆怯、力气小，出于强烈的恐惧心理，跟男人搏斗时会下意识地拿起身边的锐器抵抗，比如水果刀、剪刀和菜刀。死者虽然被连刺十二刀，但伤口并不深，说明嫌犯力气不大。死者的十个指甲都被剪掉了，说明他生前跟嫌犯发生过撕扯，指甲缝里留下了对方的生物信息。男人斗殴讲究拳拳到肉，是很少有这种撕扯的。周雨彤问，这么说，刺死唐胜龙的是女人，勒索巨款的是男人？

我吐出一口浓烟，像一个难以解密的麦田怪圈，我说，没错，两名犯罪嫌疑人如果不是夫妻，就是情侣，至少关系很亲密。但女方跟唐胜龙发生冲突时，男方并不在场。否则，男方肯定会出手，唐胜龙身上就不会没有抵抗伤。所以，这不是一起有预谋的杀人绑架勒索案，应该是激情杀人。男方在帮女方善后过程中临时起意，勒索巨款。周雨彤豁然开朗，说，唐胜龙见的那个熟人就是女嫌犯？我说，应该是，关系熟络的男女发生激烈冲突，不是为了钱，就是为了情，或者为了性。

周雨彤咬着笔杆，若有所思地说，唐胜龙不差钱，那就是只剩下情和性了。我点点头，给案件初步定了性，仇杀和财杀的可能性都很小，我倾向于是情杀。郑瑞突然喃喃自语，不会这么巧吧？一年前，唐胜龙的妻子王欢坠亡，她家里的月嫂恰好在场。我看过笔录，那个月嫂好像就叫马丽。我愣了一下，烟灰掉在裤腿上。周雨彤打了个机灵，问郑瑞，王欢家的月嫂就是岛上的那个候鸟讲解员？郑瑞不太确定地说，有可能两人同名。

就在此时，技侦科科长曹磊拨通了我的手机。他是我在警官学院的同学，还是同寝室的上下铺。他告诉我，刚刚远程恢复唐胜龙的手机数据时，发现云盘保存了很多视频，是家用摄像头拍摄的，里面显示唐胜龙的妻子王欢生前曾多次跟月嫂发生过肢体冲突，最后一次冲突直接导致王欢坠亡。我当即要曹磊把月嫂的照片截图发来，一看，果然是那个候鸟讲解员马丽。我在岛上跟她交谈时，她说自己跟唐胜龙只是认识，并不熟，明显是在撒谎。

挂了电话，我抽着烟沉吟半晌。刚才开了免提，专案组成员都听见了我和曹磊的对话，见我在思索，大家都没吭声。窗外的阳光消失了，雪花下得更加密集，还飘起了雨，玻璃上凝结着晶莹的冰花。我那时还没意识到，2024年冬天的这场雪，将会覆盖我的整个世界，甚至下到我的灵魂深处。我的每一根神经末梢，每一个细胞，都长满了冻疮。

我琢磨着，难道马丽是做贼心虚，这案子真的跟她有关？唐胜龙知道她住在渔村，所以事先没有跟她打招呼，径直去那里找她。而且她熟悉岛上地形，具备作案条件。从马丽独居在渔村的情况来看，她应该还没结婚，也没固定的男友。帮她处理尸体，并实施敲诈的那个男人，很可能只是她的追求者。周雨彤重新给我倒了一杯水，打破沉默说，那个女讲解员讲话细声细气，看上去温温柔柔的，一点儿都不像杀人犯。我一口气喝完半杯水，然后宣布休会四十分钟，让郑瑞从档案室调取了王欢坠亡事故的卷宗。只有薄薄几页纸，当时并未立案。

马丽和王欢的户籍地均在本市韭菜园，都是1995年4月出生，马丽只比王欢大几天。从小学到高中，两人都是同班同学，关系非常好。后来王欢考上了商学院会计系，马丽读了旅游职业中专。2021年春，在欢乐颂旅行社当导游的马丽改行做了月嫂，跳槽原因据她自己说是旅游业近两年不景气，做月嫂收入更高。

2022年10月，王欢生下了女儿潼潼，特意请马丽到家里当月嫂。这期间，唐胜龙在欧美等国商务考察。事发当晚下着雨，王欢养的宠物猫去楼顶抓鸟，她去把猫撑回来，结果不小心滑坠身亡。接到马丽报警后，老魏亲自带队赶到现场勘查，发现门窗没有破坏的痕迹，别墅内没有第三人入侵的鞋印。除了高坠伤，王欢身上并没有其他外伤。

现场没有发现打斗的痕迹，老魏找到了王欢养的那只波斯猫，毛发都是湿的，别墅楼顶提取到了几根鸟的羽毛。猫吃鸟很正常，当时没有人怀疑这起事故有猫腻。事发后，老魏检查过王欢家的监控设备，处于关闭状态，没有插入存储卡。马丽在笔录中说，王欢刚生完孩子，需要母乳哺育。因为担心隐私泄露，就关闭了监控设备。也就是说，王欢坠亡的经过，当时完全来自马丽的陈述，并无监控佐证。很显然，她没说实话。毕竟猫和鸟都不会说话，它们只是沉默的证词。王欢是2022年小雪那天坠亡的，巧的是，我看到卷宗也在2023年小雪这天。窗外同样下着一场冰冷的雨夹雪，似乎就是从一年前的那个冬天，穿着高跟鞋，扭着胯，慢慢吞吞地走过来的。

卷宗在专案组成员之间传阅，因为当时没有立案，大家对这起事故印象都不深。休会结束后，曹磊进入会议室，在投影仪上播放了从唐胜龙的手机云盘上拷贝的部分视频。让大家瞠目结舌的是，所谓的肢体冲突，其实都是王欢变着花样虐待马丽。揪头发、扇耳光、踹肚子、用烟灰缸砸脑袋、朝身上泼水……手段无所不用其极，而马丽每次都是忍气吞声。最后一个视频更是震撼了会议室里的所有人——2022年小雪那天晚上，王欢故意找碴，把一碗热粥泼到马丽脸上。当马丽跑到别墅楼顶哭泣时，王欢不依不饶，追过去继续施暴。马丽忍无可忍，被迫反抗，推搡中王欢的脚后跟碰到了花盆，她站立不稳摔下了楼，当场殒命。

她的死跟宠物猫和鸟毫无关系。

2024年夏天，我在电脑前回忆那些视频的内容时，心头仍然隐隐作痛。我见过不少男人家暴妻子的案例，也侦破过一起女人将丈夫碎尸的案子，但从来没见过女人虐待女人。对我这种直男来说，女人都是食草动物，即使不是同类，彼此之间也有一种天然的亲近，不至于自相残杀。王欢的行为简直称得上变态，太毁三观。如果王欢没死，马丽完全可以告她虐待罪。然而，王欢死了，马丽虽然是受害者，但也需要承担过失致人死亡的法律责任。她的情节比较轻微，量刑应该在三年以下，或者缓刑。在笔录中，马丽声称自己和王欢是闺蜜，就是为了掩盖事实真相，逃避担责。

那天开会时，周雨彤睁着一双迷惘的大眼睛问曹磊，既然王欢家的监控设备已关闭，这些视频又是哪里来的？曹磊说，唐胜龙应该在别墅里安装了隐蔽摄像头。我凝望着玻璃上的冰花思忖着，为了监督保姆干活，的确有很多雇主会偷偷这样做。但问题又来了，按照卷宗所述，事发后第三天，唐胜龙匆匆赶回国，接受警方询问时，他对马丽的口供完全认可。如果他事先安装了隐蔽摄像头，知道了妻子坠亡真相，他为什么对警方只字不提？曹磊用手帕擦拭着眼镜片说，我看了完整视频，大部分摄像头的安装位置很正常，但保姆房的床头和卫生间也装了摄像头，从拍摄角度来看，明显是偷拍，这就很不正常了，马丽毫无隐私可言。

贾庆松冷哼一声，不是一家人，不进一家门，这夫妻俩都很变态，简直是作死。我把烟灰弹到了水杯里，说，唐胜龙没有公开视频真相，有三种可能，第一，唐胜龙害怕别人发现他偷拍月嫂的隐私，导致自己人设崩塌，给耀龙集团造成不良声誉；第二，摄像头不是他安装的，而是王欢。周雨彤打断我的话，大惑不解地问，女人怎么可能偷拍女人？我不咸不淡地说，从王欢虐待马丽的变态行为可以看出，她心理极度扭曲，不能用惯常思维来揣测她的真实意图。曹磊重新戴上眼镜，问我，那第三种可能呢？我说，王欢家的监控设备，可能是在她坠亡后被人为关闭的。唐胜龙回国后，无意中发现了丢失的存储卡，看到了马丽的隐私视频，于是以此要挟她跟他发生性关系。我顿了顿，补充道，他这样做有可能是为了满足自己的兽欲，也有可能是报复马丽害死了他的妻子。

周雨彤恍然大悟说，很有可能是唐胜龙对马丽纠缠不休，她忍无可忍才杀了他，甚至有可能是防卫过当。我拿起卷宗扬了扬说，这上面说，王欢坠亡后，在她的指甲缝里发现了人体表皮组织，经鉴定，DNA跟马丽的一致。另外，在马丽的身上也发现了相对应的伤痕。马丽的解释是，王欢坠楼后没有马上断气，她从别墅内跑出来抱着王欢。因为疼痛难忍，王欢的指甲抠进了她的

49

皮肉里。从表面看，这是人临死前的一种本能反应，跟落水者抓住救命稻草一样。但实际上是因为两人发生过撕扯，王欢的指甲缝里留下了马丽的DNA。为了遮掩过去，马丽就找了这个托词。

贾庆松感叹，这女人心机够深的。曹磊突然感觉脑回路的某个地方被堵塞了，他说，我和老魏一起勘查过王欢坠亡现场，从接警到进入现场，不足半小时。在这么短的时间内，一个月嫂怎么可能制造出如此逼真的假象？太不可思议了！我意味深长地说，唐胜龙死后，十个指甲都被剪掉了。周雨彤问，您的意思是，有人帮助马丽伪造了王欢坠亡现场，这个人也是唐胜龙被害案的嫌犯？我说，没错。唐胜龙被害很可能不是孤案，而是跟王欢之死有某种联系。

据曹磊回忆，王欢坠亡后，老魏查过马丽的手机通信记录。她第一时间把电话打给了一个叫秦皓的男人，之后才报警。马丽在接受老魏讯问时声称，她和秦皓并非情侣，只是密友。我追问，秦皓从事什么工作？曹磊推了推鼻梁上的眼镜架说，鸟岛湿地保护站的巡逻员。

雪停了，阳光又开始漫射，玻璃上的冰花逐渐融化，像一行行泪。我感觉自己在黑暗中摸索到了通往真相的那扇门，虽然还没有找到钥匙，但已经确定了锁眼的位置。后来我才意识到，自己当时想得太简单了。那扇黑暗之门不仅上了锁，还加了密，连一丝光线都漏不进去。

而启动加密程序的，正是我本人。

2

结案后，我无数次来到韭菜园。有时候是走访调查，有时候什么都不做，只是安静地坐上小半天，抽几根烟，听听教堂里飘出的天籁之音。那是塔城最古老的一条街，历史能追溯到南宋。据说这里以前遍地野韭菜，但如今已无迹可寻。许多民居的门窗雕刻着精美的花纹，路面铺砌的青石板光滑如镜。街道两旁都是比井口还粗的香樟树，油亮的叶子在阳光下散发出浓烈的气息。置身老街，我经常感觉有些不可名状的东西悄悄进入我的身体，然后慢慢稀释在血液中。我试图在《刑侦笔记》里把这种感觉准确地表述出来，但很难，我努力了很多次都没做到。可能因为我并非作家，笔力不逮。总之，我的文字很无力，不及真实感受的十分之一。这种无力感也成了我整个写作的基调，我远没有外表看上去那么强势。虽然是警察，而且是刑侦队长，但在命运面前，我也是弱者。

反目成仇前，马丽和王欢的确是闺蜜。两人同年同月生，从小学到中学都是同桌，整天形影不离，上厕所都要拉着手一起去。两家离得也近，都住韭菜园，前门对后门，推开窗户就能跟对方打招呼。十三岁那年的感恩节，她们坐在韭菜园街口的哥特式教堂里，听着钢琴弹奏的赞美诗，对着穹顶的天使浮雕发誓，长大后都不找男朋友，不结婚，要做一辈子的好姐妹。多年以后马丽才明白，孩子的誓言像水晶，其实是玻璃，轻轻一碰就裂成渣渣。

她觉得少女时代就是玻璃时代，敏感易碎，而且无法修复。

上小学时，马丽和王欢都还是贪玩的黄毛丫头，整天在韭菜园蹦蹦跳跳，像两只小松鼠。那时她们的心思还没用在学习上，成绩都属中游。五官和身材也没完全长开，不算出众。进入初中后，马丽的玩性收敛了许多，她和王欢的成绩拉开了距离。每次考试，马丽的名次没跌出过班级前三，王欢则一直在十名左右徘徊。两人都担任了班干部，马丽是学习委员；爱唱爱跳，还会拉大提琴的王欢是文娱委员。每次搞活动，只要马丽不出现，王欢就是焦点；但马丽一来，焦点就转移到了她身上。因为她比王欢更漂亮，身材更窈窕。十四岁那年春天，马丽的个头就蹿到了一米六六，比女班主任还高。她们是班上的姊妹花，总是有男生拿两人作比较，说马丽的声音比王欢拉的大提琴还好听，说王欢的皮肤是那种带点儿黄色的象牙白，而马丽像云片糕一样白，看着就想咬一口。有比较就有伤害，慢慢地，两个女孩的关系就起了微妙的变化。

确切地说，是王欢起了变化。她开始在心理上疏远马丽，表面上却一如既往，亲密无间。但马丽敏锐地觉察到了这种疏远，知道是为什么后，她试图修复两人的关系，经常当着同学的面夸王欢，眼睛比她大，手指比她修长，头发比她飘逸，唱歌像王菲，还会跳新疆舞和恰恰，而她是个舞盲。然而，效果适得其反，她越是讨好，王欢越觉得她是故意嘲笑自己，心理阴影面积更大了。

2024年春天，我在韭菜园走访时，看过王欢中学时代的照片，其实她也是个美人坯子，丹凤眼，樱桃嘴，大长腿。只是跟马丽比较，就逊色了几分。我还看了王欢在学校文艺表演时的几段视频，她跳的恰恰充满青春活力。《柠檬树花开的地方圆舞曲》是钢琴界天花板小约翰·施特劳斯的神作，号称史上最美的芭蕾圆舞曲，但王欢用大提琴拉奏起来，更有一种特别的韵味。怎么说呢？用如梦似幻来形容并不夸张。我必须承认，自己听恍惚了。

让王欢把醋意变成恨意的，是一阵恼人的风。高二那年平安夜，王欢早晨刚进教室，就在自己课桌上发现了一张带香味的明信片。没有抬头，只有正文：愿你一年三百六十五天都太平，愿你生生世世都安稳。落款很有意思：一个每周有四天梦见你的人。在王欢还没到校之前，明信片已经被好几个同学传阅。早自习尚未结束，班上就人尽皆知。通过比对笔迹，大家很快找到了写这张明信片的人，是班长吴迪，一个高高帅帅的男生，不仅是学霸，还会打篮球。他是很多女生暗恋的对象，其中就包括王欢。她觉得那句"每周有四天梦见你"的话特别适合自己，真的，她经常梦见他。她上课容易开小差，有很大一部分原因就是看着他的背影出神。

被梦中男神当众表白，王欢激动得一天都不知道老师在课堂上讲些什么。她觉得身边的一切都是香的，包括墨水和作业，空气和时间，就是那张明信片的香。情窦初开的王欢脑子里不断琢磨着，写句什么话在明信片上回赠吴迪。马丽替王欢高兴，中午放学后，她在文具店买了张有篮球巨星科比照片的明信片，叫王欢送给吴迪。人逢喜事心情爽，王欢那天放下了芥蒂，接受了马丽的这份好意。下午放学后，王欢去篮球场边看吴迪打球，悄悄把那张明信片塞进了他的书包，上面写了一句话：愿你春冬不寒不冷，夏秋清凉如水。一生夜路有灯雪中有炭。落款是：一个每周有四加一天梦见你的人。

那晚王欢躺在床上辗转反侧，想象着吴迪看见这张明信片后的反应，心想，他会不会回复她？要是回复，他会写些什么呢？这一夜，只睡了几个小时的王欢又梦见了吴迪。第二天早晨她去上学，半路上被骑着自行车的吴迪从背后叫住。他的头发有点儿自然卷，鼻梁高挺，很像唱《那些花儿》的朴树。吴迪的手在书包里不断掏着什么，王欢以为他要送她礼物，心脏怦怦乱跳，兴奋得浑身散发出了玫瑰色的辉光。但万万没想到，吴迪居然把科比的明信片还给了她，窘迫地说，对不起，昨天我的那张明信片其实是送给马丽的，被风吹到了你的课桌上。王欢愣在香樟树下，大脑似乎有些缺血，还缺氧，晕乎乎的。她和马丽的课桌紧挨在一起，而且临窗。居然是风惹的祸，她自作多情了！吴迪走时安慰了她一句，明信片挺好看，科比是我偶像。可王欢觉得那不是安慰，而是羞辱，赤裸裸的羞辱，因为明信片是马丽挑的。

一股强烈的恨意涌上心头，王欢觉得马丽肯定早就知道真相，是故意戏弄她。吴迪还没走远，王欢就把两张明信片都撕得粉碎，扔进下水道里。同时扔进去的，还有她和马丽所剩无几的友谊。那天王欢没上早自习，她跑到韭菜园的防空洞里大哭了一场。

朦胧的初恋还没开始就结束了，黑暗一点点侵蚀着她的身体，也侵蚀着她的内心。从防空洞里出来的，似乎是另外一个王欢。以前那个纯纯的蛋白质女生仿佛消失在了地下，重返地面的这一个，带着黑暗的气质。不过王欢把这种气质收敛得很好，丝毫没有表露出来。

王欢一到校，马丽就告诉她，早自习老师点名，我说你生病了，晚点儿来。马丽的关切让王欢觉得非常虚伪，她心里冷笑，装什么绿茶，你现在应该开心得要死吧？看王欢没吭声，马丽拽拽她的衣角说，看你精神不太好，不会是真生病了吧，要不要去医务室看看？王欢的声音又硬又冷，不用。马丽也没有勉强，以为王欢可能是来大姨妈了。女孩子碰到这种事，多半都无精打采，而且容易焦躁。马丽用胳膊肘轻轻捅了一下王欢的腰说，对了，班长回复你了吗？马丽根本不知道所谓的真相，她对吴迪无感，她觉得同班的男生都挺幼稚。王欢看都没看马丽一眼，把英语课本翻得沙沙作响，说，别无聊了，该干吗干吗！王欢的反应让马丽很惊讶，但依然没往心里去，她以为两人闹别扭了。这也是她不喜欢同龄男生的原因，动不动就耍性子，特不成熟。

闹了这次乌龙，吴迪不好意思再表白马丽了，他知道她和王欢是闺蜜。惹恼了王欢，马丽肯定不会给他好脸色。马丽也慢慢淡忘了这件事，直到多年后科比遭遇空难的新闻上了热搜，她才想起曾替王欢买过一张送给吴迪的明信片。整个少女时代，王欢都在暗暗跟马丽较劲，但从没赢过。无论她学习怎么努力，名次都追不上马丽。其实她用的化妆品、穿的衣服都比马丽贵，但不管她怎么打扮，走在校园里，马丽的回头率总是比她高。即使在她最拿手的文艺表演上，她的风头也不及马丽。王欢拉的大提琴每次都能获得满堂喝彩，但只要马丽一上台，哪怕是简简单单的诗朗诵，获得的掌声也比她热烈。

王欢再也没去过韭菜园街口的那座老教堂，她觉得上帝不公平，偏爱跟她生活在同一米阳光下的马丽。马丽却从没把王欢当成对手，来到这个世界，她没给自己树立过任何敌人。然而，她越来越明显地感觉到友谊的小船在倾斜，她虽然难过，但只当是王欢有些小心眼。她绝没有想到，在王欢心里蓬勃生长的，竟然是仇恨。

高二下学期，一个阳光慵懒的春日上午，马丽和王欢因为来了大姨妈都没去做课间操，坐在教室里复习。马丽问，欢欢，你对我是不是有什么误会？你说出来，不要藏着掖着，好不好？王欢做着数学题，头都没抬地说，你想多了。马丽又问了几句，王欢还是不承认，并讽刺她村上春树的小说看多了，玻璃心，神经过敏。但两人仍然是同桌，只是肢体很少再接触。马丽其实有喜欢的男生，叫李查德，比她大一岁，不过不是本校的，也跟她不在同一座城市，他住雁城。两人在一个很偶然的机会认识，但很快就分开了。李查德是第一个进入马丽梦中的男孩，但梦中的他形象多变。有时候白衣飘飘长发飞舞，手里还抱着把破吉他。有时候寸头牛仔裤，躲在墙角抽烟嚼槟榔，痞帅痞帅的。马丽那些与男孩有关的梦里充斥着香樟树的气息，但在梦境的最后部分，男孩总是追着闪电离开，越跑越远，逐渐消失在雷雨即将来临前的黑暗中。

在学校没人知道马丽的这个秘密，除了王欢。

转眼到了高考前夕，几次模拟考试，马丽都是全班第一。只要临场发挥正常，她肯定会考上自己心仪的大学。2013年塔城的梅雨下个不停，湘江和洞庭湖全线告急，进入了防汛的最高警戒状态。对马丽来说，意外却比那年的梅雨来得更猛烈一些。高考前两天，她突然收到李查德从雁城寄来的信，说他准备随父母移居温哥华，想在出国前见她最后一面，送给她一个幸运符。李查德约马丽在收到信的当日晚上八点整，在白塔见面，他说自己次日凌晨就要从塔城坐火车去长沙。

李查德在信里面亲切地称呼马丽为小马驹，他叙述了自己这三年来的基本情况，说上次分别后，他忙于功课，疏于跟她联系，希望她不要介意。其实他心里一直都惦记着她，从来没有忘记过。李查德还说，他考上了华东的一所气象学院，但刚读了一年，他在温哥华当农场主的大伯病危。因为伯母早年离世，大伯没有子嗣，就要他父亲过去继承产业。父母已经办好了移民手续，一家人即将远赴重洋。隔着辽阔的太平洋，以后他和马丽的相聚可能遥遥无期。为了跟她告别，他特意选择从雁城转道塔城去长沙乘飞机。马丽以前听李查德说过他的这个大伯，在温哥华市郊有几十亩农场，全部种上了蓝莓。一到夏天芳香四溢，卖不完的蓝莓都让熊给吃了。可能是觉得老白吃白喝不好意思，有时候熊会抓几条肥大的三文鱼放在大伯家门口。马丽听了，笑得肚子疼。

2024年清明节前的一天，我在马丽家的书桌抽屉里找到了这封信，是两张A4纸，非手写，每个字都是打印的。如果马丽当时仔细琢磨，就会发现这封信有很多漏洞。既然李查德到了塔城，为什么不直接来韭菜园找她，而是约在白塔见面？他难道不清楚，让一个女生晚上去那种地方很不安全吗？还有，他怎么能保证她一定会在约会前收到信？但对于一个十八岁的怀春少女来说，她根本不会思考这些。塔城除了湖多，还有塔多，现存十三座，据说以前有十八座，五座毁于战乱。白塔位于南门外，高七层，为明朝万历年间一位白姓状元捐资所建。每年高考前，很多家长会在塔下焚香祭拜，为自己的孩子祈福。马丽赴约前给李查德挑了件礼物，是村上春树的小说《天黑以后》。

那是马丽第一次跟异性单独约会，是她玻璃时代最华美最隆重的盛宴。

晚上七点钟马丽就到了，塔内没有灯，很黑。但她不怕，他是她的光。白塔建在湘江边，汛期洪水漫过堤坝，浸没了白塔基座。马丽打着手机电筒往上面走，想找个干燥的地方等李查德。她心里琢磨着一会儿怎么跟他打招呼。三年来，除了他寄给她的一张照片，他什么音讯都没有。

你还好吗？

——不不不，这句话太没有温度了，还是换一句吧。

这三年，我老梦见你，你呢，梦见过我吗？

——不行不行，有点儿肉麻，她说不出口。

去了温哥华，好好照顾自己，千万别生病了。

——哎呀，这口气像个老妈子。

我第一志愿填的也是你说的那所气象学院，等我毕业了，就去温哥华留学，读硕士。到时候，你可不能再玩失踪了，我要吃你亲手种的蓝莓。

——嗯，这句貌似可以，不暧昧也不生硬，还透着点儿亲切和撒娇，就这样说吧。

那天晚上，马丽特意精心打扮了一番，还穿上了母亲的高跟鞋。塔内的楼梯都是石头砌的，没有扶手，很窄，只能容一人通过。因为雨天潮湿，石梯子上爬满了滑溜溜的青苔。加之光线很暗，在三楼和四楼之间的拐角处，不习惯穿高跟鞋的马丽突然脚下一崴，尖叫着摔了下去。等她醒来时，已是次日清晨，正躺在市人民医院的病房里。医生说她有严重的脑震荡，而且右肩肱骨骨折，握笔都困难，不能参加这次高考了。她一下子就哭了，心里的疼比伤口更痛。后来马丽才知道，是一个前来白塔烧香祈福的女生发现了昏迷的她，立即打了120。在急救车还没到达前，那个女生就走了，连姓名都没留下。马丽根本就没有想到，那个"好心"的女生是王欢。为了不让马丽一直赢下去，王欢设计了这个局，想让她在白塔内白等一场，破坏她备考的心情，导致她高考临场发挥失常。马丽赴约的路上，王欢一直在后面悄悄尾随。

发现马丽坠塔后，王欢害怕事情闹大了引火烧身，慌忙跑到南门口的一个小卖部，用座机拨打了急救电话。

马丽就这样完美地了了和李查德的"约会"，她想他来白塔的时候，她肯定已经被送到了医院。他一定等到快要误车了才离开，她充满了内疚，都怪她走路太不小心。塔城警方最开始介入了调查，时任刑侦大队长的赵宏森问马丽，为什么夜晚独自去白塔？马丽不想别人知道她和男生约会的秘密，她谎称去求文曲星保佑自己考上重点。这个理由十分充足，警方也就没有立案，终止了调查。

很奇怪，在《刑侦笔记》中记叙这段往事时，我的心里空空落落的，仿佛被抽掉了两根肋骨。我去了白塔很多次，有几次还是在晚上，下着雨。我从八点整一直徘徊到午夜，好像真的有这么一场约会，而我就是那个喜欢追逐闪电的少年，在等一个永远不会出现的女生。最后我在火车的汽笛声中黯然离去，踏上了一段没有回程票的旅程。对了，我还从马丽的书架里拿走了村上春树的《天黑以后》，看了好几遍。这本书是她后来重新买的，原来的那本已经遗失在那个尖叫的夏天，遗失在黑暗里。

2013年高考首日，梅雨依然肆虐，白塔的基座已经完全淹没在江水中，半个塔城汪洋一片，到处都在抢险救灾。趁着医护人员午休，马丽拔掉输液针头，吊着绷带，在秦皓的协助下逃出医院，打车直奔考场。她忍着头昏脑涨和胳膊的剧痛完成了下午的数学考试，上午的语文考试却错过了，得了个零分。虽然在马丽的强烈要求下，医生和老师被迫同意她参加之后的几门考试，但伤痛严重影响了临场发挥，加上有一门缺考，她最终还是和大学失之交臂。马丽没有听从老师的建议去复读，因为这次住院几乎花光了家里的积蓄。想到复读和上大学还要一大笔钱，她就打了退堂鼓。她上了本地的一所旅游职业中专，两年制，学的导游专业。

十八岁那年，在一个悲伤的黑夜之后，马丽的玻璃时代陡然破裂。无数尖锐的碎片深深嵌入体内，成了她生命中刻骨铭心的暗伤。

3

旅游职业中专毕业后，马丽应聘到塔城欢乐颂旅行社，很快就成了一名金牌导游，不是因为她讲解有多好，也不是因为她善于处理和游客的关系，而是因为她形象和气质俱佳，性格温婉，有很强的亲和力。对于喜欢出门旅游的人来说，她本身就是一道百看不厌的风景。2020年夏天，耀龙集团组织部分业绩突出的员工到凤凰古镇旅游，马丽带团。接待前她查了客户资料，耀龙集团是一家覆盖房地产、电器、健身器材、服装、家具和养老等产业的大型企业。创始人叫唐耀龙，功成身退后，把企业管理权交给了儿子唐胜龙，自己和妻子移居美国西雅图颐养天年，并负责照顾孙子。那时候，马丽还不知道唐胜龙的妻子叫王欢，就是她曾经的闺蜜。马丽上的高中是市重点，全班就她一人没考上大学。这种心理和身份的落差让她有些自卑，于是她跟很多同学断了联系。王欢一家也早就搬离了韭菜园，住进了高档小区的商品房。马丽听街坊说，王欢大学毕业后嫁给了一个大老板。至于男方是谁，做什么的，她并不知道。经过街口那座哥特式教堂时，听着里面用钢琴弹奏的赞美诗，马丽偶尔会想起她和王欢曾经的誓言，然后哑然失笑，笑过之后又黯然神伤。

就像罗大佑在《光阴的故事》里唱的：

> 过去的誓言
> 就像那课本里缤纷的书签
> 刻画着多少美丽的诗
> 可终究是一阵烟

那次带团本来很顺利，但在返程前一天发生了意外。团里的一位男性游客在沱江里野泳时溺水身亡。事前马丽就反复在团里叮嘱过，沱江看似清浅，但水温不均匀，还有很多暗流，下水后腿容易抽筋，千万不可野泳。虽然是游客自己不听劝阻酿成了悲剧，走正规的保险理赔程序就可以了。但死者家属不依不饶，拿着花圈到欢乐颂旅行社堵门，索赔一百万。死者家属还要求马丽披麻戴孝，到死者的灵堂里磕头谢罪。否则就向主管机关投诉，吊销她的导游证。

2024年清明前,我淋着毛毛细雨来到韭菜园,在马丽家坐了整整一下午,我在春天感受着她在那个夏天的惊惶。吊脚楼里张贴的照片被我全部取下,挂在了阁楼那扇飘窗旁的墙头。那个下午我也心生惶惑,我越来越觉得这个世界就是虚拟的,所有人终究会成为一张轻飘飘的照片,被人挂上墙头或者塞进相册。就像电脑每隔一段时间就会自行清理,释放空间。

马丽吓得不敢上班了,请假躲在家里。但还是被死者家属找上门来,一伙人气势汹汹地冲进她家打砸。死者妻子抱着丈夫的遗像,旁边有人揪着马丽的头发,强迫她当众下跪。就在马丽惊恐无助时,一个西装革履、气度不凡的男人走过来,身上还有股淡淡的古龙水的味道。身边的人都恭敬地叫他唐董,马丽这才知道他是耀龙集团的董事长唐胜龙。但马丽不知道,这起闹剧的始作俑者是王欢。当时王欢在耀龙集团担任财务总监,获悉涉事导游是当年那个处处抢自己风头的同桌后,王欢心花怒放,立即鼓动也在耀龙集团工作的死者妻子去找马丽的晦气,还提供了她的家庭住址。唐胜龙刚从西雅图探亲回来,听说这件事后马上赶过来制止。他觉得这种闹剧会影响耀龙集团形象,把公司档次降低成了乡镇小企业。唐胜龙盯着马丽看了好一会儿,又看了看死者妻子,说,她是我太太的同学,再胡闹,你老公的丧葬费公司就不出了,你也从公司滚蛋。死者妻子连忙带着人灰溜溜地离开,唐胜龙却没有马上走,而是跟马丽闲聊起来。

从唐胜龙口中,马丽得知他竟然是王欢的丈夫。她以为是王欢特意派唐胜龙来给自己解围的，十分感动，当即要给王欢打电话致谢。但唐胜龙说，举手之劳，不用了。马丽又以为这是王欢的意思，不想让唐胜龙透露她的电话号码。毕竟两人如今身份地位悬殊，嫁入豪门的王欢有这种顾虑很正常。

马丽的父母早已离世，她独居在韭菜园183号那栋老式阁楼里。那个夏天的正午，太阳透过香樟树和彩绘玻璃照进屋子，形成一道奇幻的光柱。马丽身穿荷绿色的绣花旗袍，坐在斑驳的光影里，就像一只景泰蓝梅瓶，高贵而典雅，被唐胜龙惊为天人。她跟他在职场上见到的那些名媛千金太不一样了，有一股清雅脱俗之气。唐胜龙几乎是在一瞬间明白了，妻子王欢为什么要在暗处给老同学使绊子，是出于女人的妒意。仅凭颜值和气质，马丽都碾压王欢。对了，还有她的声音，又甜又黏，像天然的桂花蜂蜜。

唐胜龙看见客厅整整一面墙上都张贴着风景照，有树梢的云、草尖的露珠、玻璃上的雪花，甚至还有塔顶的风。唐胜龙是摄影发烧友，立马找到了共同话题，他问马丽，你也喜欢摄影啊？马丽说，经常带团游山玩水，顺手拍的。马丽的酒窝像两个迷你型虫洞，有股难以抗拒的力量吸引唐胜龙去探索。马丽没有说实话，这些照片根本不是随手拍，而是她精心捕捉的画面。在她的镜头里，风是有形状的。有时候长方形，有时候菱形，有时候三角形或抛物线形。雨是有颜色的，有时候胭脂色，有时候香蕉色，有时候草绿色或黛青色。唐胜龙像个老练的猎手，试探着问，闹出这么大的事，你男朋友怎么不帮你出头？马丽毫无城府地说，我没男朋友。

实事求是地说，马丽对唐胜龙的第一印象很不错。他高大俊朗，风度翩翩，没有大多数商人的油滑气和铜臭味。而且谈吐不俗，显得很有涵养，是女人眼里妥妥的高富帅。马丽觉得王欢真是好命，能嫁给这种青年才俊。唐胜龙笑着说，你是不是眼光太高，把追求者都吓跑了？难怪你房间里不用开空调，你就是个冷美人。马丽也笑了笑，每次有人问类似的问题，她都是同样的回答，缘分不到。唐胜龙点了根雪茄说，这不，缘分来了。据说这辈子见到的每一个人，都是上辈子错过的人。

这句暧昧不明的话让马丽脸颊微红，心跳加速。唐胜龙告辞后，马丽以为事情就这么翻篇了，没想到只是开端。两天后，她很意外地接到了唐胜龙的电话，约她在塔城最高档的西餐厅槐荫阁喝咖啡，说王欢想跟她叙旧。马丽想都没想就答应了，还有些受宠若惊的感觉。为了不给王欢丢脸，马丽特意到商场买了件时装，花了八百多块，而她平时穿的衣服都没超过五百。到了槐荫阁，却只见唐胜龙一人坐在那里。马丽问，欢欢呢？唐胜龙狡黠地笑道，她不会来，如果不用她的名义，我能请动你吗？马丽一愣，像偷情一样迅速环顾四周，幸好没看见熟人，她这才犹犹豫豫地落座，问道，唐董找我有什么事吗？唐胜龙说，上次我公司的员工胡搅蛮缠，对马小姐的工作和生活造成了很大的困扰，这是一点儿慰问金，聊表歉意。说着，他递过去一个红包。

马丽急忙推辞，但唐胜龙执意要给，他说，你今天要是不收，我明天让死者家属亲自送来，登门赔罪。马丽心里有浓厚的阴影，实在不想再看见那个逼迫她给遗像下跪的女人。她无奈收下红包，想找个机会请王欢吃饭，把这笔钱花掉。唐胜龙点了两杯猫屎咖啡，马丽得知一杯就要大几百时，惊得被呛住了，却舍不得把咖啡吐出来。她这副娇憨的样子让唐胜龙觉得特别可爱，不像那些围在他身边打转的女人，一个个都爱装白莲花，其实都是心机婊。唐胜龙暗想，王欢从小也生活在韭菜园，一样的水土，一样的空气，一样的学校，为什么两人差别如此之大？转念一想，难怪王欢眼里容不下她。

马丽不知道跟唐胜龙聊什么好，马上就走似乎不礼貌，只好把话题转移到王欢身上，问唐胜龙，你们怎么认识的？唐胜龙自我解嘲地说，我爸以前是霸道总裁，我的大小事都是他包办的。结婚前，我只见过王欢两次。马丽不知道唐胜龙是开玩笑，还是说真的。人类都开始探索火星了，怎么还有包办婚姻？她还是见识太少，从古到今，豪门婚姻多数是长辈包办，血统、基因和利益，比爱情更重要。看见马丽一脸茫然，唐胜龙含糊其辞地说，公司的经营曾经遇到过严重问题，是王欢的叔叔帮忙解决的。马丽听出了弦外之音，王欢的叔叔对耀龙集团有恩，为了报恩，唐胜龙的父亲让出身平凡的王欢做了唐家儿媳。马丽从小就知道，王欢的叔叔在省里当大官，无儿无女，视王欢为亲生闺女。

谈到婚姻，唐胜龙脸上浮现出了一层阴云，而且云朵慢慢飘到了视网膜上。马丽不知道他为什么要把如此隐私的事情告诉自己,她很惶恐,假装突然收到旅行社的信息,要她去接团。马丽顾不得猫屎咖啡还剩小半杯,匆匆离开了槐荫阁。坐进出租车,她才敢拆开红包,不由得惊掉了下巴,里面竟然有整整一万块!

这次见面之后,唐胜龙每天都给马丽发信息、打电话,由最初的闲聊,逐渐转化为嘘寒问暖。到最后,干脆成了赤裸裸的表白:你是我见过的最有魅力的女人,上辈子失之交臂,这辈子不能再错过了。

这些年,马丽被很多男人表白过,但有妇之夫还是第一个。她觉得自己对不起王欢,虽然她没做任何出格的事。马丽忐忑不安地回复,唐董,求你了,不要再说这种话,我会害怕的。她几乎是哀求他,像是偷了别人家里东西的贼。唐胜龙说,别怕,我会给你这个世界上最强大的安全感。马丽说,这不是安全感,是危险的游戏,我不能伤害王欢。唐胜龙终于说出了王欢挑拨死者妻子闹事的秘密,他对马丽说,你太天真了,她可没把你当闺蜜。马丽根本不相信,她绞尽脑汁也找不到王欢恨她的理由,认为是唐胜龙故意挑拨离间。她说,欢欢不是这种人,你不要编故事了。唐胜龙说,那就让时间来证明对错吧。

马丽后来才明白,时间的确是一面最有魔力的镜子,越擦越亮,所有扭曲的东西终究都会现出原形。唐胜龙那些滚烫的话经常把马丽灼伤,她开始不接他的电话,不回他的信息。但没有拉黑他,在她被死者家属羞辱时,是他伸出了援手,她不想做得太绝。得不到马丽的回应,唐胜龙干脆登门造访,先是去旅行社,她避而不见。又去韭菜园,不管他怎么敲门,她就是不开。

这种情况从夏天持续到冬天,再到来年春天。就算唐胜龙不是有妇之夫,马丽也不会做他的女朋友。她芳扉紧闭,里面住着一个人。马丽从白塔上摔下来后,李查德就杳无音信。其实两人都没有互相表白过,但李查德是第一个让马丽怦然心动的男生,无数次出现在她那些充满香樟气息的梦中。该怎么定义两人的关系呢?她琢磨了很久很久,原以为是友谊,后来觉得像兄妹。成人后方才明白是初恋。对,就是初恋,至少对她来说是如此。有一种初恋不需要牵手接吻,不需要表白暗示,朦胧美好地生长在心中最隐蔽的角落里,绵绵不绝地散发出暗香。

和我一样,马丽晚上也独自去过白塔很多次。她静静地坐在明朝万历年的青砖地面,背靠残缺的佛龛和斑驳的壁画,看着湘江上跳跃的月色与星光。尽管她不知道是王欢导演了那个血腥的夏天,但她在塔内感觉到了李查德的存在,以一种她看不见的带电粒子的形式。慢慢地,马丽心里也有了一座白塔。寂寞的夜里,她甚至能听见风吹动宝顶经幡的声音。那个少年和她的一个分身就住在塔里面,他们永远不老,都停留在纯真的玻璃时代。除了他俩,没有任何人可以进入塔内。那似乎是一个被某种神力封印的隐形而奇异的空间,除了爱情,百草不生。唐胜龙想闯进来,根本不可能,他连门都找不着。

但一扇薄薄的木门挡住不住唐胜龙,马丽终究要从家里走出来。无奈之下，2021年中秋节过后，马丽从旅行社辞职当了月嫂，住在雇主家，这样唐胜龙就不敢上门骚扰了。可是马丽绝没有料到，自己会掉入一个更恐怖的黑洞。她的身体和灵魂被无数暗物质撕扯着，血肉模糊地分离开来。她甚至感觉心中的那座白塔开始摇摇欲坠，摇曳的风铃如同八百里加急的马蹄声，一路狂飙，把她推向一个血色弥漫的命运沙场。

仅仅半年工夫，马丽就成了蓝精灵月子中心的金牌月嫂。阁楼墙壁上的云彩、雨露、风和闪电蒙上了一层尘埃，彩绘玻璃在太阳下闪耀着寂寞而冷艳的光。香樟树从马丽的视野中消失了，那股令人迷醉的气息只萦绕在梦中。她住进了雇主家，唐胜龙的确没有再上门纠缠她。

那个蝴蝶兰开得异常妖娆的秋天，马丽从雇主家回韭菜园。当时她和雇主的服务期刚结束，准备休息几天再上岗。她正在家里打扫卫生时，突然接到主管的电话，说有个雇主要请月嫂，点名要她，为期三个月，包吃包住，月薪一万。平时她的服务费每月五千左右，这次翻了一倍。虽然身体尚未从疲惫中恢复过来，马丽还是痛快地接下了这桩活。

雇主住在潇湘梅苑，那是一个别墅区，距东门二十多里。山清水秀，被誉为塔城的后花园。第二天早晨，当马丽按响别墅电铃，看见出来开门的人时，不由得愣住了，竟然是王欢！多年不见，王欢眉目间的青涩早已荡然无存，浑身珠光宝气，雍容富态。虽然正在哺乳期，她的身材却一点儿都没走样。尴尬从马丽脸上一闪而逝，她连忙跟老同学打招呼，欢欢，真没想到是你。王欢怀里抱着一只白色的波斯猫，嘴角堆起塑料花式的笑，听说你做了月嫂，我特意照顾你的生意。马丽主动提起唐胜龙帮她解围的事，对王欢表示了感谢。王欢淡淡地说，我们是老同学，应该的。她告诉马丽，唐胜龙去欧美商务考察，三个月后才能回国。女儿潼潼刚满月，她一个人照顾不过来，所以才想请个月嫂。马丽暗暗庆幸唐胜龙不在家，否则，她宁愿辞职也不接这个活。

马丽本想叙叙旧，王欢却没给她机会，一进门就领着她熟悉房间布局。马丽看着这幢堪比五星级酒店的豪宅，自卑像牛皮癣一样蔓延全身。她由衷地说，你比以前更漂亮了。王欢撸着猫，话里有话地说，你跟住在韭菜园的时候一个样，没变化。马丽当天就开始做家务，王欢没跟她多说一句话，给潼潼喂完奶后，就坐在花园的摇椅上刷手机。马丽天真地以为，可能是因为两人分别太久，王欢才跟她显得生疏，慢慢就会融洽了。王欢却看着马丽的背影，心中冷笑，贱骨头，还跟当年一样骚，看我怎么收拾你！

从商学院毕业，王欢就被叔叔安排进了耀龙集团财务部。和唐胜龙结婚后，她升任财务总监。潼潼是她生的第二胎，头胎是儿子，在美国生的。王欢在耀龙集团有自己的眼线，从去年秋天开始，她就听说唐胜龙迷上了一个叫马丽的女导游。玻璃时代的宿怨就像一群蝙蝠，露出尖利的牙齿，从防空洞中飞进了王欢现在的生活，发出阴冷的笑声。那个梅雨泛滥的夏天，王欢以为自己彻底击败了马丽。之后她上大学，嫁豪门，再也没把马丽当成对手。跟一个卑微得不能再卑微的人博弈，太失她的身份了。公司员工溺亡那次，如果不是马丽主动撞到枪口上来，她都懒得搭理。谁知只是打了个照面，马丽就把她丈夫的魂勾走了。旧愁新恨涌上王欢心头，她觉得自己受到的羞辱远胜于玻璃时代。

那时候王欢还是个平庸的小女生，输给马丽不算太丢人。如今她贵为豪门阔太，却被一个月嫂抢了男人，这简直是奇耻大辱。那些一度尘封在黑暗中的某些物质仿佛被咒语唤醒了，开始满血复活。

王欢在月子中心指名要马丽当月嫂，就是为了实施自己的报复计划。当年自己手下留情，在马丽摔下白塔后还打急救电话，实在是太善良了。这次一定要把她踩到脚下反复摩擦，让她永远不能翻身。

马丽每天要干的活，就是做饭、喂猫、搞清洁、打理花草，以及照顾王欢母女俩的起居。上岗第一天，马丽就发现王欢不好伺候。如果饭菜不合口味，或者对营养搭配不满意，王欢就会要求马丽重做。有一顿早餐，马丽重做了三次。她做完清洁的地面，王欢会举着放大镜仔细检查，不能出现一滴污垢；猫咪每天都要洗澡，毛发用电吹风吹干后，不能有一根掉在地上；更夸张的是，马丽每天都必须给花草朗诵一首抒情诗，王欢声称这样能让花草长势更好。

我的拖鞋上怎么有根头发？

我的护肤霜移动了位置,是不是你用了?

午餐红烧肉的糖放多了,我测了血糖,超标零点二。

潼潼哭了,你是不是忘了给她换尿不湿?

猫咪体重减轻了二两,这几天你肯定没好好给它喂猫粮。

马丽只要稍加分辩,就会遭到王欢劈头盖脸的斥责。有一次,王欢看见朱丽叶玫瑰的叶子掉了几片,她质问马丽,你是不是没给它朗诵抒情诗?马丽说,我清早朗诵过了,是海子那首《活在这珍贵的人间》。王欢说,怎么能朗诵那个神经病的诗,你想让朱丽叶玫瑰死啊?你知不知道这种花有多贵?

王欢整天追剧、购物、看闲书、拉大提琴、做美容。有时她会邀请朋友来家里打麻将,故意当众说马丽是她发小,以前的班花和学霸,人见人爱。朋友听了哈哈大笑,马丽却感觉十八岁那年夏天的伤口被人撕开了,疼得她满头虚汗。更过分的是,王欢还在马丽的卧室和专用卫生间安装了针孔摄像头,并把偷拍的视频分享给闺蜜。她们肆无忌惮地对马丽的隐私评头论足,开着恶趣味的玩笑——

她的胸罩一看就是黑作坊生产的,里面都是甲醛,也不怕得乳腺癌。

我的妈呀,这种低档卫生巾能用吗?搞不好她有妇科病。

快听,她还说梦话呢。看那个花痴样,肯定是想男人了。

她身材还挺哇噻,去站街应该有不少回头客。

……

上岗一周，马丽终于明白，她和王欢不是生疏了，而是陌生了。她现在有点儿相信唐胜龙的话了，王欢在恨她。可是马丽不明白，王欢为什么要恨她？她安慰自己，王欢可能患有月子综合征，是内分泌失调导致脾气古怪。然而，她的忍气吞声，换来的是王欢的变本加厉。

王欢第一次动手是在马丽上岗半个月后，她声称花园里的猫屎没清理干净，把手里的书狠狠砸向马丽。是那种有硬壳的精装书，马丽躲闪不及，眼角淤青了一大块。还有一次，王欢说炒鸡蛋里有根头发。马丽说自己的头发是板栗色，而炒鸡蛋里的头发是黑色。王欢却根本不听解释，用金属汤勺敲破了她的额头。渐渐地，施暴成了家常便饭。马丽一直在忍，反正只有三个月，服务期一满，她就不用遭这个罪了。王欢心里充满报复的快感，她打算等唐胜龙回国，就把监控视频放给他看。她要让他知道，马丽这不是什么女神，而是个卑微低贱如同蝼蚁的女人。

2022年小雪那天晚上，下着黑色的雨，还罕见地雷鸣电闪。波斯猫蜷缩在博古架下，吓得浑身毛发根根炸起。刚追完韩剧的王欢要马丽给她热一碗桂圆红枣羹当消夜，等马丽端上来后，她却声称自己要的是冰糖莲子羹。王欢指着马丽的鼻子骂，你耳朵是不是塞猪毛了？马丽辩解，冰糖莲子羹昨天已经吃完了，你要的就是桂圆红枣羹。王欢说，不可能，除非被你偷吃了。马丽说，我没偷吃。王欢冷笑，立什么牌坊，别人不了解你，我还不了解？从小就喜欢惦记别人的东西，贼性不改！说着，她将一碗桂圆红枣羹全泼在马丽头上。滚热的羹汁顺着发梢往下滴，流到马丽的脸上、脖颈、胸口，直到心里。

马丽跑到楼顶花园，坐在雨中放声大哭。她豁出去了，决定今晚就离开这里，即使砸了饭碗。王欢跟过来破口大骂，状如夜叉，说，我要去月子中心投诉你，又懒又蠢，还在我家偷东西吃，偷用我的化妆品。马丽说，我没有！王欢脱下拖鞋，狠狠扇在马丽的脸上：你还嘴硬！血从马丽嘴里流了出来，腥的。马丽积压了两个多月的委屈和愤怒终于爆发了，她和王欢撕扯着，夺下拖鞋回扇过去。王欢没想到一向逆来顺受的马丽居然敢反抗，她有些蒙圈。气头上的马丽猛推了王欢一下，王欢往后躲闪，脚后跟不慎碰到了栽种朱丽叶玫瑰的花盆。楼顶花园的栏杆比较低，不及膝盖。王欢一个踉跄，像只袋鼠一样摔了下去。她毛骨悚然的惨叫刚刚飙出一个音节，就被雷声吞没。王欢坠楼的瞬间，朝马丽绝望地伸出手臂，马丽冲过去，想拉住那只手，但只触碰到了冰凉的指尖。紧接着，一声闷响从黑暗中传来。

马丽连滚带爬地跑到楼下，王欢躺在地上，脑袋后面的血随着雨水弥漫开来，仿佛撒了一地的朱丽叶玫瑰花瓣。马丽哭喊，欢欢，你忍一忍，我马上叫救护车！马丽准备打120时，突然看见王欢的脑后流出了白色的东西，是脑浆，她拨号码的手指僵住了。此刻，潼潼在卧室内酣睡，波斯猫站在客厅门口，眼里冒着绿光，喉咙里发出低吼，似乎把她当成了杀害主人的凶手。

马丽把电话打给了秦皓，他花了十分钟听完了王欢坠亡的前因后果，沉吟片刻说，如果不想惹麻烦，就照我说的去做。马丽问，要我做什么？

　　黑色的雨一直在下，但马丽没有感觉到任何寒意，恐惧让她失去了一切本能反应。秦皓问，别墅有监控吗？马丽说，有，但没联网。秦皓说，没联网更好，先去关掉监控，拔掉数据卡，粉碎后扔进下水道。马丽问，然后呢？秦皓说，把猫赶到雨中，捡几根鸟的羽毛放到楼顶花园的边缘处。潇湘梅苑的绿化非常好，吸引了各种鸟类前来筑巢。清理鸟粪和羽毛是马丽每天的一项重要工作内容，她很快就找到了四根羽毛。秦皓还叮嘱她，洒在房间里的桂圆红枣羹一定要清理干净。

　　二十分钟后，马丽相继拨打了120、110，以及小区物业的电话。接着，她把王欢的遗体紧紧抱在怀里，鲜血和脑浆粘到了她的身上。这也是秦皓让她做的，用来掩盖她和王欢发生肢体冲突时留下的痕迹。最先到达王欢坠亡现场的是物业管理人员，他们看见马丽搂着王欢坐在地上，坐在暗夜下的滂沱大雨中。两个女人四肢交缠，就像一双连体姐妹，在惨白的闪电中显得格外诡异。

　　马丽泪流满面，她的悲伤不是装出来的，而是真情流露。她感觉自己抱着的并非一具渐渐失去温度的尸体，而是一段往事。

　　就在这个没有一片雪花的冬天，就在这个来不及说告别的雨夜，马丽对同桌的所有美好回忆全都碎裂成了腥臭的液体，流进了黑暗中。

4

残阳倒映在水中,波光粼粼,像是一群在湖面嬉戏的红鲤鱼。刚下班回宿舍的胡守义放下猎枪,脱掉沾满鸟粪的工作服,拿出啤酒和卤牛肉,招呼我和周雨彤一块吃喝。胡守义问,你们找小秦啊,他在休假呢,下周一才上班。我问,他什么时候请的假?胡守义喝了口酒暖和身子,说,上个礼拜五,下班前,他说想回去给老爸扫墓。我递给胡守义一根烟,问,那天他几点下的班?胡守义说,下午两点,我接的班。我瞥了眼那支猎枪问,秦皓也有枪吗?胡守义说,有,干我们这行的没枪不行,对盗猎分子没震慑力。我问,那他的枪呢?胡守义说,这玩意儿丢了就得丢饭碗,人跟枪走,他带回家了。我给胡守义的烟点着火,继续问,秦皓是不是有只紫色的行李箱?胡守义把一口酒气和烟圈同时吐出来,说,他是有一只行李箱,什么颜色的我就不记得了,平时谁会留意这个呀。周雨彤在旁边问,他有女朋友吗?胡守义说,不清楚,反正我没见过,也没听他提起过。三杯酒下肚,胡守义脸色通红,印堂发亮,头顶冒着热气,像只紫铜香炉。我看向胡守义对面的一张床,没有铺盖,上面堆满乱七八糟的东西,还有脏鞋和臭袜子。我皱眉问,秦皓没在宿舍住吗?胡守义打了个酒嗝说,今年清明前就搬出去了。周雨彤连珠炮地发问,他为什么要搬?现在住哪里?胡守义说,保护站员工多,他嫌吵。住哪里就不知道了,小秦嘴紧,人有点儿闷,不爱说自己的事。

前往渔村的路上，看着那些"红鲤鱼"在湖面慢慢消失，我心里也开始夜色弥漫。我计算了一下时间，从保护站走到渔村大概半小时。我又去了马丽住的吊脚楼，里面光线很暗，一些不知名的小虫子绕着煤油灯飞舞，像是原始部落的土著在进行某种图腾崇拜。马丽已经得知唐胜龙遇害的消息，她边叠衣服边说，绑匪拿到赎金了还撕票，太没人性了。我问，你给唐胜龙的妻子王欢做过月嫂，对吗？马丽似乎被问了一个措手不及，愣了一下才缓缓点头说，对不起，之前我隐瞒了，我不想提那件事，有心理阴影。我的眼神穿过闪烁不定的灯光，看向马丽，她的脸像是一张泛黄的宣纸。我问，你和王欢关系怎么样？马丽轻轻咬了一下嘴唇，眼角亮晶晶的，如同星光下的露珠，她说，从小就很好，但高考后各奔东西，一度失去了联系，当月嫂后才遇上。我们不像雇佣关系，更像姐妹。我端详着那张宣纸，一个字都看不见。周雨彤张嘴想戳穿马丽的谎言，但被我用目光制止。

　　马丽把叠好的衣服放到一边，看向煤油灯照不到的黑暗深处，她不敢跟我对视。就好像我的目光是雷达，能探测到她心里。该来的终究会来，马丽并没有太慌张，一切都在秦皓的计算中。就连警察的这次造访，询问的内容，全部被他预测到了，她只需要背诵台词，顺带伪装一下表情。我看着马丽，看着那张越来越模糊的宣纸，我的心脏仿佛被水母蜇了一下。到底是什么样的遭遇，才迫使马丽把伤痛修饰成一个美丽的谎言？对我来说，这个案子已经超越了案子本身。我不仅仅是想要抓到犯罪嫌疑人，更想解开一个盘旋在马丽身上的谜团。我冷不丁地问了一句，你认识秦皓吗？马丽说，您问的是湿地保护站的那个秦皓吧？他也住在渔村，从我这里出门一直往西，走到尽头看见一幢两层高的石头房子，门前有棵泡桐树，那里就是。马丽的回答没有丝毫犹豫，这让我微微诧异。我和周雨彤交换了一下眼神，说，对，就是他，你们很熟吗？我目不转睛地注视着马丽，虽然宣纸不着一字，但我很清楚，上面涂抹了一层隐形药水，底下全是密码。马丽把煤油灯的火焰调大了一些，说，很熟，从小就认识。

来之前，我查过秦皓的底细。他居然没有户口，只有身份证。身份证上的地址是塔城先锋路东湖新村，十三年前发的证。我去东湖新村社区查过，根本没秦皓这个人。他的身份证是在东湖派出所办理的，但这个派出所五年前已撤销，并入城南派出所。户籍警表示，由于时间过去太久，原单位裁撤合并，人事变动频繁，这张身份证当年是谁经手办理的已无从知晓。秦皓也没有学籍和犯罪记录，到鸟岛当湿地巡逻员之前，他甚至没有任何工作履历。他就像是一只突然从异乡飞来的候鸟，这里不是他的家园，而是歇脚点。后来我才知道，秦皓开过出租车。不过是替班司机，没有签劳务合同。我问马丽，这几天你见过秦皓吗？马丽的视线从煤油灯转移到墙头，那些照片在灯光下影影绰绰，就像一幅壁画。她摇摇头，说，皓哥他爸以前是白鹿林场的护林员，去世后埋在那儿，他回去扫墓了。我问，他母亲呢？马丽叹息一声，早不在了，家里只剩他一个人，连个房子都没有。

玻璃灯罩里的火苗跳动了一下,灯芯发出哔剥声,我的脑海里也好像闪过一道灯火。我接着问,秦皓这个人怎么样?马丽拿出上次没编织完的围巾,反问,这跟唐胜龙的案子有关系吗?我往黑暗中吐了个烟圈说,例行调查。马丽认真地想了想,手指间的编织针却没有停止,她说,他这人正直善良,诚实厚道。不过有点儿内向,没什么朋友,平时手机都懒得开。我问,除你和秦皓之外,渔村还住了别人吗?马丽回答得很果断:没有了。

从吊脚楼里出来,我和周雨彤穿过黑灯瞎火的渔村,来到村西那幢石头房子前。里面没有一丝光亮,我拨打了秦皓的手机,号码是胡守义给我的,话筒里传出关机的提示音。我用手机电筒照了照,石头房子旁边堆放了不少废品,大到家用电器、摩托车和自行车,小到闹钟、脸盆和鞋子。周雨彤不想白跑一趟,说,要不直接进去看看?反正这不是他自己的房子,不受法律保护。我说,不是合不合法的问题,是不合适。如果唐胜龙真的是在跟马丽发生争执时被杀,案发现场应该在那栋吊脚楼里。周雨彤说,王欢坠亡事故中,马丽有过失致人死亡,可以用这个理由把她控制起来,然后去吊脚楼里勘查。我说,可以勘查吊脚楼,但现在不能限制马丽的人身自由。周雨彤不解地问,齐队,您担心什么?看着湖面一明一灭的航标灯,我只回答了四个字:打草惊蛇。

当晚我和周雨彤入住翠柳村舍。第二天清早,确认马丽上班后,我带着从局里赶来的技侦人员对吊脚楼展开了全面勘查。没有找到砸碎尸体骨骼的钝器,锐器也只找到两把——菜刀和剪刀。

菜刀无法造成唐胜龙尸体上的捅刺伤，剪刀尺寸较小，也不符合尸体伤口特征。藏匿尸体的是一只紫色行李箱，但在马丽卧室里发现了一只装满衣服的深蓝色行李箱。从拖轮的磨损程度来看，应该用了很长时间，不可能是案发后新买的。勘查持续了三个多小时，次日下午出的结果——在吊脚楼里提取到的毛发、指甲、指纹、皮屑等生物信息都不是唐胜龙的，提取到的几个鞋印，也跟唐胜龙的鞋码不符合。客厅墙上发现的几滴喷溅式血迹，不是人血，而是鸡血。

我徜徉在渔村中，似乎看见一只没完全割断脖子的母鸡尖叫着，在吊脚楼里四处扑腾，血花四溅。我还听见了钥匙转动门锁的咔哒声，但通往真相的那扇门并没有打开。钥匙被齿轮卡住了。周雨彤问我，会不会是马丽和秦皓把痕迹都清理干净了？我摇头说，痕迹是无法彻底消除干净的，只能掩盖。所谓的完美犯罪，就是掩盖手段的不断升级，是秘密的层层叠加。周雨彤问，那怎么一无所获？我回答不上来，难道我的判断错了，唐胜龙不是马丽杀的？周雨彤问，案发现场会不会不在家里，而是在别的地方？我走到湖边说，凶器疑似大号剪刀，这种锐器一般不会随身携带，应该是家用物品，案发现场不可能在别的场所。

湖边风有点儿大，周雨彤把脖子上的围巾捂紧了一些。说，这不是悖论吗？她的话从围巾后面传出来，有一种奇怪的回音。我看着远处的渡轮说，有悖论存在，就说明有失误存在。周雨彤郁闷至极，不断踢着脚下的鹅卵石，回忆勘查吊脚楼的每一个细节，她实在不知道哪里出了纰漏。我也不知道，这是我见过的最干净的案发现场，没有之一。

此刻我脑海里全是雾，案情分析会上的那些推理似乎都成了空中楼阁。我再次见识了嫌疑人的高智商，绝对的犯罪天才。我捡起一块锋利的页岩，抡圆胳膊，找准角度打了一个长长的水漂。周雨彤建议道，齐队，要不我们把案发现场再勘查一遍吧？我的目光追逐着在湖面连续跳跃的页岩，说，别做无用功了，换个地方查。周雨彤问，换哪儿？一只白鹳在低空久久盘旋，我的眼神有点儿空，如同一个盲人。我说，秦皓扫墓的地方。

实话实说，我并没有周雨彤的那种沮丧心理。看到勘查报告时，我甚至有些如释重负——尽管我知道，结果可能并不真实。如果我的判断没有错，马丽是激情杀人，或者防卫过当，她报警后并不需要承担太严重的法律责任。就算她想逃避责任，把尸体掩埋起来就行了。只要找不到尸体，即使警方把她列为重大嫌疑对象，案件也很难侦破。但以绑架的名义敲诈，而且勒索了六百万巨款，案件的性质就完全不一样了。我相信这并非马丽的本意，从她选择的居住环境，以及谈吐来看，她不是一个注重物质享受的女人，不至于这么贪财。一定是秦皓的主意，他想帮马丽脱罪，却用力过猛。可是，悖论再次出现了。假设真的是秦皓策划了这一切，以他的高智商，怎么可能做出这种愚蠢的选择？

我相信其中还有我不知道的原因。

我从空瘪的烟盒里抽出锡箔，折叠成一只闪闪发光的纸鹤，奋力掷向远方。一阵风刮过来，将银色的纸鹤吹向半空中。仅仅一眨眼的工夫，纸鹤就不见了踪影，仿佛消失在了一道时空裂缝中。

5

　　料理妻子的丧事时，唐胜龙才知道马丽就是家里的月嫂。出国考察期间，他每隔两三天都要跟王欢视频，但从来没有听她提起过这件事。警方和蓝精灵月子中心的人都告诉唐胜龙，是王欢指名让马丽当月嫂，他立马明白了妻子的真实用意。昔日的同桌，如今一主一仆，不需要任何言语和暴力，这种关系本身就像软刀子，足够将马丽的自尊心切割得鲜血淋漓。唐胜龙意识到自己追求马丽的秘密已经被妻子知道了。否则，她不至于采取如此极端方式报复马丽。

　　妻子的死没有让唐胜龙感到悲伤，两人的结合完全是出于利益交换。这个世界上很多顶级奢侈品他都可以拥有，一掷千金，眼睛都不眨。唯独爱情例外，他看得见，买不起。王欢爱他吗？唐胜龙心想，大概是不爱的。他在她眼里看不到光，在她的琴声里听不到情，在她的温存中感觉不到依恋。他们交换彼此需要的东西，在从没有沸点的生活中一次次伪装高潮。但这并不妨碍两人生儿育女，延续香火。唐胜龙从小就知道，人格是可以一分为二的。父亲娶了一位财团董事长的千金，一生痴爱的却是一个唱花鼓戏的青衣。唐胜龙身边从来不缺年轻漂亮的女人，但都是逢场作戏，一晌偷欢。直到遇上马丽，唐胜龙才体验了爱的感觉，她的一颦一笑，她的举手投足，她的声音，都让他魂不守舍。书上尽瞎说，爱情哪里需要时间的培育，其实就是电光火石的一瞥，就是突如其来的心律不齐，刹那间的花开。妻子坠亡前，唐胜龙连马丽的手指头都没有摸过，却在梦中一次次和她极尽缠绵，他终于知道了什么叫灵肉交融。梦醒后他床头都是香樟的气息，这种气息似乎是从韭菜园，从马丽的身上，一路飘到他梦中来的。

　　唐胜龙第一次去那条老街就闻到了浓郁的香樟气息，比很多女人身上名贵的香水味都好闻。他觉得马丽的体内也有香樟味，淡淡的。当他和她融为一体时，这种迷幻的味道就会铺天盖地地弥漫开来，经久不散。但唐胜龙没有重新选择婚姻的权利，他的人生是早就编写好的程序。他只能按照既定指令运行，任何擅自修复和篡改的操作都不被允许。以马丽的身份和背景，根本不足以让这个系统重启。她注定要被拦截在豪门强大的防火墙之外，唐家不会有她的容身之地。

　　就像猛兽喜欢追捕奔跑的猎物一样，唐胜龙也一样，马丽的闪躲反而激发了他的征服欲。只是碍于有妇之夫的身份，他不敢肆无忌惮。现在妻子死了，他的顾虑少了许多。

　　在王欢坠亡的那天晚上，因为惊恐过度，加上时间仓促，马丽犯了一个致命的错误——没有及时将监控设备中的数据卡粉碎，而是藏在楼下花园的泥土中，准备等警察撤离现场后再行销毁。

然而，等她回头去找那张数据卡时，却发现记不清具体位置了，怎么也找不着。她甚至怀疑自己已经将数据卡扔到了下水道里，天亮后，她放弃了寻找。也许，那只波斯猫看见了她藏匿数据卡。也许，猫在模仿人类的行为。总之，数据卡被波斯猫从泥土里刨了出来，正好被回到别墅的唐胜龙看见。看完数据卡上存储的内容后，唐胜龙大吃一惊，妻子坠亡的真相居然如此炸裂。唐胜龙很清楚，这些视频中的很多内容不能见光，一旦公开，对他的个人形象和耀龙集团的声誉都非常不利。所以，当警方向他求证，王欢在哺乳期间是否真的出于隐私保护考虑，主动关闭了监控设备时，他的回答跟马丽的说法完全一致。

唐胜龙说，我太太担心黑客入侵家里的监控系统，泄露她的隐私。老魏问，数据卡怎么不见了？唐胜龙说，我担心黑客远程启动监控，出国前特意拔掉了数据卡。时间过去太久，忘了把卡放在哪里了。唐胜龙还叮嘱警方，尽量低调处理这起坠亡事故，以免给耀龙集团带来负面影响。这个请求合情合理，王欢的死因此没有在媒体上掀起什么波澜，很快就风平浪静。马丽却被月子中心解雇，服务期间，雇主意外坠亡，月嫂多少有些连带责任。

王欢头七那天晚上，唐胜龙就像一个偷窥狂，在视频里贪婪地观察马丽的每一个生活细节——她是怎么睡觉的，她的三围是多少，她穿多大码的胸罩，用什么牌子的卫生巾，她的内裤是什么颜色……当晚唐胜龙就睡在马丽睡过的保姆房里，他又闻到了那股香樟的气息，比以往任何一次都要浓烈。冬至那天，唐胜龙约马丽来别墅一趟,理由是家里少了一件贵重的古董。马丽以为唐胜龙怀疑自己行窃,为证清白,她急急忙忙地过来了。唐胜龙从钢琴前起身,他刚弹完《维也纳森林的故事》。他掏出一个大红包说,对不起,我太太的事连累你了,这是给你的补偿。马丽没接,他或许又想来去年那一套。她问,唐董家里丢了什么古董?唐胜龙轻笑,就是你啊。马丽明白自己又落入了圈套,她狠狠地瞪了唐胜龙一眼,转身就走,但被他捉住了手,神秘兮兮地说,别急,先给你看样东西再走也不迟。

马丽挣脱不开,被唐胜龙强行拽到电脑前,观看经过他剪辑的监控视频——王欢坠亡前后的那部分。只看了一眼,马丽就开始头皮发麻,后背凉飕飕的。脖子仿佛被一双无形的大手掐住了,有种强烈的窒息感。她现在才知道,那张数据卡并没有被自己销毁,而是落在了唐胜龙的手中。视频清晰表明,在撕扯的过程中,王欢被她用力推了一下才失足坠亡。如果视频内容被警方掌握,她不仅会坐牢,而且会连累帮她伪造现场的秦皓。作为死者家属,唐胜龙完全有理由向她索赔,尽管王欢有错在先。以王欢的身价,索赔金额肯定是个天文数字。马丽吓得腿都软了,想走都走不动。她原以为这个黑暗的秘密被深埋在了那场冰冷的冬雨中,没想到又被人掘坟开棺,曝尸花园。

唐胜龙洞穿了马丽的内心,他泡了两杯咖啡,是象屎咖啡,比猫屎的更贵。他用手指轻弹着咖啡杯,发出清脆的声音,笑容诡谲地说,放心,我不会公开视频的。但我有一个条件,以后不要再躲我了。你受的伤，我会慢慢替你抚平。马丽面如锡纸，身体瞬间麻痹了，连同舌头和脑细胞，她仿佛丧失了语言功能和思维功能。她机械地端起杯子，完全尝不出咖啡的滋味。没多久，麻痹感消失了，她莫名其妙地感觉浑身燥热。唐胜龙把一只胳膊搭在她的肩头说，真的，没骗你，你是这幢别墅里最贵重的东西，价值连城，我会好好收藏。

马丽居然没有甩开唐胜龙的手，岩浆在血管里奔突，所有的细胞像着了火。她闻到了香樟的气息，是从自己的毛孔里渗透出来的。唐胜龙说，跟我在一起，再没有人能伤害到你。马丽的耳朵里出现了雷鸣，脑海里惊涛骇浪，一道道闪电掠过大脑皮层。她眼前出现了那个追逐闪电的少年，从白塔里走出来。他牵着她的手往前走，一直走进王欢生前的卧室。那些狂暴的带电粒子让她的脑子晕乎乎的，她分不清是幻觉还是现实。墙上挂着王欢的照片，不是遗像，而是婚纱照。

马丽的耳边出现了一个温柔的声音，来吧，我的小马驹，尽情享受你的快乐吧。唐胜龙把马丽推倒在席梦思上，开始宽衣解带。不知道是不是错觉，马丽看见照片上的王欢笑容消失了，眼睛里充满浓浓的怨毒。马丽身上所有的衣物都被褪去，她像是春天里娇艳的花蕊，而唐胜龙如同一只辛勤采蜜的工蜂。马丽真的有了快感，她在心里呼唤着少年的名字：让暴风雨来得更猛烈些吧。马丽的语言功能终于恢复了一部分，她像燕子一样对少年呢喃着，我等了你多久你知道吗？唐胜龙却以为她在跟他表露心迹，说，我知道，我们彼此等了三生三世。

一小时后，也许是两小时，马丽从幻梦中悠悠醒来，体内燃烧的血液冷却了。她看见窗外阳光明媚，午后的柿子树下嗡嗡飞舞着甲壳虫。她还看见王欢站在墙头朝她讥笑，看见一丝不挂的自己躺在席梦思上。那些闪电呢，那个从白塔里走出来的少年呢，怎么都消失了？马丽听到了楼下飘来的钢琴曲，她不会弹琴，但听王欢弹过，好像是肖邦的《升c小调幻想即兴曲》。

马丽迅速穿好衣服，像是一朵悄然闭合的花苞。她的脑袋还有些许迷糊，意识尚未完全清醒。她刚走到门口，就听见背后有嗤笑声，回头一看并没有人，笑声似乎是王欢发出来的，她顿时起了一身鸡皮疙瘩。王欢不是死了吗，为什么还会笑？难道阴魂不散，死了都不肯不放过她？马丽逃也似的离开卧室，循着钢琴声，她来到楼下客厅。唐胜龙坐在钢琴前，手指如同小鹿在黑白琴键上灵巧地跳跃。马丽看见了自己喝过咖啡的杯子，空空的，像个陷阱。她终于明白发生了什么，阴魂不散的不是王欢，而是唐胜龙，她从一个陷阱跌进了另外一个陷阱。

脑袋里像是有一座雪山轰然崩塌，无数雪花挟带着强劲的气流，把马丽的灵魂埋葬在深不见底的黑暗中，她成了一片被杀死的雪花。

那个雪花被残忍杀死的冬日午后，看着唐胜龙弹钢琴的背影，马丽心中的那座白塔渐渐隐匿，连同里面那个永远的少年。她绕到钢琴前，近距离端详这张成熟而英俊的脸。他多情又多金，无

87

数女人为他癫狂,她们都想爬上她刚才睡过的那张床。唐胜龙起身揽着马丽的腰,手不老实地在她臀部摩挲,他一脸真诚地说,亲爱的,我会对刚才做的事负责。不,会对你的一生负责。马丽没有挣扎,就像太阳在北回归线上转了个身,就像王欢在防空洞里蜕变成了另外一个人。她的灵魂也转了个身,不再是以前的她了。现在两人都是单身,在一起合情合理更合法。马丽把头靠在唐胜龙胸前,问他,你真的那么喜欢我吗?唐胜龙用下巴蹭着马丽的秀发,香樟的气息又一次扑面而来。他说,比你想象的更喜欢。马丽很没自信地说,我只是个灰姑娘,一直生活得灰头土脸。唐胜龙双手捧着她的脸,像捧着一个圣杯,虔诚地说,不,你就是我的海伦,也是我的神。马丽还想说些什么,被唐胜龙的舌头堵住了嘴。马丽知道海伦是谁,古希腊神话中的一个绝色美女,挑起了斯巴达和特洛伊两国十年血战。马丽觉得自己不是,她没那么好看。也从不挑事,宁愿自己被箭矢扎成刺猬,也不忍看见别人有一丁点儿擦伤。

马丽又被唐胜带进卧室,王欢的眼睛像电焊一样喷射着怒火。这一次,马丽感觉到了汹涌的快意。这种快感持续整整半年,从冬天到春天,再到夏至。他们上午去贝加尔湖看冰雕,下午飞阿尔卑斯山滑雪,傍晚住木桐庄园品红酒,深夜在巴厘岛海边吃烧烤,清晨到马赛马拉草原拍摄狮子和牛群大战。经常是马丽一觉醒来,窗外就换了风景换了季节,服务生也换了肤色和语言。世界就像一个地球仪,她的手指轻轻一拨,就能迅速到达。

有时候马丽哪里都不去，就在别墅里给唐胜龙做饭煮咖啡，或者，静静地听他弹钢琴。唐胜龙比王欢的音乐素养更高，他得到过名师指点。他时而有贝多芬的罗曼蒂克，肖邦的热情奔放，时而有李斯特的梦幻唯美，莫扎特的沉郁苍凉。马丽能从午后一直听到黄昏，一点儿都不觉得单调。马丽还喜欢听唐胜龙用一口纯正的美式英语朗诵莎士比亚的十四行诗，就像在唱歌剧。马丽英语也不错，但远没有唐胜龙流利，而且有口音，他没有。从初中起，唐胜龙就在美国留学，读的是名校。

那段时间，阳光像是一块被烤化了的大白兔奶糖，马丽的世界里全是黏黏糊糊的甜味儿。雨像可口可乐，又似乎是葡萄酿的，淋在身上让她酣然沉醉。但马丽总觉得她和唐胜龙之间少了点儿什么，她琢磨了很久才发现，是少了些人间烟火气。他们的那些美好和浪漫都是金钱堆砌出来的，没有扎实的物质基础维系，顷刻间就会如流沙般坍塌。马丽一遍遍问过自己，这真的是爱情吗？

写作《刑侦笔记》时，我也有跟马丽同样的疑问。花了好几个晚上，我把马丽的成长经历审视了若干遍，才渐渐明白，那不是爱情。她被生活逼到了死角，接受了内心雪山的崩塌，向爱情举手投降。她在唐胜龙那里体验到的，只是一种激情。她迷失在财富带来的虚荣和梦幻中，把那个本我弄丢了。在灵魂层面上，其实唐胜龙并没有把马丽当女神，而是当成了自己的女奴。马丽是卑微的，她以一种仰视的姿态看着他，等着他的恩赐或施舍。

马丽或许明白了这一点,每次和唐胜龙滚床单时,如果窗外雷鸣电闪,她一定会拉上厚厚的窗帘。她害怕看见那个闪电一样的少年。

那段封印在白塔内的情愫,简简单单,更像爱。

第3章 杀死雪花

1

寻找秦皓之前，我去了趟猴子矶，周雨彤拖着自己的粉红色行李箱跟在后面。我计算了一下，从埋尸地点回到秦皓住的石头房子前，用时五十五分钟。

埋尸是在上周六凌晨两点左右，也就是说，秦皓回到渔村大约在凌晨三点。我在泡桐树下歇了会儿脚，刚点了根烟，就看见那个叫梁树宽的年轻司机拎着钓具走过来。我忽然想起他每天开观光车，接触的人多，又是马丽的同事，说不定知道一些线索，于是主动打招呼，小梁，去钓鱼呢？看见我们，梁树宽一愣，问我，齐警官，你们怎么在这儿？我面带笑意，听说湿地保护站有个叫秦皓的巡逻员住在这儿，过来走访一下，不巧人不在。梁树宽说，皓哥回林区给老爸扫墓去了。我精神一振，忙问，你认识他？

梁树宽接过我递给他的一根烟说，皓哥跟丽姐关系不错，哦，就是那个叫马丽的讲解员。我问，你对秦皓了解吗？梁树宽抽着烟说，了解不多，闷葫芦一个，不过他跟我说话算多的。我老家跟他以前住的地方很近，只隔着一条小河。我问，你老家在哪儿？梁树宽说，神鼎山林场，皓哥在白鹿林场，他爸当过几年护林员。哦，这两个林场六年前已经撤销，成立了神鹿国家森林公园。

接手唐胜龙的案子前，我还没去过这座颇具知名度的森林公园，只知道在塔城最北边。梁树宽说，皓哥巡逻时喜欢顺手捡些废品，不是卖钱，而是习惯，他总觉得以后能用得上。我问，你还知道什么？梁树宽想了想说，皓哥和一个叫吴迪的挺要好，两个人是发小。迪哥和丽姐也是高中同学，我们在丽姐家一块吃过饭。唐胜龙出事前，迪哥还来过岛上。我心中一动，周雨彤比我还急，连忙问，吴迪在哪儿上班？

阳光从泡桐树上漏下来，把梁树宽的头发染成了金黄色，他说，工行，是个科长。我看向那幢石头房子：你去过里面吗？梁树宽说，没有，皓哥不爱待客。下班后，他要么在丽姐那里喝茶，要么窝在自己房间里看书、健身，对了，他喜欢举哑铃。我的耳朵跳了一下，立马想到了砸碎唐胜龙颈椎和腿骨的钝器。

阳光偏移，周雨彤像是被一大滴松脂裹住，成了闪闪发光的琥珀。我问，秦皓抽什么牌子的烟？梁树宽说哦，跟我一样，也是精白沙。我又问，马丽的行李箱是什么颜色的，你知道吗？梁树宽摇头说，这个真没注意。结束了问话，我看着梁树宽的背影消失在绿色魔方的拐角处。白花花的阳光下，遍布渔村的绿色魔方似乎在不断排列组合，构成了一个巨大而复杂的迷宫，我一时有些辨不清方向。

从渔村回来的第二天，我去了林区，同车的还有周雨彤、曹磊和贾庆松。半路上接到两个电话，黄萍说查到唐胜龙和马丽曾多次一起出境旅游，时间集中在王欢坠亡后的半年内。她走访了欢乐颂的旅行社，马丽的前同事证实，唐胜龙曾追求过她。潇湘梅苑的物业管理人员也证实，王欢死后，马丽仍然住在别墅里。至于是给唐胜龙做保姆，还是两人有什么特殊关系，就不清楚了。这个调查结果并不出乎我的意料，现在几乎可以肯定，案发那天唐胜龙是去岛上找马丽。郑瑞在电话里说，那个吴迪查过了，住湘江明珠小区，是工行塔城支行信贷科科长。他从11月15日起开始休年假，11月29日才上班，目前去向不明，手机关机。

银行信贷科科长是个肥缺，相当于财神爷，肯定不差钱。我当时觉得吴迪应该跟案子没什么关系，嗯了一声就挂断了郑瑞的电话。我找到林业派出所所长孙继业，他以前就是白鹿林场保卫科科长，部队转业回来的，当过侦察兵，记忆极好，林区的事如数家珍。老孙一口浓重的客家口音，说秦皓的父亲叫秦老三，是2010年秋天来白鹿林场当护林员的。虽然是临时工，但人实在。林场撤销的前一年，他在巡查路上被银环蛇咬了，没抢救过来。我问，秦老三来林场前是干什么的，家在哪儿？

老孙吐出一个蘑菇状的烟圈说，他以前是个捡破烂的，住在塔城先锋路，秦皓从小跟他爸一块捡破烂。我问，一个捡破烂的怎么会到林场来当护林员？老孙抽烟很猛，我半根没抽完，他已经抽第二根了。他说，原白鹿林场场长董玉坤介绍来的。哦，老董已经去世了，食物中毒，今年春天跟老婆一起走的。老孙的口音让我听得颇为费劲，我问，他们不会是亲戚吧？老孙说，那倒不是，他们只是萍水相逢。

除了烟味，林业派出所的接待室里还弥漫着草本植物的气息。老孙喝了口浓茶，开始讲述一段十三年前的往事。

2010年秋天，白露刚过，董玉坤的儿子胸膜炎住进了塔城市人民医院。老董开着林场的桑塔纳，带着两万块现金去给儿子交住院费。那天下着雨，快到医院时，老董突然想起儿子喜欢吃"姑嫂树"的臭豆腐。他当即掉头把车开往韭菜园，停在"姑嫂树"门口，这是一家在塔城享有盛誉的百年老字号。老董熄火下车时一手打伞，一手拿着装现金的牛皮纸信封。把这么多现金搁车上，他不放心。

返回时，手中多了几串臭豆腐，老董就把牛皮纸信封夹在腋窝下。刚走到桑塔纳旁边，一辆出租车疾驰而过，老董后退躲避四溅的水花，不小心把信封掉到地上，自己浑然不觉。在医院门口停车时，老董伸手去副驾驶座拿装钱的信封，却发现座位上空空如也，他登时惊出一身冷汗。仔细想了一下，应该是在韭菜园避让出租车时把信封弄丢了。

老董急忙开车返回韭菜园，但在之前停车的位置并没找到信封。他又去"姑嫂树"店里询问，老板说当时忙着做生意，店子外面的情况没注意。这下老董慌神了，他火急火燎地跑进韭菜园派出所报案。接待他的是时任韭菜园派出所所长赵宏森，他问老董，钱什么时候掉的，掉哪儿了，金额多少？老董说，钱装在一个大号牛皮纸袋信封里，是白鹿林场的专用信封。里面有两万块，全是百元面值的。大概半小时前掉的，应该是掉在"姑嫂树"门口的人行道上。赵宏森查验了董玉坤的身份证，又当场调取了"姑嫂树"门口的路面监控——

老董驾车离开不到两分钟，一个戴口罩的拾荒少年就走过来，捡起了掉在路边的信封。发现里面全是钱后，少年扭头四处张望。然后把信封塞进装破烂的蛇皮袋，快步离开，消失在监控画面中。

老董恨不得把手伸到视频里揪住少年，他大声说，警察同志，就是他捡了我的钱！赵宏森从保管箱里拿出一个打湿的牛皮纸信封，很响地扔在老董面前，说，数一数，金额对不对。老董一看，果然是自己丢失的信封。他把里面的钱连数了两遍，激动地说，分文不差！赵宏森说，是那个捡破烂的孩子交过来的，名字都没留下就走了。老董感动得眼眶都湿了，说，警察同志，麻烦你们找到这孩子，我要当面感谢他。因为急着给儿子交住院费，老董留下联系方式后就离开了派出所。一小时后，他接到了赵宏森的电话，人找到了，叫秦皓，他和他爸都是拾荒的，住在先锋路东湖新村的一座铁皮房子里。

老董当即开车过去，找到了那座堆满垃圾的铁皮房子，父子俩正围着一张小方桌吃午饭。一荤一素，就两道菜。说明来意，老董拿出伍佰元表示感谢，父子俩不肯收，秦皓的脸都红了，像西红柿。交谈中，老董发现秦皓和他儿子居然还是铁哥们。他觉得两家有缘分，决定帮这父子俩一把。他问秦老三愿不愿意去白鹿林场当护林员，包吃包住，一个月有三千多块，还发劳保用品。等秦皓再大一些，也可以在林场找份活干。秦老三一开始还不愿意，觉得捡破烂更自在。但听老董说秦皓以后可以进林场工作，就动心了。

老孙抖着烟灰对我说，秦老三和秦皓都没户口，也没身份证。我很讶异地问，为什么没有？老孙说，秦老三五岁的时候就被人贩子拐卖了，后来逃了出来，流浪到雁城。因为年纪太小，说不清楚家在哪儿，父母是谁，雁城警方就把他送到福利院。可他待不惯，几年后偷偷跑了，靠捡破烂为生，再后来就在塔城长住下来。我问，他妻子呢？老孙说，三十岁那年，秦老三遇到了一个脑子不正常的女人，非要跟着他，撵都撵不走，两人就在一起了。妻子生秦皓时，秦老三没钱送她去医院，自己接的生。偏偏碰上妻子难产，大出血，孩子活了，大人没了。我心情沉重起来，周雨彤也忘了记录，她完全没想到头号嫌疑犯秦皓的身世竟然如此悲苦。老孙叹息一声，都说黄连苦，这一家人命更苦。虽然是黑户，但心善。

我把头扭向窗户，深吸了几口来自大山深处的腊梅香，调整了一下情绪问，秦老三去世后，秦皓怎么没留在林场工作？老孙说，是秦皓自己不愿意，什么原因不清楚，可能是年轻人觉得山里太寂寞吧。我没吭声,心想应该不是这个原因,岛上的生活比林区还单调。老孙面前的烟灰缸都满了,他说,秦老三没户口,公墓不能安葬。老董特批,在黑龙潭找了块地把他埋了。我看了一眼窗外的茫茫林海,问老孙,这里的监控覆盖面有多大?老孙苦笑一声,整个林区有六百多平方公里,上山的主干道才有监控,覆盖面非常低。很多小路都能进入林区,防止盗猎盗伐主要靠人工巡视。

我放弃了调取监控的念头,这根本就是做无用功。如此广袤的森林面积,别说一个人,一头大象进入都难觅其踪。老孙问我,秦皓犯什么事了?我敷衍道,说犯事还为时过早,只是有嫌疑。老孙识趣,没有追问,他朝垃圾篓里吐了口浓痰说,老董的儿子叫吴迪,在银行工作,你们可以找他了解一下情况。我心里一怔,本来想问老孙,吴迪怎么没跟董玉坤一个姓?转念一想有些多余,现在子女随母姓的多了去了。当务之急还是先找到秦皓本人,告别老孙后,我按照路线牌的指引,直奔黑龙潭。

老远就看见水潭旁边有座孤零零的坟茔,周围的灌木和杂草都被清理得很干净。坟头挂着祭祀用的纸扎,白晃晃的,在冬天的山野十分显眼。纸扎经受了日晒雨淋,虽然已经变形,但仍能看出挂上去并不久,最多一星期。坟前放着一瓶五粮液和两包芙蓉王,都没开封,地面还散落着几枚精白沙的烟头。虽然没有立墓碑,但我判断这应该就是秦老三的安葬地。

距离坟茔几十米开外的地方,矗立着一间爬满青苔的小木屋。

木头都快朽坏了，发出难闻的霉味。屋内有张简易床，床底下塞了不少方便食品的包装袋，还有烟头，都是精白沙的。墙角放着一只鼓鼓囊囊的登山包，周雨彤打开拉链，发现里面塞着防潮垫、睡袋、煤气罐之类的户外用品。秦皓来扫墓，应该就住在这里。周雨彤把手伸到登山包内摸索了一会儿，掏出一只劳力士手表，她惊呼起来，齐队，这是唐胜龙的表！

就在前两天，邓嘉伟给专案组提供了一份清单，上面罗列了唐胜龙的几件随身物品，包括打火机、手机和手表，并附有实物照片。我也认出来了，这块手表跟照片上的一模一样，一看就价值不菲。以秦皓的经济能力，肯定买不起这种名表。捉贼捉赃，秦皓的嫌疑直线上升！

既然包在，人肯定就在附近。我当即要大家全都躲进小木屋守株待兔，一旦秦皓出现，马上将他控制住。我话音未落，一道身影从屋后的树林里一闪而过。我大喊，快，堵住他！我让曹磊留守小木屋，带着周雨彤和贾庆松追了过去。但草深林密，又不熟悉地形，没多久就跟丢了。从对方的身形来看，是个男人，穿银灰色的冲锋衣裤，连体帽和口罩遮住了大半张脸，肩头还背着一支枪。追赶过程中，从男子口袋里掉下来一包和天下，周雨彤有些纳闷地问，秦皓平常不是抽精白沙吗，怎么会有这么好的烟？贾庆松撇嘴说，刚刚敲诈了六百万，他还差钱吗？我说，别动这盒烟，带回去检验。

等曹磊提取完现场物证，太阳开始落山。返程时，我无意中发现新建的塔城精神康复中心竟然就在白鹿山脚下。我想起了鸟岛的桑梓园，两个原本不搭界的地方，竟然又沾上了边。不仅仅是人类，世间万物似乎都存在着某种神秘的联系。一股香甜的蜂蜜气息穿过林海迤逦而来，灵蛇一般钻进我的鼻孔。凝望着车窗外绵延不绝的高山云雾，我的心仿佛也堕入那片深不见底的迷濛中，晃晃悠悠，怎么也找不到扎根的土壤。

当晚我就带人上岛，通过技术开锁进入秦皓住的石头房子。墙角堆着十几个空酒瓶，地上有不少精白沙的烟头。厨房里用的是液化气灶，灌装的小钢瓶。炒菜锅没清洗，尚存一层薄薄的油脂。灶台下扔了两个敲破的鸡蛋壳，里面有凝固的蛋清。饭桌上有一碗没吃完的方便面，汤汁里依稀能见到蛋黄和蛋白。我交代曹磊，把蛋壳带回去化验，确定炒菜的时间。我在楼上楼下找了一圈，没发现胡守义提到过的行李箱，也没找到剪刀和哑铃。这完全在我的意料当中，秦皓不可能把作案工具放在自己的住处。

哑铃笨重，不可能抛掷太远。我吩咐贾庆松和郑瑞带上几个人，在渔村沿湖一带进行拉网式搜索。必要时可以请水上派出所调来打捞设备协助。很快，在饭桌的两只桌腿上测出了微弱的鲁米诺反应。两小时后，又从距离石头房子约莫一百五十米远的湖里，打捞出一把剪刀、一柄铁锹、一只拖把和一对八公斤重的哑铃。

两天后，初步鉴定结果出炉。

桌腿上提取的血迹属于唐胜龙，湖里打捞上来的那把剪刀就是杀人凶器，那对哑铃则是毁损唐胜龙尸体的钝器。铁锹疑似挖坑埋尸的工具，拖把则疑似清洗凶杀现场的工具——因为在水中浸泡时间太久，无法提取到有效的生物信息。根据蛋壳中蝇卵的孵化程度，推测出鸡蛋是在11月17日凌晨三点左右敲破的。也就是说，秦皓在那时吃的方便面。而我和周雨彤之前实地勘察得出结论，秦皓埋尸回来，应该在凌晨三点左右，时间完全吻合。

那个从山林中逃跑的疑似秦皓的男子，穿的是四十二码的箭牌球鞋——这是一种低档的国产运动鞋，不超过六十元。鞋底磨损程度表明是双旧鞋，穿了两年以上。该男子身高约莫一米八，体重七十五公斤左右。在小木屋内外，以及秦老三坟茔周围提取到的鞋印，即为该人所留。从石头房子里也提取到了这种鞋印，据胡守义反映，秦皓的确有双旧的箭牌球鞋，每天巡逻都穿。

据调查，秦老三坟头的纸扎来自市区红星路的一家殡葬用品店。坟前放置的五粮液和芙蓉王，以及在小木屋内找到的一些速食，来自建设路的喜乐多超市买的。时间在唐胜龙失联前五天，店里的监控拍得很清楚，购物的就是秦皓本人。之前在装尸行李箱内的头发中提取到了DNA，这次比对上了，跟精白沙中提取到的DNA匹配。另外，在石头房子和小木屋内提取到的指纹也完全一致。我问曹磊，你注意到一个细节没有？喜乐多超市并没查到秦皓购买和天下的记录。还有，在香烟包装盒上提取到的指纹并非秦皓所留。曹磊嚼着槟榔说，我注意到了，应该是秦皓在别处购买的。可能是因为天冷，他买烟时戴了手套，烟盒上的指纹大概率是店老板的。

我看着窗外忽明忽暗的阳光,抽着烟没有吭声。曹磊问,证据链已经可以完美闭合了,你还怀疑什么?我说,就是因为证据太有说服力了,所以我才怀疑。曹磊说,别忘了,今天周一,秦皓应该销假上班,但他没有出现,处于失联状态。

是的,我没法解释,这不是畏罪潜逃是什么?

我嘴里忽然冒出一句,你看见了吗?天上有鸟飞过,却没留下轨迹。

曹磊呸的一声吐掉槟榔渣,说,看见你个大头!你小子的文艺病又犯了,酸得我槟榔都嚼不动,下次得赔我一包。

2

唐胜龙从来不和马丽在塔城的公共场合亮相,甚至没有和她在潇湘梅苑小区散过步。那段时间,潼潼被唐胜龙的父母接到美国抚养。两人要么闭门不出,在别墅里享受激情,要么游山玩水,在大自然中挥霍浪漫。最初马丽以为,旧爱刚逝,唐胜龙有所顾忌,不宜高调跟新欢秀恩爱。她意外怀孕后才发现自己想得太天真,他根本就没打算跟她结婚,她只是他的一个不能示众的秘密。

唐胜龙坚持要马丽堕胎,遭到她的拒绝。每个来到世间的生命都是一朵洁白的雪花,马丽不忍把雪花杀死在自己手中。她说,如果你怕别人说闲话,我可以不告诉任何人孩子的父亲是谁,等你觉得时机合适后再公开。唐胜龙的手指在黑白琴键上快速滑过，发出一阵怪音，他说，两人世界不好吗，为什么要增加一个人？马丽说，有孩子的婚姻才是完整的，不然两人像搭伴过日子。唐胜龙用那双让无数女人痴迷的眼睛凝视着她，沉吟片刻说，我们不能成为爱人，只能做情人。马丽木然地看着唐胜龙起身往金鱼缸里投喂了一些饵料，一点儿都不像在开玩笑。接着唐胜龙补充了一句，我父母给我介绍了曼哈顿的一位华裔女子，也是丧偶。她父亲是当地政商两界的名流，能帮助耀龙集团在美国上市。

夏至的阳光像带刺的荆条，猛然把马丽抽醒了。原来，她只是刺激他肾上腺素飙升和多巴胺分泌的催情药。或者说，她只是他的一道开胃甜点，他从没把她当正餐。马丽不哭，不闹，不恼，完全没有失恋的那种歇斯底里和撕心裂肺，她只有绝望，还有深深的懊悔。也就是在这一瞬间，马丽找到了寻觅已久的答案——她没有爱过他，她的身体和灵魂从来没有跟他真正结合过。她只是一度陶醉在他刻意营造的情调中，被他感动，但那不是心灵深处的悸动。

马丽默默地收拾自己留在别墅内的私人物品，不过很快就全部放下了。这些东西都是唐胜龙买给她的，她不想带走。唐胜龙堵在卧室门口问，你要去哪儿？马丽说，回家，把孩子生下来。她已经不再把这栋豪宅当成家，这里只是一个金屋藏娇的地方，她只是他的藏品。唐胜龙怔怔地看着马丽，问，非生不可吗？马丽没有任何犹豫地点头，她不是觊觎耀龙集团的庞大产业，只是不想扼杀腹中孩子来到这个世界的权利。她不要唐胜龙一分钱抚养费，只想让那个小生命像雪花一样自由地降临人世间，不受到任何污染。

夏天的马丽，脸上结满秋天的霜。唐胜龙的眼神里全是伤感，全是朗诵莎士比亚十四行诗的那种忧郁，像多瑙河一样流淌的忧郁。他说，给我一天时间考虑。马丽犹豫了一下坐下来，她不是对唐胜龙还有奢望，而是不想太决绝。王欢坠亡的视频还在他手上，那是她的软肋，她害怕他恼羞成怒翻旧账。

塔城古属楚国，巫文化源远流长。老辈人说端午是个毒日，忌同房生育，忌婚丧嫁娶。马丽四岁那年端午，父亲死了。十五岁那年端午，母亲又死了。可她总是不长记性，她恨自己。

夏至第二天就是2023年端午节，悲剧来得没有任何征兆。马丽起床后蒸了一笼亲手包的粽子，心想，这应该是自己在这里做的最后的早餐了。唐胜龙一晚没睡好，面容有些憔悴。王欢死后，他在咖啡里下了药才将马丽占有。原以为她会就此驯服——他玩过的很多女人都这样，不管之前多矜持，上了床就百依百顺了。她却是个例外，看似弱不禁风，其实烈如野马。如果不是他捏住了她的软肋，恐怕她至今还游离在他的世界之外。分手，他不甘心。她还怀了他的孩子，他更是担心，绝不能让她捏住他的软肋。马丽也是一个晚上没合眼，她在不停地祈祷。这些年，上帝关上了她生命中的许多扇门，让她觉得氧气越来越稀薄。她祈祷上帝能给她打开一扇窗，只要能透进光透进空气，多窄都行。

唐胜龙不理解马丽为什么一定要名分，做情人，除了名分没有，什么都有。这个世界上有许多东西只能在黑暗中隐秘生长，不光是婚外情，这没什么好奇怪的。吃粽子时，唐胜龙又试探了一下马丽的口风，但她生孩子的执念依然很深。他不再迟疑，开了一瓶拉菲，给自己倒了一杯，并体贴地倒了一杯牛奶递给马丽，说喝完后就把考虑好的结果告诉她。看见那些乳白色的液体缓缓流进马丽体内，唐胜龙浑身的毛细孔都在收缩。十分钟不到，马丽开始发作，小腹剧烈绞痛，仿佛有只啮齿动物在里面不断地啃噬内脏，豆大的汗珠簌簌落下。她跌跌撞撞地跑进卫生间，血顺着裙摆流了下来，似乎都是刚才喝进去的酒。

　　唐胜龙无动于衷，他用纸巾抹了抹嘴，坐到钢琴前，弹起了莫扎特的《安魂曲》。酒里的药，是他早就预备的。有好几个女人，在不同的时间和地点，喝过这种无色无味的药。每个女人都哭得惊天动地，因为痛，也因为悲伤。很奇怪，唐胜龙一直没听见马丽的哭声。他停止了弹奏，还是没听见。他突然打了个哆嗦，没敲门就直接闯入卫生间。地面都是血，她的裙子和鞋子上也全都是。她居然站在血泊中，对着镜子梳妆打扮，脸色比墙上的瓷砖还白。

　　唐胜龙的声音都变了，问她，你没事吧？马丽嘴里只吐出两个字：没事。唐胜龙说，我送你去医院，好好休养几天，补血。马丽还是两个字：不用。马丽回卧室换了衣服鞋袜，什么都没拿。出门时她回头看了一眼墙头，王欢在阴影里笑得幸灾乐祸。

唐胜龙忘了阻拦马丽，让他震惊的不是遍地血腥，而是她的冷静。她舍弃荣华富贵去保护的孩子，一个早晨就化为了一摊血水。她竟然没跟他闹。而且她没掉一滴眼泪，哼都不哼一声，仿佛从身体里流失的不是血，而是水。她甚至能对着镜子里那个纸人一样惨白的自己，坦然自若地化妆，还能嫣然一笑。太诡异了，她是从未知世界里来的妖孽吗？她是恐怖游戏中血色玛丽的化身吗？唐胜龙头晕心慌，好像失血的是他。

唐胜龙眼睁睁地看着马丽走出别墅，那只波斯猫悄无声息地窜到卫生间里，居然去舔地上的血。自从王欢死后，波斯猫就对马丽充满敌视，不让她抱，经常用爪子挠她。唐胜龙感觉恶心，一阵干呕后，他掐住了波斯猫的脖子，把它的头按在马桶里，直到它断了气。

又一朵雪花被杀死了。

马丽的心，在这个阳光炸裂的夏天，随着那朵还没来得及落地的小小的雪花，一起被杀死了。

上帝昨晚好像睡着了，没有听见她虔诚的祷告声。

从潇湘梅苑出来，马丽打了一辆出租车。整座城市洋溢着浓浓的粽子香，家家户户门口插着菖蒲和艾叶。她来到白塔，自从躺上王欢的那张床之后，她就没来过了。塔檐上全是野草和鸟粪，似乎连风铃都生了锈，听不到摇曳的叮当声。直到此时，马丽才泪流满面。她不是不会哭，只是不习惯哭出声。这些年有一半的泪水，马丽都咽在肚子里。剩下的，无声地掉落在黑暗中。

风像是从许多年前吹过来的,很旧,夹杂着樟脑丸的气味,还带着韵律,咿咿呀呀,像唱戏。马丽很想逆风回到玻璃时代,那时候一袋爆米花她可以和王欢吃小半天,一本爱情小说两人会抢着看,一首歌会让她们同时莫名地感伤。她更想穿越到十八岁那年夏天,追上那列远去的绿皮火车,追上李查德的背影。可是,回不去了。无论她怎样给自己催眠,也回不到过去。

过去只售单程票,没有回头客。

看着奔涌的江水,马丽生活的勇气和爱情的信念全都随着浪涛席卷而去,她的世界只剩下一地粗粝的鹅卵石。那天马丽不吃不喝,从上午坐到中午,再坐到下午。她早已感觉不到身体的痛,似乎整个人都石化了,包括灵魂。当淡青色的暮霭升起时,马丽走出白塔,越过沙滩,踩着水,缓缓朝江心走去。

一只有力的胳膊突然把马丽拽了回来,扭头一看,居然是秦皓。他说,不要做傻事。马丽说,你走开,别管我!她挣扎着,但无济于事。气力耗尽后,她跌坐在沙滩上,如同一只碎掉的瓶子。秦皓很久都没说话,就坐在黑暗中抽烟,像块沉默的礁石。后来她才知道,她打的那辆出租车,司机姓陈,见过她,秦皓以前就是替陈师傅跑夜班。路上陈师傅跟她讲过几句话,但她精神恍惚,没听见也没回应。陈师傅觉得不对劲,犹豫了大半天还是打电话告诉了秦皓,秦皓一听,赶忙找了过来。

这半年,马丽很少跟秦皓联系。偶尔打个电话,也从不谈她和唐胜龙的事。她似乎早有预感,这会是一个无言的结局。

耳旁是经久不息的风声、涛声和鸟声，秦皓看不清她的脸，却能感觉到她的悲伤。抽完几根烟后，他的目光像一道无法屏蔽的射线，穿透黑暗，直达她的心扉，他问，到底发生了什么？马丽终于说出了那段晦暗的情史，还有那朵被杀死的雪花。秦皓脱下鞋，抖掉里面的沙子，说，不要用别人的罪孽来惩罚自己的善良。

夜深时风大了起来，塔铃上的锈迹似乎突然剥落了，发出空灵的声音，如同一支古典的琵琶曲。秦皓又说，悲伤不会永恒，会被时间稀释到无色无味。这是他在黑暗中说的第二句话，落地有声，是金属的声音。

江面上陡现一道道闪电，他们就像两个渡劫的人岿然不动。秦皓凝视着那些光，那些把黑暗劈得支离破碎的光，问马丽，你不记得他了吗？马丽知道秦皓指谁，就是那个从她生命中走失的少年。跟唐胜龙在一起的日子里，她连梦都没有梦见过他。马丽说，记得，可是他已经不见了。秦皓说，总有一天，他会回来的。马丽手里攥着一把沙，问，你怎么知道？秦皓望着白塔点了根烟说，因为，每只迷路的候鸟，终究会飞回故乡。

流沙从马丽指缝间簌簌漏下，她说，回来又怎么样，他不属于我。秦皓忽然笑了，烟喷了她一脸，说，有些东西，不一定非要拥有才幸福，缺憾也是一种美。

在马丽的印象中，秦皓很少笑，也很少悲伤。他的情绪几乎不外露，沉静得像一块玄武岩。

夏天似乎对马丽不太友好，她第一次试图自杀是在十五岁那年夏天。这一次也是夏天，阳光凶猛，她身体内的水分被迅速蒸发殆尽，成了行尸走肉。但在2023年这个风雨欲来的夜晚，马丽再次放弃了杀死自己的念头。

秦皓在黑暗中说的那些话，像是充满宗教和哲学意味的神谕，又像是抹不去的文身，铭刻在马丽的灵魂里。

秦皓告诉马丽，鸟岛正在搞旅游开发，需要候鸟讲解员，问她是否愿意去试试。马丽就这样去了岛上工作，远离喧嚣，远离伤害。最初她只是想封闭自己，后来她渐渐喜欢上了这种与世隔绝的宁静和孤独。银杏叶泛黄时，开始有候鸟零零星星地飞回洞庭湖了。马丽经常望着候鸟发呆，那个追闪电的少年，是哪一只呢？

唐胜龙并没有放过马丽，经常给她打电话、发信息，要她继续跟他好。马丽不接听，不回信，把他拉进了"小黑屋"。随着"玛丽那个岛"的人气飙升，唐胜龙发现她住在岛上。他来找过她几次，每次都被她拒之门外。他就用王欢坠亡的视频相要挟，但这次马丽没有害怕，说大不了玉石俱焚——她会让全世界都知道她和他的秘密情史，曝光堂堂耀龙集团董事长对她用的那些下三烂手段。这是秦皓教马丽的反制措施，他果然不敢造次了。

唐胜龙最后一次来找马丽，是在11月17日中午。马丽正在石头房子里午睡，忽然听到敲门声，她以为是秦皓，就迷迷糊糊地去开门，两人约好下午去紫鹤山观音阁烧香。最近一段时间，马丽每晚都梦见一个还没成形的婴儿,看不清性别和脸,血肉模糊地站在床前质问她,妈妈,你为什么不要我?马丽说,妈妈没有不要你,妈妈一直爱你!她张开双臂去抱那个血婴,却抱了个空气。马丽总是在黑暗中哭醒,秦皓说她对孩子的负罪感太深,去庙里烧香祈福能缓解心理压力。

那天,当马丽打开房门时,发现外面站着的竟然是唐胜龙!

马丽的住处其实很好找,整个渔村只有她喂养了鸡鸭。屋顶还晒着衣服,一看就是女人的。马丽反应过来,正要关门,但被唐胜龙用膝盖顶住,他强行闯入,把门反锁。马丽惊叫,你要干什么?唐胜龙笑着说,想我的大宝贝了,过来看看你。他伸手去揽她的腰,被她闪开。她转身就往楼上跑,想躲进卧室,把门闩上。但还是被他追上了,把她推倒在客厅沙发上。马丽挣扎着说,快放开,别碰我!唐胜龙说,装什么装,你身上哪个地方我没碰过?把马丽控制住后,唐胜龙打量着房间,简陋得让他吃惊。家具老旧破烂,看不见任何电器,客厅有半扇窗户没有玻璃,是用报纸糊上的。更让他不可思议的是,居然一盏电灯都没有。在唐胜龙看来,这里根本不适合人类居住。不过,他没在里面闻到男人味,这让他很宽心。他说,跟我回去吧,明天我就给你买套大平层。唐胜龙不是信口开河,他早就对她许诺过,只要愿意跟他好,可以给她买房买车,每月再给她五万块零花钱。她不是喜欢摄影吗,还可以资助她办摄影展。唐胜龙确信他是爱马丽的,跟以往的逢场作戏都不一样。跟她在一起,他从灵魂深处感觉到了愉悦。分别的这半年来,他没碰过别的女人,一点儿欲望都没有。而想起她,他体内就有一头小兽在蠢蠢欲动。但马丽对唐胜龙毫无留恋,他是杀死雪花的凶手,她一生都无法宽恕。

那个血腥的夏天已经被时间渐渐稀释,马丽不想把吐出来的秽物再吞回去,唐胜龙的话让她作呕。她说,不要侮辱我,请你马上离开这里!唐胜龙发现马丽变了,不再逆来顺受忍气吞声了。就跟岛上那些野鸟和野蛮生长的植物一样,浑身洋溢着野性。这种桀骜不驯唤醒了他体内那头饥肠辘辘的小兽,他听到了嗷的一声嗥叫。他猛扑过去,把她压在沙发上,开始撕扯她的睡衣。一股久违的香樟气息,从她的每个毛孔里散发出来。马丽拼命反抗,甚至大声叫喊,但荒芜的渔村里除了鸟和猫,没有人听见她的呼救。

唐胜龙去吻马丽,她厌恶地躲闪,感觉那条如同科莫多龙的舌头,不仅腥臭无比,而且满是致命的细菌。端午节的那个血色早晨,马丽彻底看清楚了唐胜龙的真面目。他是个虚伪又自私,懦弱却狠毒的男人。她不想再跟他有任何瓜葛,他的呼吸和语气,他的凝视和抚摸,都让她觉得恶心。甚至一听到钢琴声,马丽就觉得特别刺耳,哪怕不是他弹奏的。

唐胜龙身材高大,马丽力气太小,最终还是被他得逞了。强烈的屈辱像潮水一样涌上心头,她似乎听见那个血婴在黑暗中哭喊,妈妈,就是这个人杀了我,快替我报仇!趁着唐胜龙心满意足地起身抽雪茄时,马丽顾不得衣衫不整跑下楼,从饭桌上拿起一把剪刀,那是她从渔村寻获用来拆快递包裹的。此刻,唐胜龙的手机响了,是邓秘书打来的。结束通话后,唐胜龙下了楼,就像一位凯旋班师的骠骑大将军,迈着踌躇满志的步伐。马丽攥着剪刀,手上和眼里都寒光四射。就是这个男人,和他曾经的妻子,将她的尊严肢解得鲜血淋漓,还杀死了一朵本该降临到世间的雪花。她一逃再逃,他却步步紧逼。

唐胜龙调笑着,怎么,想要我的命?从相识的第一天起,我就被你的眼神杀死了。这半年,你又把我想死了。算命先生说我跟猫一样有九条命,不然,真不够你杀的。马丽握着剪刀的手在颤抖,想起过往,她脸上全是泪。唐胜龙伸手想擦掉马丽的眼泪,她往后一躲,尖叫着,别过来!

唐胜龙吹了吹雪茄头上的烟灰,又往前走了一步,说,亲爱的,别闹了,现在就跟我回去,我们重新开始。身后是坚硬的墙壁,马丽退无可退,她似乎又听见那个血婴凄厉的喊声,妈妈,杀了他,替我报仇!当唐胜龙再次伸手碰她时,马丽挥舞剪刀刺了过去。唐胜龙一开始并没有感觉到疼,他低头看向自己的腹部,那里多了个血窟窿,像只诡异的眼睛。血婴的尖叫像是魔咒响彻马丽的耳旁,杀了他!杀了他!

二十多年来,那些一直隐忍的悲伤、愤怒和羞辱,犹如火山爆发,毁天灭地,不可阻挡,马丽不断朝唐胜龙捅刺。唐胜龙终于感觉到了疼,一股痛楚弥漫全身。他想要逃离时,已经来不及了。两条腿像灌满了铅,根本抬不起来。他整个人瘫倒在地上,似乎有什么东西争先恐后地,想从那些血窟窿里爬出来。唐胜龙哀求马丽,快,送我去医院。马丽无动于衷,血婴在马丽耳旁喊,妈妈,他杀我的时候我好痛,流了好多好多血。唐胜龙目光惊恐地说,救我。我不能死。血婴说,妈妈,他必须死,他要给我偿命!唐胜龙颤抖着朝马丽伸出手臂说,求求你,救救我。我一定娶你,让你生好多孩子,跟着我们去环游世界。马丽不相信这些比饼干还脆薄的承诺,她喃喃地说,去陪我的小雪花吧,你是父亲,有这个义务。她又朝他扎了一刀,拼尽全身力气。那只曾经把她带进天堂又把她推向地狱的手臂,那只曾经弹奏《安魂曲》的手臂,带着一道绝望的弧线落下去了。

他们之间,不再有开始,只有永恒的结局。

马丽在血泊中坐了十几分钟后,耳边的魔咒消失,她渐渐冷静下来。我杀人了!她触电般地扔掉剪刀。整个世界一片安静,她只听见了自己的心跳。她牙齿打颤,如同梦呓,我会被判死刑的,他们夫妻俩都在地下,我不要再看见他们,永远不要!鲜血染红了马丽的白色睡衣,像一到夏天,洞庭湖上无处不在的亭亭玉立的荷花。马丽起身跑上楼,拎下来一只紫色行李箱。她打开箱子,一边把尸体往里塞,一边说,唐胜龙,不要怨我,都是你逼我的。到了那边,不准虐待我的小雪花。否则,我饶不了你。

小的时候,马丽听奶奶说过,要是往坟头钉钉子,里面的死人就没法投胎。马丽对尸体说着狠话,你知道吗?那叫镇魂钉,很厉害的!你敢迫害小雪花,我就在埋你的地方钉好多钉子。让你永世不得投胎，天天在地狱中受煎熬，剥皮抽筋千刀万剐。然而，唐胜龙一米八五的个头，怎么也塞不进行李箱。马丽怒道，姓唐的，你死了还不肯放过我吗？她悲愤交加，似乎看见他在狞笑，我做鬼也要让你做我的情人，给我和王欢做牛做马，为奴为仆。

马丽抬头看向窗外的天空，发出悲怆的质问，老天，你也要帮他一起害我吗？唐胜龙的狞笑更加肆无忌惮，老天向来是站在有钱人的一边。马丽猛烈摇头说，我不信，不信老天这么偏心眼。唐胜龙说，不是老天偏心眼，是你缺心眼。放着好日子不过，非要自讨苦吃。

候鸟在瓦蓝的天空不断变换着队形，它们穿越万水千山，没有任何寒流和天敌能阻挡飞翔的翅膀，以及嘹亮的歌唱。它们定期把远方的故事带到这里，春暖花开之际，又把这里的故事带给远方。它们是来自天堂的信使，守望家园，追逐梦想，传递永恒的自由和爱情。

马丽心想，难道她连一只候鸟都不如，注定无处可逃吗？

就在此刻，房门哐当一声被踹开。

3

马丽在城南中学上初中，穿着漂亮的蓝色校服。秦皓经常在早晨或者傍晚，戴着一个大口罩，在校门口捡破烂，只是为了看看她。但秦皓从不上前搭讪，他有自知之明。两人的世界隔着一条河。这边苍蝇攒动，那边繁花似锦。有几次秦皓还是被马丽认出来了，甩开身边的王欢，过来跟他打招呼。在她的一再追问下，他说出了不能上学的原因。马丽当时没听太明白，回去问了母亲，才知道黑户意味着什么。成人的世界马丽无能为力，再次见到秦皓时，她会把同学们丢弃的饮料瓶和易拉罐收集起来交给他。要是周围没人看见，她还会帮他捡破烂。两人边捡边闲聊，那是秦皓少年时代最幸福的回忆。

马丽去过那座四处漏风的铁皮房子，秦皓买回来一堆冰淇淋招待她，结果把她的肚子吃疼了。这样的交往持续了三年，中考完的那个夏天，马丽突然从秦皓的视线中消失了整整一个月。他换了身干净的衣服，白天来到韭菜园，只看见一个中年男人在纸品批发店内忙碌，应该是马丽她爸。晚上他又去了一次，也没见到马丽，包括她的母亲。店内没顾客时，秦皓发现马丽她爸老盯着路过的女人看，尤其是丰乳肥臀的那种，眼神有些猥琐。秦皓一度以为马丽是和母亲出门旅游去了，直到有天早晨他在韭菜园街口遇到吴迪。

吴迪是秦皓在民工子弟学校的同学，他母亲吴清芳不知被谁搞大了肚子，未婚生下了他。同学们都看不起吴迪，不爱跟他玩，但他的处境要比秦皓好一些。至少他不是黑户，有学籍，身上没有垃圾味。吴迪的成绩也相当不错，和秦皓旗鼓相当，每次考试总分只比秦皓少几分。

吴迪同样不喜欢秦皓身上的垃圾味，每次路过那座堆满废品的铁皮房子，他总绕开走，嫌臭。念初中时，吴迪上的也是城南中学，跟马丽同年级不同班。他的漂亮母亲在南门一家超市当收银员，嫁给了丧偶无子的董玉坤。他长相随母亲，成绩还是那么好，很快就成了校草。

校花校草遭同学羡慕嫉妒恨，容易成为校园霸凌的受害者。初二那年春天，一个阳光白得像鸟屎的午后，吴迪被四个男生堵在校门口的一条巷子里，像个皮球一样被推来搡去。正好秦皓过来捡垃圾，看见这一幕，当即捡起板砖冲过去。他一上来就是玩命的打法，砸得那四个男生头破血流，撒腿就跑。那是秦皓第一次跟人打架，他从巷头撵到巷尾，板砖上沾满血迹，威风凛凛宛如战神。从此再没有人敢欺负吴迪，两人的关系就此发生了质变，吴迪把秦皓当成了铁哥们。也是奇怪，自这之后，吴迪再没有从秦皓身上闻到过垃圾味。再次路过那座铁皮房子时，他也不觉得臭了。

上初中时，吴迪就开始关注隔壁班的马丽，白皙高挑，长得有些像刚出道的林青霞，只是他一直没找到搭讪的机会。秦皓很早就知道吴迪的这份心思，他觉得两人挺般配的。马丽将来就应该找个吴迪这样的男人，又帅又聪明。

2010年7月中旬的一个礼拜日，被香樟树过滤了一遍的阳光异常明亮，风像棉布一样柔软，哥特式教堂里飘出来的《弥赛亚之歌》犹如仙乐。秦皓从马丽家门前经过时，发现她还是没有出现。马丽的卧室在二楼,秦皓在楼下吹起了口哨,是《光阴的故事》。这也是两人的暗号。以前他一吹这首歌,马丽就会开窗跟他打招呼。但那扇窗户现在像是被焊死了一样,再也打不开。

秦皓怏怏地往回走,刚到教堂门口,吴迪就骑着二八大杠从背后过来,叫住了他,皓子,你今天怎么没去捡破烂,跑这儿来了?秦皓扬了扬手中的白色塑料袋说,嘴馋了,去"姑嫂树"买了几串臭豆腐。吴迪的车把手上同样挂着个装臭豆腐的塑料袋,他说,咱哥俩馋一块去了。我身上有烟,走吧,找个地方过把瘾。他们去了教堂屋顶,那里空旷无人,视野辽阔。吴迪递给秦皓一根芙蓉王,说,你知道吗?我们校有个女生的妈妈失踪了。秦皓的烟是吴迪从养父那里偷的,秦皓的父亲也抽烟,但只抽几块钱一包的硬白沙。那时吴迪并不知道秦皓和马丽认识,更不知道她还是那个让秦皓第一次梦遗的女孩。

多年后,秦皓已经不记得和吴迪那次对话的全部内容了。肯定还谈了一些别的什么,但他只记得关于马丽和她母亲的那部分。

秦皓漫不经心地问,怎么失踪了?吴迪学着大人的样子掸烟灰,说,不知道,晚上还好好的,第二天早上起来人就不见了。

一只绿翅黑斑的蝴蝶匍匐在十字架上一动不动,似乎在赎罪。

秦皓吃着臭豆腐说,有什么好奇怪的,肯定是跟老公吵架,离家出走了。吴迪说,警察找那位女生调查过了,她爸妈感情不错。而且,她妈妈的手机和钱包都在家里,不可能是离家出走。秦皓想了想,也觉得不太可能,现在都是独生女,母亲怎么会狠心抛下女儿离家出走呢？吴迪一口臭豆腐一口烟，这种感觉让他很爽。他说，街坊邻居反映，平常没看到夫妻俩吵过架。对了，那个女生的亲爸早些年就去世了，她妈妈改嫁了，现在这个是她后爸。秦皓问，没有人看见女生的妈妈出门吗？吴迪说，怪就怪在这里，街坊邻居没一个人看见她出门。警察还查了整条街的监控，也没发现她的影子。秦皓思忖着说，那就只有一种可能了，女生的妈妈一出门就坐上了车，所以街坊和监控都发现不了。吴迪说，从女生家门口路过的每一辆车警察都查过了，还是没有线索。秦皓揉了揉太阳穴，问，防空洞呢，查了吗？吴迪满嘴都是垃圾酱，像个吸血鬼，他惊讶地看着秦皓说，皓子，你行啊，警察想到的，你全都想到了。她家旁边真有条防空洞，谁都可以进去。

秦皓在防空洞里住过很久，很了解那个庞大的地下世界，没有监控，只有深邃的黑暗，每个人的隐私可以得到最大程度的保全。吴迪擦着嘴角的辣椒酱说，女生的妈妈在防空洞里种了蘑菇，隔三岔五会进去看看。警察到里面查过了，确实有女生妈妈留下的鞋印，还有一些摘下来没带走的新鲜蘑菇。警方现在高度怀疑是坏人提前踩好了点，趁女生的妈妈清早进来摘蘑菇时，把她从防空洞里绑走了。

秦皓抽着烟，看着香樟树叶上闪亮的阳光，若有所思地说，鞋印其实不能说明太多问题。吴迪一脸迷惑地问，为什么？秦皓解释，防空洞里平常很少有人，台阶上都是青苔，很湿滑，鞋印能在上面保存很久。吴迪问，你的意思是，那些鞋印不一定是女生妈妈失踪当天留下的，有可能是以前的？秦皓点点头，他把烟屁股的海绵嘴一点儿一点儿地撕碎。吴迪说，摘下来的新鲜蘑菇总能说明她刚来过吧？秦皓说，防空洞保鲜效果好，水果蔬菜在里面放几天都很新鲜。而且，坏人为了伪装现场，故意把蘑菇摘下来放地上也是有可能的。

教堂里飘出圣歌《最珍贵的角落》，秦皓把絮状的海绵嘴扔下屋顶，风一吹，全飘到了空中。吴迪又分给秦皓一根烟，回家后他就不敢抽了。他说，警察在防空洞里还发现了其他人的鞋印，但不能确定哪个是坏人留下的。秦皓问，女生的妈妈跟人结仇了吗？吴迪摇摇头，听说她很文静，平时不爱惹事，也不爱交际。倒是女生的那个后爸口碑不太好，据说年轻时坐过牢。秦皓问，他因为什么坐过牢？吴迪说，我也不知道，这些事我是听班上一个同学说的，他爸是警察。说着，吴迪恶作剧地朝十字架上的蝴蝶喷了口烟，蝴蝶受惊飞走了。

秦皓抽烟的样子比吴迪老练得多，他父亲从不禁止他抽。铁皮房子里苍蝇蚊子太多，抽烟能熏一熏。秦皓说，那有可能是女生的后爸在外面结了仇，遭人报复，害了女生的妈妈。不过也有一种可能，是碰到了人贩子，把女生的妈妈拐走了。吴迪说，还真有这种可能，那个女生长得可漂亮了，跟她妈妈一个模子刻出来的。秦皓有些好奇地问，你有女生的照片吗，让我瞅瞅。要是哪天捡破烂时看到了女生的妈妈，我就立马报警。吴迪掏出手机，调出女生背着书包走在校园里的照片，说，我偷拍的，人比照片好看多了。

秦皓愣住了，这不是马丽吗？说了这么久，原来是马丽的母亲失踪了，这也是他第一次知道马丽她爸不是亲的。看到秦皓的这副表情，吴迪以为他被马丽的美貌惊呆了，说，正点吧？关键是气质好，可惜跟我不是一个班。秦皓回过神来说，我到她家收过废品，跟她说过几句话。吴迪说，你小子艳福不浅啊，我都没跟她说过一句话呢。秦皓问，她现在怎么样？吴迪的目光顿时忧郁起来，说，她妈妈失踪后，她很伤心，整天哭得稀里哗啦，眼睛都哭坏了，住进了医院。秦皓终于明白马丽为什么消失了，急忙问，住哪家医院，要不要紧？吴迪挤眉弄眼地问，怎么，想去探望啊，你是不是看上她了？秦皓耳根发烧，言不由衷，我没你那么花痴，就是随口问一下。好歹跟她认识，关心一下没毛病吧？

吴迪搔了搔头皮，有些懊恼地说，住在市人民医院，听说病得不轻。我倒是想去看，但不好意思，她又不是我们班的，也不认识我。秦皓的胸腔里像是伸进去了一只猫爪，挠得他心脏瓣膜上都是血痕。他问，不轻是什么意思，不会看不见了吧？吴迪打了个嗝，都是臭豆腐的味道。他说，现在好像什么都看不见了，也不知道能不能治好。秦皓的眼睛刺痛了一下，似乎一粒不知从哪里吹过来的沙子，落在他的视网膜上。

蜗居防空洞的经历，让秦皓对黑暗十分敏感。看不见的世界里危险无处不在，充满未知的恐惧，每走一步都必须非常小心谨慎。到处都是墙壁，都是玻璃，都是坑，你会发现生活中从来没有这么多不可逾越的障碍。人一旦丧失了方向感，身体就无法有效地掌控。你以为走的是条直线，实际上可能是个圆，走着走着又回到了原地。悲伤、焦虑、迷茫、孤独、惊慌、绝望、无助，会像潮水一样把自己淹没。马丽完全没有在黑暗中生存的经验，她怎么能承受如此锥心刺骨的痛苦？而且她的母亲生不见人，死不见尸，这种双重打击肯定会让她精神崩溃。秦皓根本无法想象马丽目前的处境，酷热的阳光照在身上，如同万年寒冰。是的，那个烈日炎炎的上午，秦皓的世界突然下了一场鹅毛大雪，一场冷到他灵魂深处的雪。

写作《刑侦笔记》时，我去塔城市造船厂走访过。五岁以前，马丽都住这里。她的父亲叫马俊超，是车间主任，体检查出胃癌晚期，不到两个月就去世了。厂里人都说，要是没查出来，还能多活几年，老马是被吓死的。母亲丁美凤也是造船厂职工，质检科的。眼看厂里效益越来越差，她买断工龄，辞职后开了家服装店。仅半年，她不仅没赚到钱，还赔光了积蓄。为了生计，丁美凤嫁给了韭菜园一个批发纸品的小老板，叫张宸，两人是通过征婚启事认识的。

张宸这样解释自己晚婚的原因，年轻时谈过一次恋爱，女朋友嫌贫爱富嫁给了别人。我伤透了心，就一直没再找。丁美凤觉得张宸看着挺老实憨厚的，像个过日子的人，心中就有了好感。

她说，我不图钱，只图人本分。张宸说，我现在虽然算不得大老板，但也不怎么差钱，你们娘俩跟着我不会吃苦的。丁美凤是厂花，三十出头仍然跟个大姑娘一样水灵灵的，看得张宸心花怒放。

丁美凤原以为人生第二春开始了，没想到席卷而来的是漫长而凛冽的冬季。改嫁一年后，丁美凤才从街坊那里得知张宸的底细。他以前在氮肥厂上班，因为多次偷看女工洗澡被开除。后来他强奸了一个女服务员，判了八年，出狱后没女人敢嫁他。更有街坊提醒丁美凤，猫改不了偷腥，把你闺女看严一点儿。

嫁都嫁了，丁美凤也就认了命，幻想组建了家庭，张宸就会改掉身上的坏毛病。但她的幻想很快破灭了，结婚的新鲜劲一过，张宸的本性暴露无遗，他有两大癖好，好赌和好色。丁美凤规劝过很多次，换来的是张宸拳脚相向。但他很狡猾，都是背着别人家暴。在外人面前，他对妻子关心备至，家务活抢着干，每到换季都会给她买一身新衣服。韭菜园在城南，他赌博和嫖娼会跑到城北。丁美凤好面子，不敢声张。街坊邻居都误以为张宸婚后真的浪子回头了，连马丽也觉得继父对她和母亲不错。

丁美凤只能把满腔苦楚写进日记本，因为担心被张宸发现，她把日记本藏在杂物间的天花板上。2010年端午节的早晨，教堂里传来管风琴伴奏的《奇异恩典》。马丽和继父起床后，都没看见母亲。起初，两人都以为母亲买菜去了，过节想做些好吃的，但等了一个多小时还没见她回来。张宸突然想起丁美凤种的蘑菇，就赶紧去防空洞找，但她并不在里面。街坊邻居自发组织起来，找遍了韭菜园的每个旮旯角落,后来又把搜索范围扩大周边的几条街。然而,还是没见着人。到中午时分,张宸报案了。赵宏森调取监控仔细排查,却始终没发现丁美凤的踪迹。也就是说,丁美凤凭空消失了。如同一滴被阳光炙烤的露水,蒸发得干干净净,没留下一点儿痕迹。

母亲失踪是在马丽中考前半个月,她强打精神挣扎着考完,然后来到防空洞里。看着母亲种植的蘑菇,她悲从中来,母女俩相依为命的画面在她脑海里一帧帧闪现。那天,马丽在防空洞里待了两个多小时,等她准备回家时,发现走了十几分钟还没走到出口,而往常最多五六分钟。她以为自己在防空洞里迷路了,直到撞上一根电线杆,她才知道自己早就走出了防空洞,周围一片漆黑是因为眼睛突然失明。

马丽被街坊送回家,继父赶紧把她带到市人民医院看眼科,她被诊断为视网膜动脉栓塞。张宸问医生,这病好治吗?医生说,得住院,先药物治疗。张宸问,要住多久?医生说,不好说,要看治疗情况。实在不行,得考虑动脉支架植入手术,但预后不理想。这种眼疾的病因很复杂,医学上还不是特别明晰,医生怀疑马丽可能是伤心过度诱发了眼疾。张宸办了住院手续,请了护工照顾马丽。

正如秦皓猜测的那样,这种突如其来的铺天盖地的黑暗让马丽几近崩溃。世界突然失去了色彩,失去了光亮,进入了永恒的黑夜模式。她看不了书,不会自己倒水喝,连吃饭都要护工喂。

她怀疑这是一个噩梦，天亮后就会醒来。这种情况护士见得多了，叹息一声，小妹妹，这不是梦，好好配合治疗吧。同房的病友是位阿姨，右眼视网膜动脉栓塞，只剩光感，她往马丽手心里塞了个苹果说，小姑娘，你要有心理准备，我治了十年了都没治好，幸亏是一只眼睛。马丽尖叫着，你们都在骗我，都不是好人。苹果有毒，我不吃！说着，她把苹果狠狠掼到地上，又扯掉了输液针头，血从针孔冒了出来。

阿姨按下了呼叫铃，护士跑进来，给马丽注射了一针镇静剂。等马丽昏昏沉沉地醒来，张宸已经坐到了她床前。他带来了很多零食，还有牛奶和水果。他说，丽丽，你的眼病会治好的，别太担心。马丽冷静了一些，在她眼里，这个面相忠厚的男人每天起早贪黑做生意，是她和母亲的坚实靠山。她咬了一口继父削的雪梨问，我妈有消息了吗？张宸说，没有，警察还在找。马丽吃不下去了，又哭了起来。母亲那么善良，马丽想不出谁会下毒手。继父宽厚的手掌犹如海绵，吸去了马丽的眼泪，他说，别哭，对眼睛不好。你妈福大命大，肯定会回家的。马丽点点头，她要继父早点儿回韭菜园，她怕母亲回来找不到人。

继父说，中考分数出来了，你过了二中录取线。二中是市重点，尖子生扎堆。马丽躺在病床上一动不动，表情茫然，对这个所谓好消息完全无感。她是母亲身上掉下来的肉，母亲要是不在了，她的人生就残缺不全了，读重点又有什么意思呢？如果可以，她愿意放弃余生的幸福，换回母亲回家。继父走了，马丽开始靠回忆打发时间。她想起了总是一股铁锈味的造船厂,想起了喜欢拉二胡的亲生父亲,想起了王欢弹的《弥撒曲》,还想起了那个捡破烂的少年。

我叫秦皓,秦叔宝的秦,皓月当空的皓。

她竟然泪中带笑。

他现在还好吗?

4

在黑暗中待久了,马丽连自己都不认识了,因为她没法照镜子。她也不知道外面是晴天还是阴天,不知道窗台上的花开的是什么形状,不知道自己的病号服是什么颜色。就像走在一条永远没有出口的防空洞里,她眼前始终是无边无际的黑。宇宙仿佛回到了大爆炸前的原始状态,一片混沌无序。世界末日或许就是如此吧,黑既是开始,也是结束。

王欢来病房探望,一进门就抱着马丽哭得梨花带雨,你真的什么都看不见吗?眼睛缠着绷带的马丽摇摇头,她问王欢,我妈有消息了吗?虽然这个问题马丽每天都会在电话中问继父,王欢来了,她还是忍不住再次询问。王欢擦了擦泪说,警察那边没听说,小道消息倒是挺多的。马丽问,什么小道消息?王欢故意卖关子,算了,都是鬼扯脚,乱嚼舌根。马丽攥住王欢的手,说,欢欢,你要是还把我当朋友,就告诉我。王欢说,有人传你妈跟野男人在防空洞里幽会,结果被男人的老婆抓住现行,将她打死埋在洞里面了。马丽愤怒地说,血口喷人!王欢看了眼邻床的阿姨,把嘴贴在马丽耳边说,还有人传你妈在防空洞里做违法的事,价格没谈拢,被男的杀了。马丽气得浑身发抖,说,造这种谣的人死全家!王欢给马丽梳头发,安慰她,你妈肯定还活着,听说那条防空洞有几十里长,好多地方从来没人去过,你妈可能在里面走丢了。每天都有警察在里面找,说不定哪天就找到了。

听了王欢的话,马丽空洞的眼睛里似乎燃烧着火焰,这朵火焰跳动着,穿过绑带,穿过窗户,穿过闹市,来到韭菜园,进入防空洞,把里面照得光芒万丈。临走时,王欢脸色酡红,透露了一个秘密:隔壁班那个叫吴迪的男生,跟咱俩一样,都上二中录取线了。但马丽一点儿都不关心,她想不起来吴迪是谁,也许王欢以前跟她说过,但她不记得了。视力丧失后,这个世界没有了具体的形状和颜色,记忆明显衰退。听觉倒是越来越敏锐,她能听见输液瓶里的药水滴注的声音,甚至能听见时间流动的声音。她的触感也更强烈了,触手可及的地方,都是坚硬和尖锐的存在。原来黑暗也是有硬度的,比花岗岩还硬。

十五岁那个夏天,是马丽生命中最酷热难耐的一段时光。她的身体从里到外,被绝望和恐惧反复炙烤,皮肤迅速失去光泽,头发枯黄,日益消瘦。

药物治疗对马丽的眼疾没有任何效果,医生在考虑动脉支架植入手术。同房的阿姨悄悄告诉她,自己也做过这种手术,半年后又看不见了。世界没有光,活着跟死亡有什么区别?甚至生不如死,中微子还可以在冥界自由穿梭;而她的行动处处受限,住院后,她的活动范围基本在病房。去的最远的地方是同层的检查室,还是护工扶着她去的。当其他病友谈论天气,谈论旅游,谈论剧情,谈论网上看到的新鲜事时,她一句话都插不进去。尽管看不见,马丽还是能感觉到别人异样的目光,像刀片一样不断在她身上切割。

以前马丽很同情捡破烂的秦皓,现在她不这样想了。不管做什么,只要能看见阳光,看见风,看见树,看见这个世界的模样,哪怕是在蚊虫肆虐的野地里席地而眠,那也是非常开心的事。比起失明,她宁愿跟着他去街头捡破烂,捡一辈子都行。至少能看看书,能看见镜子里的自己,至少春暖花开和星辰大海都是属于她的。致盲后,属于她的只有无尽的黑暗。连梦境都是黑的,看不清任何东西。万物生长都需要光,没有了光,她的精气神也没有了,像一株停止了光合作用的濒死植物。

同房的阿姨出院了,病房里只剩下马丽一个人。针刚打过了,眼药水也滴过了。礼拜六的晚上,护士十二点前不会再来查房。这种与世隔绝的孤独撕碎了马丽对世界的最后一丝眷恋,她摸索着下床,爬到窗台上。外面下着雨,落在法国梧桐树上发出沙沙的声音。

马丽呆坐着,双腿垂在窗台下,单瘦的身体被风吹得有些摇晃。这是住院部十九楼,底下是水泥地面。如果自由落体,只需短短几秒，整个身体就会支离破碎。原本恐高的马丽此刻感觉不到丝毫害怕，因为她什么都看不见，没有高度的概念。于她而言，不过是从黑暗坠入更深的黑暗。王欢在她眼睛里点燃的火已经熄灭，她想，就算母亲是在防空洞里走失，不吃不喝半个多月，也活不下来。她想母亲了，也想父亲了。很快，她就可以和父母在另外一个世界团圆。

2021年这个风雨交加的夜晚，没有人看见马丽跟死神并肩而坐。她原本想用母亲的手机给继父打个电话，告别一下，想想还是算了。她怕自己哭，说不出话来。她对继父还是有感情的，他对她和母亲挺照顾，每个学期都给她买新衣服和新文具。马丽也没给王欢打电话，会吓着她的。到时自己没哭，她会先哭。马丽唯一想打电话的人是秦皓，他是个特别好的听众，每次都安静地听她讲学校里的那些事，还有女生的八卦。秦皓也会给马丽讲他拾荒时碰到的好玩事，比如，他遇到过把古董当破烂卖的老人。在西门外的破庙里，他看到过一只长着人面的大蜘蛛。

马丽想象着，如果给秦皓打电话，她第一句话说什么呢，他又会怎样回复？

喂，你好，现在忙吗？

——这样的开场白似乎太刻板了，一点儿都不像朋友。

喂，皓哥，我马上要离开这里了，你能陪我说说话吗？

——他跟她同年，只大月份，叫他皓哥比较亲切，但她以前从没这样称呼过他。

事实上马丽觉得秦皓就像她哥,他带她去荒宅探险,用吸铁石从古井里捞出一些上了年代的铁器。带她翻墙进入机械厂,从即将投入熔炉的破铜烂铁中寻找古钱币。跟秦皓在一起,马丽有一种冒险的快感,看似枯燥乏味的拾荒充满了乐趣。

雨水飘在脸上,马丽的脑回路清晰了一些,她停止了这种空想。秦皓连手机都没有,怎么给他打电话?人世间,想告别的人总是来不及告别。那就来生再见吧,如果真有来生的话。马丽张开双臂,准备滑翔进黑暗尽头,迎接另外一个世界的光明,身体却像是被焊在了窗台上。她以为是坐久了,身体僵硬了,就又试了一次,但还是纹丝不动。一只手从身后揪着马丽的脖颈,突然发力,把她从窗台上拽下来。她这才知道,是有人进入病房阻止了她的滑翔。

那人说,你疯了吗?

声音非常陌生,是个男的,马丽从来没听过,不是医护人员。他要么是刚住进来的患者,要么是患者的家属。

砰的一声,窗户随即关上了。马丽气咻咻地问,你谁啊?那人好像还没完全变声,他说,隔壁房的病友,今天下午住进来的。马丽想起来了,她听护士说过,有个男孩眼外伤住进了隔壁,骑摩托车摔的,估计就是他了。马丽能感觉到少年在盯着她看,确切地说是审视,这种不对等的接触让她心中恼怒。

少年笑嘻嘻地说,坐在窗台上淋雨,够浪漫的。马丽甩了甩湿漉漉的头发,水珠溅在了他脸上,但她看不见。她说,你管我呢！少年抹掉脸上的水珠说，你叫马丽，你的事我都听说了。马丽没吭声，她的事在整个眼科都不是秘密。少年说，看见窗外的闪电了吗？哦，对不起，我忘了你现在看不见。马丽确实没看见，只听见了滚滚雷声，她说，你无聊不无聊啊，我要睡觉了，你再不离开，我就叫护士姐姐过来把你赶走。少年说，好呀，要不要我帮你叫？等护士来了，我就告诉她，你刚才想干什么。

马丽摸索着去按呼叫铃的手僵住了，如果他真的告密，她就很难再找到解脱自己的机会了。她狡辩道，这里太闷了，我刚才是故意在窗台上淋雨，你不要跟别人乱说。少年说，好吧，我就当你是在解闷。不过今晚的闪电不是太壮观，旷野、山巅、海上，那里的闪电比城里的好看多了。马丽没兴趣，闪电有什么好看的？每次雷鸣电闪，她都会把门窗关严。少年一点儿都不识趣，继续说，闪电是世界上最美的风景。马丽觉得他不是摔伤眼睛了，而是摔坏脑子了，应该去脑内科。少年说，每道闪电都是一幅不可重现的画，再天才的画家都创作不出来，只有上帝之手才可以。我从小就喜欢看闪电，拍了很多照片。只要你懂得雷电原理，就一点儿都不危险。对了，我今天就是骑着摩托车去拍闪电时，车速太快，不小心摔伤了。

马丽说，你吹牛吧，你多大啊，还会骑摩托车，交警叔叔会让你上路吗？少年嘿嘿一笑，我都十六了，下半年上高二。摩托车是我表哥的。戴着头盔，交警看不出我多大。他还告诉马丽，自己是雁城人，暑假到塔城姨妈家玩时出的交通事故。马丽说，你要是告密，我就报警举报你。少年愣了一下，说，那我们扯平了。让马丽意外的是，当晚少年换到了她住的病房，是护士安排的。理由是隔壁住了两个老年患者，嫌少年好动，影响他们休息。而马丽和少年是同龄人，生活习惯相近。

马丽从护士那里得知，少年叫李查德，一个怪里怪气的名字。马丽本来想趁李查德睡着时，悄悄开窗跳下去。但只要她起身下床，他就醒了。李查德打着哈欠，在黑暗中看着她。虽然他一只眼睛有外伤，缠了纱布，但另外一只眼睛是好的。他问马丽，你是不是该点眼药了，要不要我帮你叫护士？马丽假装去卫生间，说，药点过了，我上厕所，你睡你的。她故意在卫生间里磨蹭了很久，听见他没动静了才走出来，蹑手蹑脚地靠近窗户。李查德的眼睛像猫瞳，他叫住了她，你的床后头，转身，往右走。马丽压抑着气恼回到床上，辗转反侧怎么也睡不着。凌晨她又悄悄爬起来，脚刚沾地就听到李查德的声音，是不是蚊子吵得你睡不着？柜子里有蚊香，我去点上。

马丽那个气啊，他简直就是只蚊子，一丁点儿风吹草动就把他惊醒了，真是讨厌死了！她说，不用，我肚子饿了睡不着，起来吃点儿零食。她摸索着打开床头柜，从里面拿出继父买的云片糕，一小片一小片地撕着吃。过了约莫二十分钟，她听到李查德发出轻轻的鼾息声。这回他总该睡着了吧，她再次下床，鞋都没穿，光着脚，尽量不发出一点儿声音。但她刚迈出两步，李查德就从床上坐起来，问她，是要喝水吗？我帮你倒。

马丽气得快要吐血了!

李查德住进来之后,马丽再也没有了杀死自己的机会。早晨她趁李查德去卫生间刷牙洗脸,想开窗纵身一跃,却发现窗户的推拉杆不知什么时候被铁丝缠死了,根本打不开。肯定是他干的,气得她想口吐芬芳。马丽是个乖乖女,从不说脏话。但那个夏天她心中充满怨念,从喉咙里吐出来的字眼都含嗔带怒。马丽心想,这个巨讨厌的家伙以后肯定能当作家,说的话比她写的演讲稿还要文采斐然。同居一室,她每天不得不听他絮絮叨叨,不听都不行,谁叫她耳朵尖呢——

那些带电粒子是宇宙中无处不在的小精灵,是有意识的生命体。它们桀骜不驯,遭到狂风暴雨的摧残时,就会奋起反抗。摧残越疯狂,反抗就越剧烈。所以越是极端天气,闪电就越是壮观。人也应该这样,当苦难来袭时,绝不能妥协,要像雷声一样发出怒吼,像闪电一样奋勇反击。再黑的夜,再狂暴的风雨,都能被雷电撕开一道口子。

雷电在滚滚乌云中奔跑、呐喊、歌唱、跳舞。它们想极力挣脱黑暗的束缚,摆脱恶灵的纠缠,冲破阴霾迎接万里晴空。当世间万物都在暴风雨中瑟瑟发抖时,那些带电粒子的抗争就显得更有意义。它们是挑战厄运的孤勇者,是提灯照亮后来者的先驱,是这个世界最后的光。没有哪一次反抗是无价值的,闪电既能撕碎黑暗,也能让世界重生。

正是由于闪电不断释放出磷元素,促进了有机物的生长与繁荣,从而创造了早期地球上的各种生命,才有了现在的人类。

不管用什么姿势,只要是对命运的抗争,那都是一种最美的舞蹈。比如,昆虫在松脂里的挣扎,凝结成了漂亮的琥珀。闪电击中含有二氧化硅的岩石,就形成了价值连城的闪电钻石。所有的挣扎都是生命之舞,是有灵魂的,有故事的。即使反抗最终失败了,也是有意义的。悲剧的美力透纸背,一如闪电,即使被黑暗吞没,也曾瞬间照亮人间。

在秋雨霏霏时节,有的人嗅到了霉味,有的人闻到了诗意。这个世界是否美好,不在于世界本身,而取决于凝视这个世界的角度。

……

我的个妈呀,这都是那个叫李查德的家伙说的!

他好像对气象现象特别感兴趣,他告诉马丽,闪电有赤橙黄绿青蓝紫白八种颜色,他最喜欢紫色。雾也是有颜色的,风也是。跟闪电一样,每一朵云都有自己的形状,是独一无二的存在。在不同的时间段,会变幻出不同的姿态。天空就是一块巨大的画布,朝霞和晚霞,极光和银河,都是上帝之手的原创。

雨有很多种,落在唐诗里叫杏花雨,落在宋词里叫芭蕉雨,落在乌篷船上的是烟雨。落在晴空里的是太阳雨,从夜幕璀璨划过的是流星雨。雨也有不同滋味,落在清明时分的是咸味,像泪。落在芒种前后的是酸味,像杨梅。落在重阳节的是甜味,像桂花蜜。

李查德说，你信不信，雪地里也会开花呢。那是世间最妖娆也最纯洁的花朵，叫雪花。世界上没有两朵完全相同的雪花，跟DNA一样，它们都有专属于自己的脸孔，有的星盘状，有的扇盘状，有的树枝状，有的棱柱状。

　　马丽对李查德说的这些毫无概念，在她眼里，云就是云，雨就是雨，雪就是雪，闪电就是闪电。她从来没有想到，有这么多风景就在自己身边，就蕴藏在那些被她忽视的平淡无奇的细节中。

　　李查德说自己的父亲是搞气象的，他经常跟着父亲去抓拍云的形状、雨的模样、雪的姿势，拍得最多的是闪电。马丽想象着李查德在狂风暴雨中追逐闪电的画面，真的是太拉风了，简直帅呆了，酷毙了！

　　不知道从哪一刻开始，马丽再也不怼李查德了。听他讲这些，似乎成了每天必不可少的功课。

　　就像护士给她点眼药水。

　　每天三次，每次一滴。

5

　　李查德陪马丽在医院里住了整整一个月。本来他早就可以出院，但赖着不肯走，说没好利索，担心伤口感染。马丽很感激，知道李查德是想陪她，怕她再次靠近那扇被铁丝捆绑的窗户。其实她已经不会了，她决定像闪电一样活着。李查德说，等马丽眼

133

睛好了，要带她去追不同颜色的闪电，看云的一百种面孔，淋形状不一样的雨，拍各种姿势的雪花。

马丽心里充满了向往，她开始积极配合医生治疗。李查德很关心马丽母亲的失踪，他悄悄溜出医院，跑到韭菜园实地查看。他甚至钻进了那条防空洞，在里面转了一圈。一个能从雨中品尝出不同滋味的人，一个能认出雪花不同形态的人，自然是个细节控。他根据蛛丝马迹推理出的结果，竟然跟警察的分析相差无几。很多次马丽从睡梦中醒来，听见李查德在床上翻来覆去，跟身上长了虱子似的，就问他是不是躺太久了，腰酸背痛睡不着？李查德说，不是，我在琢磨你妈的案子呢。

对马丽来说，十五岁那年夏天既黯淡无光，又阳光灿烂。而阳光，是那个叫李查德的家伙，一个喜欢追逐闪电的奇怪少年带来的。就在这个神奇的夏天，马丽对李查德有了一种异样的感觉，她每天都渴望听到他的声音。一想到他出院后就很难见着他了，她就很伤心，经常躲在被窝中暗自垂泪。她在心里质问老天，为什么她最舍不得的人，最后都要一个个离她而去？她甚至萌生出自私的念头，祈祷他的眼外伤慢点儿好，多陪陪她。

其实马丽连李查德长什么样都不知道，也不知道他是高是矮，是胖是瘦。不过这并不重要，她觉得一个人最重要的不是颜值，而是身上那些看不见摸不着的东西。黑暗是一只坚硬的蛹，只有经历过痛苦的挣扎，才会体会到这些。对了，马丽还喜欢听李查德叫她小马驹，玩笑中透着一股亲切。那时候，马丽还不知道自己已情窦初开，以为她对他的依恋，跟性别没有关系。

李查德终于要出院了，那天马丽正好要去做动脉支架植入手术，如果顺利，三天后拆除纱布，她就可以重见光明了。李查德一直把马丽送到手术室门口，避开她的继父，在她耳边悄悄说，我会送你一个惊喜，等你睁开眼就能看见了。马丽压抑着失落的心情问，你以后会给我写信吗？李查德摸了摸她的头，说，肯定会，我知道你家地址。对了，明年你十六岁生日，我要送一张我亲手拍的闪电照片给你，就叫《生命之吻》。马丽问，为什么叫这个名字？李查德说，人工呼吸引起的心电波放射能让病人起死回生，闪电也一样，能化腐朽为神奇，创造出一个全新的世界。

离开前，李查德对马丽说的最后一句话是：

小马驹，记得点眼药水，瓶子高一点儿的那支一天两滴，十二小时一次；瓶子矮一点儿的那支一天三次，八小时一次。

尽管做了局麻，手术时，马丽还是感觉到眼睛传来尖锐的痛，冷汗濡湿了病号服。她强迫自己转移注意力，去想李查德跟她讲过的那些话，还有他刚才摸她额头的那种奇异感觉。不知不觉，她竟然不疼了。三天后，当纱布一层层揭开，马丽终于有了光感。又过了一会儿，她能看见人影了。再后来，周围的一切在她眼前清楚如昔。她仿佛历经千辛万苦，从一条坍塌的矿道中走了出来。

此刻，外面下着大雨，落在窗玻璃上如同嘀嗒作响的无线电波——这也是李查德告诉她的，雨声有时像发报，有时像打字，有时候像跑马，有时像弹琵琶。她将窗户开了一条缝，用手指蘸了点儿雨水，放进嘴里尝了尝，嗯，酸酸的，是梅子味。窗外不仅有雨，还有雷电。那是马丽第一次认真地观察闪电，的确很美，像绚烂至极的礼花。她去卫生间里照了镜子，对里面的那个女孩竟然有强烈的陌生感——木头木脑，面黄肌瘦，眼神呆滞，头发如稻草一样干枯，她简直不敢相信这就是自己。想到李查德看见的是她最丑最不堪的样子，她突然有些伤感。但重获光明的欣喜很快冲淡了悲伤，马丽拿起手机给继父打电话，出乎意料的是，继父关机了。

马丽住院期间，继父每天都会抽时间过来看她，给她带好吃好喝的。然而，她拆纱布这一天，继父不仅没来，也没打电话问候，实在是太过反常。想到这里，她心里一阵慌乱。母亲不见了，这个家坍塌了半边。如果继父也出事，家就成废墟了。马丽把电话打给了王欢，一句多余的话都没说，欢欢，看见我爸了吗？王欢沉默着，没有马上回答。马丽更觉得不祥，身体跟风中的树叶一样抖个不停。她说，问你呢，到底看见没有？王欢说，你爸去了派出所。马丽问，是不是我妈有下落了？王欢的声音像是从海螺里发出的，有股咸涩味，你妈找到了。马丽简直不相信自己的耳朵，她的声音在发抖，在哪里找到的，我妈现在还好吗？

这时，韭菜园派出所所长赵宏森走进来，手里拎着一袋营养品，他的突然出现打断了马丽和王欢的通话。与此同时，护士将邻床的病人请到了隔壁房间。马丽是认识赵宏森的，韭菜园的街坊都认识他。赵宏森关上房门，神色凝重地告诉马丽，就在三天前的下午两点一刻，她母亲在西郊一座废弃的机井里被找到。遗体装在一只黑色行李箱里，已高度腐败，经过 DNA 鉴定才确定身份。死因是机械性窒息，他杀。马丽的脑组织像是被一头野兽的利爪彻底掏空，整个人完全傻掉了。缓过神来后，马丽的泪水像决堤的小河喷涌而出，似乎要把整个病房，整座医院，整座城市，甚至整个夏天全部淹没。

虽然马丽对母亲的死早有心理准备，但真的听到噩耗时，还是接受不了。担心马丽又会哭坏眼睛，赵宏森赶紧叫来护士，给她吞服了一粒安定。等她平静了一些后，赵宏森说出了一句让她三观碎成渣渣的话，凶手就是你继父张宸。马丽目不转睛地看着赵宏森，确信他不是在开玩笑。马丽问，他为什么杀我妈？赵宏森说，案发那天晚上，你妈指责张宸在外面跟别的女人乱搞，把性病传染给了她，张宸恼羞成怒掐死了你妈。马丽不相信，她从没听到母亲和继父争吵过，更没动过手。赵宏森说，你妈写了很多日记，你回家看了之后就明白了。马丽也从没见母亲写过日记。至于张宸是如何神不知鬼不觉地将尸体运出韭菜园，赵宏森没有细说，马丽也没问。这不是重点，重点是她母亲的死活，还有凶手是谁。她要给自己，给生父，一个明明白白的交代。

马丽没有再流泪，她看着窗外的闪电前赴后继，一遍遍地刺破灰暗的苍穹。她必须感谢那个叫李查德的少年，如果没有他的陪伴，没有他说的那些比闪电还要惊艳的话，此刻她肯定会垮掉。他来的时候像道闪电，走的时候也像。准确地说，他就像一道神秘而耀眼的球形闪电,照亮了她生命中最黑暗的岁月。赵宏森发现马丽比他想象的要坚强得多,这让他长舒了一口气。也许刚刚经历了失明的残酷打击,她的意志变得刚强了。作为一个父亲,他对眼前这个跟自己女儿同龄的小姑娘充满了怜爱。

赵宏森在心里狠狠咒骂了一句,张宸真他妈是个畜生!

赵宏森走了,雨越来越大,天黑得像夜晚。雷暴也越来越强烈,无数带电粒子组成了一柄柄寒光迸射的青铜剑,疯狂劈向铜墙铁壁般的黑暗。轰隆声中火花四溅,黑暗岿然不动。马丽感觉自己在这种毁天灭地的闪电中渡过了一次生死劫,整个身体,乃至灵魂,差点儿灰飞烟灭。那个狂暴的夏天,马丽终于明白了什么叫生命之舞和挣扎之美。

就是因为破获了离奇的箱尸案,赵宏森才调到市刑侦大队担任副队长,之后一路官运亨通当上局长。

严格地说,案子是秦皓破的。

在赵宏森的印象中,秦皓内向、腼腆,还有点儿倔强。秦皓拾金不昧那次,赵宏森问他叫什么名字,哪个学校的?害怕泄露自己捡破烂的身份,秦皓死活不说。后来赵宏森是通过视频追踪找到那座铁皮房子的,当时秦皓正在看《犯罪心理案例解析》,旁边还有许多刑侦方面的书籍,都是旧的。赵宏森问秦皓,为什么喜欢看这种书?秦皓的回答让赵宏森哭笑不得,他说自己从小被人追着跑,像玩猫和老鼠的游戏,所以他对警匪之间斗智斗勇的故事很感兴趣。得知父子俩的身世后,赵宏森心生怜悯,找东湖派出所的肖所长给两人办了身份证。但户口没办成，要核实的情况太多了，程序过于复杂。

2010年的那个夏天，丁美凤的案子把赵宏森搞得焦头烂额。一个大活人，在自己辖区莫名其妙地失踪，赵宏森走在韭菜园都直不起腰来，制服都不好意思穿，总觉得被街坊在背后戳脊梁骨。真是日了狗了，该查的人，该查的地方，全他妈查过了，就是生不见人死不见尸。案子移交市刑侦大队后，也没有突破，按一般的失踪案处理。但赵宏森总怀疑丁美凤的消失跟张宸有关，这家伙有前科，好嫖好赌，但他就是找不到张宸涉案的证据。

赵宏森暗中观察过，发现丁美凤失踪后，张宸当着外人的面很伤心，背地里却照嫖照赌。赵宏森经常以买纸为借口，去跟张宸套近乎，但这家伙鬼精鬼精的，嘴巴像被铁水浇铸过，不露一点儿口风。赵宏森买回来的面巾纸、餐巾纸、卫生纸，堆满了家里的半间卧室，老婆埋怨说至少能用三年。赵宏森一度怀疑张宸杀妻后，把尸体埋在防空洞某个隐蔽的地方。他花了好几天时间，打着强光手电筒，把那条防空洞整个儿探查了一遍，晚上就搭帐篷睡在里面，但还是一无所获。等他从防空洞里出来时，一身臭气，连续洗了三天澡，用了半瓶沐浴露，臭气才从身上彻底消失。

马丽突发眼疾住院后，赵宏森更是愧疚，觉得又多了一位受害者。赵宏森原以为，这桩悬案会成为自己警察生涯中的一个耻辱。转机却如同一道闪电，来得猝不及防。时至今日，赵宏森仍然记得那天高温酷热，韭菜园的香樟树就像身穿甲胄的武士，在太阳下闪耀着金属般的光泽。

赵宏森连时间都记得一清二楚,是上午十点零五分三十六秒。一个电话打进韭菜园派出所,是他亲自接的,号码是81××× 05。他拿起话筒,听对方声音是个少年,他觉得有些耳熟,但一时想不想起来是谁。少年冷静得出奇,说,我要报案,我知道相思鸟纸品批发店的老板娘是被谁杀的。赵宏森差点儿直接把电话挂掉,他以为是恶作剧。刑侦大队都破不了的案子,一位小小少年怎么可能侦破?这不是天方夜谭吗?

赵宏森义正词严地警告,报假警是犯法的!你是哪个学校的,叫什么名字?少年一点儿都不怯,你听我说完,就知道我有没有报假警了——

张宸在外面吃喝嫖赌,还染上了性病,传染给了丁美凤。两人因此经常发生争吵,张宸就动了杀心。

少年说得活灵活现,就跟他亲眼看见了现场一样。

然而,赵宏森走访调查过,张宸没有家暴行为。马丽也向警方反映,她母亲和继父非常恩爱。赵宏森训斥少年,没有证据,不要胡说八道,当心丁美凤的家属告你造谣诽谤。少年没有理会他的警告,在电话中展开了自己的推理——

韭菜园的房子间距都很小,大都只有两三米宽。张宸杀死丁美凤后,把尸体装在行李箱里。趁夜深人静时,他在屋顶铺上一架梯子,提着行李箱上到邻居家的屋顶。再移动梯子,搭在相邻两间民居的屋顶,如此往前推进,一直到街口。接着从监控盲区垂下绳子，把装尸体的行李箱放至地面，随即自己顺着绳子攀援而下。那里停着一辆他用来运货的皮卡，他把行李箱放进车内。然后原路返回，拿走绳子和梯子，回家假装睡觉，静待次日编造妻子失踪的故事。因为监控角度的问题，他在屋顶活动的情况完全没拍到。第二天，他故意开着皮卡到处找妻子，趁机抛尸荒野。

赵宏森的腰杆一下子就挺直了，屋顶的确是监控盲区。之前的案情讨论会，所有人都忽视了这个问题。又不是神经病，平常谁会上房？警方的目光聚焦在地面、车辆和防空洞，这就是惯性思维。

少年继续说，派出所后面的那棵香樟上有个树洞，里面有张抛尸路线图，我自己画的。赵宏森连忙叫一位民警去找，他问道，张宸家暴丁美凤的事是谁告诉你的？少年说，他家杂物间的天花板上有一摞日记本，都是丁美凤自己写的。赵宏森突然感觉不太对劲，问他，你怎么知道那里有日记本？少年没有回答，话筒里传出咔哒声，他似乎用打火点了一根烟。民警把从树洞里取回来的一张纸展开，铺在赵宏森面前。这就是所谓的抛尸路线图，上面清晰地标注了张宸攀爬过的每一座屋顶。

赵宏森换了个问题，你怎么知道张宸是通过屋顶抛尸？少年说，他坐牢前是氮肥厂的烟道清洁工，有高空作业经验。王欢家靠街口的外墙上，从高到低，有鞋子踩踏过的痕迹。赵宏森反应很敏锐，你认识王欢？少年答非所问，鞋印是四十三码，男式飞鸽牌，跟张宸穿的一样。赵宏森的脸在发烧，这串鞋印他见过，但没在意，以为有人在维修房屋。韭菜园都是老房子，常年需要维修。

赵宏森飞快地记录着，他问，还有吗？少年说，张宸家有一架梯子，但她家里少了一只黑色行李箱。赵宏森问，你怎么知道那辆皮卡案发前的停放位置？少年说，纸品批发店门口窄，停车会影响生意。张宸每周二、四、六、七把车停在王欢家旁边，他杀丁美凤那天是礼拜六。赵宏森知道王欢家旁边有块空地，他在那里见过张宸的皮卡，但停车规律他还真不掌握。少年继续说，王欢她爸在塔城农学院教书，每周一、三、五会开车回家，礼拜天返校。那三天张宸就会把皮卡挪到自家门口。这个爆料少年居然对马丽和王欢家的情况了如指掌，赵宏森忍不住问，你住在韭菜园吗？

电话却挂了，凡是涉及自己身份的问题，少年一概装聋作哑。

案情至此峰回路转，侦破变得异常简单了。接到少年爆料的当天下午，赵宏森就根据那辆皮卡的行驶轨迹，在西郊一座废弃多年的机井里发现了一只黑色行李箱。还没打开，一股尸臭味就扑鼻而来。张宸到案后供认不讳，他交代的行凶动机、作案时间和手段，以及运尸路线和方式，都跟少年推理的如出一辙。在张晨家杂物间的天花板上，赵宏森找到了十三本日记，都是丁美凤写的，句句含泪，字字泣血，那是一位再婚女人对丈夫的血泪控诉。

张宸交代，为了不让外人察觉，他家暴时会关紧卧室门窗，威胁丁美凤不许叫喊，所以连马丽都不知道。而且他只殴打丁美凤的隐私部位，即使她伤痕累累，谁都发现不了。不光家暴，张宸还多次偷看马丽洗澡、换衣服。当丁美凤怒斥他下流无耻时，他扬言要将马丽先奸后杀，让她痛苦一辈子。丁美凤害怕他真的下毒手，一忍再忍。

丁美凤被传染上性病，只是那场杀戮的导火索。

据张宸交代，那天深夜两人争吵后，丁美凤执意要去派出所报案，把他嫖娼赌博和偷看马丽洗澡的龌龊事一并揭发出来。他害怕再坐牢，所以掐死了她。

案子破了后，赵宏森终于想起那个熟悉的声音是谁了，没错，是秦皓，但他死活不承认，因此无法获得表彰。赵宏森查了那个报案电话，是城东一家水果店的公用电话，店里没装监控。赵宏森猜测，秦皓肯定是暗恋马丽，他偷偷潜入马丽家寻找她母亲失踪的线索，无意中发现了藏在天花板的日记，然后怀疑上了张宸杀妻。

我在写作《刑侦笔记》时，赵宏森不止一次感叹，秦皓的推理能力太强大了，简直是位刑侦天才！至于秦皓为什么要匿名报案，赵宏森是这样解释的，私自闯入他人住宅是违法行为，所以他不敢声张。或许，他也不想让马丽知道他在暗恋她。我有些困惑地说，多好的机会啊，秦皓可以借机讨好马丽，为什么要保持沉默呢？赵宏森说，秦皓自尊心很强，也许不想用这种方式来交换自己想要的东西。赵宏森告诉我，他初中时喜欢过自己的同桌，每天都悄悄往她的书包里塞零食,有时是糖果,有时是巧克力,有时是奶油饼干,而且持续了整整三年,直到初中毕业,两人考上不同的高中。赵宏森笑着说,我从来没跟她表白过,她也不知道是我塞的。但我一点儿都不觉得吃亏,年少时心气高,也特别单纯,很享受暗恋的感觉,不图任何回报。

赵宏森说自己的这个小秘密时,是在2024年春天的一个下午,他的目光被窗外一只被风吹起的黑色塑料袋牵引,跌跌撞撞,飞过树梢,飞过楼顶,飞过往事。我似乎听见了一种巨大而尖锐的声音,那是沉默的声音。

有一种沉默,震耳欲聋。

对马丽来说,母亲十三本日记中的每一个字,都像蜈蚣,把她的心脏咬得鲜血淋漓。她恨自己太粗心,居然没察觉母亲一直在遭受非人的折磨,没察觉继父一直用淫邪的眼睛偷窥她。她也恨母亲忍气吞声,如果早点儿揭发继父的兽行,也不会落得如此悲惨的下场。她更恨继父这个衣冠禽兽,用极其残忍的手段谋杀了世界上最疼她的人。那段时间,马丽几乎天天去街口的那座教堂里,把手放在羊皮封面的《圣经》上,祈祷上帝让张宸早点儿下地狱。

上帝答应了她,那个夏天还没结束,被羁押在看守所等待判决的张宸袭警夺枪,试图逃跑,被当场击毙。张宸的父母早就不在世了,也没有兄弟姐妹,马丽拿到骨灰盒,直接扔到了湘江里。马丽的外公外婆也不在了,只有几个平常很少走动的远房亲戚，他们惦记着韭菜园的那栋房子，纷纷争夺她的监护权，但都被马丽拒绝了。她选择一个人生活，用柔弱的肩膀扛起了这个破碎的家。

阁楼成了凶宅，纸品批发店转租不出去，马丽只好把纸品全都低价处理掉。皮卡是抛尸工具，买主将价格压到万元以下。虽然觉得亏，马丽还是卖了车。因为一看见那辆皮卡，她就会想起母亲的惨死。幸好家中有些积蓄，虽然不多，但省吃俭用的话，应该能维持到马丽成年。她去医院复查，眼睛恢复情况比医生预想的要好很多，她的视力跟术前相差无几。这时马丽想起了李查德，想起临别前他说要送给她一个惊喜。可是，都过去这么久了，他的礼物呢？马丽又想起了李查德帮她分析母亲失踪的原因，他还偷偷跑到韭菜园查看地形。她突然脑洞大开，他送的那个惊喜，会不会就是破案线索？

出院后，马丽听赵宏森说，有个少年打电话给派出所，匿名举报张宸杀害了她母亲，并提供了非常重要的线索。赵宏森没有告诉马丽，那个少年就是秦皓。对举报人的身份进行保密，是他的职责，尤其是在秦皓本人极力否认的情况下。然而，马丽认定举报人就是李查德，他给她送了一件最有价值的礼物。马丽心想，只有李查德这种神秘又奇怪的家伙，才会有如此疯狂的行为。马丽怎么都不会想到，居然是那个拾荒少年帮了她。要知道，整个住院那期间，秦皓都没有出现过。其实秦皓去过医院好几次，想看望马丽，但都被住院部的保安拦在门外。这座城市的大部分保安和门卫,似乎都认识住在废弃铁皮房子里的那对父子,拾荒者是他们的重点盯防对象。

没法探望马丽,秦皓就想做点儿什么,以减轻她的痛苦。琢磨了很久,他觉得最好的方式就是找到她母亲,不管死活。跟警方一样,秦皓最初把重点放在防空洞里。有几次他在里面遇见了赵宏森,但他隐身在黑暗中没有吭声。他对自己的身份很敏感,不想让任何人知道他替马丽做的一切。遗憾的是,秦皓在防空洞里并无收获,里面除了黑,还是黑。

趁张宸从皮卡上卸货时,秦皓悄悄溜进阁楼寻找线索。他认为一个大活人不可能无声无息地消失,除非变成了一具不会叫喊的尸体。要想把尸体从家里运走,就必须装进箱子里掩人耳目。秦皓记得第一次来马丽家时,见到过一只黑色行李箱。这次进来后,他第一时间去找那只箱子。但他找遍了楼上的每个角落,都没找着,那只行李箱不翼而飞。楼下他没找。那是门面房,不可能放行李箱。老房子年久失修,天花板是由网格状的木块拼凑而成,藏污纳垢,遍布蛛网和霉菌。秦皓注意到,杂物间的一块天花板比相邻几块都要干净,正好旁边有架梯子,他爬上去,用手推了推,那块天花板居然是活动的。他在里面找到了十三本日记本,翻开一看,都是马丽母亲写的。

秦皓只浏览了半个小时,就把日记本放回原处,将天花板恢复如初。没必要全部看完,内容都差不多。上面记载的,都是马丽母亲的血泪心声,是马丽继父的变态兽行。现在,秦皓几乎可以确定张宸就是杀妻凶手。

可是，最棘手的问题来了，张宸到底是怎样避开监控，将藏尸的行李箱带出韭菜园的呢？这个问题困扰了秦皓很久，有天中午，他坐在那座哥特式教堂的屋顶上发呆，看到远处一个蜘蛛人在清洗高楼的玻璃幕墙，他当即醍醐灌顶。秦皓曾听马丽说过，有次她母亲嫌门前香樟树上的喜鹊太吵，她爸爬到树上把鸟窝给掏了。那棵树比马丽家的房顶还高，当时秦皓还问过她，你爸爬这么高，不害怕吗？马丽笑了，这算什么呀，我爸以前是氮肥厂的烟道清洁工，几十层楼高的烟囱都敢爬上去。马丽言语中充满崇拜，那时候她还没有告诉秦皓，她母亲是再婚，张宸是继父。

确定张宸的运尸方式后，秦皓开始观测运尸路线，计算最优距离。马丽母亲周日早晨失踪，周六晚上就应该遇害了。当晚张宸的皮卡停在王欢家旁边的空地上，秦皓在她家外墙上发现了几个男式皮鞋印，一看就是攀爬留下的。虽然过去了很多天，但鞋印还在，因为那个周六白天下了一场雨，皮鞋沾满泥巴。王欢家的屋顶天台上养了一些鸡，还有鸽子，曾经有贼爬上楼偷鸡摸鸽子。看见墙上的鞋印，她家人没太在意，因为数过了，鸡和鸽子并没有丢失。秦皓发现张宸穿的皮鞋是四十三码的飞鸽牌，跟墙上的鞋印完全一样。还有，张宸报案前，开着皮卡去寻找过马丽的母亲，他完全可以趁机抛尸。

秦皓把案情梳理清楚后才举报，当赵宏森询问他身份时，他避而不答，担心警方误以为他是入室行窃的小偷。查案之初，秦皓就没想过要获得什么回报。能帮马丽分忧，是他唯一的愿望。尘埃落定后，秦皓去马丽家看她。一见面，马丽就哭了，是无声地啜泣，像从窗玻璃上淌过的雨珠。她把母亲遇害的前因后果原原本本地告诉了秦皓，还拿出了那十三本日记。秦皓假装刚刚知情，他点燃蜡烛和她一起追思她的母亲。马丽把住院期间的奇遇也告诉了秦皓，她说就是那个喜欢追逐闪电的少年，给她母亲讨回了公道。从马丽充满感情色彩的叙述中，秦皓听出了她对李查德的倾慕。那是一种非常微妙的情愫，是有颜色、有气味、有温度的，他再熟悉不过了，因为他对马丽就是这种感觉。秦皓没有吃醋，跟马丽交往之初，他就摆正了自己的角色。如果人生是一台花鼓戏，马丽就是花旦，而他是幕后那个琴师。充其量只是给戏配个乐，添个彩。少了他，这台戏照样唱得滴溜溜转。

6

痕检结果出来的那天中午，一直派人在林区小木屋蹲守的老孙告诉我，没有发现秦皓的踪影。我叫他把人撤回，说秦皓肯定躲起来了，不会自投罗网。挂了电话，我去了湘江明珠小区，在物业查看监控，发现吴迪11月15日上午出门后就再没回来，也就是说他不可能窝藏秦皓。吴迪是徒步离开小区的，没开车，穿着一身阿迪达斯休闲服，头上戴的棒球帽、脚上穿的运动鞋、背的棕色双肩包，也都是阿迪达斯的。他还在休假中，电话仍然处于关机状态，我决定等他上班时直接去银行录口供。

从湘江明珠出来，我到韭菜园溜达了一圈，特意把手机调至静音模式，我想好好地梳理一下纷乱的头绪。在这条充满故事的老街，时间仿佛被拉长了，我产生了一种电影慢镜头的既视感。漫无边际的阳光下，韭菜园就像一口刚刷过桐油的大棺材。我感觉有一双看不见的神秘大手，正在缓缓揭开沉重如铁的棺材盖，让密封在里面的往事重见天日。傍晚时分，我来到岛上，坐在那座残破的灯塔上。这是鸟岛最高的建筑，风很大，抽打在脸上，像荆棘拧成的鞭子，疼，却不见血。夕阳与暮色和谐地融为一体，红与黑的鲜明对比给人一种强烈的视觉冲击力。

周雨彤不知何时坐到我身边，像只悄然落下的白鸟。我问她，你怎么来了？她狡黠地笑笑，打您电话没接，我就猜您一准在岛上，所以就找过来了。我掏出手机看了看，有三个未接电话，都是周雨彤打的。我问，找我有事吗？周雨彤说，也没什么紧要事，我就是想知道，现在铁证如山，为什么还不发秦皓的通缉令？遑论证据，秦皓的犯罪逻辑线也非常清晰——

王欢坠亡前，唐胜龙追求过马丽，但属一厢情愿。王欢去世后，唐胜龙和马丽短暂地同居过，并多次赴境外旅游。但后来两人突然分手，原因不详。唐胜龙对马丽念念不忘，一直试图复合。11月17日中午，他来到渔村，想跟马丽重温鸳鸯梦。结果两人爆发了激烈冲突，马丽失手将唐胜龙杀害。为了给马丽脱罪，秦皓抛尸灭迹，并且向耀龙集团勒索六百万。他制造案中案，不仅混消了警方侦查视线，还能借尸生财，可谓一石两鸟。罪行败露后，秦皓不敢再回去上班，携枪畏罪潜逃。如此看来，通缉他一点儿问题都没有。

　　天已经完全黑了，我朝星光闪耀的湖面吐了口烟圈，问周雨彤，你没觉得这个案子不太对劲吗？周雨彤反问，哪里不对劲了？我说，上次秦皓帮马丽伪造王欢坠亡现场，如果不是摄像头拍下来，几乎做得天衣无缝。这一次，却留下了很多马脚。周雨彤惊讶地看向我，问道，您不是说痕迹不可能彻底清除干净吗？我摇头说，我不是指留在案发现场的那些痕迹，也不是指他在渔村湖边抛弃的那些作案工具。周雨彤眼里的迷惑如同深浓的夜色，她问，那您指什么？我说，我指的是埋尸现场，秦皓把行李箱的滚轮丢弃在那里，还留下了挖掘沙石的浅坑。我们据此找到了沉在湖底的行李箱，在里面发现了他的头发和抽过的烟头。其实他完全可以烧掉行李箱以及里面的血衣，而不是丢弃。渔村有很多空房子，具备焚毁血衣和箱子的条件。周雨彤下意识地看向渔村，马丽住的吊脚楼里闪烁着微光。她问我，会不会是秦皓慌乱中忘了这一茬？我说，连尸体的指甲都记得剪掉，你觉得他会忘了销毁证据吗？

　　周雨彤语塞，她觉得有点儿冷，把羽绒服的拉链扯到领口，又戴上帽子，裹得像个肉粽。比起白天，鸟岛安静了许多。候鸟都进入了梦乡，偶尔传来一阵嘀咕声，像梦呓。星星像缀在黑色天鹅绒晚礼服上的宝石，璀璨生辉，伸手可摘。月亮把灯塔的影子投射在湖面，风一吹，似乎要坍塌了。

我说，秦皓把唐胜龙的手表放在自己的登山包里，这种行为也很反常。对嫌犯来说，风头还没过去，人赃分离才是明智的选择。另外，案发现场的选择也不合理。周雨彤问，怎么不合理？我说，案发那天，秦皓回到渔村是两点半左右，而唐胜龙的死亡时间约莫两点，所以杀人的肯定不是他，是马丽，但唐胜龙却是在秦皓的住处被杀的。周雨彤双手抱膝，想了想说，马丽可能撒谎了，案发时她不是在午睡，而是在楼下给鸡鸭喂食。发现唐胜龙进了渔村，她连忙离开，想躲到秦皓的房子里面去。但还是被唐胜龙尾随而来，两人在里面发生争执，引发了命案。

我把视线转向水中塔影，沉思着说，这种可能性是存在的，但不大。首先，秦皓有没有把自己的房门钥匙托马丽保管，尚且存疑；其次，马丽在渔村看见唐胜龙时，留给她的反应时间很短。就算她有秦皓的钥匙，也不可能随身携带，只能回屋里去拿，时间上不允许；再次，马丽熟悉渔村地形，她想摆脱唐胜龙应该很容易，完全可以躲进一栋空房子，没必要舍近求远去秦皓那里。要知道，他们一个住村东，一个住村西。周雨彤说，还有一种可能，案发时，马丽正在石头房子里帮秦皓打扫卫生，结果被唐胜龙发现了。

我竖起衣领遮挡寒气，说，这种可能性非常小。周雨彤问，为什么？我说，秦皓第二天开始休年假，这个情况马丽是掌握的。如果她想帮秦皓做清洁，不应该在他离开之前，而是在他回来之前。周雨彤再次看向渔村，她注意到吊脚楼里的微光已经熄灭，看来马丽入睡了。渔村在月色和夜雾中影影绰绰，有点儿像海市蜃楼。她问我，那您觉得唐胜龙为什么会在秦皓回来之前死在他的房间里？我说，只有一种情况可以解释。她问，什么情况？

我看向星空，目光追逐着一颗流星，说，那里原本就是马丽住的地方，案发后，他们故意交换了房间。周雨彤惊讶道，这怎么可能，梁树宽说秦皓就住在那座石头房子里。我的手指轻轻一弹，烟蒂在夜色中划出一条殷红的弧线。沉默了一会儿，我叹了口气，是啊，矛盾就在这里。如果秦皓和马丽交换了房间，梁树宽不可能不知道，除非他是同伙，故意作伪证。可是，他又主动说出秦皓有用哑铃健身的习惯。如果是同伙，他不可能曝光秦皓的作案工具。

周雨彤脑袋里的雾越聚越多，浓得都化不开了。

我继续说，秦皓埋尸两天后才开口勒索，半路劫车拿走赎金，在湖里淹车毁灭证据，他所表现出的极强的反侦查能力和心理素质，跟他后面犯的一系列低级错误完全不相符。周雨彤双手撑在膝盖上，托着下巴问，齐队，类似的案子您肯定遇到过不少吧？反正我是第一次遇到，觉得挺有挑战性。我苦笑道，我也是第一次遇到，要是天天跟这种案子打交道，还不得累死？

次日回到市区，我没有去局里，径直上了白塔。周雨彤要跟着，被我撵走了。沉淀了一夜，我的脑子还是有些乱。纷繁杂乱的思绪仿佛打成了死结，怎么也解不开，我想静一静。但刚抽了两根烟，赵宏森就开着警车呼啸而至。他一本正经地跟我开玩笑，听小周那丫头说你想不开，我怕你出事，过来劝劝你。我长长地吐出一口烟圈说，不是想不开，是想不通。赵局，你来了正好，我听听您的高见。

我们坐在塔檐上，背靠着满是浮雕的墙壁。从高处鸟瞰，湘江就像一条朝着北方狂飙而去的巨龙，鳞片在冬日暖阳下闪烁着金光。赵宏森从大衣兜里掏出保温杯，慢慢喝着养生茶。他花了半小时，听我讲完了心中的困惑，然后说，我也有同样的疑惑，在这个案子中，秦皓的智商似乎不太稳定，忽高忽低。会不会秦皓和马丽都跟案子无关，凶手另有其人？我说，凶手必须具备一个基本条件，就是有秦皓房间的钥匙。除了马丽，我想不出谁还会有他的钥匙。赵宏森问，那个梁树宽呢？我摇头说，排查过了，案发时他在上班，没有作案时间。赵宏森说，吴迪呢？我看了卷宗，他休假的第一站就在岛上，跟秦皓和马丽的关系都不错，有可能秦皓上班前把自己的钥匙交给了他。而且案发后，他一直处于失联状态，很值得怀疑。我注视着闪光的"龙鳞"说，这两天我反复琢磨了一下，吴迪确实具备一定的嫌疑，但我觉得他不太可能是凶手。

赵宏森问，为什么？我说，第一，唐胜龙被连续捅刺十二刀，这种杀人手法更像是女人在惊恐中所为。赵宏森把目光投向遥远的江面，那里有一艘逆流而上的驳船。他打断我的话说，不一定，这种情况也有可能是出于极度愤怒。打个比方，吴迪和唐胜龙原本有仇，案发那天两人在渔村狭路相逢。吴迪把唐胜龙骗到石头房子里杀害，为了泄愤，他持刀对被害人实施多次伤害。哦，你接着说。我瞳孔紧缩，似乎被江面的阳光闪花了眼，我说，第二，如果吴迪真的要嫁祸秦皓，就必须杀人灭口。两人是发小，吴迪这样做的可能性微乎其微，除非他有足够强烈的动机。

赵宏森一时没有说话，如同身后佛龛里沉默的罗汉。塔檐上的野草像是从历史的缝隙里顽强生长出来的，有一种旷古的苍凉、萧瑟和悲怆。一杯养生茶见底后，赵宏森问，听你的意思，这案子就是马丽和秦皓干的？我将一根掉落在塔檐上的羽毛吹向空中，答非所问，似乎我们想要什么，就能找到什么，证据的指向性太明显了。证据链过于完美，反而像精心设计的。赵宏森说，如果是精心设计的，那秦皓为什么要把犯罪的证据指向自己？

我看向一朵梅花状的流云，感叹一声，是啊，这个案子充满太多的悖论。赵宏森凝思了一会儿问，会不会是秦皓打击过的盗猎分子嫁祸于他？我说，动机成立，但实践上行不通。赵宏森说，讲讲你的理由。我说，首先，案发那天唐胜龙去渔村并没有广而告之，盗猎分子不可能提前知道他的行踪，然后在那里埋伏；其次，就算在渔村偶然撞见，也不可能把唐胜龙骗到秦皓住的石头房子里；最关键一点是，盗猎分子不可能知道秦皓第二天要去林区扫墓，更不可能找到他父亲的那座坟茔。赵宏森忍不住笑了，你看，悖论又出现了。

绿皮火车拉响汽笛，像菜青虫一样在铁轨上缓慢爬过。塔铃叮叮当当，在风中摇曳着前尘往事。这一刻，天地悠远，尘世空灵。

2024年夏天，写作《刑侦笔记》时，我想起了和赵宏森坐在塔檐上分析案情的一幕，像极了当年秦皓和吴迪坐在教堂屋顶上的情景。许多年过去了，铁轨还是那条铁轨，可是有很多生命中不堪重负的东西，被岁月的列车带进了远方，一去不复返。

绿皮火车渐渐驶远，赵宏森旷野尽头收回视线，感慨道，两个嫌疑犯竟然都是我认识的人，他们俩可以说是我看着长大的。对了，马丽为什么突然跟唐胜龙分手？王欢死后，她就不算小三了。嫁入豪门，是很多女人梦寐以求的事。我说，豪门深似海，正因为两人身份悬殊，所以唐胜龙不太可能娶马丽。或许，马丽是不想持续这段没有名分的感情才分手。赵宏森递给我一根玉溪，点点头说，应该是这样，我是见识过的，这丫头打小就很倔。秦皓也一样，这两人一个脾气，犟死一头牛。如果案子真的是他们干的，那就太可惜了。特别是秦皓，他有刑侦天赋，不用在正途上，却用来犯罪，这是自毁前途啊。

我抽着烟说，刑侦人才和犯罪天才就在一念之间，正所谓一念成佛，一念成魔。赵宏森说，智商越高的人，越是具备多重人格。他们不仅跟外界博弈，也在跟自己博弈，这种人生活得太累了。不是我老赵摆资格，真的要活到我这个岁数才会通透。人这一辈子，不能太尖锐，要学会圆滑，放过别人，也放过自己。一根筋的人，往往容易走极端。我说，赵局，这一点我很认同。我研究过犯罪心理学,很多罪犯都具有偏执心理,遇事喜欢钻牛角尖。尤其是严重刑事案件中的罪犯,这种心理几乎普遍存在。不过,我觉得这种情况不属于本案。赵宏森有些惊讶地看向我,想问什么,但最终没有开口。

接近中午时分,我和赵宏森沿着螺旋石梯往回走。脚步在空旷的塔内传出回声,像历史的叹息,又像岁月的呻吟。壁画中隐晦模糊的宗教人物,和佛龛里残损的神像,在折射进塔内的阳光中,呈现出一种诡异的表情,也许只有他们才能参透命运的玄机。走出白塔,我回望着这座屡遭地震、水淹和火烧,历经数百年沧桑却不朽的古建筑,里面封存着马丽美好而伤痛的回忆。

十八岁那年夏天,如果真的是李查德约她,命运就会是另外一种走向,更美好的走向,至少不会遇见唐胜龙。

车过南门口时,周雨彤打电话过来,我按下了免提,她清脆的声音在车内回荡,齐队,刚刚接到工行报案,有人涉嫌职务犯罪,你知道这个人是谁吗?我说,别绕弯子,有事就说!赵宏森边开车边敦敦教导我,对女同志太不温柔了,难怪你到现在都没找到对象。周雨彤立马说,赵局在呀,那我直说了,涉嫌职务犯罪的人是吴迪。储户有笔两百万的存款不翼而飞,行里查账后怀疑跟他有关。这无疑是一条重大线索,赵宏森拉响警笛,直奔位于建设路的工行塔城支行,接待我们的是一位副行长,姓朱,四十岁左右,妆容精致。

事情其实昨天就发生了,一位叫孟国柱的储户来工行取款,不算利息，他账上有两百万，是房子拆迁款。本来存的是三年定期，今年五月中旬到期后续存了一年，但孟国柱本人没有到银行柜台办理续存手续，而是由吴迪代办。就在一周前，孟国柱的妻子查出尿毒症，他提前来取款给妻子治病，结果发现账上的钱早在今年3月8日就被人悉数转走了。孟国柱这下急眼了，他在银行大吵大闹，还准备拉横幅讨要自己的血汗钱。银行急忙安抚他的情绪，许诺尽快给他一个满意的答复。当天银行紧急安排人手查账，通宵达旦，一直查到今天上午十点钟，才确定吴迪有重大嫌疑。

朱副行长说，吴迪的手机一直打不通，家里也没人，我们怀疑他趁休年假畏罪潜逃。我问朱副行长，吴迪最近有无异常？她想了想说，以前他工作挺敬业的，客户对他评价很高，在行里人缘也不错，没几年就被提升为信贷科科长。但自从今年春天他父母去世后，他情绪变化很大。怎么说呢，好像有点儿抑郁，脾气也暴躁了，动不动就发火。不过同事都没往心里去，谁家里摊上那么大的事都受不了。赵宏森在旁边问，他是不是在外面欠了钱？朱副行长说，他的个人生活我就不清楚了。他以前谈过一个女朋友，叫程雅莉，在税务局工作，还是我介绍的。两人处了一段时间，黄了。他的个人情况你们可以找程雅莉了解一下，肯定比我知道的详细。

我找朱副行长要了程雅莉和孟国柱的电话，决定先去找孟国柱，他住在棉纺厂宿舍，厂子早已停产。让我和赵宏森都意外的是，孟国柱竟然是白鹿林场的退休职工，妻子是棉纺厂的。孟国柱说，正因为他跟吴迪的养父是同事，所以才把拆迁款存到工行，吴迪当时让工作人员送给他不少礼品。那笔两百万的存款是妻子娘家的拆迁款，在市区黄金地段。今年五月中旬，吴迪主动打电话给孟国柱，说那笔存款快到期了，建议他续存一年，说银行有优惠活动。孟国柱当时不急着用钱，就同意了。他本来要去柜台办理续存手续的，吴迪说不用了，自己可以代办。出于信任，孟国柱就没有多想。后来吴迪还特意上门交给他一张新存单，但昨天他去银行取款时，工作人员说这张存单是假的。

离开棉纺厂，我和赵宏森驱车前往税务局，把程雅莉约到附近的一家咖啡馆，说明来意。本来我要的是卡座，程雅莉换到了包厢，说自己已结婚，在公开场合谈论前男友不太方便。在程雅莉的印象中，吴迪温文尔雅，聪明能干，很有上进心。虽然吴迪每个月收入不菲，但他从不大手大脚花钱，都存了起来。湘江明珠的房子就是他自己按揭买的，没要父母一分钱。总之，不管是在职场上，还是在家里，吴迪都称得上是一个好男人。程雅莉和吴迪交往了一年半，她给我和赵宏森看了吴迪的照片，高大帅气，眼神略微有点儿忧郁，是讨女人喜欢的那种。已为人妻，程雅莉还在手机里保存着前男友的照片，可见她对吴迪是有很深感情的。

我问她，你们为什么分手？她苦涩一笑，性格不合。我又问，你刚才不是说他温文尔雅、善解人意吗？程雅莉语塞，低头喝了几口咖啡才说，是父母反对。赵宏森问，这么好的女婿，你父母为什么要反对？程雅莉嗫嚅着，眼神闪烁。我说，不要有顾虑，我们会替你保密的。程雅莉的声音陡然低了八度，说，他是私生子。我和赵宏森惊讶地对视了一眼，这个情况我们还没掌握。

我现在才明白，吴迪为什么不姓董了。

按照程雅莉的说法，吴迪是私生子的秘密并非他亲口讲述，而是她父母无意中听别人说的。至于吴迪的生父是谁，没有人知道。程雅莉的父母都是体制内的干部，家风严谨，自然接受不了这门亲事，于是勒令女儿跟吴迪分手，否则就跟她断绝关系。正是在父母的压力下，程雅莉才挥泪斩断了这段恋情。说到这里，她的眼角泛起泪光。听我说吴迪涉嫌职务犯罪，挪用储户存款，她连说不可能。吴迪平常没有高消费的习惯，也没有嫖赌毒之类的恶习，他要这笔巨款干什么？我问她，吴迪有没有在外面跟人合伙做生意？程雅莉摇头说，至少跟我在一起时没有。他以前跟我抱怨过，他天天跟做生意的人打交道，很讨厌生意人身上的那种铜臭味。其实他这个人骨子里有点儿清高，看上去跟谁都可以做朋友，但跟谁都不交心。

我忽然问，那秦皓呢？程雅莉说，就他例外，他俩从小玩到大，铁得不能再铁了。我又问，你认识马丽吗？程雅莉说，听吴迪提起过，说是他中学时代暗恋过的女孩。我见过她照片，挺好看的。对了，吴迪还说她过得不太好，怎么不好我没问。说实话，我不吃醋，年少时懂什么爱情，谁没有过青春懵懂的时候呢？

当晚我就摸清了吴迪的基本情况，现年二十八岁，身高一米八一，体重七十四公斤，鞋码四十三，这几个参数都跟秦皓差不多，他确实有冒充作案的条件。吴迪的母亲吴清芳出生在塔城市白马乡庙台村，是家中独女，十六岁跟着一个草台班子唱戏，未婚先育。吴迪上初一时，在超市当收银员的母亲嫁给了董玉坤。省财大毕业后，吴迪入职工行塔城支行，历任客户经理、营业部副主任、信贷科副科长和科长。同样在当晚，曹磊从吴迪办公室里提取了他的指纹，输入数据库后竟然比对成功，跟那名神秘男子留在和天下香烟上的指纹完全一致。

我连夜打电话给林业派出所的老孙，想了解吴迪的更多信息。老孙反映了一个重要情况，董玉坤以前有支虎头牌五连发，是林场配发的。林区野猪泛滥成灾，每年都要组织狩猎队进行清剿，老董是队长。老董和妻子去世后，老孙动员吴迪上交枪支，但他说自己从没见过那支五连发。老孙亲自带人去老董家里翻箱倒柜找，也没找着。老孙分析，丢枪有两种可能，第一，老董家办丧事期间，有人顺手牵羊偷走了枪；第二，老董生前把枪保管在一个很隐秘的地方。因为无法给丢枪案定性，这事就不了了之。我还拿到了市人民医院出具的吴迪确诊抑郁症的电子病历，时间是2023年4月3日。他一直在按照医嘱服药，定期复查。

11月29日，是吴迪销假上班的日子，但他一直没出现，手机始终关机。挪用储户存款两百万，一旦爆雷，至少得踩六七年缝纫机，还要没收个人财产，并处以罚金。吴迪急需填充银行窟窿，显然具备了嫁祸秦皓、勒索巨款的强烈动机。加之指纹比对成功，吴迪陡然取代秦皓成为头号嫌疑人。按理说，吴迪勒索了六百万，完全可以把钱还回去，但他却选择了销声匿迹。只有一个原因，他没有想到孟国柱会提前取款。想补漏已经来不及了。另外，孟国柱大闹银行的视频已被人上传到网上，吴迪可能看到了。他发现罪行已败露，所以不敢回银行上班。

在新出现的证据面前，我不得不调整侦查思路。我决定再去找马丽聊一聊，开车去三官殿码头之前，我在韭菜园绕了一圈。带着香樟气息的风吹进车内，我想象着马丽在老街生活的场景，她身边走过许许多多的人，有秦皓、王欢、吴迪，还有赵宏森。这次我注意到马丽家门口有个绿漆斑驳的木头信箱，上面有一把生锈的铁锁，看来很久没有开启过了。信箱上那道裂开的豁口，就像一张欲说还休的嘴，在守护某个掩埋在时光深处的秘密。我还去了先锋路，秦皓住过的那座铁皮房子早已拆除。他在这个世界上从没有过家，只有暂住地；跟蜗牛一样，背负着一个重重的壳，永远流浪，永远在路上。

上次勘查石头房子时，马丽来过现场，质问我，为什么要怀疑秦皓？我说，现有的证据表明秦皓可能涉案。当时马丽很激动，说我肯定搞错了，秦皓绝不会干这种事。我没有多解释，叫黄萍把她送回去。

再次见到马丽时，她正在阳台晒衣服。这几天她的身体似乎处于失重状态，灵魂飘浮在空中，无处安放。刚打照面，她就问我，齐警官，你们的调查结果出来了吗，秦皓到底有没有涉案？

我坐在那张破旧的人造革沙发上说,目前还不能下结论,不过这次我们是找你了解另外一个人。马丽问,谁?我说,吴迪。马丽一边泡茶一边说,吴迪是我高中同班同学,跟皓哥也是发小。他混得挺好,在工行当科长,你们怎么查起他来了?我没有回答,而是问她,你最后一次见到吴迪是什么时候?马丽拿着编织针,这次她织的是一只手套。她停下了手里的毛线活,回忆道,11月17日早晨,我去湖边打水时看见他,正在用手机拍候鸟。

按照马丽的讲述,吴迪每次来岛上都是找秦皓玩,两人住一块儿,有时候会到她这里蹭饭吃。但吴迪这次来跟以往有点儿不一样,显得郁郁寡欢。11月16日傍晚,她下班回来,见到吴迪一个人坐在灯塔上发呆。我喝了口洞庭湖水泡的碧螺春,似乎有股唐诗的味道。我又问,他因为什么心情不好,你知道吗?马丽继续穿针引线,摇头说,我没问,他和皓哥也都没说。尽管窗外的阳光热烈,能照进吊脚楼里的却不多,房间内的光线有点儿朦胧。我从烟盒里弹出一根芙蓉王,打了两次火才点着。我问,吴迪在外面有债务吗?马丽说,这我不知道,应该没有吧,他不差钱。

我看向那只还没编织好的毛线手套,就像一只断掌绝望地伸向天空,似乎想要抓住一些什么,却又无能为力。我没有再问,马丽的回答如果不是提前设计好了的,就是的确所知有限,问下去没有多大意义。茶水在冬日里凉得很快,诗味也变淡了。我甚至从茶里面品出了一股苦涩的滋味,宛如人生。

我和周雨彤踩着白沙滩前往轮渡码头,路过灯塔时,看见上面贴了一张爆破拆除的告示,时间是两天后。看着这座犹如伤残老兵的灯塔,周雨彤有些感慨地说,多好的历史遗迹,拆了太可惜了。我没吭声,脑袋里乱糟糟的,像塞了一团毛线。从湖面吹过来的风,如同一条冰冷的蛇在我脖颈间游走,我有一种无来由的悲伤。哗啦一声,那只少了半只左耳的黑猫从灯塔上跳下来,目光凶狠地朝我们瞪了一眼,然后蹿入更隐蔽的角落。有时候我怀疑这不是一只猫,而是一个孤独的幽灵,总是游荡在这些魔方构成的奇异空间里,冲着陌生人露出白生生的牙齿,像在冷笑。

于野猫而言,整座渔村,甚至整座岛,似乎都是透明的,没有任何秘密。

第4章 审判者

1

　　李查德跟马丽讲述的云彩、雨雾、星星、雪花、风和闪电，还有日落日出，同样吸引了秦皓。平时他总是埋头捡破烂，从没抬头关注过天空。他开始用一种全新的角度来看这个世界，变得爱抬头了，经常张望天空寻找那些曾经被忽略的美，无论白天还是黑夜。身边的一切似乎变得更有趣了，他发现雨水滴落在不同的物体上，会开出不同的花朵。滴在瓦片上，是水仙花；滴在叶尖，是玫瑰；滴在墙头，是紫罗兰；滴在水塘里，是芙蓉。风从不同的时间和空间吹过，颜色也不同。晴天是金色，雨天是铅灰色，夜晚是黑色。从荷塘吹过是绿色，从麦田吹过是黄色。

　　秦皓经常和马丽谈论李查德，那个少年成了两人永恒的话题。换句话说，李查德成了他们不可或缺的隐形朋友。十五岁那年夏天的最后一个晚上，马丽头上别着橙色的蝴蝶结，身穿紫色的百褶裙，还抹了母亲留下的口红。她喃喃自语，他说过要给我写信的，为什么一直没有写？秦皓看着悬挂在教堂屋顶十字架上的月亮安慰她,可能他学习太忙了,也可能写过信,结果弄丢了。王欢的母亲姚慧是邮递员,韭菜园这一片的信都归她送。马丽特意跟姚阿姨打了招呼,有她的信就交给王欢带给她。但马丽问了好几次,王欢都说没有她的信。马丽很后悔没有把母亲的手机号留给李查德,她叹了一口气,从那个夏天开始,她相信世间万物的运行,都遵循一条看不见的规律,冥冥中皆有定数。

秋天轻盈地来了,秦皓和父亲去了白鹿林场,马丽和王欢上了二中。秦皓不用捡破烂了,每天跟着父亲巡视林场。那里的日月星辰和云雾草木,还有风的声音和水流的声音,都跟城里不一样,让他耳目一新。秦皓带马丽去林场玩过好几次,他们采映山红,摘猕猴桃,掏野生蜂蜜。从树叶缝隙里漏下来的阳光、月光和星光,被露水漫射后,色彩斑斓如同仙境。李查德描述的自然之美和天空之美,在这片荒山野岭表现得淋漓尽致。马丽用母亲的手机拍摄了许多照片,打印出来挂在家里。这个秋天秦皓也拥有了一部旧手机,屏幕有点儿花,是从垃圾桶里捡来的,修理花了五十块钱,用久了机身就会发烫。

每个周末,秦皓都会回市区一次,还是住在那座铁皮房子里。他不是嫌林场生活清苦,而是去看马丽,跟她说说林场的新鲜事,或者跟她聊聊李查德。秦皓进城找马丽时,会尽量避开王欢。不知为什么,他不喜欢那个女生,觉得她跟马丽不一样。但到底哪里不一样,他也说不清楚。是马丽主动把秦皓介绍给王欢认识的,她对王欢没有秘密。王欢对秦皓也很冷淡,两人偶尔在路上碰到,她经常假装没看见。王欢不明白马丽为什么要跟一个捡破烂的男孩做朋友，很掉价。而且，她觉得他身上臭。

　　转眼到了2011年春天，马丽快过十六岁生日了。她记得李查德承诺过，要送她一张叫《生命之吻》的照片当生日礼物。可是分别这么长时间，她连李查德的一封信都没收到，他还会记得她的生日吗？秦皓安慰马丽，放心吧，他再忙也会挤出时间给你送上生日祝福。马丽热切地期盼着，还要秦皓用木头给她做了一只信箱，刷上绿漆，挂在她家门口。她怕李查德不是通过邮局，而是通过快递寄照片。因此她在信箱上贴了一张纸条，告诉快递员，如果她不在家，就把快递放信箱里。每天放学回家，马丽都会打开信箱，查看是否有自己的快递，但次次都很失望。

　　看着空空荡荡的信箱，马丽心里也空空落落的，对王欢说，那个自大的家伙，可能真的忘记我了。王欢心里暗自高兴，口头上却给马丽打气，再等等，说不定你生日那天会收到呢。王欢早就看穿了马丽的心思，知道她喜欢上了那个叫李查德的男孩子。她等的不是一件礼物，而是李查德的一片心意。哼，让她自作多情去吧！

　　十六岁那年春天，特别是生日前几天，马丽经常关注雁城的天气。李查德要拍摄闪电的照片，肯定得找个雷雨天。如果雷雨太大，她会担心他的安全。虽然她已经领略到了闪电的神奇魅力，但还是对那种摧枯拉朽的力量感到害怕。他不会遭遇雷击吧？不会像上次那样受伤吧？淋那么大的雨，他不会感冒发烧吧？不会的，她自我安慰。他说过自己有避雷经验，是打不死的小强，肯定会注意防范。他摔过一次，这次一定会很小心的。感冒发烧也不是什么大毛病，喝点儿姜糖水，用被子捂一捂就好了。她想好了，等李查德的照片寄过来，就让秦皓给她做个漂亮的相框，把照片装在里面。

林场到处是木头，秦皓学会了做木工活。每次来韭菜园，都会送给她几件木头做的小玩意。有时候是笔筒，有时候是板凳，有时候则是像龙又像狮子的根雕。这次秦皓送给马丽的礼物，是一匹根雕的飞马。虽然做工比较粗糙，但有古拙之气。

马丽十六岁生日那天，阳光像花儿一样绽放。趁着午休，马丽从学校跑回韭菜园，迫不及待地打开家门口的信箱，但依然是空的。她闷闷不乐地返回学校，王欢故意问，李查德的照片寄来了吗？马丽摇头噘嘴，她把信箱钥匙扔进了下水道，说，不靠谱的家伙！整个下午，马丽上课都无精打采，跟来了大姨妈一样。傍晚放学回家，她气不打一处来，准备把信箱拆掉。她拿起铁锤砸开锁，一封盖着雁城邮戳的信从里面飘然而出，像一片雪花。捡起来一掂，她就猜出信封内装的是什么。马丽感觉心脏呼之欲出，她迫不及待地拆开信。里面果然是一张照片，闪电的照片，上面有拍摄时间，还有四个字——生命之吻！背后也有一行字：祝小马驹十六岁生日快乐！落款是李查德。

刹那间，马丽好像被一道闪电击中了，身上的每个毛细孔都冒出蓝色的火焰。她有一种从未有过的晕眩，甜蜜的晕眩。2011

年春天的这道闪电缝合了马丽的伤口,那些树枝状的带电粒子如同密密麻麻的针脚,彻底治愈了她丧母的悲伤和青春的烦恼。不仅如此,还催生了她体内的内酚酞和多巴胺。

那时候,马丽还不知道,这道闪电其实不是李查德,而是秦皓带给她的。李查德和马丽分别后就失联了,秦皓因而非常肯定,那个美丽的承诺不会兑现。在马丽生命中的至暗时刻,李查德编造了一个关于风暴和闪电的童话。本来这个童话始于黑夜,终于光明。马丽重见天日后,却依然沉浸在剧情中不能自拔。她把自己当成了童话中的女主角,一直不肯卸妆。

那个春天,秦皓每次回韭菜园看马丽,她都会说这句话,李查德还没寄照片来。秦皓违心地安慰她,别急,时间还没到呢。马丽说,我好怕。秦皓问,怕什么?马丽的声音像浸透了雨水,湿漉漉的,怕他忘了答应我的话。秦皓看着春光灿烂中的马丽,她脸上有着跟这个季节不符的晦暗。他问,只是一张照片,你真的那么在乎吗?马丽郑重地点点头,我在乎的不是照片,而是承诺。

马丽以前相信父母会陪着她慢慢长大,父母却丢下她去了天堂。她相信继父对她的爱,继父却给了她最深的伤害。李查德的承诺,寄托了她对这个世界最后的信任。就是在那一刻,秦皓决定代替李查德兑现诺言。他没学过摄影,捡来的旧手机像素也不高。如果随随便便拍一张,马丽看了肯定会失望。所以,他得先了解马丽对这份特殊生日礼物的设想。

秦皓试探着问，你觉得，那张照片拍出来会是什么样子？马丽站在斑驳的树影里，擦拭着信箱上的灰尘，歪头想了一会儿说，闪电应该非常非常壮观，比我见过的闪电都要壮观。秦皓问，还有呢？马丽仰望着教堂屋顶的十字架说，应该是站在一个很高的地方拍的，离天非常近，比如屋顶、山巅。秦皓嗯了一声，默默记下。马丽说，闪电有赤橙黄绿青蓝紫白八种颜色，李查德说紫色最厉害也最漂亮，我希望他拍出来的闪电是紫色的，像田野里的紫云英一样好看。秦皓还从没见过紫色闪电。不过，也许见过，但没留意。马丽说，闪电可以孕育生命，照片上不光有闪电，还应该有生命体，比如小蝌蚪、野草和花骨朵什么的。不不，这些生命太渺小了，应该是参天大树，生机勃勃的那种。秦皓脑补着这些画面，试图像李查德一样思考拍摄角度。他又问了一句，你猜李查德会在照片上写些什么？马丽说，这家伙讨厌死了，居然叫我小马驹，我猜他会写"祝小马驹生日快乐"。

秦皓看了地图，发现整个林区海拔最高的地方是神鼎峰。但不在白鹿林场，而是在临近的神鼎山林场，距离他和父亲住的小木屋只有不到五里路，推开窗就能看到。如果是晴天，没有云雾遮掩，下午三点左右，整座山峰如同黄金锻造的圣殿，光芒四射，法相庄严。每逢雷雨天，秦皓注意到神鼎峰的雷暴都特别强烈，闪电像飞升的蛟龙翻滚狂舞。山巅还有一棵树，站在小木屋门口张望，树如旗杆粗细。然而，当秦皓来到神鼎峰踩点时，才惊讶地发现那是一棵千年香樟，竟然高达三四十米，树身要六七个人才能合抱。山顶地势平坦，莽莽林海和巍巍群山全在脚下，视野极其开阔。这无疑是拍摄《生命之吻》的最佳地点，几乎符合马丽对照片的所有设想，就差一道紫色闪电了。

此后的雷雨天，秦皓身穿雨衣，在神鼎峰连续蹲守了四次。但很可惜，第一次闪电都不够壮观，第二次雷区离山顶有点儿远，第三次闪电是黄色的，第四次闪电是白色的，都没有达到理想的拍摄状态。眼看就要到马丽的生日了，秦皓很着急。无形中，李查德的承诺，已经变成了秦皓的承诺。

父亲注意到了鬼鬼祟祟的儿子，问他，别人下雨天都待屋里，你偏僻往外跑，干什么去了？秦皓笑笑，大王叫我去巡山，说唐僧去西天取经，最近要打咱们这山头过，他老人家想吃唐僧肉。只有在父亲面前，秦皓才会开玩笑。父亲说，屁！这山里都归我管，老子才是大王。赶紧的，从实招来，不然大刑伺候。父亲端起金角大王的架子，像唱花鼓戏般拖长声调，厚实的手掌猛地一拍桌面，差点儿把紫砂茶壶震到了地上。多少年了，父子俩虽然生活清贫，但经常一唱一和，倒也其乐融融。父亲的巴掌，从没真正落到过秦皓身上。秦皓说，拍照去了。父亲问，雨天拍什么照，你脑子进水了？秦皓脱下雨衣，嬉皮笑脸地说，我穿了这个，脑袋进不了水。父亲端起紫砂茶壶，很响地嘬了一口，说，给我看看你拍的照片。秦皓早有准备，他从手机里调出照片，有杜鹃花，有鸽子树，还有云雾和瀑布，都是雨中即景。那些闪电的照片，他全都隐藏起来了，怕父亲看了担心。

父亲翻看照片,忽然笑了,脸上的褶子全都绽开了,一下子年轻了好几岁。茶已喝完,他却把空壶嘬得滋滋作响,他说,自从那丫头来过,你小子拍照就越来越有水平了。秦皓知道,父亲指的是马丽。她每次来林场,都会和他到处拍照。父亲看在眼里,喜在心头。他总是想方设法给这俩孩子做好吃的,红烧野猪蹄、蘑菇炖竹鸡、木耳炒火焙鱼。父亲明白,这是儿子唯一的女性朋友。他没奢望两人有未来,当下开心就够了。

屋外的山风卷起一片鹅掌楸的叶子,吹向渐渐明亮的天空,就像一只断线的风筝,秦皓忽然灵感乍现。他捡破烂时捡到过一本《富兰克林传》,他看了好几遍,书中那位伟大的科学家曾利用风筝从云端收集电荷。他想自己也可以采取类似的方法,用风筝来引导雷电。秦皓就地取材,用竹篾片和塑料布制作了一只风筝,在顶端捆上一根长长的细铁丝。父亲看着这只足有大半个人高的风筝,目露疑惑地问,你又整什么幺蛾子?秦皓说,写封信寄给上帝。父亲问,跟他老人家说什么?秦皓说,保佑我老爸长命百岁,下半年涨工资,年终有大红包。父亲笑成了眯眯眼,他知道这绝对不会是儿子的真实想法,风筝肯定跟那个叫马丽的丫头有关。估计儿子是想把那些羞羞话写在风筝上,放飞到天空,向上帝祈祷两人一直做朋友。这臭小子,从小就鬼精鬼精的,由他去吧。

趁着天气晴好,秦皓来到神鼎峰,冒险爬上香樟树,把风筝绑在树梢上。没有风的时候,风筝会趴在繁茂的树叶里,底下的人根本察觉不到。当暴风雨来袭时，打湿的风筝会被吹向空中成为导电体，能将雷电引到神鼎峰，加大放电现象。之后几天，秦皓没有跟父亲去林场巡视，每天都在神鼎峰附近转悠。他知道山里的天气说变就变，他害怕错过拍照机会。离马丽生日还有三天时，秦皓终于等来了一场雷暴。2011年4月8日上午，秦皓在距神鼎峰只有几百米远的树林里掏野生蜂蜜，他看到了一群前来春游的小学生，但没有人注意到他。学生离开没多久，天气骤变，阴云密布，紧接着下起了滂沱大雨。

风筝似乎感应到了神秘的召唤，从香樟树梢高高扬起，极力想挣脱牵引线的束缚，飞向自由的世界。秦皓迅速穿上提前备好的雨衣和雨靴，拔腿就往神鼎峰跑。雷声宛如一辆从乌云中轰鸣着驶来的火车，由远而近，一路地动山摇。闪电则像是车轮摩擦铁轨时溅起的火花，在昏暗的天色里格外耀眼。不知道是不是风筝导电起的作用，这次的雷电特别强烈，是秦皓见过的最狂暴的一次。那棵千年古樟就像一位法力高强的大将军，掐个指诀，就一片金戈铁马，刀光剑影，誓要在这暗无天日的世界，杀出一个朗朗乾坤出来。他第一次看见了闪电的八种颜色，最让他震撼的是紫色闪电，如同一把刚刚从炉火里淬炼出来的青龙偃月刀，寒光四射，锐不可当。锋芒所到之处，无坚不摧。

风，像受伤的野兽一样愤怒地嘶吼着；雨，仿佛战士征伐沙场洒下的血泪。天地间呈现出一种末日般的可怕景象。

秦皓在神鼎峰跑来跑去，变换各种角度，举着手机不断按下快门。他太专注了，一口气拍了上百张照片，丝毫没意识到自己置身在巨大的危险当中。确切地说，他把危险置之度外，只想拍出一张令马丽满意的《生命之吻》。一道紫色闪电掠过树梢，那只风筝被迅速点燃，随即震耳欲聋的雷声响起，秦皓成功捕捉到了这一激动人心的画面。然而，就在按下快门的瞬间，秦皓感觉自己被一头钢铁巨兽狠狠地撞了一下，凌空飞了起来，坠落山崖。幸亏在翻滚时，他的身体被斜坡上茂密的灌木丛拦住，才没有跌入深渊。

黄昏时分，风停雨住，霞光如血。秦皓从昏迷中苏醒，躺在地上蒙圈了好一会儿，他终于意识到自己遭遇了雷击。他感觉五脏六腑有一种强烈的烧灼感，浑身上下像是被无数只黄蜂蛰伤，疼得他龇牙咧嘴。他一摸口袋，发现手机不见了，顿时顾不得疼痛弹跳起来。花了二十多分钟，他爬上山顶。在一块山石后面找到了自己的手机。带着满身的伤痕，他一路摇摇晃晃地回到小木屋。身上的雨衣被烧得千疮百孔，两只雨靴的鞋底也烧出了一个洞。他这才感到了后怕。心想，应该是父亲的这双高帮防雷雨靴救了自己一命。

正在煮火锅的父亲见到儿子这副模样，吓了一大跳，问他，从哪个狗洞里钻出来的，怎么成野人了？秦皓说话的力气都没有，他虚脱至极地躺在床上，雨衣和鞋子都没脱。父亲一开始没有太在意，以为儿子是摔的。他絮絮叨叨地说，今天有个老师带学生春游，下山时发现神鼎峰有个人影在晃来晃去。老师以为是掉队的学生,就回去寻找,结果被雷劈死了。秦皓一听,猛然坐起来,确认父亲不是开玩笑后,他傻眼了。他意识到自己被那个老师误当成了掉队的学生,阴差阳错地引发了这场悲剧。

犹豫再三,秦皓终于把自己上神鼎峰拍照的事,以及遭遇雷击坠崖的经过,原原本本地告诉了父亲。火锅里的汤煮干了,秦皓的眼泪流了出来,如果他记得没错,这是他人生中第一次哭泣。父亲闷头抽了几根烟,然后把烟屁股在鞋底下碾成碎末,说,这事得烂肚子里,打死也不能说。

当晚,秦皓就发起了高烧,呕吐不止,肌肉和骨骼都疼痛不已。父亲没有把秦皓送林场的医务室,而是叫了辆车连夜送到市人民医院。治疗了一个月,秦皓才康复出院。其间他跟马丽撒谎说,雨天山里塌方了,公路被阻断,暂时回不了城。

那个电光闪耀的春日,秦皓从自己在神鼎峰拍摄的上百张照片中,挑选了最后那张作为《生命之吻》。他托父亲从雁城把照片寄给了马丽,照片背面那句祝福语——祝小马驹十六岁生日快乐,也是他叮嘱父亲写上的。

这个春天的秘密,是父子俩今生共同恪守的唯一的秘密。

2

这一生,吴迪喜欢的第一个女孩是马丽。但那只是一种朦胧的情愫,像墙缝里微光,像柳枝上的鹅黄,还不能称作爱情。

母亲嫁给董玉坤之前，吴迪是受尽羞辱的野种，他比同龄人更深地体会到什么叫世态炎凉，不堪的身世把他打造成了一个非常精致的利己主义者。他很清楚自己想要什么，不能接受什么。他从小发愤读书，就是想改变卑微的命运出人头地。马丽高考落榜后，吴迪心中的圣女也从神坛坠落。他的人生不可能跟一个连大学都没考上的女孩捆绑在一起，愿意戴着爱情枷锁负重前行的只有两类人——神经质的诗人和傻瓜。他不想做这样的囚徒，所以毫不犹豫地结束了对马丽的暗恋。他原以为自己会有点儿悲伤，至少会听几首蓝调的情歌，结果却没有。他只是独自打了会儿篮球，擦完一身汗后就跟没事人似的。仿佛那些发酵了整整一个少年时代的情愫，全部随着汗腺排泄了出去。

大学毕业后，吴迪进入银行工作。在朱副行长的搭桥牵线下，他认识了在税务局上班的程雅莉，这才是他真正意义上的初恋。程雅莉身高一米七零，才貌俱佳，家庭条件优渥，把她抱上床的那一刻吴迪感觉自己终于走向了人生巅峰。然而，就在两人谈婚论嫁时，程雅莉提出了分手，理由是性格不合。吴迪认为这是借口，两人好了一年半，从来没吵过嘴，怎么突然就性格不合了？他不甘心，去程雅莉家门口堵她，没想到她父亲报了警，他在派出所里被警察训诫了一番。后来程雅莉发信息告诉吴迪，父母听说他是私生子，嫌弃他家教不好，因此逼两人断绝关系。

在银行混得风生水起的吴迪以为自己是人上人了，谁知那只是营造出来的虚幻表象。初临人世，他的身体就被打上了一个耻辱的烙印。这是嵌在基因里的遗产密码，终生都无法抹除。一旦身世的秘密曝光，他就像当众扒掉了底裤，如同一只裸奔的猴子。失恋的那段时间，吴迪经常去鸟岛找秦皓喝酒，边喝边声泪俱下地控诉这薄情寡义的人间。按理说，世界对秦皓更不友好，奇怪的是，吴迪却从没见他抱怨过。秦皓要吴迪郁闷时去看鸟，声称这是最有效的心灵安慰剂。吴迪看了一整天，从日出到日落，除了腥臭的鸟屎和散乱的羽毛，还有孤独和无聊，他什么收获都没有。

吴迪不想当鸟人，转而去夜店借酒浇愁。嘈杂的金属乐和摇摆的身体，暂时能缓解他的疼痛。他有过很多段一夜情，反正没有投入真心，分手就像换掉一柄旧牙刷。2021年立夏那天晚上，吴迪在夜店喝多了，跟人发生口角，双方大打出手。对方趁乱溜了，吴迪却被老板扣下，声称他砸坏了价值十几万的音响。他一听，酒就吓醒了，他虽然是高薪，但十几万也不是小数目，房贷还没还完呢。一位风姿绰约的少妇走过来，手里端着高脚玻璃杯，里面的酒跟她的唇一样红。她翘着兰花指说，这笔账算我头上。四十多岁的秃头老板在她面前居然毕恭毕敬，说，唐太，这人您认识？她肆无忌惮地打量着吴迪说，是我朋友。老板说，那这笔账一笔勾销，以后唐太多关照我这座小庙就行了。在迷离的霓虹灯中，吴迪终于认出她就是自己的高中同学王欢。

大学毕业后，吴迪耳闻王欢一夜之间飞上枝头变成凤凰，嫁给了耀龙集团的董事长唐胜龙。那张明信片闹出的乌龙事件伤害了王欢的自尊心，吴迪为此深感内疚，以至于后来不好意思再跟王欢说话，久而久之，两人就断了联系。如今她不计前嫌出手解围，让他十分感动。对王欢来说，吴迪是她毋庸置疑的初恋，是个让她又爱又恨的男人。爱，是因为她从没停止过喜欢他；恨，是因为他曾经喜欢上了她最讨厌的那个人。

这些年，王欢一直在默默关注吴迪。他在哪儿上班，跟谁恋爱，因何失恋，她都知道。她跟唐胜龙没有爱情，两人只有一个相同的爱好——音乐。无论是学历和艺术修养，吴迪都不如唐胜龙，财富和家庭背景更不在一个重量级，但王欢就是对唐胜龙无感，对吴迪痴心不改。王欢曾笑着跟闺蜜说，我是不是被那家伙下了蛊？跟老公亲热时，我想的都是他，不然进入不了状态。闺蜜说，世间万物，相生相克。他人之毒药，或许就是你苦苦寻觅之良方。不过是药三分毒，切勿饮鸩止渴。王欢没有听从闺蜜的警告，无爱的豪门婚姻让她深感寂寞，她渴望有一个能唤起自己激情的男人，给这种死水微澜的生活带来一种骚动，幸福的骚动。这个蛙声鼓噪的夜晚，吴迪恰如其时地出现了。

吴迪说，你这一华丽转身，我都快认不出来了。吴迪一点儿都没夸张，王欢已是商界名媛，气质和风度远非昔日可比。王欢莞尔一笑说，老班长，你还是以前的样子，阳光帅气。吴迪抿了一口王欢点的马爹利说，你这是骂我呢，阳光帅气是小男生的标配，成熟男人应该内敛稳重，再带点儿小油腻。王欢点了一根薄荷烟，半优雅半粗野地朝他吐了个烟圈说，油腻男可不是我的菜。

吴迪看着珠光宝气的王欢，自嘲道，你现在是妥妥的人生赢家，集万千宠爱于一身，让我这种屌丝情何以堪？王欢说，万千宠爱，抵不过一人钟情。如果能回到从前，我更喜欢那种纯纯的喜欢。

王欢直勾勾地盯着吴迪，眼里荡漾着撩人的春色，她已经不是当年那个玻璃心的小女生了。她要主动出击，把这个少女时代遥不可及的梦中情人，牢牢地攥在自己手心里。她不明白自己为什么一直惦记着他，比他优秀的男人一抓一大把。有些爱是说不清理由的，这个世界根本就没有道理可言。她知道唐胜龙经常在外面拈花惹草，她凭什么不可以？

吴迪在王欢的眼神中一阵恍惚，他想起了被那股恼人的风吹到她课桌上的明信片。王欢眼里的春色更浓了，脸上也全是，她问，如果真的能穿越回去，你会重新考虑把那张明信片送给谁吗？吴迪还真的仔细想了一下，隐晦却充满暧昧地说，我会听从风的意愿。王欢笑得花枝乱颤，趁着低头喝酒时，她把掉出来的泪也一饮而尽。

吴迪没撒谎，如果早知道王欢有今日的雍容华贵，早知道马丽无缘上大学，他肯定会毫不犹豫地选择前者。然而，这种假设的命题是没有任何意义的，根本不会有时光机器把他送回过去。即使有，他和王欢真的好上了，她也未必能有现在这么光彩照人。这个世界上不存在所谓的如果，只有后果，每个人必须对自己选择的后果负责。

对吴迪来说，王欢的出现同样恰如其时。他正处在失恋的空窗期，迫切需要安慰，特别是一个漂亮女人的安慰，从心理到生理。王欢就像暗夜里绽开的花朵，妖娆魅惑，香气袭人，不断撩拨着吴迪的交感神经。一杯马爹利没喝完，他就沦陷了。当晚两人就去湘江大酒店开了房，吴迪忘了是谁主动提出来的，只记得是王欢买的单。跟程雅莉相比，王欢的档次高出不少。这让吴迪找到了心理平衡，甚至有一种报复的快感。

终于得到了自己的梦中情人，尝到了爱情的滋味，王欢身体内那片沉寂的海宛如风暴席卷而过，她不知疲倦地冲浪，最后被浪拍倒在沙滩上，像一条软绵绵的海带。跟吴迪一样，王欢也有报复的快感，她用偷情回应了唐胜龙的出轨，这下两人互不相欠了。这种报复也是针对马丽的，尽管她从来没有公开跟王欢竞争过任何东西。王欢始终对少女时代遭受的挫败感耿耿于怀，她永远忘不了那条让自己死过一次的防空洞。后来，王欢得知唐胜龙背着她追求马丽，她的报复心更强烈了。她把自己偷拍的马丽的隐私视频，故意跟吴迪分享，甚至把她虐待马丽的视频也拿给他看。王欢的目的就是想让吴迪知道，他当年完全看走眼了，他暗恋的女神其实卑微如草芥，贱到了骨子里，只配给人当老妈子使唤。

耀龙集团是塔城的龙头企业，唐氏家族的社会关系盘根错节。如果有人知道吴迪给唐胜龙戴了绿帽子，那他就别想在塔城待下去了。所以吴迪和王欢幽会都很小心，极少在本地开房，多数时候是去邻近的雁城或长沙。在吴迪那里，王欢的身心得到了极大的愉悦。每次短暂的分手，她都依依不舍。她含情脉脉地看着吴迪说，从高中时代起，我就把你当成大提琴上的一根弦，每一首曲子都是献给你的。吴迪说，我说呢，难怪这些年一想到你，我的心脏就莫名其妙地震颤，原来是我的灵魂被你偷去制成琴弦了。这种话从嘴里说出来，吴迪自己都觉得肉麻，但他知道王欢爱听。他如此卖力地取悦王欢，只是想借她的身份填充失恋后的空虚和寂寞。

然而，2022年小雪那天晚上，这支刀尖上的舞蹈戛然而止。王欢突然从自家别墅楼顶坠亡，吴迪还是从秦皓那里得到这个噩耗的。那天睡到半夜，他被秦皓的电话吵醒，说王欢死了。吴迪一时没反应过来，睡眼惺忪地问，你说谁死了？秦皓重复了一遍，王欢死了。吴迪一骨碌爬起来问，皓子，是你在说梦话，还是我在做梦？秦皓语气平静地说，都不是。接着，秦皓讲述了王欢坠亡的前因后果，说这是马丽刚刚告诉他的。秦皓说，我估计这个消息会被耀龙集团捂一两天，你小子忍着点儿，别没事给王欢打电话，也别发信息聊骚。

吴迪很诧异，不知道秦皓为什么要这样提醒自己，他确实经常和王欢用手机调情。吴迪下床点了一根烟，压抑着内心汹涌澎湃的惊惶，试探着说，皓子，你什么意思？我没事给王欢打个鸡毛电话，搞得我和她跟一对奸夫淫妇似的。秦皓说，别在我面前立牌坊了，警察肯定会找你询问，你还是抓紧时间想好怎么蒙混过关。秦皓的声音没有一点儿温度和湿度，像是从一条真空管道里传过来的。吴迪还想套话，但电话已被秦皓挂断，他一口烟呛到了支气管里。秦皓不是一个爱唬别人的人，吴迪不得不认真对待这个警告。两天后，警察果然找上门，带来了王欢坠亡的消息，说调阅王欢生前的通讯记录时，发现两人联系频繁，要他解释一下原因。吴迪早就想好了借口，说他在银行负责信贷，王欢是耀龙集团的财务总监，两人业务上有往来。而且他们是中学同学，私交不错。

吴迪有完美的不在场证明，也没有作案动机，做完笔录后，警察就没再找他。王欢坠亡事件尘埃落定后，吴迪到渔村请秦皓喝酒，终于解开了心中的疑惑——2021年七夕傍晚，吴迪请秦皓在槐荫阁吃牛扒，美其名曰庆祝两人的单身生活。秦皓瞥见吴迪头发还是湿的，脖颈有淡淡的吻痕，而且闻到他身上有股香水味。以前吴迪从不用香水，这股充满梦幻情调的香水味闻着特别舒服，让秦皓印象深刻。用餐时，槐荫阁里有个长发白裙的女孩在拉大提琴，琴声凄婉动人，如泣如诉，当时吴迪忍不住发了一句牢骚，妈的，七夕拉《杰奎琳之泪》，晦气！秦皓知道吴迪没有音乐细胞，连贝多芬的国籍都搞不清，那天却能听出女孩拉的是什么曲子。不过，当时秦皓并没在意，以为吴迪新交了女朋友，刚从钟点房出来。那年重阳节刚过，王欢和闺蜜到岛上看鸟，恰好遇到正在巡逻的秦皓。他又闻到了那股魔性的香水味，是从王欢身上散发出来的。联想到王欢会拉大提琴，秦皓立马明白，她和吴迪勾搭上了，至少关系相当暧昧。

听完秦皓的解释，吴迪不得不心生佩服，他的确听王欢用大提琴拉过好几次《杰奎琳之泪》。他暗暗感叹，造化弄人，秦皓这家伙要不是捡破烂出身，去当警察肯定能成大器。人设崩塌，吴迪老老实实地交代了他和王欢的私情。但他还是有所保留，没有把分享马丽隐私视频的秘密告诉秦皓。吴迪叮嘱秦皓，对他和王欢的事要保密。秦皓抽着吴迪给的软中华，说，别再祸害良家妇女了，赶紧找个女朋友吧。吴迪反问，你怎么不找？秦皓一时回答不上来，他从没考虑过这个问题。这些年来，他虽然形单影只，但内心并不孤单，那里始终行走着一个女孩，明眸皓齿，笑靥如花，声音软糯似麦芽糖。在这一点上，他和马丽很像，只是执念的对象不同。

吴迪自然清楚秦皓暗恋马丽，他装聋作哑，是不想伤秦皓的自尊心。但他知道两人不可能有结果，他从王欢那里获悉，从初三那年夏天起，马丽就对一个叫李查德的男孩念念不忘，简直魔怔了。秦皓弹着烟灰，把话顶了回去，别管我，管好你自己的下半身。酒劲一上来，吴迪拍着胸脯夸下海口，行，最迟明年秋天，让你这个鸟人给老子当伴郎。但吴迪食言了，2023年春天，他整个人陷入极度的焦虑和抑郁当中，哪还有心思谈情说爱？有人掌握了他和王欢偷情的证据，要他花钱买平安。否则，就把这些证据卖给唐胜龙，让他在塔城混不下去。

耀龙集团的开户行原本在建行，在吴迪的争取下，转到了工行塔城支行，这也是王欢送给他的礼物。耀龙集团每年的流水十几亿，是银行的钻石客户。如果那些证据曝光，唐胜龙肯定会恼羞成怒，从工行抽走公司全部资金，吴迪这顶信贷科科长的帽子也就保不住了。最可怕的不是免职，而是他肯定会受到唐家的疯狂报复。不仅前途尽毁，恐怕人身安全也得不到保障，坊间传闻唐家黑白两道通吃。吴迪选择了破财消灾，但他这几年的积蓄都用来买房了，手头根本没有多少闲钱。对方却限令三日之内交易，吴迪情急之下挪用了储户一笔两百万的存款。其中五十万是封口费，另外一百五十万他拿去放高利贷，想把自己的损失补回来。谁知屋漏偏逢连阴雨，别人拿着他放出去的钱跑路了。

就在吴迪绞尽脑汁琢磨怎么堵上银行的窟窿时，养父一个电话把他叫回了家。吴迪和董玉坤相处得还不错，那天午饭后两人在林间散步，董玉坤告诉他，你妈生病了。吴迪心里一咯噔，这次回来，他确实发现母亲气色很差。他问，我妈什么病，不严重吧？董玉坤望着在树梢跳来跳去的松鼠，沉默了好一会儿才说，是乳腺癌，晚期。董玉坤退休后，吴清芳也从超市辞职。年轻时被生活束缚了手脚，他们几乎没离开过塔城。年纪大了，有钱有闲了，儿子也不用操心，夫妻俩终于可以去看看外面精彩的世界。他们一年有大半时间在各地旅游，为此还买了一份高额的人身意外险。前两天，夫妻俩刚从海南环岛游回来，吴清芳突感胸部不适，董玉坤就带她去市中医院做了个体检，结果查出了癌。

董玉坤在一棵被虫蛀倒的树上坐下来说，我没敢告诉你妈，骗她说是乳腺增生。吴迪从小和母亲相依为命，他急得声音都变了调，那还等什么，赶紧带我妈去治疗啊。市里治不好，就去省里。董玉坤说，叫你回来就是商量这个事，我准备下周带你妈去湘雅医院治病。我算了一下，家里的积蓄一共有五十八万。我先花着，要是不够你就支援一点儿。吴迪说，钱的问题好解决，董叔，一定要保住我妈的命。董玉坤点点头，眼圈红了，说，我真恨不得得癌的人是我自己。吴迪说，董叔，你们都要好好的。董玉坤说，你妈天天盼着抱孙子呢。吴迪看向草地上一簇色彩鲜艳的野蘑菇，忍住泪说，董叔，我妈爱吃菌子，这段时间多做些给她吃。董玉坤顺着吴迪的视线望去，说，那些菌子可吃不得，是"七步倒"，能毒死一头野猪。这句话像一粒蒲公英的种籽，忽然吹进了吴迪的脑海中，他嘴里鬼使神差地冒出一句，医生有没有说，我妈还能活多久？董玉坤心情沉重地说，医生告诉我了，如果不治疗，半年左右；治疗的话，效果可能不会太理想，主要是癌细胞已经扩散了，估计能拖个一两年。

想到还没有来得及报答养育之恩，母亲就要撒手离去，吴迪的心脏就像被啄木鸟的利喙啄出了一个大洞，止不住一阵阵痉挛。当晚，吴迪就睡在林区，听着不知名的虫子在月光下弹奏的圆舞曲，以及此起彼伏的松涛，他彻夜无眠。他的外婆曾罹患肠癌，饱受治疗的痛苦折磨，最后人走了，还欠下一屁股债。他不想母亲步外婆后尘，他觉得这是一种毫无尊严的死法。另外，如果养父真的耗尽积蓄，伸手找他要钱给母亲治病，他到哪里筹钱去？银行那两百万的窟窿还没填上呢。很可能母亲还在病榻上呻吟，他就已经锒铛入狱了，到时母亲肯定会被他气死。一想到这个可怕的后果，吴迪就不寒而栗。他又想到母亲和养父曾买过一份意外险，想到森林里那些颜色鲜艳的毒蘑菇，他身体内仿佛有什么东西在蠢蠢欲动。

据说每个人灵魂里住着一个魔，只是被伦理和道德封印住了。这个山风呼啸的夜晚，当无孔不入的黑暗弥漫到吴迪的灵魂里面时，被封印住的魔开始苏醒。不管母亲治疗与否，都是死路一条，为什么还要他来殉葬？为什么不能让死亡更有价值？母亲一直希望他有个好前程，如果知道他现在面临的困境，一定会理解他的选择；甚至会主动赴死，保全他的自由和幸福。他只是提前送走母亲而已，没有生活质量的苟延残喘，对患者是受罪，对家属是拖累。与其两败俱伤，不如双方同时解脱，就当是安乐死吧。对了，养父不是愿意替母亲去死吗，既然他这么痴情，那就让两人一起走吧，黄泉路上彼此也有个照应。

吴迪就这样不断说服自己，麻痹自己，原谅自己。当远山微微泛起鱼肚白时，他灵魂内的那个魔彻底挣脱封印，张牙舞爪地跳出来，控制住了他的身体。接着，吴迪花了两天时间做准备。用八百块钱从黑市买了辆报废的摩托车，卖主送了他一个旧头盔。他把行动选择在周日，那天飘着毛毛细雨，时断时续。由于地形限制，林区的房子很分散，间距大。董玉坤当过场长，住的是独栋小院子，周边十几米开外才有两户邻居。房屋之间有茂密的树木为屏障，私密性很强。

周日上午，吴迪打电话给母亲，说想吃蘑菇炖骨头汤，嘱咐她去采集一些新鲜的蘑菇。下午两点半，他骑摩托回来。因为戴了头盔，快到家时走的又是偏僻小路，林区没有任何熟人注意到他。可能是有些心慌，停车时他不慎摔了一跤，擦破了右掌根，摩托的后视镜也断裂了。他抽了根烟，稳了稳心神，然后把车扶起来，停在一条隐秘的林间小路上。在上次和养父散步的地方，吴迪采集了一大把"七步倒"，在溪水里洗干净，装在塑料袋里，藏在身上带回了家。他假装帮母亲做饭，悄悄把"七步倒"放进正在炖的骨头汤里，跟其他蘑菇混杂在一起。随后，他借口银行有急事要赶回去处理。

临出门时，吴迪主动拥抱了母亲和养父，深深鞠了一躬说，妈，董叔，对不起了，你们保重。吴清芳和董玉坤虽然觉得儿子的言行有点儿奇怪，但并没有多想，以为儿子是因为没有陪他们吃饭而感到内疚。转过身去，吴迪泪流满面。他知道，这是母亲和养父最后的晚餐，这是一家人的永诀。回市区的路上，吴迪几次想掉头阻止那场即将到来的杀戮，但还是忍住了。他安慰自己，他是用一场谋杀来阻止另外一场谋杀，一场生活针对他的谋杀。吴迪一路飙泪返回市区，把摩托和头盔都扔在一个没有监控的荒废工地上，接着他换乘了两辆出租车回到湘江明珠小区。换了干净的衣服和鞋子，他开着自己的蒙迪欧来到银行，假装在办公室里处理业务。下班后，他主动邀请两名同事去吃火锅。吃到一半时，林业派出所所长孙继先打来电话，说他父母可能是食用蘑菇中毒，人已经在送往市人民医院的路上，感觉快不行了，要他做好思想准备。吴迪拔腿就往医院跑，他没有开车，也没有打车。他跑在雨中，想让那些冰凉的液体洗刷掉自己身上的罪孽。

母亲和养父还没坚持到医院就断气了，吴迪抱着尸体号啕大哭。他的悲伤不是装出来的，而是真情流露。爱与痛，悔与恨，酸楚与无奈，紧紧交织在一起，拧成了一根绳，把他的灵魂绞得鲜血淋漓。母亲那边没有亲戚，养父的原籍不在塔城，亲戚都在外地。吴迪当晚就联系了秦皓，要他帮忙料理丧事。听闻噩耗，秦皓非常震惊，他问，你妈和董叔怎么死的？吴迪脱口而出，吃了"七步倒"中毒。秦皓问，你妈可能不认识"七步倒"，但董叔在林区待了一辈子，怎么可能不认识？吴迪说，蘑菇应该是我妈采回来的，可能董叔没注意分辨。他最近眼睛越来越老花，看东西不是很清楚。

秦皓火急火燎地赶到医院，两具尸体已经送到了太平间，衣服上满是呕吐物。吴清芳和董玉坤偶尔会在市区住几天，吴迪家里有他们的换洗衣服。因为忙着办各种手续，还要接待警察做笔录，吴迪脱不开身，于是他要秦皓去拿两套干净的衣服过来给母亲和养父换上。秦皓先是打车来到银行，开走吴迪的那辆蒙迪欧，然后前往湘江明珠小区。在吴迪家门口，他看到了一双沾满白色泥浆的耐克牌运动鞋。泥浆还没干，上面有花粉，显然这双鞋今天刚穿过。

秦皓认识这种泥巴，叫高岭土，洁白细腻，主要用来烧制瓷器。董玉坤家后面就有一个大型的高岭土矿，出于环保考虑，一直没有开发。秦皓住在林区时，曾经用那里的高岭土捏成各种小泥人，摆在小木屋里当装饰，还送给了马丽几个。回医院的路上，秦皓越想越觉得不对，法医鉴定结果还没出来，吴迪怎么知道父母就是吃"七步倒"中毒身亡的？秦皓打开行车记录仪，想看看吴迪今天是否回过林区，但行车轨迹显示车子这几天都没出过市区。但他有了一个意外的发现，就在昨天上午十点左右，这辆车去了肉联厂门口。

这是一家已经倒闭的厂子，吴迪驾车来到厂门口，跟一位骑旧摩托的中年男子碰面。蒙迪欧当时没熄火，行车记录仪把吴迪从中年男子手中购买摩托车的全过程拍了下来。交易完成后，吴迪并没有马上把摩托开走，而是上锁后停在路边的车棚里。随即，他拿着中年男子送的头盔，驾驶蒙迪欧返回湘江明珠小区。

秦皓把车掉头开往肉联厂，但没有在车棚里找到那辆旧摩托。回到医院，秦皓注意到吴迪右手掌根处有擦伤，但他没有声张。第二天一早，秦皓借口去吴迪养父家门前烧纸，开车直奔林区，结果在距离董玉坤家不远的林间小路上，发现了一块破损的摩托车后视镜，以及几个鞋印。鞋子是耐克牌，四十三码，跟吴迪穿的一样，而这里正是高岭土矿的核心区域。但秦皓依然没有声张，他在殡仪馆里守了三天灵，一宿没睡，一根接一根地抽烟，眼里全是血丝。

法医的鉴定结果出来了，这对半路夫妻的确是食用"七步倒"

中毒身亡。董玉坤仗义豪爽，吴清芳温柔贤惠，夫妻俩从没与人结过仇，生活作风也很正派。经吴迪清点，养父家里没有丢失任何财物。事发那天，林区有人亲眼看见吴清芳提着篮子去采蘑菇。她是外来媳妇，缺乏林区生活经验，误采毒蘑菇并不奇怪。而董玉坤可能一时疏忽，或者老眼昏花没仔细辨认，因此酿出了这起悲剧。吴清芳患乳腺癌的事并没有公开，吴迪对这个秘密守口如瓶。排除了仇杀、情杀和财杀，她母亲和养父的死被警方定性为意外事故。

接下来的事就顺理成章了，吴迪从保险公司拿到了高达两百三十万的赔付款。保险是董玉坤和吴清芳三年前买的，而且在外人眼里，吴迪身居银行高管不差钱，不存在骗保的嫌疑。只有秦皓一个人知道，这起所谓的食物中毒事故背后有猫腻。头七刚过，秦皓约吴迪来岛上见面，在灯塔下面那座废弃的冷库里。吴迪推辞说，我马上要去见一个很重要的客户，改天吧。秦皓的声音冰冷得像铁器，说，你要是不来，我就让警察去找你。吴迪有些莫名其妙地问，你什么意思？秦皓没有解释，直接挂了电话，他吃准了吴迪做贼心虚。

果然，吴迪推掉掉应酬来到冷库，还给秦皓带了两条软中华和一瓶茅台，声称是给父母办丧事时剩下的。秦皓没有看那些烟酒，他目光阴鸷地抽着精白沙，将站在跟前的吴迪视为空气。吴迪问，皓子，怎么跟秘密接头似的，约我到这臭烘烘的地方来？秦皓猛地挥拳打在吴迪脸上，吴迪当即鼻血飞溅。紧接着，秦皓抬脚把他踹倒在垃圾堆里。殴打持续了十几分钟，吴迪在垃圾堆里翻滚哀号。有一瞬间，秦皓感觉又回到了少年时代，看到了校草吴迪被霸凌的情景。但此刻，痛殴吴迪的不是别人，而是秦皓自己。他五官狰狞，口鼻里喷出粗野的气息，就像一头从山林中窜出来的恶狼。

吴迪不敢还手，秦皓就更加确信他心里有鬼。打累了，秦皓坐在一张破旧的布艺沙发上，继续抽烟。他五脏六腑火辣辣地疼，但不是烟呛的。吴迪在地上趴了好半天才爬起来，坐在暗处，秦皓则坐在光线能照到的地方。两人就这样对视着，很久都没有说话。冷库里的唯一声音，就是绿头苍蝇嗡嗡的叫唤。吴迪强作镇定地问，皓子，我他妈怎么得罪你了？秦皓说，连自己的亲生母亲都杀，你他妈还是人吗？说着，他把燃烧的烟头摁在吴迪的大腿上。吴迪发出一声惨叫，但没有躲闪。空气里除了垃圾味，还有股皮肉烧焦的味道。吴迪冷汗直冒，不是因为痛，而是因为强烈的恐惧。他违背人伦，煞费苦心设的局，竟然被秦皓破解了。但他嘴上说，我听不懂你在说什么。

秦皓跷着二郎腿，居高临下地斜睨着满脸血污的吴迪，就像一个来自地狱的审判者，他说，再不跟我讲实话，我就让警察来问你。

秦皓的目光锐利如刀锋，似乎要刺穿冷库中永恒的幽暗。吴迪被这道刀锋割破了皮肤，身体不由自主地抖了几下，心理防线终于彻底崩溃。他点了根烟，说出了真相。秦皓脸色凝重，像生了一层铁锈，他问，你睡得着觉吗？吴迪脸色由白变红，又由红变白，像是被洗衣粉反复漂白过。他说，睡不着，每晚都吃安眠药，开始吃一粒，现在要吃两粒，还大把地掉头发。秦皓问，你就不怕天打雷劈？吴迪可怜巴巴地说，怕，可我更怕坐牢，怕自己又像读小学时一样，狗都嫌。

室外的阳光渐渐倾斜了角度，原本坐在亮处的秦皓随即隐入巨大的昏暗中，仿佛被童年的阴影遮盖。那些年他和吴迪被同学孤立，被老师嫌弃。他们拼命学习，但成绩优异并没有让他们摆脱屈辱的状态。那时候两人就明白了一点儿，有些东西不是努力可以换来的。吴迪身上趴着几只绿头苍蝇，职场精英的风度荡然无存，他低三下四地说，皓子，求你了，别告发我。秦皓没吭声，他想起了两人共同经历过的晦暗往事，想起了那座散发着臭气的铁皮房子。他还想起了十五岁那年夏天，阳光异常燥热，韭菜园的樟树香气迷人，他和吴迪坐在教堂的屋顶上吃着臭豆腐。当时吴迪背靠着那个白色十字架侃侃而谈，如今想起来，似乎有某种隐喻。往后余生，吴迪都将在忏悔中度过，他的灵魂会以受难者的姿态，被一直钉在十字架上接受末日审判。从某种意义上来说，那其实是一座绞刑架。有些东西已经被绞死了，刽子手不是别人，而是自己，或者是生活本身。也许每个人一生都在不断地上十字架或绞刑架，不断地被死亡，有些可以复活，有些则永远不能。

吴迪说，这段时间，我经常梦见我妈和董叔。秦皓问，他们恨你吗？吴迪说，不，从来不恨，梦里的他们跟生活中一样和蔼可亲。秦皓丝毫不怀疑吴迪的话，他相信爱和宽恕的力量，相信慈悲。如果他检举揭发，吴迪无疑会锒铛入狱，判处极刑，遗臭万年。可是，这样做除了将悲剧扩大化，还有什么意义呢？吴迪的母亲和养父九泉之下真的会瞑目吗？肯定不会，夫妻俩只会怨恨秦皓多管闲事。吴迪是两人在这个世界上血脉的延续，是他们以生命为代价，跟死神做的交易。如果秦皓破坏这桩交易，把吴迪推上绞刑架，他就成了刽子手，一定会受到他们的诅咒，至少吴清芳不会原谅他。

还是让悲剧终结吧，不要再有续集了。

秦皓说，你走吧。吴迪半信半疑地问，你真的不会告发我吗？秦皓眼神一寒，说，再不走，当心我后悔。吴迪忙不迭地走出冷库，身上趴着的苍蝇一哄而散，阳光顷刻间把他吞没了。他感觉自己刚刚死过一次，又复活了。

背后的那个人，比他心中的魔还要可怕。

3

山峦被翠绿色的森林覆盖，远望如一只巨大的青铜鼎。翠绿中还夹杂着一些黄色和红色，像是鼎上的饕餮纹。山中常年云蒸霞蔚、雾气蒸腾，仿佛是仙人在此炼制丹药。原神鼎山林场的定居点位于山坳中，随着产业转型，大部分居民已搬走，许多房屋因为年久失修而坍塌。被掩埋在废墟里的，不仅是他们的生活痕迹，还有曾经的激情岁月。

山路缺乏维护，坑坑洼洼，就像一个满身疮疤的老人，敞开怀抱，疲惫地等着游子归来。放养的家禽和牲口悠闲地在路上漫步，车辆所过之处，一片鸡飞狗跳。2023年这个阳光如同白银一样锃亮的冬日正午，我和周雨彤驱车前来，漫无边际的林海就像一本绿皮书，里面写满无数亟待破解的密码。

吴迪的下落依旧是个谜，找到他或许就能找到秦皓，或者说，找到秦皓就能找到吴迪。在某种程度上，两人是一个整体，都是密码的一部分。

在秦皓住的石头房子前，梁树宽曾提起过吴迪，但当时没有引起我的重视。我决定再找梁树宽了解一下吴迪的情况，他却回了林区。听马丽说，是有人想租他老家的宅基地种药材。我没有在岛上等梁树宽回来，而是直接来到林区。在一片树林后面，我们找到了梁树宽家已经倒塌的房子，旁边有个篱笆围成的菜园，长满野草和灌木，周围弥漫着一股混合着花香、树脂、炊烟、鸡粪和膻味的奇特气息。一个叫钟二毛的年轻男子正在废墟上拔草，他声称自己就是那个从梁树宽手里租地的人。钟二毛还是梁树宽的发小，在木材检查站工作，种植药材是想多份收入。老婆没工作，刚生了一对龙凤胎，日子过得有点儿紧巴。

钟二毛接住我扔过去的芙蓉王，问道，宽子是不是闯什么祸了？我说，是找他调查别人的案子。钟二毛打消了顾虑说，他到林区的子弟学校去了，一会儿过来，你们就在这等等吧。我随口问了句,他去学校干什么?钟二毛说,他爸是学校的美术老师,他每次回来,都会去那里溜达一圈。周雨彤问,他爸在学校,家里的房子塌了怎么也不管?钟二毛叹了口气说,他爸早不在了,他妈也走了,房子一直没人住,塌了好几年了。我这才从钟二毛嘴里知道,在梁树宽上小学六年级时,他父母就相继去世了。

我突然对梁树宽的身世起了兴趣,于是找了个树桩坐下,问钟二毛,他爸妈怎么死的?钟二毛的脸不太清秀,脸上的痤疮在阳光下晒得通红,就跟刺莓似的。他在一块爬满苔藓的青石板上坐下来,指着不远处一座高耸的山峰说,看见神鼎峰的那棵树了吗?一千多岁了,通神。逢年过节,初一十五,都有很多人去那里祭拜。我和周雨彤顺着他的手指望去,山顶上的确有棵参天大树,巍然屹立,如同天神。钟二毛说,当年宽子他爸妈就是因为不信神出的事。我越发好奇了,问他,到底是怎么回事,你跟我们说说。钟二毛摸了摸鼻翼上的一个小疙瘩说,宽子他爸妈从来不拜神树,也不准宽子拜,说是封建迷信。结果他爸死了,他妈疯了,后来也死了,两人都是横死。

我和周雨彤对视了一眼,觉得匪夷所思。钟二毛继续说,那还是十二年前,六年级下学期,具体日子不记得了,只记得那天是谷雨。梁老师,哦,就是宽子他爸,也是我们的班主任,他组织全班到神鼎峰春游。出发前天气挺好的,山里头到处都是杜鹃花和桃花,还有梨花。到了山顶,他教育我们,以后不要跟着爸妈来神树前烧香,当心引发森林火灾。周雨彤坐在磨盘上说,这没错呀。我立即用目光制止她往下说，我们不是来科普，而是来查案的。

钟二毛说，下山时突然变天，刮起很大的风，乌云滚滚，几乎伸手不见五指。梁老师叫我们快跑，跑到半路上下起了瓢泼大雨，我们全身湿透了，互相搀扶着摸黑下山。周雨彤见缝插针地问，梁老师是不是失足坠崖了？钟二毛摇头说，不是，他回头看后面还有没有掉队的学生时，突然发现山顶有个人。隔得太远，看不清楚。但当时大家都以为那人是班上的，因为队伍跑散了，梁老师就赶紧回去找。我质疑道，你不是说天很黑，走路都看不清楚吗，怎么能看见山顶上有人？

阳光不知什么时候稀疏下来，只有很薄的一层，像在山川草木上刷了一遍金粉。钟二毛的目光忽然变得迷离，似乎回到了那个雷雨交加的春天。那个神秘的人影，深深地叠印在他童年的记忆中。他猛吸了一口烟说，当时电闪雷鸣，闪电的时候看见的，是男是女，是老是少分不清。一道道雷电劈下来，那人根本不找地方躲，就在山顶跑来跑去。太诡异了。我忽然心念一动，问道，你有那棵神树的照片吗？钟二毛说，有，我每年都会陪我妈上去去祭拜几次。他从手机里调出照片给我看——那是一棵非常粗壮的香樟树，枝桠上挂着许多红绸布，树下还有一只古色古香的香炉。我注意到香樟一半焦黑如炭，似乎被火烧过，一半则生机盎然。这种奇特的组合浑然天成，使古树看起来像个双面人，一面芳华绝代，另一面老态龙钟。

钟二毛说，按照民间传说，树吸取天地灵气，百年就能成精。这棵千年古樟在当地人心中更是圣物。

见到照片的一瞬间，我的脑袋里像是有一只陀螺在飞速旋转，此情此景，似曾相识。我遥望着那条通往山巅的若隐若现的小路，仿佛看到了一个奔跑的中年男人，他在风雨中连滚带爬，呼叫呐喊。我耳旁都是嗡嗡声，山风把林海吹得哗哗作响，像是有双神秘的大手在翻阅绿皮书。林区的平均海拔并不高，只有两百多米，我却有种类似高原反应的不适感，头重脚轻，胸闷气促，似乎含氧量在急剧减少。周雨彤的胃口被吊起来了，她挥手驱赶着在身边飞舞的小昆虫，急不可耐地问，后来呢？

钟二毛的声音忽然低沉许多，像得了伤风感冒，他说，梁老师快到山顶时，那个人影突然消失了。周雨彤问，人去哪儿了？钟二毛摇摇头，说，梁老师走到树下时，响起了一声炸雷，跟扔了个炸药包似的，整个山谷都在晃动。周雨彤惊得跳了起来，似乎从钟二毛嘴里冒出来的不是一句话，而是晴天霹雳。我连吸了几口烟压惊，把烟灰弹在一个只剩半边的青花瓷碗里。钟二毛说，在炸雷响起的同时，一道紫色闪电击中了神树，远远看去，就像一只火凤凰飞到了树上，特别壮观。周雨彤惊呼，紫色闪电？你亲眼看见的吗？钟二毛点头说，对，那道闪电就是紫色的，我们全班都看见了！那是我这辈子见过的最亮的闪电，整个林区都被照亮了，比白天还要亮。但只隔了几秒钟，梁老师身上就着了火，直挺挺地倒在了地上。

我看向照片上那棵半边焦黑的神树,钟二毛的语气变得急促起来,仿佛正在雨中奔跑。他说,宽子哭着往山顶跑,我在后面追他。也是奇了怪了,我们刚跑上山顶,雷停了,雨也停了。我看见梁老师躺在树下一动不动,就跟煤窑里抬出来似的,全身黑乎乎的。我赶紧下山叫大人,宽子他妈是林场医务室的,听到消息后,她跟着几名老师往山上跑。一看见宽子他爸,他妈就昏倒了。

我耸了耸鼻子,明显地闻到空气中飘浮着一股刺鼻的焦煳味,是从山巅,从树上,从人体上,从尘封的往事中散发出来的,直抵我的五脏六腑。我的高原反应似乎更强烈了,没抽烟,肺却火辣辣地疼。周雨彤问,对了,你在山顶看见梁老师找的那个人了吗?钟二毛说,没有,当时山顶就梁老师一个人,真是见了鬼了。周雨彤又问,回学校后,你们点过名没有,到底人少没少?钟二毛语气非常肯定地说,点过了,一个都不少!老辈子的人说,雷火是天火,雨浇不灭的。等老天爷把人收走了,火才会自己灭。也是神了,刚把宽子他爸抬下山,树上的火就真的自己灭了。

周雨彤说,无稽之谈!都什么年代了,还信这些。钟二毛说,反正这里的人都信,还说我们看到的那个影子其实不是人,而是山鬼,是来勾梁老师的魂的,谁叫他对神树不敬呢?我问,梁树宽他母亲后来怎么样了?钟二毛说,她一醒来就胡言乱语,被送到了塔城精神康复中心——以前在岛上,就是宽子现在住的那个岛,现在医院搬到林区来了。医生说宽子他妈是精神分裂,但我们这里的老人说，是山鬼上身闹的。住了两个多月院，他妈好点儿了，就出了院。但没多久又犯病了，请了神婆也没看好。宽子他爸冥寿那天，她突然失踪了，第二天在汨罗江里找到了她的尸体。宽子他爸妈坟头都没立，骨灰撒在了林区。这是他妈的意思，清醒时交代的。

我看向连绵起伏的山林，目光有点儿飘，问道，梁树宽还那么小，一个人怎么生活？钟二毛说，爸妈都死了以后，宽子就住到了外婆家，在长沙岳麓山下，那边的事我就不清楚了。讲到这里，钟二毛接了个电话后屁颠屁颠地离开了，说老婆叫他回去买奶粉。我和周雨彤有好几分钟没说一句话，钟二毛刚才的讲述如同一把锯子，锯开了时空屏障，消散在十二年前那个春天的一些气息又吹了过来。我的每个脑细胞似乎都沦陷在大雾中，绿皮书中的密码比我想象的更难以破译。秦皓、吴迪、梁树宽，他们都曾生活在这片林区，就像三组隐秘的莫尔斯电码。它们是彼此独立，还是互相关联，又是否组成了另外一个更高级的密码？我一时无法判断。

周雨彤忽然说，齐队，那个钟二毛说得太玄乎了，哪有什么山鬼？肯定是他们下山时碰到了极端天气，神经高度紧张，产生了集体幻觉，那个所谓的鬼影根本就不存在。谁会在电闪雷鸣的时候跑到山顶去，那不是找死吗？我没有回答，因为我知道，这绝不是群体性致幻，而是真实发生过的事。周雨彤继续分析，再说了，梁老师遭到雷击了，那个人怎么会没事？不科学啊。我说，时间点和接触面不同，电流强度会不一样。而且，人体电阻会受到年龄、体型、皮肤和健康状况等因素的影响。会不会遭到雷击，伤害程度大小，因人而异。

我和周雨彤正有一搭没一搭地说着话，梁树宽走了过来。看见我们，他明显愣了一下，然后打招呼，齐警官，你们怎么到这儿来了？我说，目前来看，吴迪可能跟唐胜龙的案子有牵连，我们想找你了解一下他的情况，你这边的事情办完了吗？梁树宽说，办完了，也没什么大事，就是一个发小想租我家的宅基地搞点儿副业。反正荒着也是荒着，我就答应了。本来还约了晚上一块吃个饭，既然你们找我有事，我就把饭局推了。说着，他走到一旁拨通了钟二毛的手机，简单解释几句后就挂了电话。我说，行，那你坐我们的车回去，路上聊。

返程时，梁树宽坐在后排，周雨彤坐副驾驶负责记录。随着车子渐行渐远，神鼎峰的那棵千年香樟，在后视镜里变成了绿皮书中一个小小的惊叹号，直至隐没不见，来自那个春天的焦煳味也随之消失。我问梁树宽，吴迪这次到岛上来都干了些什么，你知道吗？梁树宽回忆了一下说，他有两次坐了我的车，一次是11月15日，他上岛的当天上午，他去渔村找皓哥。一次是16日上午，他去观鸟。他有没有坐别人的车，去了哪里，什么时候走的，这我就不清楚了。哦对了，17日那天我休息，一直在灯塔附近钓鱼。我看见他一会儿坐在湖边发呆，一会儿在渔村转悠，不停地拍照。

我问，吴迪发什么呆？梁树宽说，感觉他有心事，我跟他也就是认识，不算很熟，就没多嘴问，只是照面时跟他打了声招呼。我问，是秦皓还是马丽介绍你们认识的？梁树宽说，都不是，是欢姐，哦，就是唐胜龙的妻子王欢。我急踩刹车，避开了一只窜到路中央的大公鸡，有些惊讶地问，你认识王欢？梁树宽说，认识好多年了，欢姐在长沙上大学时，租了我外婆家的房子。我问，这么说你跟王欢很熟？梁树宽说，可以这么说，她把我当弟弟。周雨彤问，那唐胜龙算是你姐夫了，你怎么不到耀龙集团上班？我补充了一句，唐胜龙刚出事时，怎么没听你提起这个情况？梁树宽说，我只是跟欢姐熟，跟唐胜龙不仅不熟，还有点儿过节。我问，什么过节？梁树宽说，我以前是学理发的，在芙蓉商厦三楼美发厅上班。有一次欢姐在我那里做完头发，刚出门就碰到唐胜龙和一个女的来逛商场。欢姐气不过，就跟两人撕扯起来。我那时候还不认识唐胜龙，以为有人欺负欢姐，就冲出去打了唐胜龙一个大嘴巴，就这样跟他结下了梁子。唐胜龙事后没报复我就不错了，怎么可能还给我安排工作？

我在后视镜里瞥了梁树宽一眼，问他，王欢怎么会介绍吴迪给你认识？梁树宽沉默了，他看向左右车窗外，眼神闪烁不定。我没有催促，往后排甩了一根烟，自己也点了根。梁树宽把车窗打开一条缝，抽完整整一根烟才说，2022年元月的一天晚上，我记得是春节前。欢姐和迪哥在长沙的一家夜店玩，喝大了。当时我恰好也在长沙，欢姐就把我叫去代驾，就这么认识了。我问，他们俩是什么关系？梁树宽迟疑了一下说，就是那种关系，你懂的。周雨彤插话，你是想当然，还是亲眼看到了？梁树宽说，看到了，他们在车上有很亲密的动作。

这下轮到我和周雨彤沉默了，车内静得只能听见引擎的轰鸣声，案情似乎比车轮下的这条盘山公里还要弯弯绕绕。梁树宽不管是否说话，都看着窗外。穿过一条隧道后，我沉声问，唐胜龙知道王欢出轨吗？梁树宽摇头说，不清楚。我问，他们怎么好上的？梁树宽的目光在窗外游离，像一片流云，他说，欢姐上中学时就暗恋迪哥，不过迪哥那时喜欢的是丽姐。到银行工作后，迪哥谈了个女朋友，但后来分手了，欢姐就是这个时候跟迪哥好上的，是倒贴。迪哥对她没动过真感情，就是玩玩。我问，你怎么知道这些细节的？梁树宽看着车窗外的团雾，孩子气般伸手去触摸，他说，有次他和皓哥在丽姐家喝高了，我也在场，听到他们说的。

我继续问，这么说吴迪和王欢偷情的事，秦皓和马丽都知道？梁树宽点点头，说，要是欢姐还在，这事我肯定烂肚子里。我问，关于吴迪的情况，你还知道什么？梁树宽把头靠在座枕上假寐，过了几分钟，他忽然睁开双眼，像是从脑海深处打捞上来一艘沉船，他说，我想起来了，迪哥这次上岛时，带了一支枪，是五连发。我和周雨彤一听，不由自主地挺直了身子。我问，你亲眼看见了？梁树宽说，11月17日那天，我中午回去吃了个饭，下午又来到灯塔那儿钓鱼，看见迪哥拿着一支五连发瞄准候鸟放空枪。见到我，他马上把枪收起来，塞进背包里，说枪是皓哥的。但我知道不是，因为皓哥的枪我见过好多次，比他那支枪要新很多，皓哥经常保养，一点儿锈都没有。而且两支枪的牌子也不一样，皓哥的是雄狮牌，迪哥的是虎头牌。

警车驶出了盘山公路，乡道两旁出现了大片田野。夏天的稻草人斜着肩膀，以一种古怪的姿态矗立在冬日的寒意中。我发现自己不仅没有破译绿皮书中的密码，还把密钥弄丢了。

市区跟山区似乎是两重天，当高楼大厦在眼前出现时，阳光随即消失了。同时消失的还有那些如同奶酪的云雾和蜂蜜的味道。警车逆光而行，我戴上墨镜，仔细琢磨着梁树宽说的话。按照他的说法，吴迪和王欢是一对野鸳鸯，那唐胜龙和吴迪之间就存在利害关系。吴迪杀害唐胜龙的动机也就更强烈了，或许不仅仅是图财，还有情杀和仇杀的成分。或许案发当天，吴迪在渔村偶遇唐胜龙，情敌狭路相逢，格外眼红。两人先是发生了口角，继而唐胜龙开始追打吴迪。吴迪慌不择路跑进秦皓住的石头房子里，唐胜龙尾随而至，吴迪拿起剪刀将其反杀。酿成命案后，吴迪极度恐惧，为了脱罪，他嫁祸自己的发小并非完全没有可能。

总之，对吴迪的调查越深入，他的嫌疑就越大，秦皓和马丽的嫌疑就越小。然而，我还是觉得，目前看到的所谓真相，只是海市蜃楼，是一种折射出来的假象。但我说不出充分的理由，而是凭直觉。接下来的路程，车内再没有人说话。

梁树宽继续假寐，新鲜的空气透进来，不知道是不是错觉，他似乎听见一声叹息被风吹远。接着吱呀一声，记忆深处某扇隐秘的小门訇然打开，一些在黑暗中湮没已久的东西开始慢慢凸显。梁树宽不喜欢回林区，虽然他父母的骨灰撒在了这里。每次回来，即使是大晴天，他似乎也能听见滚滚雷声，能看见刺目的闪电。他的整个童年，甚至整个人生，就是被雷声摧毁，被闪电撕碎的。

　　梁树宽的父亲既是小学美术老师，也是一位业余画家，作品在省里得过奖。原本在湘雅医院当大夫的母亲，就是因为看了父亲以林场生活为主题的一组油画后，动了芳心，才不顾亲朋好友劝阻，执意嫁给了他，工作关系也从长沙转到了偏远的神鼎山林场。夫妻俩都是追求浪漫的人，闲暇时经常在林区采风。艺术没有让家庭变得富裕，但他们的精神十分富足。梁树宽的父母曾在千年古樟下搭帐篷过夜，只为了欣赏满天星光和浩瀚银河。当时就有当地人非议，声称他们把家里的床搬到了神树前，有伤风化，必遭天谴。正因为如此，梁树宽父母的非正常死亡，成了林场人茶余饭后津津乐道的话题。这样的故乡，梁树宽自然是不愿意回去的，甚至都不愿梦见，那里有他无法忘却的悲伤。他只想遗忘，彻底地遗忘，把往事全部深埋进那片杂草丛生的废墟中。所以，他几乎是以白菜价将自家的宅基地租给了钟二毛种药材。

　　我的这次来访并没有出乎梁树宽的意料，他知道这一时刻迟早会来。因此，什么该回答，什么不该回答，什么该含糊其词，他心里非常有数。他很佩服秦皓，很由衷的那种。因为直到现在，警察走的每一步，都在秦皓的算计当中，而他只是一枚用来布局的棋子，暗藏杀招，但无关胜负，至少目前是如此。

4

春天是林区体感最舒服的季节，雨水适中，风不急不缓，紫外线不强不弱，气候宜人。但对梁树宽来说，十二年前的那个春天，是他生命中的酷夏。从此他的命运如蝉，一生都在尖叫。

位于岳麓山下的这条老街没有正式名称，只有一个不太好听的诨号——堕落街。街很小，路面铺着麻石，长不足五百米，一根烟能从街头抽到街尾。附近是大学城，有数十万天之骄子。梁树宽的外婆家就坐落于此，他最初不明白为什么叫这个街名，后来明白了。街上遍布发廊、洗脚店、按摩房、私人电影院，还有许多小餐馆和旅社。晚八点后，从旅社门窗里飘出的各种奇特声音，混合着夜宵摊锅碗瓢盆的响声，此起彼伏经久不息。对荷尔蒙过剩的年轻人来说，这里是一个适合堕落的好地方。

梁树宽的爷爷奶奶早就不在了，父母相继离世后，他被外婆收养，那年他才十二岁。外婆三十多岁就守了寡，没想到六十多岁又送走了女儿女婿。白发人送黑发人，她似乎在一夜之间老去，背驼了，腰弯了，腿脚也不利索了。梁树宽在毗邻堕落街的麓山中学念书，一个从偏僻林场来的孩子，生活习惯、思维方式和口音都跟省城的孩子大不一样，被孤立是再正常不过的事。林场的孩子都是放养的，自小野性十足。梁树宽在麓山中学遭人霸凌时，他就用拳头回击。哪怕对方人多势众，他也会死磕到底，宁愿被揍得头破血流。慢慢地，别人就不敢轻易招惹他了，甚至对他有些畏惧。他也因此愈发孤立，成绩一落千丈。中考他连普高线都没上，只好读了职高，学的美发。

作为林场子弟，本来梁树宽可以回父母的原单位就业，就跟钟二毛一样，弄个正式工。但事隔多年，父母的死和林场人的闲言碎语，依然令梁树宽难以释怀。而且，那片芬芳的土地，糅合着父母的骨灰，他不愿触景伤情。梁树宽在职高学会了抽烟、喝酒、嚼槟榔、溜冰、打台球、玩电游。小时候，别人都说他性格像父亲，温良和善，他画的画经常上学校的黑板报。

堕落街的风水真是很不好，梁树宽迅速从画家苗子堕落成了不良少年。男生不爱跟他玩，女生更是躲着他。有天早自习，梁树宽的手不小心碰到了班上文娱委员的臀部，那女生立马向老师告状，说他耍流氓。从那以后梁树宽的名声臭了，女生经常朝他的背影吐口水。他的心里就此埋下了仇恨女人的种籽——她们都是势利眼、绿茶婊，特别是那些漂亮的女人。也正是在那一次，当梁树宽的指尖滑过女生圆润而饱满的臀部时，他有了一种强烈的原始冲动。当晚，他梦遗了，这是他人生中第一次梦遗。梦中的女孩五官模糊，但臀部看得异常清楚，丰满坚挺，散发出难以抗拒的母性的力量。他沦陷其中不愿醒来，灵魂有一种温暖的归属感，似乎回到了一个没有悲伤的故乡。

梁树宽比同龄的孩子晚熟好几年，他的身体就是被那个指尖温柔的早晨催熟的。读职高时，梁树宽上的寄宿，周末才回外婆家。学校离堕落街不远，坐公交六站路。外婆家是一栋两层小阁楼，底下是门面，外婆支锅卖自己煎炸的糖油粑粑。楼上住人，有三间卧室。梁树宽和外婆各住一间，剩下的那间出租。以前租房的都是男生，梁树宽上职二那年秋天，换了租客，是位商学院的女生，读大三。女孩叫王欢，也是塔城人。不上学时，她要么在外面做家教，要么待在房间里拉大提琴。第一次听到王欢拉《云雀》时，梁树宽整个人都恍惚了。不是因为她的琴艺有多高超，而是因为想起了母亲。他母亲也会拉琴，不过不是大提琴，而是一把橘红色的小提琴。

母亲的琴声，贯穿了梁树宽的大半个童年，直到他小学六年级那个春天才戛然而止。母亲去世后，梁树宽将那把小提琴带到了外婆家。虽然自己不会拉，但他每周都要给琴上一次油。母亲和王欢拉的曲子很多都是相同的，比如《圣母颂》《沉思者》《卡门幻想曲》，还有《一步之遥》和《杰奎琳之泪》。好多个周末，或是早晨，或是午后，或是深夜，梁树宽站在阁楼天台上默默地倾听着琴声，思绪顺着琴弦，回到了父母的身边。母亲命如琴弦，梁树宽又何尝不是，脆弱而坚韧。可能是怕吵着别人，王欢拉琴时总是紧闭门窗。她住进来两个多月了，她和梁树宽都没打过照面。梁树宽很好奇，这是一个什么样的女孩呢？会不会跟他母亲一样，皮肤白皙，手指修长，秀发飘飘？

梁树宽讨厌女人，却把王欢排除在外。跟她是塔城老乡无关，只因她会用大提琴拉母亲拉过的曲子。每次听到王欢的琴声，梁树宽身上的戾气就会慢慢消散，如风吹走的鸽哨。他似乎回到了神鼎山林场，跟着父母在充满艾叶香的汨罗江畔踏青。似乎看到父亲坐在温暖的壁炉前画画，而母亲一脸沉醉地在旁边拉小提琴。2016年一个星期六的晚上，梁树宽记得那天是霜降。吃完晚饭，他溜达到出租屋前，发现门虚掩着。以往这个时候，王欢都在外面做家教。他以为她忘了关门，就顺手推开往里瞅了一眼。

一个学生模样的男青年在里面东翻西找。梁树宽抱着膀子站在门口问，你找谁啊？男青年抬头发现了他，表情非常自然地说，我是王欢的男朋友。梁树宽心里有点儿小失落，继续问，你怎么进来的？男青年说，今晚班上搞活动，她要我过来拿大提琴。梁树宽疑惑地问，她不是在外面做家教吗？男青年马上改口，哦，我和她不是一个班，是我们班搞活动，我借她的大提琴演奏曲子，我的琴坏了。等活动结束后，我会去接她回来。

梁树宽没有再盘问，男青年拿着大提琴离开后，他进屋看了一下，里面被翻得乱七八糟。堕落街流动人口多，鱼龙混杂，溜门撬锁的事时有发生。书桌上有王欢的学生证，男青年说不定是冒充她男朋友的小偷。想到这里，梁树宽抄起自行车链条锁追了出去。在背街的小巷里，他堵住了男青年，吼了一嗓子，站住！男青年在路灯下回头，小兄弟，怎么了？梁树宽说，你不是会拉大提琴吗，拉一段我听听。男青年的语气开始不善，凭什么要拉

207

给你听？梁树宽说，王欢租的是我家的房子，我怀疑你是贼。

男青年打开琴匣，拿出大提琴，假模假样地拉了几下。那根本不是音乐，而是一串毫无章法的噪声。梁树宽现在肯定对方就是贼，他抡起链条锁劈头盖脸地朝男青年砸去，这是他在校打架时的惯用招数。男青年当即头破血流落荒而逃，临走时撂下大提琴，也撂下一句狠话，王八羔子，你他妈等着！

得知梁树宽打伤了小偷，外婆吓坏了，不仅没有报警，还让他连夜回学校，以免遭到小偷报复。外婆的担心是有理由的，不光堕落街乌烟瘴气藏污纳垢，整个大学城的治安都不好，每年都有命案发生。从2016年夏天开始，大学城一带还出现了个变态色魔，经常深夜尾随单身年轻女性，用注射器扎伤其臀部，然后逃之夭夭。据受害者描述，变态色魔身高约莫一米八，体重七十公斤左右。作案时戴黑色口罩，不说话，扎完就跑，感觉年龄不大。民警蹲守了很多次，还派警花"钓鱼"，但每次都扑了空。

那天王欢深夜做完家教回来，听梁树宽外婆讲述了事发经过，她吓得花容失色。幸好出租屋里没放什么贵重物品，小偷空手而归。唯一值钱的东西是那把大提琴，当初买的时候花了五千多块，折旧也能卖个两三千。王欢对梁树宽充满感激，小小年纪，不仅机灵，还挺有男子汉气概。她也挺好奇，这个从没谋过面的少年哪来的勇气，居然敢跟小偷叫板？她更好奇的是，他怎么从小偷拉的大提琴曲中发现破绽，识破其真实身份，难道他也懂音乐吗？跟梁树宽的外婆攀谈了几次后，王欢才了解到梁树宽的不幸身世，知道他每周都要给母亲留下的小提琴做保养。半个月后，小偷在另外一处出租屋作案时被当场抓获，外婆这才允许梁树宽回家。

那个夜晚，初冬的风从岳麓山上吹来，有点儿冷，还夹杂着被霜浸透过的枫叶的气息。梁树宽在宿舍里给母亲的小提琴上了一遍油——因为近期没有回外婆家，他把小提琴带到了学校。给琴做完保养后，他没有坐公交车，而是步行离开学校。他边走边东张西望，目光从高高竖起的衣领后面射出，瞄向街头单身的年轻女人。确切地说，是瞄向女人丰满的臀部。他的双手插在裤兜里，右边裤兜藏着一根针管。没错，梁树宽就是那个游荡在夜色中的变态色魔。每次看到女人在针头下尖叫，他就无比兴奋。

坊间一度谣传，扎伤女人臀部的是艾滋针头。警方后来辟谣，无一受害人感染艾滋病毒。针管是梁树宽从个体诊所的垃圾箱里捡的，里面残存少许血液或药液，至于有没有病毒他不知道，也不关心。寄住在外婆家的这几年，他如同蟑螂在大学城一带四处潜行，对地形非常熟悉。他很清楚哪里有监控，哪里没有，因而每次都能顺利逃脱警方的追捕。

梁树宽的变态行为成了恐怖的都市传说，让很多女人心惊胆战，堕落街的夜生活一度冷清了不少。他觉得就是这些女人伤害了他的自尊，让他的整个少年时代惊惶不安。所以，他要报复，让她们也尝尝惊惶的滋味。每次作案后，梁树宽都会睡得特别踏实，而且会梦遗。这种刺激像吸毒，让他逐渐上瘾。他至少每周作一次案，否则就会失眠，看窗外的月亮都是黑色的。

梁树宽万万没有想到，这个霜冷长街的夜晚，会成为他另外一段人生的起点。

在书院路公交站台，梁树宽瞄上了一个背双肩包的女孩。她刚下车，孤身一人。从背影来看，秀发如缎，身材窈窕，一条修身牛仔裤勾勒出臀部的优美曲线。这正是梁树宽钟爱的猎物，苗条却不失性感，活力四射。他在公交站牌后的阴影中戴上黑色口罩，把大半张脸藏在衣领里面，然后悄悄尾随女孩，寻找机会下手。已经是晚上九点多，在梁树宽的价值观里，这个时间点还在外面晃悠的女孩不会是什么好人。她们不过是借着夜色这件隐身衣，干着不能见光的勾当。他没觉得自己变态，反而认为自己是侠客佐罗，是在救赎她们肮脏不堪的灵魂。

女孩是朝堕落街方向走的，梁树宽更有脱身的把握了。殊不知，黑暗中有几双犀利的眼睛盯住了他。那是负责蹲守变态色魔的便衣警察，男的化装成吃夜宵的食客、卖唱歌手和醉汉，女的化装成在路边搔首弄姿的站街女。梁树宽的体貌特征，完全符合受害者对嫌疑人的描述。麓山派出所所长老姚，已经捕捉到了从梁树宽身上散发出来的戾气，他立即朝队员打手势，下达了抓捕命令。

距离女孩只有两米远时，梁树宽放慢脚步，肌肉紧绷，右手紧攥裤兜里的针管，就像一头即将出击的猎豹，浑身迸发出杀气。刺向女孩臀部的瞬间，梁树宽发现几名身份不明的男女悄无声息地围堵过来,他马上意识到大事不妙,肯定是便衣。他想收回那只挥舞出去的手臂,但迟了,出于运动惯性,针头还是结结实实地扎进了女孩的臀部。女孩迅速扭头看向梁树宽,那是一张俏丽的脸,带着惊恐和痛楚,但她没有尖叫。梁树宽看出来了,她本来是想叫喊的,但把声音吞了下去。

便衣警察举着枪冲过来,老姚吼道,站住,不许动!梁树宽一哆嗦,针管从手中脱落。脚下恰好是条下水道,水泥制的窨井盖破了一个洞,针管不偏不倚掉进了洞里。他想跑,却无路可逃,前后左右都是警察。让梁树宽瞠目结舌的是,女孩突然伸手挽住了他的胳膊,两人的身体紧贴在一起,就像一对恋人。警察被这突如其来的一幕搞蒙了,面面相觑不知所措。女孩显得非常害怕,问便衣,你们要干吗?老姚亮出证件说,我们是警察,你认识身边这个男的吗?女孩说,当然认识,这是我男朋友。

梁树宽的脑袋里响起一片巨大的轰鸣声,仿佛有一架大型喷气式客机正在跑道上加速滑行。他不知道被自己用针头扎伤的女孩为什么要撒谎保护他,难道是脑子有问题?他索性假装害怕保持沉默,然而,女孩接下来的话惊掉了他的下巴。老姚问,他叫什么名字?女孩说,梁树宽,是职校学生。老姚问,你叫什么名字?女孩说,王欢,在商学院读大三。

原来她就是那个租住在外婆家的女生,但梁树宽还是不明白,她为什么要这样做?最令他迷惑的是,两人并没见过面,她怎么认出他的?老姚自言自语,梁树宽、王欢?这俩名字怎么有点儿

211

耳熟？反复打量了两人几遍后，老姚终于想起来了，半个月前，麓山派出所抓获了一名惯偷。这龟儿子交代自己曾在堕落街偷过一个女生的大提琴，但被房东的儿子追回，还为此挨了揍。当时负责做笔录的不是老姚，所以他不认识王欢和梁树宽，但他看过笔录，对两人的名字有印象。老姚当即让梁树宽摘下口罩，用手机拍下他和王欢的照片发回所里。让做笔录的警察辨认。很快就有了反馈，两人身份无误。

在核实身份期间，梁树宽声称最近周边治安不好。他是来接王欢回出租屋的。从后面悄悄接近她，是想给她一个惊喜。至于用手触摸她的臀部，是情侣间的亲昵行为。王欢向警察强调，梁树宽虽然只有十七岁，但他们是姐弟恋，柏拉图式的那种，并没有发生实质性的关系。一切显得合情合理，警察也没有在现场找到针管，梁树宽的嫌疑被解除，他奇迹般地逃过一劫。

回外婆家的路上，两人依旧手挽手，但谁都没有说话，身体也有些僵硬。梁树宽不知道王欢心里在想什么，难道是因为他打跑了偷走大提琴的窃贼，她出于感激才对警察作伪证？或者，看在他是房东的儿子，她才网开一面？刚进出租屋，王欢就捂着臀部哎哟一声，梁树宽这才看见牛仔裤后面有一小片血迹。原来他扎针时，因为发现了警察，心里一慌张，手上用力过猛，把针头留在了她的臀部肌肉里。为了不让警察发现她受伤，她一直强忍着疼痛不敢吭声。梁树宽赶紧把针头拔出来，又跑到外婆房间拿了一瓶云南白药，让王欢到卫生间里给伤口消毒。当王欢走出卫生间时，梁树宽急忙问，你没事吧？但他刚开口，就挨了一个响亮的耳光。她的表情跟在警察前判若两人，目光炯然地瞪着他，似乎要把他给生吞活剥了。梁树宽一点儿都不生气，他沉默地看着王欢，仿佛她就是他之前想象中的模样，至少四分之三是相同的。他看着她修长而白皙的指头，那些美妙的曲子就是从这双手底下演奏出来的。也正是这双手，刚才挽着他的胳膊，在警察面前来了一段完美的二重奏。

梁树宽的脸和耳朵都在发烧，浑身燥热无比，那种汹涌澎湃的快感如同铁流，冲破梦境吞没了他。梦中的那个女孩，以前总像是站在一块沾满水蒸气的凹凸镜中，五官模糊。现在，镜面上的水蒸气被擦掉了，她的面容突然清晰起来。没错，就是她的样子，他不可救药地爱上了她。十七岁那年冬天，梁树宽顿悟，爱情，其实是不需要任何铺垫的，就是一瞬间的事。

王欢站在窗外照进来的清冷的月光中，她告诉梁树宽，自己是在昨晚发现他的秘密的。梁树宽的外婆心地善良，每天都会给租自家房子的学生送一碗糖油粑粑，不要钱。住在这栋阁楼里，王欢感觉自己不是租客，而是老人家里的亲戚。都说三个女人一台戏，学校宿舍里六个女生，那就是两台花鼓戏，天天你方唱罢我登场，让她觉得心累，索性搬出来租房住。梁树宽每次从学校回来前，外婆都要把他的房间打扫得干干净净。王欢只要遇到老人做清洁，就会上前帮忙。昨天晚上，王欢打扫梁树宽的房间时，在一个铁皮饼干盒里发现了几支针管，针头上还有血迹。一开始她以为梁树宽吸毒，但又觉得不可能，他还是在校生，没有收入来源，哪有钱买毒品？她突然想起了那个恐怖的都市传说，难道他就是传说中的变态狂？

王欢没有声张，她悄悄把针管放回原处，内心纠结。最初她打算偷偷到派出所报案，但一想到梁树宽帮她追回了失窃的大提琴，而且外婆对她如同亲孙女，她就不忍心。可是，如果继续在这里住下去，那等于是与狼为邻，这让她胆战心惊。她想退租，但下一任房东会有梁树宽的外婆这么和善吗？犹豫再三，王欢决定等梁树宽回来，观察一下他再做决定。

这天晚上，王欢走到堕落街街口，突然感到臀部右侧一阵刺痛。扭头一看，梁树宽贴近了她的身体，是的，当时她就认出了他。因为他身上有股她非常熟悉的味道，擦琴油的味道。听完王欢的讲述，梁树宽有点儿纳闷地问，你为什么不向警察揭发我？王欢说，你外婆对我挺好，你也帮过我。而且，你还小，是个孩子，我不想毁了你。梁树宽看着眼前这张梦幻的脸，突然做出了一个令自己都很惊讶的决定，他说，我向你保证，绝不会有下次。王欢半信半疑，你做得到吗？梁树宽拿起桌上的水果刀，二话不说扎进自己的胳膊，鲜血喷涌而出，王欢发出一声尖叫。梁树宽眉头都不皱地说，要是做不到，下次我直接在胸口扎个洞。

爱情如同吗啡，让梁树宽完全感觉不到伤口的疼痛，尽管他知道这只不过是一厢情愿的爱情。王欢把云南白药抹在梁树宽的伤口上，她温柔细心的样子，像极了他母亲。后来，王欢认真琢磨了一下,自己没有举报梁树宽,还有一个原因。这个身世堪怜的少年,激发了她身上潜藏的母性。这也是女人与生俱来的天性,女性在渴望强者保护的同时,也很享受保护弱者的快感。

梁树宽说,以后我叫你姐,你叫我宽子好了。王欢是独生女,她说,我正想要个弟弟呢。梁树宽说,欢姐,以后谁敢欺负你,就告诉我,我替你出头。别看我才十七,拳头够硬,大我好几岁的都不是我对手。王欢笑了,说,不要太暴力,我可不想别人说我弟弟是个烂仔。梁树宽身上的戾气变成了孩子气,他说,那好,我听你的,你要我干什么我就干什么。对了,我以后不寄宿了,天天回家。你回来晚了,我就去接你。王欢笑得更灿烂了,接我干吗,又没有人用针头扎女生了。梁树宽顿时面红耳赤,有些腼腆地说,要不,欢姐,你教我拉琴吧,我让外婆给你减房租。看着这个稚气未脱的少年,王欢不再害怕了,反而觉得他挺可爱。

2024年夏天,我在写作《刑侦笔记》时多次感慨,人类是一种非常奇怪的动物,尤其是女人。跟马丽相处时,王欢把自己的暗黑面表现得淋漓尽致。在梁树宽跟前,她却像个圣母。而这两种截然不同的人设,是如此和谐地统一在她身上,毫不违和。

王欢没有任何犹豫就同意了梁树宽的请求,答应教他拉琴。她问,你为什么要用针头扎女人?是喜欢搞这种恶作剧,还是追求刺激?这是一个让王欢相当困惑的问题,她看过警方通报,嫌疑人除了扎伤女人的臀部之外,并无别的伤害行为,也没有抢劫财物,那他到底图什么呢?

在窗外隐隐传来的各种奇怪的呻吟中,梁树宽说出了自己行凶的动机,我恨那些漂亮女人,她们都很势利,看不起我。在王欢看来,梁树宽就像一匹原本属于山野的狼,迷失在都市的钢筋水泥丛林中。他凶性大发,狂暴伤人,不完全是他的错,而是因为他来到了一个不属于他的世界。

王欢的母性再次泛滥,这个需要怜爱的少年催熟了她,使她看上去不再像个小女孩。她说,宽子,你记住,不是所有女人都那样。梁树宽含泪点头,他又提出了一个请求,欢姐,我现在能请你去吃宵夜吗?王欢愉快地答应了,你扎疼了我,我也要你放点儿血,吃到你心疼。

当晚,两人在堕落街找了个宵夜摊吃烧烤,还要了几瓶啤酒。他们一边吃喝一边聊天,来长沙几年了,梁树宽从没跟人说过这么多话,也从未这么开心过。啤酒大部分是梁树宽喝掉的,喝吐了,一地酸臭味。他知道,自己吐出来的不光是糜烂的食物,还有一段令人作呕的过往。直到夜宵摊打烊他们才回去,已是半夜一点多了,路灯把影子拉得又细又长,像是梁树宽在林场看过的皮影戏,有种魔幻古典主义色彩。

这以后梁树宽真的没有寄宿了,每天往返学校,理由是要跟王欢学拉琴。王欢也真的教他了,不过不是大提琴,而是小提琴。梁树宽要外婆每月退给王欢三百元房租当学费,王欢不收,他就硬塞到她手里。

大学城一带再也没有发生针扎女人臀部的案子了,警方百思不得其解，凶手像是突然被那个冬夜的风吹进了时空裂缝中。堕落街的夜生活重新绚丽多彩起来，各种不可名状的呻吟汇聚成小夜曲，响彻每个隐秘的角落。坊间流传说，凶手是个瘾君子，吸毒过量暴毙了。传闻并没有错，凶手的确死了，死在一个血红的伤口里，死在那堆腥臭的呕吐物中，死在小提琴的弦上。

那些天籁之音驱散掉了一个少年内心深处堆积的阴霾，让他看到了生命中一抹微弱的亮色。

在那个月光清澈如水的夜晚，凶手涅槃而生。

第 5 章　黑暗传

1

　　2023年小雪那天清晨，龙泉寺陵园的雨像是从中微子世界里下过来的，有股彻骨的寒意。梁树宽和王欢相对而坐，中间只隔着一块小小的石碑，他在外头，她在里头。这天是王欢坠亡一周年忌日，梁树宽是坐最早一班轮渡过来的。他没有打伞，反正心已湿透了。他只带了一束花，是她最喜欢的朱丽叶玫瑰，买花用掉了他半个月的工资。

　　花岗岩墓碑上镶嵌着王欢拉大提琴的照片，梁树宽颤抖着，把嘴凑过去，给了她一个深情的吻。他似乎听到了她的呢喃，宽子，不要。但他任性而执拗，不管不顾。她的声音在哀求，宽子，我是你姐。他很想告诉她，从没真正把她当成姐。一直以来，她在他心里，都是恋人般的存在，而且是圣洁的初恋。从大三到大四，王欢都租住在梁树宽外婆家。那是梁树宽最开心的两年，也是他花样年华里的高光时刻。她在堕落街上救赎了一个迷失的灵魂，没有人知道，她的灵魂一半天使一半魔鬼，她也需要一场救赎，可她终究没有等到。

梁树宽职高毕业后，外婆就没再卖糖油粑粑，将门面转给他开理发店，生意还不错。王欢大学毕业后嫁入豪门，和梁树宽的联系少了许多。她跻身的那个圈子，他只有在电视剧里才能看到。梁树宽没有参加王欢的婚礼，那种场合不是他想去就能去的。他拉了一天的小提琴，从早到晚，拉的是《杰奎琳之泪》，他的心底泪雨纷飞。

理发店只开了半年，外婆突然去世。她跟街坊打麻将，清一色自摸，诱发了脑溢血。在广州开外贸公司的舅舅闻讯赶回来奔丧，害怕外甥争夺房产，对梁树宽下了逐客令，宽子，你也长大了，该搬出去自立门户了。房子我要卖掉，买家我已经找好了。梁树宽刚给舅舅理完发，手里擦拭着雪亮的剃刀说，外婆讲房子有我妈一半。舅舅闭眼躺在理发椅上，享受着剃刀在脸上游走的欣快感，他说，嫁出去的女儿泼出去的水，你妈没资格继承遗产。梁树宽说，外婆讲房子是祖产，不能卖。阁楼是清末建造的，梁树宽在地板缝隙里找到过一枚长满铜绿的宣统通宝。舅舅说，里面死了几代人，阴气重，住这儿对后人身体不好。不然，你外公不会走这么早。梁树宽的外公是牙医，得胰腺癌去世的，殁年才三十出头。舅舅说，别开口闭口就是外婆讲，现在这个家我做主。

梁树宽的剃刀游走到了舅舅的脖子上，再往下一点儿就是喉管。他只要稍微用点儿力，刀下的这个男人就会变成一具尸体。他犹豫片刻，剃刀回到了脸上。他轻轻压迫了一下刀片，舅舅右边颧骨上的皮肤割开了一道血口子。刀子太锋利，过了几秒钟舅舅才感觉到疼，立马跳起来叫骂，你个小兔崽子，谋杀亲舅呢！梁树宽就这样离开了堕落街，离开了长沙，他有驾照，在职高考的。他先是在塔城跑了半年货拉拉，没挣到钱，就干回了老本行，到芙蓉商厦的美发厅打工。梁树宽来塔城并非因为这里是故乡，而是因为距离王欢近。在他心中，她远比故乡更温暖亲切。

这几年，梁树宽遇到好几个主动向他示爱的打工妹，但他都没有接纳。从十七岁那年冬天开始，王欢就像一棵长在他身体里的树，根系已经深深扎进他的血液、骨髓和脑组织中，他无法给别的女人挪出一点点生存空间。他知道自己攀不上这棵树，但能守望一生也是幸福的。王欢坠亡一周后他才知道，是因为发现她一连几天都没更新朋友圈。他打电话过去询问，接听的却是唐胜龙，声音低沉得像是从宇宙黑洞里传出来的：她走了。

梁树宽完全没有反应过来，问唐胜龙，欢姐去哪儿了？唐胜龙说，去了一个没有冬天，常年春暖花开的地方。接着，唐胜龙用了五分钟，讲述了王欢坠亡的经过。过了很久，他才慢慢恢复意识。他当即打车去龙泉寺陵园求证，在那里找到了王欢的墓碑，没错，照片上的女人就是她，他甚至闻到了从她身上散发出来的熟悉的香水味。梁树宽跌坐在地，哭声就像荒野中的狼嚎，没有泪，但带血，惊得树上的乌鸦四散而逃。

唐胜龙说王欢是小雪那天晚上坠亡的，他对那晚有印象，下着奇寒的冻雨，却电闪雷鸣。他想起来了，外婆走的时候也是这种奇怪的天气，闪电像一张张狰狞的鬼脸。为什么闪电总是跟他过不去呢，他到底哪里得罪老天爷了？

那天，梁树宽把脸贴着王欢的脸庞，照片上有泪，不知道是她的，还是他的。他自责地说，对不起，欢姐，我来迟了，没有拽住你。他仍然记得，十七岁那个惊惶的冬夜，她拽住他的胳膊，把他从一条不归路上拽了回来。梁树宽说，欢姐，你是我这辈子爱过的唯一一个女人。这是他第一次对她表白，也是最后一次，她成了他的爱情绝唱。梁树宽说，欢姐，你在那边缺什么，就托梦给我，我在这边给你烧。

此后梁树宽真的梦见过王欢很多次，但每次她都没说自己缺什么，而是默默地拉着大提琴，永远是那首《杰奎琳之泪》，他不知道这意味着什么。还有一次，他梦见她从楼顶掉下来，四肢很夸张地伸展开来，就像一只硕大的蝙蝠，她的尖叫撕裂了他的整个梦境：

宽子，救我！

家园回不去了，堕落街回不去了，那个岛也回不去了。是的，王欢曾经是梁树宽人生苦海中的孤岛。但生活仍然要继续，嚎叫过后依旧要舔干伤口的血迹沉默前行。阳光和闪电总是在岁月中交替出现，谁也不知道明天最先看到的是什么。梁树宽花了很长时间来疗伤，还跟一个大眼睛女孩谈起了恋爱，她是养生会所的洗脚妹。有一次滚床单前，他拉了段肖邦的《小夜曲》助兴，正在脱乳罩的洗脚妹冒出一句，我们村有个跛脚的二大爷，四里八乡死了人，都会请他去拉二胡，拉的就是这个调调。他顿时毫无兴致，当即摔门而去。

《小夜曲》变成了这段恋情的《安魂曲》。

王欢是那个冬夜的堕落天使，每次思念袭来时，梁树宽就会拉起她教的曲子。后来他发现伤口虽然已结疤，但并没有痊愈。就像风湿，表面看不见，骨骼却总是在潮湿的季节里隐隐作痛。每个月他都会来陵园看王欢，有时会拉小提琴给她听，有时听她拉大提琴。悦耳的琴声穿透坚硬的花岗岩，在一片死寂的墓园里幽幽响起。

生活如同一杯兑过很多遍水的绿茶，平淡而乏味。梁树宽把自己当成了杯中的一滴水，无色无味，等着被时间慢慢风干。2023年春天，一个男人打通了他的手机，喂，是梁树宽先生吗？他以为是诈骗电话，语气很不善，你他妈谁啊？对方说，我叫邓嘉伟，是耀龙集团董事长唐胜龙的秘书。梁树宽想起来了，有这么一个人，听王欢提起过。

邓嘉伟约梁树宽在冶炼厂的一座废弃码头见面，还叮嘱他只能一个人去。梁树宽很奇怪，两人素不相识，找他能有什么事？又为什么要去如此偏僻的地方？那是一片堆满工业垃圾的荒地，高炉和激情都不再燃烧，剩下的，只有破碎的青春、坍塌的理想和已成灰烬的爱情。见面后，梁树宽才知道对方有事相求，他还知道了一个惊天秘密——潼潼并非唐胜龙亲生。

王欢坠亡后，唐胜龙的父亲唐耀龙把潼潼带到美国抚养。就在半个月前，潼潼感冒发烧，唐耀龙的妻子李娴带孩子去看病，验血时发现孩子是O型血，而唐胜龙和王欢分别是A、B型血。李娴疑窦丛生，干脆做了个亲子鉴定。按照遗传学，孙女的DNA应该有四分之一跟祖父母匹配。但结果出来后，让唐耀龙夫妻俩大跌眼镜，潼潼竟然跟李娴毫无亲缘关系。照此推算，潼潼也非唐胜龙的亲生女儿。得知自己当了接盘侠，唐胜龙恼怒异常。堂堂上市公司的董事长居然被绿，颜面何在？他让邓秘书暗中追查孩子的生父是谁，这一查，就查到了吴迪的头上。

见梁树宽一直没吭声，邓嘉伟以为他不信，就拿出了一个大信封，里面都是吴迪和王欢私通的证据，主要是聊天记录和开房记录。梁树宽看了看那些证据，问，这种事你们找我干什么？邓嘉伟满脸堆笑地说，唐董说你是王欢的干弟弟，半个自家人，找你放心。梁树宽陷入了沉默，邓嘉伟殷勤地给敬烟，说，我查过了，王欢花在那个小白脸身上的钱有大几十万，给他买名牌衣服和包包，给他的手机充话费，开房的钱都是王欢出的。你姐被人骗财骗色，作为弟弟，你为她出头也是责无旁贷。哦，不会要你白帮忙的。事成后，你可以到耀龙集团保安部当副部长，年薪不少于三十万。

梁树宽的目光随着江面上的一堆垃圾顺流而下，他问，想要我帮唐胜龙报复吴迪？邓嘉伟说，你找个机会弄到这小白脸的头发、牙刷或者烟头，我拿去跟潼潼的DNA比对一下，确定他就是潼潼的生父后再做打算。梁树宽说，我试试看。邓嘉伟把厚厚一沓现金塞进梁树宽的口袋里说，这些钱你先拿去零花。梁树宽没有推辞，也没有透露自己认识吴迪，而且很早就知道了他和王欢偷情的秘密。

梁树宽带走了那个信封，里面除了偷情的证据，还有吴迪的身份信息和背景资料。他声称要仔细研究一下，以便找准机会接近吴迪。让邓嘉伟没想到的是，梁树宽只用了两天就拿到了吴迪的生物样本，是两个烟头。至于怎么获取的，他没说，邓嘉伟也没问，有些事不知道比知道更好。样本送检一周后，结果出来了，受检者就是潼潼的生父！

还是在冶炼厂的那座废弃码头，梁树宽问邓嘉伟，接下来怎么办？邓嘉伟环顾四周，连只野猫野狗都看不见。他说，唐董肯定要弄那个小白脸，但弄到哪个程度还没想好。梁树宽问，那潼潼呢？邓嘉伟说，唐董的父母都很喜欢这孩子，但她没有唐家的血脉，很纠结啊。梁树宽说，孩子是无辜的。邓嘉伟说，没有唐家的血统，却生在唐家，这就有罪了。梁树宽没吭声，他瞥了一眼邓嘉伟在水面的倒影，五官有些扭曲，上面还漂浮着一些绿藻，看上去像个披头散发的水怪。邓嘉伟说，如果潼潼长大后知道了自己的身世，回到那个小白脸身边，她很可能会争夺唐家的财产。从法律上来说，她是有继承权的。梁树宽问，你们不会杀了她吧？邓嘉伟的脸色一阴，你问得有点儿多了。这样吧，你先等消息，看看唐董什么意思。等收拾完吴迪，你再到耀龙集团上班。

梁树宽那时还不知道，唐胜龙正金屋藏娇，天天跟马丽腻在一起，顾不上别的。邓嘉伟走了，梁树宽没有马上走，他抽着烟看向江面，一只盘旋的白鸟仿佛被他凶狠的目光杀死了，一头栽进了水中。但很快，白鸟又从水里冒了出来，嘴里叼着一条鱼。梁树宽感觉自己就是那只白鸟，而吴迪就是一条鱼。不，还有更多的人也会成为他的鱼。

梁树宽把烟头用力弹进江中，无声地笑了。从邓嘉伟手中拿到那些证据后，他隔日上午就去了工行塔城支行。他记得那天是惊蛰，半个市区漂浮着从郊外吹过来的油菜花香。阳光呈现出鲜艳的柚子黄，天空是一种神秘而高贵的宝石蓝。梁树宽打通了吴迪的手机，约他在银行隔壁的茶楼包厢见面。吴迪不认识这个陌生号码，问他，你是哪位？梁树宽没回答，直接挂了。吴迪以为是老客户，进入茶楼包厢一看，竟然是一张非常年轻而陌生的面孔，而且穿着很寒碜，从头到脚加起来不会超过三百块。梁树宽主动介绍，迪哥，还记得我吗？我给你和欢姐当过代驾。吴迪愣了一会儿才想起来，2022年元月初，王欢突发奇想要养宠物。正好他有个朋友在长沙开宠物店，于是两人周末从塔城出发，开车直奔那家宠物店。王欢挑选了一只波斯猫，吴迪的朋友没收钱。之后王欢非要去堕落街吃糖油粑粑，说比塔城的要正宗。

当天恰逢梁树宽外婆的忌日，他特意从塔城赶回来上坟。忙完后他故地重游，好巧不巧在堕落街和王欢邂逅。一看她和吴迪的那个亲热劲，梁树宽就明白两人是怎么回事，他借故避开。尽管心里很难受，梁树宽却没有表露出分毫。王欢跟谁相好都是她的自由，他管不着。当晚梁树宽正在旅馆里发呆时，突然接到王欢的电话，说自己在解放西路的一家酒吧喝多了，问他可不可以代驾，她要连夜赶回去，明早公司有事。梁树宽答应了，他开着王欢的那辆保时捷，把她和吴迪送回了塔城。当时两人醉得不轻，坐在后排还搂在一起，亲昵时毫不避讳。他还听见王欢娇滴滴地对吴迪说，这只波斯猫的眼睛真像你，迷死人了，我以后要天天抱着它睡觉。

吴迪朝梁树宽伸出手，热情地说，是宽子啊，好久不见，在哪里发财呢？梁树宽握了握手，自我解嘲说，天天跟头发打交道，但就是没发财。比不得迪哥你，每天住在金山银山里。吴迪问，你找我有什么事吗？梁树宽说，我有个朋友，在道上混的，蹲过号子。前两天我跟他吃夜宵，他喝高了，说最近打算和耀龙集团的董事长唐胜龙做笔大买卖。我心想，你一个玩社会的，唐胜龙那样的商界大佬怎么会搭理你，这不是吹牛逼吗？我好奇，就多问了几句，结果把我吓一大跳。吴迪不知道梁树宽跟他说这些干什么，但还是耐心地听下去。梁树宽意味深长地说，迪哥，这桩买卖跟您有点儿关系。说着，他把一个大信封摆在吴迪面前。

看了信封里的东西，吴迪脸色大变，问梁树宽，这些东西哪儿来的？梁树宽说，这我就不知道了，我那个朋友没告诉我。我只知道他以前是开信息公司的，说白了，就是私家侦探，最喜欢刺探那些不能见光的秘密，然后找当事人要封口费。吴迪紧张地问，他想怎么样？梁树宽朝信封努努嘴说，他准备把这些东西卖给唐胜龙。你不是我哥吗，我就把东西截下来了。吴迪感激地看着梁树宽，连声道谢，但又觉得事情解决起来不会这么简单，他试探着问，你朋友手里没有备份吧？梁树宽笑笑说，当然有，我跟他还没有好到不谈钱的程度。不过这人很讲究，只要钱到账，就立马销毁证据，绝不往外吐一个字。吴迪问，他想要多少？梁树宽竖起五个指头，吴迪问，五千？梁树宽摇摇头，吴迪又问，五万？梁树宽还是摇头，吴迪惊得脉搏都快停止跳动了，他问，五十万？梁树宽点头说，他开口要一百万，我好说歹说，才肯打对折。

吴迪没滋没味地喝着茶，水温温的，像他和王欢那段已走到尽头的孽缘。梁树宽敲打说，我朋友原本开价两百万卖给唐胜龙，这么劲爆的内容，唐胜龙肯定会买。否则，全世界都知道他戴了一顶大大的绿帽子。犹豫了十几分钟后，吴迪妥协了，他知道自己承担不了隐私泄露的后果。他问，我得筹钱，至少得一个月。梁树宽果断地说，不行，我朋友性子急，三天内必须到账。

勒索吴迪并非邓嘉伟授意，而是梁树宽的自由发挥。五十万的金额是梁树宽反复推敲过的，他觉得这点儿钱对在银行身处要职的吴迪来说不会伤筋动骨，吴迪肯定不敢报案，也不敢不支付。梁树宽和吴迪无冤无仇，本来他不想敲这笔竹杠，但现在他需要钱，一大笔钱。至于要钱的秘密，他不能让任何人知道，有些秘密可以让人发财，有些秘密则可能让人死。

拿到五十万的当天晚上，梁树宽穿着一身崭新的西服去了槐荫阁，他点了两份美式牛扒，一份自己吃，一份给王欢，假装她就坐在旁边。他说，欢姐，别怨我讹迪哥的钱，他根本就没爱过你。知道吗，你走后不到一个月，他就去夜店潇洒了，抱着一个大胸女亲嘴，后来两人去开了房，是我亲眼看见的。你对这种人好，不值啊。

吃完牛扒，梁树宽要了两杯咖啡，他碰了碰对面的杯子说，欢姐，那五十万，就当是他把花你的钱吐出来。喝着咖啡，梁树宽又听到了熟悉的《杰奎琳之泪》，缠绵悱恻，凄婉至极。每晚七点到九点，槐荫阁都有一个穿白裙的长发女孩在拉大提琴，眉目和气质跟王欢有几分相似。梁树宽还听到了《梦中的婚礼》《献给爱丽丝》和《小狗圆舞曲》，都是王欢教他拉过的曲子。想起已随风飘散的堕落街往事，想起红颜薄命的王欢，梁树宽不由得黯然神伤。正所谓初闻不知曲中意，再听已是曲中人。离开槐荫阁时，梁树宽慷慨地给女孩打赏了五百块钱。

那一夜，梁树宽梦见自己和王欢赤条条地躺在一片金色的麦田里，全身泛着金光，头发像金色的波浪。对，整个梦境都是金色的，金色的天空，金色的海洋，金色的船只，金色的花朵，金色的水鸟。他们随着麦浪不知疲倦地翻滚，像两只调皮的海豚。太阳从地平线上喷薄而出的那一瞬间，两人同时到达了高潮。梦醒后，梁树宽久久不肯起床，他一遍遍地回味着梦中的剧情，恨不得马上进入下一季。

梁树宽不知道的是，那晚吴迪也做了个相当奇怪的梦。他梦见自己变成了一条小虫子，钻进了一个悬在枝头的烂苹果里。他被困在果核里，怎么也钻不出来。他急得大声叫喊，却无人听见。就在他绝望之际，砰的一声枪响，苹果被远处飞来的子弹打碎了，他这才掉到地面恢复了自由。但让吴迪触目惊心的是，那只被打碎的苹果里流出来的汁液，竟然是鲜红色的，像血，还有一股腥味。更让吴迪困惑不解的是，他举目四望，却始终找不到开枪的人是谁。

梁树宽更不知道的是，吴迪居然会因为他的这次勒索骗保杀人。而且，杀的还是自己的母亲和养父。

2023年4月中旬，唐胜龙终于做出决定，他要邓秘书告诉梁树宽，找个机会把吴迪打残，但要伪装成抢劫的假象，报酬是六十万。梁树宽索性从美发厅辞职，开始了紧锣密鼓的谋划，不料，吴迪的母亲和养父突然身亡，计划就暂时中止了。因为梁树宽担心警方产生联想，把两位老人的死和吴迪遇袭牵扯到一块儿，以为是有人故意报复吴迪一家。到时，警方的侦破力度会加大，会增加他暴露的风险。唐胜龙同意梁树宽暂停行动，只要是年内解决就可以了。

跟踪吴迪的过程中，梁树宽发现他去市人民医院看神经内科，确诊了抑郁症。六月底，梁树宽跟踪吴迪来到岛上，发现他有个好朋友叫秦皓，是湿地保护站的巡逻员。在桑梓园，梁树宽还偶遇了刚刚当上候鸟讲解员的马丽——他是在马丽做月嫂期间认识她的，当时他去王欢家里给潼潼剃胎毛。闲聊中，梁树宽得知马丽跟吴迪和秦皓的关系都不错。鸟岛的监控处于瘫痪状态,有很多地方人烟稀少,非常适合作案。梁树宽就去应聘了金盛旅游公司的电瓶观光车司机,这样他就有更多的机会接近吴迪,下手也更隐蔽,而唐胜龙正是通过他知道马丽躲到了岛上。

2024年秋天的一个傍晚,我在《刑侦笔记》里感叹,这五人就像一群候鸟聚集在岛上,但他们不是回到自己热恋的故乡,而是在赴一场毫无危险征兆的死亡之约。

坐在2023年的这场冬雨中,梁树宽目光炽热地看着王欢。他有很多很多话想跟她说,但现在还不是时候。他想过了,等办完该办的事,就带上小提琴,去一个遥远的地方生活。虽然不方便回来看她了,有些不舍。但他相信,她会随时进入他的梦境。在梦里面,他们可以零距离接触,中间没有隔着花岗岩石碑。她还会顺着小提琴的弦,瞬移到他的身旁。如此一来,是否在墓前纪念已经不那么重要了。他们就像两个纠缠的粒子,不管他在世界的哪一端,她都会跟他互动,永远不会独自逃逸。

梁树宽再次亲吻了王欢湿漉漉的脸庞,然后起身鞠了一躬,离开了陵园。他早已淋成了落汤鸡,但一点儿都不觉得冷。这些天他一直处于亢奋状态,浑身燥热,甚至彻夜失眠。都是被秘密折腾的,一个全世界只有他知道的巨大的秘密。梁树宽好像又回到了十七岁那年冬天,他的裤兜里藏着一个秘密,孤魂野鬼一样在堕落街上游荡。有秘密的人,血都是热的,眼神也是。

梁树宽超级怀念跟王欢相邻而居的那段时光,她的气息经常穿透墙壁扑面而来。外婆家那栋小小的阁楼，就是他少年时代的伊甸园。他和王欢吃遍了堕落街的每一家苍蝇店，有时还一起去爬岳麓山。他们坐在湘江边，看过橘子洲的盛大焰火。怒放即凋萎，他觉得值。与其一生默默无闻，不如惊心动魄地美丽一瞬间，他觉得这样的生命更有意义。那两年，他的生命已经怒放过了。他的身心每天都像花儿一样饱满和湿润，还有浓烈的香味儿。陨落就陨落吧，他已经没有太多遗憾。

此时此刻，梁树宽深知，自己正在钢丝上行走。不，比走钢丝更危险，是在琴弦上跳探戈。他第一次跳探戈，是王欢教他的，在商学院的舞厅里，他老踩她的脚，还把她的鞋子踩坏了，后来他送了她一双新鞋子。

2023年这个非同寻常的冬天，梁树宽明白，自己只要稍微走错一步，生命之弦就会戛然崩断。到时，他不是赔鞋子，而是会把命赔掉。

2

两百三十万的保险赔付金解了吴迪的燃眉之急，但他没有马上拿这笔钱去补银行的窟窿。他先是给孟国柱打了个电话，以虚假承诺来延迟取款时间，然后携款去了澳门。跟王欢相好时，两人在葡京玩过一次，他小赢了四万。他觉得自己的脑子是好使的，只要有足够的本钱，肯定能赚个盆满钵满。现在本钱有了，他要豪赌一把，将之前的损失全都追回来。然而，仅仅一天工夫，他不仅把两百三十万保险理赔金输得精光，还输掉了母亲和养父留下的五十八万积蓄。懊悔、恐慌、绝望的情绪，就像潮湿多雨的热带海洋性季风把他吞没了。

回到塔城后，吴迪把养父的那座小院子卖了。林区的房子不值钱，只卖了三十多万。他在湘江明珠的房子值八十来万，但还有二十多万的房贷。车子开了四五年了，最多值十万。把这些钱全都凑一块儿，再厚着脸皮找朋友和同事借一些，东拼西凑，也许能补上银行的窟窿。可是，吴迪不甘心啊。吃了那么多年苦，受了那么多委屈，终于熬出头了，却一夜之间回到石器时代。最让吴迪不能释怀的是，钱没了，他的母亲和养父也就白死了，死得毫无价值。

吴迪变得焦虑、狂躁、神经质，每晚都做噩梦。他总是梦见自己被一个手执钢叉的厉鬼追逐，每一次他都无路可逃，要么跳下万丈深渊，要么葬身熊熊烈火，要么跑向疾驰而来的火车。奇怪的是，母亲和养父从来没有在梦里为难过他，那个厉鬼长着一张跟他一模一样的脸，只是眼窝更深，牙齿更尖，脸色更白，头发更长。吴迪跟同事的关系也变差了，经常为一点儿小事就冲下属大发脾气。客户的应酬他能躲就躲，躲不过去就敷衍了事。

养父的那支虎头牌五连发，还有二十颗子弹，是吴迪料理丧事时在衣柜里发现的。养父教他用过枪，在山里打兔子。林业派出所的老孙前来寻枪时，吴迪谎称没看见，其实枪和子弹被他藏到湘江明珠的家里了。他隐匿枪支的原因很简单，万一下毒的事情败露，他就在警察抓捕之前饮弹自尽。但警察没来抓他，来抓他的是梦里的厉鬼。

吴迪去夜店买醉，频频跟各种女人开房，他以为沉醉在温柔乡中就可以忘记一切烦恼，但根本就没有用。后来吴迪在龙泉寺住了两天，吃着斋饭念着佛号，又把王欢送他的一尊玉观音拿给方丈开光，每时每刻挂在脖子上，但鬼还是在梦里紧追着他不放。有一次从梦魇中醒来，吴迪把枪口顶住下巴，压上子弹，只要一扣扳机，他的脑袋就会被打碎。但他最终没有勇气，放下枪，他去市人民医院看了神经内科，医生说他患上了抑郁症。

吴迪精神恍惚地来到韭菜园，在哥特式教堂的屋顶上坐了整整一下午，靠着那个白色十字架。他原以为帮母亲解脱了病痛的折磨，没想到自己的灵魂从此堕入炼狱。他不光杀了母亲和养父，过去的那个吴迪也被他亲手杀死了。梦里的那个厉鬼不是别的什么邪祟，而是他自己。

只有在那座孤岛上，只有睡在荒芜而寂静的渔村里，吴迪才不会做噩梦。他不知道这是什么原因，也许，这里属于另外一个世界。正因为如此，吴迪去找秦皓的次数更频繁了，以前每月去一两次，现在每周都去，双休日都在岛上度过。在地下冷库逼问吴迪那次，秦皓就知道了梁树宽这个名字，知道是他从吴迪手里拿走了五十万。梁树宽到岛上来开观光车后，马丽又把他介绍给了秦皓，三个人一起吃过几次饭。有时下班途中碰见梁树宽的车，秦皓还会搭个顺风车。吴迪在岛上好几次遇到梁树宽，他一度怀疑勒索他的不是别人，而是梁树宽本人。秦皓却说，你读书读傻了。宽子要是有能力搞到那些证据，他还会在岛上开车吗？吴迪问，那证据是谁搞到手的？秦皓冷哼一声，除了唐胜龙，还能有谁？吴迪说，可姓唐的并不知道我跟王欢的那些事。秦皓反问，你哪来的自信，肯定他会不知道？吴迪说，他要是知道，早就来收拾我了。秦皓再次反问，他一个上市公司的董事长，会满世界嚷嚷自己被绿了？

被秦皓点醒，吴迪抽着烟，坐在灯塔上想了很久。以唐胜龙的能耐，拿到那些证据并不难。如果想报复他，唐胜龙碍于颜面，不便公开采取行动，最有可能暗中使绊子。那天黄昏，梁树宽正好来灯塔附近钓鱼。吴迪走过去，扔给他一根和天下说，宽子，你给我撂句实话，你朋友讹我那件事你参与没有？要是参与了，我他妈认了，绝不追究。你不找我要钱，你朋友也会找我要钱，是祸躲不过。

梁树宽坐在一只破旧的汽车轮胎上，胎内空地里都是马齿苋，他点着烟说，迪哥，这事真跟我没半毛钱关系。不看你的面子，我也要看欢姐的面子，我怎么会害你？吴迪问，你那个朋友姓唐，对吗？梁树宽握钓竿的手抖了一下，反问，迪哥，什么意思？吴迪说，这里不是横店，不要演戏了。我知道你那个朋友是谁，就是唐胜龙。梁树宽看着静止不动的浮标，抽着烟一言不发。吴迪说，那我自己去找唐胜龙问个明白，我睡了他老婆他就要讹我钱？不行，我要告他敲诈勒索！说着，他假装转身欲走。梁树宽这才说，迪哥，撕破脸对你没好处。

吴迪重新坐在梁树宽旁边，听他说完整件事情的缘由。但梁树宽没有告诉吴迪，潼潼并非唐胜龙的亲生女儿，他更没有透露唐胜龙的下一步报复计划。本来梁树宽不想说这些，但他担心吴迪真的去找唐胜龙，那他私下里勒索吴迪的事就会曝光，两边他都会得罪。梁树宽从易拉罐里倒出一些饵料，撒在水中说，唐胜龙说你勾搭欢姐是骗财骗色，所以他设了个套，要你把吃进去的钱吐出来。吴迪抓起易拉罐奋力扔进水中，咆哮道，放屁！是他老婆勾引我，我他妈才是受害者。梁树宽说，迪哥，你确实睡了人家老婆，欢姐也确实给你花了不少钱，这事就算了，别计较了。

吴迪看着水面荡起的圈圈涟漪，呆若木鸡，脸色比黄昏的塔影还要晦暗。梁树宽紧握钓竿，屁股在轮胎上都没挪动一寸，像个智者。浮标忽然抖动了几下，他猛地一拉钓竿，但什么都没有。过了一会儿，浮标又动了，他再次拉竿。这次终于有了收获，一条巴掌大的鳊鱼跃出水面，不断地狂甩尾巴，用尽生命最后的力气翩翩起舞。梁树宽不急不躁地把鳊鱼放进网兜，然后将重新挂上蚯蚓的鱼钩抛进水中，说，迪哥，千万别恨我，我只是个跑腿的。

那天秦皓上夜班，吴迪在桑梓园堵住了正在巡逻的他，把梁树宽说的那些全抖了出来。秦皓靠在那棵歪脖子老桑树上半晌没说话，他默默地抽着烟。吴迪问，你说唐胜龙还会针对我吗？秦皓看着从桑叶缝隙里漏下的星光，不言不语。吴迪不耐烦了，拽了一下他的胳膊说，皓子，你哑巴了你？秦皓掐灭烟头，像掐断一段纷乱的思绪，然后说，肯定会。吴迪说，他三月份讹了我的钱，现在都九月了，耀龙集团既没从工行抽资，唐胜龙也没派人找我麻烦，到底几个意思？秦皓反问，那你觉得这是什么原因？吴迪说，家丑不可外扬，唐胜龙害怕事情闹大了，对他和公司的形象产生负面影响。秦皓摇头说，不，以唐胜龙的实力，报复你有层出不穷的手段。他在背后打你黑枪，外界不会有人知道。

吴迪问，他不是讹走了五十万吗，还想怎么样？秦皓嗤笑一声，一个身家几十亿的大老板会讹你五十万？吴迪愣了一下问，你不是说唐胜龙在背后搞的鬼吗？秦皓说，证据是他收集的，但讹你的钱不是他，而是宽子。吴迪错愕道，宽子信誓旦旦地说是唐胜龙指使他干的，钱没落他口袋里。秦皓不置可否地说，不管钱落到了谁的口袋里，这事你都不要追究，认栽就行了。毕竟你和王欢偷情，被人家抓住了真凭实据。

蟋蟀在疯人院的废墟里吟唱，有点儿像王欢拉的大提琴曲。随医院搬离的那些患者，以及他们脑袋内怪诞的世界，似乎都以中微子的方式保存了下来。一滴夜露悄无声息地落在吴迪的鼻尖上，他不由自主地打了个寒战。秦皓凝思了一会儿说，宽子在理发店干得好好的，突然到岛上开观光车，八成是冲着你来的。吴迪问，是唐胜龙派他来的？秦皓点头，说，唐胜龙对你的报复应该还没开始,你小心为妙。还有,离宽子远一点儿,他没你想象的那么简单。

不知道报复什么时候会到来,吴迪整天忐忑不安。他一度想过鱼死网破,主动公开他和王欢的那段隐秘情史,甚至坦白他挪用储户存款的罪行。这样的话,唐胜龙就会有所顾忌,不敢下黑手了。因为一旦他出了什么事,警方的第一个怀疑对象就是唐胜龙。可吴迪承受不了后果,知三当三,吃软饭,如果丑闻曝光,他会迅速社死。他更不想进监狱,不想悲惨的人生从头再来一遍。

吴迪对自己的智商不再自信了,从2023年春天开始,他屡战屡败,而且连拳头是从哪个方向打来的都不知道,就直接被KO了。他落到如今这个下场,难道是他毒杀母亲和养父的报应吗?2023年寒露那天,当医生告诉吴迪,他的抑郁症加重,达到了中度,药量必须翻倍时,吴迪整个人都处于一种梦游的状态。他感觉许多血吸虫钻进了自己的身体,每一滴血,每一个细胞,都被快速吞噬。转眼间,他就成了一具没有灵魂的躯壳。

吴迪最后一次上岛,是在11月15日,星期三。那天天气有点儿反常,忽晴忽阴,金色的阳光和银色的雪子一起飞舞。这种奇异的色调均匀地粉饰全岛,远远看去,如同一件灿烂夺目的金银器。上一班观光车还满载游客,轮到梁树宽这一班时,只坐了吴迪一个人。车上空空荡荡,寂寥得像一段夭折的爱情。梁树宽说,迪哥,又去找皓哥呢?吴迪没答话,他根本没听见梁树宽在说什么,最近他都是这种状态,像行走的僵尸。

梁树宽在后视镜里看着吴迪，就在三天前，他接到邓嘉伟的电话，说唐胜龙改变了主意，决定做掉吴迪。梁树宽吃惊地问，不是打残吗，怎么又要他的命？邓嘉伟说，不该问的别问，你要是不敢，我就找别人。梁树宽犹豫了一会儿问，给多少钱？邓嘉伟说，八十万。梁树宽说，一百万。十分钟后，邓嘉伟再次打来电话，说，唐董答应了，要你在吴迪下次上岛后就动手，必须干得漂亮。梁树宽说，放心，死在岛上，跟死了一只鸟没什么区别。

其实不用梁树宽动手，吴迪就已经动了轻生的念头。这次上岛，吴迪背着一只棕色双肩包，里面放着那支虎头牌五连发和二十发子弹。他在考虑以什么方式跟这个世界说再见，吞枪是选项之一。去澳门豪赌输得只剩底裤这件事，吴迪始终不敢跟秦皓说。不知为什么，吴迪总觉得秦皓身上有种东西让他心生畏惧，但具体是什么，他一直没搞清楚。

这天晚上，在微腥的湖风中，吴迪把自己的最后一点儿秘密全都告诉了秦皓。反正要告别了，他已经无所顾忌。他糊糊涂涂地来到人间，像一个谜。他希望走的时候明明白白，来生做一个没有秘密的人。

吴迪像只大龙虾一样佝偻着蹲在沙滩上，他抹了一把眼泪鼻涕说，皓子，我他妈彻底完了。出乎吴迪意料的是，秦皓没有大动肝火，把他扶起来说，我卡里有十几万，你都拿去。再找人借一点儿，赶紧把漏补上。吴迪哭丧着脸说，房子车子在网上挂出去两个月了，连个问价的人都没有。秦皓沉默了，风卷起烟灰，吹向茫茫夜色深处。吴迪看向渔村石头房子里的微光,视网膜上像是划过一颗亮晶晶的流星,但星光稍纵即逝。他说,我真他妈后悔,当初没把马丽追到手。如果她是我的女人,我也不至于沦落到现在这个田地。秦皓说,你没机会,她心里有别人。吴迪说,我知道,就是那个李查德,听王欢说过。马丽连他长什么样都不知道,那不叫爱,是梦,一个迷梦。你别看马丽都二十八了,她还有一颗少女心,活在梦中。我不吹牛,如果我当初脸皮厚一点儿,马丽肯定跟了我。秦皓说,你后来脸皮厚了,也没见你有所行动。吴迪叹气说,是我狗眼看人低,太把自己当回事了。我其实就是生活的一条舔狗,为了几口狗粮,一天到晚摇尾巴,我他妈都恶心我自己。

秦皓说,现在醒悟还不晚,她还没脱单呢。吴迪说,不,你是我铁哥们,我不横刀夺爱,我知道你这个鸟人惦记她好多年了。秦皓假装没听见,他席地而坐,脱下脚上的箭牌球鞋,倒掉里面的沙子。黑黢黢的湖面上月色斑驳,就像聚集了一群群银鱼。风一吹,鱼群活跃起来,四处乱窜。吴迪忽然问,皓子,你知道我最恨谁吗?秦皓穿上球鞋说,唐胜龙、王欢、宽子,三选一。吴迪摇头说,都不是,我最恨的是把我带到世上来的那个男人。秦皓说,怎么恨上他了?吴迪把烟头在沙子里摁灭,说,如果不是他祸害了我妈,我就不会是野种,女朋友就不会离开我。我也不会上王欢的床,我妈和董叔就不会死,我不恨他恨谁?

吴迪的逻辑没毛病,秦皓无法反驳。吴迪问,皓子,你说是不是我妈和董叔在诅咒我？秦皓说，过去的事别提了，还是想想怎么还钱吧，以后多到你妈和董叔的坟头烧点儿纸。吴迪激动地说，除了坐牢，我他妈还有什么办法？秦皓把目光转向吴迪，他蔫头耷脑的，像霜打过的芦苇。他问，怎么，银行高管不想做了，想做裁缝？吴迪没回答，他整个人像跟黑暗融为了一体，连哈出来的气都是黑的。秦皓说，你把房子车子再降降价，挥泪大甩卖，肯定能成交。再去投案自首，积极退赃，判不了多少年。服刑期间表现好一点儿，估计四五年就出来了。你就当是在里面又读了个本科，学了一门手艺。吴迪把秦皓的话当成了耳边风，他说，做一只候鸟多开心啊，没有欺骗，没有伤害，没有鄙视链。身体与灵魂都是自由的，不需要追逐欲望，只需要追逐爱情和远方。

秦皓吐出一个悠长的烟圈，他也是这样想的。每天看见候鸟，心里的烦恼就自然而然地少了。即使春天候鸟全部飞回北方，替它们守护这片家园也是件非常有意思的事。很多候鸟秋冬回来后，还认得他，围着他打转，叫个不停。而人呢，要健忘得多。即便轰轰烈烈地爱过一场，转个身就可能相忘于江湖，连名字都不记得。吴迪说，做人太累了，我来生要做一只候鸟。每年飞到这个岛上来，皓子，到时你不要不认得我。秦皓说，等你小子投到鸟胎，我都七老八十了，怎么可能还在这岛上工作？就算没退休，老眼昏花的，你飞到我跟前我也看不清楚。吴迪喃喃自语，不会等那么久，明年这个时候，我就会飞回来。秦皓心中一凛，说，你要干什么？千万别犯傻！吴迪说，没什么，心里憋得慌，发发牢骚。我要是真的变成了一只候鸟，就冲你叫三声，扇三下翅膀。秦皓说，冲我叫、冲我扇翅膀的鸟多了去了，我认得你个大头鬼。吴迪说，这好办，我在你头上拉一泡屎，最臭的那种，那你就能认出我来了。说着，他哈哈大笑起来，刚才的郁闷似乎都遁入了夜色中。

秦皓没笑，他想起了当年两人坐在教堂屋顶的情景，不知为什么，这一画面经常在他的大脑中闪回，清晰到连十字架上的纹路都历历在目。他们曾以上帝的视角俯瞰人生，如今却成了被上帝悲悯的对象。秦皓说，来生的事太遥远了，谁也把握不准。我爸经常跟我说，今天不要去想明天的事，不然总是惦记着，不开心；也不要去想昨天的事，不然总是放不下，心累。过好今天就可以了，想吃吃，想喝喝。还没发生的和已经发生过的，都跟你现在的生活没有狗屁关系。吴迪收住了笑，瑟缩着脖子，安静得像只归巢的倦鸟。秦皓说，我爸还告诉我，人不要把自己看得太重。你把自己当成捡破烂的，每天出门就会有惊喜，总能发现宝。吴迪说，皓子，真羡慕你有个好父亲，可惜我没有。秦皓在手里把玩着一个贝壳，说，但你有个好母亲。吴迪说，你有爸，我有妈，凑一块儿，咱俩都有爸妈了，难怪能做兄弟。秦皓将手中的贝壳掷向湖面，却没听见任何回响，似乎被黑暗一口吞掉了。秦皓说，谁没有被生活打过几个响亮的耳光，躲不过去就忍着点儿，有朝一日再打回来。

秦皓从小到大就被生活按在地上反复摩擦，起先伤口会流血，会疼痛，会发炎，会溃烂。一次次结痂后，皮肤就起茧子了，而且越来越硬，就好像披上了一层坚硬的盔甲，刀枪不入。

吴迪对秦皓的话充耳不闻，他摘下棒球帽，抠了抠头皮说，你知道吗，我最怀念少年时代，那时候眼里有光。秦皓转了转僵硬的脖子说，储户的那笔钱不是还没到期吗，这事先别想了。周六我们一起回林区住段时间，散散心，想撒野就撒野。说着，秦皓起身往回走。吴迪默默地跟在秦皓身后，忽然他的脚步迟疑了一下，扭头看向灯塔，就像一只伸长脖子求偶的鸟。但灯塔上什么都没有，除了荒凉和颓败。紧邻灯塔的是一棵椿树，一双绿幽幽的猫瞳在茂密的树叶中闪烁不定，宛如鬼火。

接下来的两天，秦皓上班时，吴迪就在岛上闲逛，偶尔会跟在旅游团后面听马丽讲解候鸟。不过大多数时间他都是一个人坐在灯塔上发呆，如同雕塑。那支五连发就放在背包里，有很多次，他把枪拿出来对准了自己，但终究狠不下心来。11月17日，吴迪在岛上漫无目的地转了一圈后，又去了灯塔。坐在下午四点钟的阳光中，他反复咀嚼着秦皓说的话，后果似乎没自己想象的那么严重。他之前拥有的，似乎也没那么重要。秦皓和马丽从来不曾拥有那些，日子却比他过得惬意得多。因为他们拥有渔村，拥有候鸟，拥有湖水，拥有岛。他们有足够的时间看一朵云，听一阵风，拍一道闪电。他们不做生活的舔狗，而是做自己的快乐岛主。既然他拥有的那些东西，在灵魂的天平上毫无分量，失去又有什么可惜呢？大不了几年后他也来到岛上，与秦皓和马丽为邻。

想明白这些，吴迪释然了，仿佛有一块青石板忽然从心头掀起，某些压抑已久的东西顿时鲜活起来。2023年11月17日，吴迪从下午一直坐到黄昏，泪水从他眼里夺眶而出，像潮汐一样漫过他的脸颊，漫过内心。

吴迪决定了，明天就跟秦皓回林区，回到他遥远的少年时代任性一把。他擦干泪水，忽然看到梁树宽提着钓具出现在灯塔下面，冲他打招呼，迪哥，看风景呢？吴迪站起来，不置可否地笑笑。他一直谨记秦皓的叮嘱，离这家伙远一点儿。吴迪曾经想过报复梁树宽，因为就是这狗日的间接杀害了自己的母亲和养父，并且让他面临牢狱之灾。但现在，吴迪把仇恨放下了。他明白，梁树宽并非推倒他命运多米诺骨牌的那个人。

吴迪提起背包正要离开，梁树宽却径直走上了灯塔，说，迪哥，今天同事给我介绍了个对象，你见识广，帮我参考一下，这姑娘怎么样。说着，他掏出手机，调出一张年轻女孩的照片。吴迪低头看照片，正想敷衍两句，梁树宽猛然一推，他当即仰面朝天摔下灯塔，手里还紧紧攥着自己的背包。

吴迪在半空中惊恐地盯着一脸狞笑的梁树宽，直到坠落地面的刹那间，眼睛才眨了一下。咔嚓，梁树宽清晰地听见了快门声，他忍不住打了个哆嗦。

似乎他的整个五官，乃至灵魂，都被摄到了一张永不褪色的底片中。

243

3

那个夕阳像火鸟一样燃烧的傍晚，秦皓和马丽正在交换住宅。风，在渔村九曲回肠地吹着，全是惊惶的气息。这已经是两人第三次往返了，秦皓扛着一张破旧的人造革沙发从石头房子里出来，朝吊脚楼走去，马丽抱着铺盖跟在后面。路过那台报废的手扶拖拉机时，两人看见梁树宽慌慌张张地跑过来，上气不接下气地说，皓哥，丽姐，死、死人了！

秦皓和马丽同时停下了脚步，他们的恐惧并没有比对面那张脸好多少。唐胜龙的尸体还在行李箱内，案发现场有待进一步清理。这个时候，绝不能让第三人窥破他们的秘密。秦皓放下沙发，右手下意识地握紧了挎在肩头的五连发，强作镇定地问，谁死了？梁树宽语气急促，是迪哥！秦皓闻言愕然，马丽更是惊诧万分，上午她带团时还跟吴迪打过照面。梁树宽说，我去夜钓，路过灯塔时发现迪哥躺在地上，浑身都是血。我叫了他好几声都没反应，应该是死了。

秦皓撒腿就朝灯塔方向跑，马丽把手里的铺盖往地上一扔，跟在了他后面。来到灯塔底下，秦皓果然看见吴迪仰面倒在血泊中，四肢摊开，就像一只大章鱼。他戴的棒球帽飞到了一边，背包也掉在地上。秦皓原本下午和马丽去观音阁烧香时叫上吴迪，顺便劝劝他别再钻牛角尖。没想到出了唐胜龙这件事，他就把吴迪给忘了。马丽蹲下来，用手摸了摸吴迪的身体，心跳和脉搏均无,而且出现了尸僵。她当即哭出了声,皓哥,他没救了!

想起吴迪这两天说的那些丧气话,秦皓以为他是自己从灯塔上跳下来寻短见。秦皓的第一反应不是悲伤,而是愤怒,他恨不得给吴迪一个大耳刮子,心中咒骂道,你个狗日的还好意思笑我,你才是个真正的鸟人。你妈和董叔白死了。但秦皓很快就发现了不对劲,与此同时,他闻到梁树宽身上有股臭鸡蛋的味道。虽然有了些许暮色,但能见度还不错。秦皓朝灯塔走去,梁树宽跟在后面故意说,皓哥,前天迪哥坐我的车来找你,情绪一直很低落。我问他怎么了,他说自己的抑郁症加重了,他不会是想不开吧?

秦皓没理会梁树宽,他看见有一溜阿迪达斯的鞋印沿着螺旋上升的楼梯通向塔顶,却没有下来的鞋印,而吴迪穿的正是阿迪达斯球鞋,鞋码也跟吴迪的吻合。秦皓又来到灯塔旁的那棵椿树下,俯身捡起几片落叶,是新鲜的。靠近灯塔一侧的树上,还耷拉着一根断裂的枝桠。秦皓猛地转身,抓起梁树宽的双手端详,发现上面有还没结痂的擦伤。梁树宽挣脱秦皓的手腕,心虚地问,皓哥,你干吗呢?马丽以为是吴迪的死让秦皓受了刺激,她上前劝道,别吓着宽子了,赶紧想想怎么办吧。马丽想报警,但又害怕行李箱里的尸体暴露。秦皓似乎没听见她的话,他逼视着梁树宽问,唐胜龙给了你多少钱?

梁树宽瞬间血压飙升,耳朵里全是虫鸣,他从秦皓的话里出了不同寻常的意味。可是,他把吴迪推下灯塔时,并没有任何人看见,秦皓怎么知道是他干的?又怎么知道是唐胜龙在幕后策划的？梁树宽压抑着内心的忐忑问，皓哥，什么意思？秦皓说，别他妈装了，回答我的问题！梁树宽喉咙发干，他不断吞咽着唾沫问，皓哥，我真不知道你在说什么。秦皓一脚将梁树宽踹倒，眼里全是浓烈的杀气，他怒喝道，打他一顿也就行了，为什么要杀他？

马丽在旁边听得莫名其妙，吴迪和王欢偷情的事秦皓没有告诉她，她更不知道梁树宽到岛上开观光车有不可告人的目的。梁树宽说，皓哥，这话不能乱说，会吃官司的。我跟迪哥无冤无仇，怎么会杀他？我过来夜钓时，他已经躺地上了。秦皓厉声喝问，你见过自杀的人带着行李一起跳楼的吗？梁树宽朝那个棕色背包瞥了一眼，蒙圈了。秦皓说，如果吴迪自己从塔上跳下来，应该是自由落体，尸体距离塔基两米左右。现在尸体距离塔基足足四米远，只有两种可能。第一，他跳楼时助跑了，有加速度。但灯塔顶上空间狭小，根本没有助跑的条件，所以只有第二种可能，他是被人大力推下去的。

梁树宽狡辩道，楼梯上根本就没有我的鞋印，我没上去过。秦皓冷笑一声，你杀了吴迪后，穿着他的鞋子又上了一次灯塔，把你留下的鞋印全部清理干净了。为了伪造吴迪没有下塔的假象，你顺着旁边那棵椿树爬下来，你从小在林场生活，爬树这种技术活肯定难不倒你。攀爬时，你还不小心折断了一根树枝。对了，这不是香椿，而是一棵臭椿，所以你身上沾染了臭鸡蛋的味道。梁树宽面色惨白，冷汗直冒，整个作案过程竟然都被秦皓说中了。

秦皓说，你现在还觉得自己冤吗？梁树宽突然把手伸向那只棕色的背包，吴迪坠亡后他检查过，里面有支五连发。但秦皓动作比他更快，随着一阵推弹上膛声，秦皓把枪口对准了他，说，你再动一下，我马上让你去黄泉路上给吴迪作伴！梁树宽结巴地说，皓哥，我，我抽根烟。

梁树宽手指哆嗦地点了一根烟，狠命地吸了几口，按捺着强烈的恐惧。马丽惊疑地看着秦皓问，这到底是怎么回事？秦皓这才把吴迪不能见光的那些事告诉了她。不仅马丽听得目瞪口呆，梁树宽的瞳孔里也像是发生了一场剧烈地震，香烟掉在了地上。他万万没想到吴迪为了支付五十万勒索金，居然挪用储户存款，甚至不惜骗保毒杀自己的母亲和养父。马丽愤怒地质问，宽子，你怎么能干这种缺德事，就不怕吴迪变成厉鬼来找你吗？梁树宽说，我不干，唐胜龙也会指使别人来干。让我干，看在丽姐和皓哥的面子上，我还会手下留点儿情。换了别人，迪哥可能早被榨干了。马丽咄咄逼人地问，讹钱也就算了，你为什么要杀他？梁树宽说，是唐胜龙的主意，事成之后他给我一百万。我还是那句话，我不干，有的是人干，没人不喜欢钱。

秦皓捡起地上还没熄灭的烟头，吸了两口，问梁树宽，唐胜龙今天到岛上来，就是为了做掉吴迪这件事吗？梁树宽吃惊地问，皓哥，这事你怎么知道的？秦皓说，你只用回答我就可以了。梁树宽说，是的，他那个姓邓的秘书通知我，说唐胜龙今天下午三点会在桑梓园跟我见面，他要亲眼看到迪哥死。但不知怎么回事，我在那里一直等到四点，唐胜龙都没出现，手机也打不通。我就自己来找迪哥，准备事情办完后再告诉唐胜龙。

秦皓和马丽交换了一下眼神，两人都明白唐胜龙为什么会突然出现在岛上了。梁树宽哀求道，皓哥，丽姐，求求你们，千万别告发我。是我一时财迷心窍害了迪哥，那五十万我不要了，都拿去给迪哥做法事，让他投胎个好人家，下辈子大富大贵，无病无灾。秦皓没说话，他默默地抽着烟。马丽也意识到了问题的棘手性，吴迪是被梁树宽杀害的，而梁树宽是受唐胜龙指使，现在唐胜龙的尸体藏在她的行李箱里。如果警方介入，很可能顺藤摸瓜，查出她是杀害唐胜龙的凶手。马丽焦急地问，皓哥，现在怎么办？秦皓还是没吭声，他又点了一根精白沙。梁树宽跪倒在地，说，皓哥，放我一马，唐胜龙给的一百万我也一分钱不要，都给你和丽姐。秦皓说，敲诈勒索五十万属于数额特别巨大，我要是想告发，你早就进去踩缝纫机了，而且是十年以上。梁树宽有些发愣地看着秦皓，不知道他到底想怎样处置自己。秦皓扔掉烟头说，把尸体背回渔村去。看到梁树宽仍然一脸懵逼，秦皓加重了语气，赶紧的！巡逻员很快就会过来，到时就脱不了身了。梁树宽回过神来，连忙去背吴迪的尸体。

半小时后，天完全黑了下来，秦皓和梁树宽坐在渔村一座无人居住的空房子里，破旧的茶几上点着一根蜡烛。门窗和墙角蛛网密布，地面积着厚厚一层灰尘，还有不少老鼠屎和猫屎。秦皓身后有两具尸体，一具在紫色的行李箱里，一具在地上。秦皓不仅把下午发生的事告诉了梁树宽，还说出了马丽、王欢和唐胜龙之间的恩恩怨怨。梁树宽终于明白他为什么没有在桑梓园等到唐胜龙，也明白了秦皓为什么要帮他。帮他，就是在帮马丽。既然三人已经上了同一条船，梁树宽也不再有任何隐瞒，把他杀害吴迪的整个过程都说了出来。

秦皓借蜡烛的火焰点了根烟，问梁树宽，姓邓的知道吴迪死了吗？梁树宽坐在昏黄的烛光中，脸色灰暗地说，我还没来得及告诉他。秦皓问，那你为什么先跑来告诉我们？梁树宽说，我想多几个人破坏现场，免得警方勘查时看出破绽。秦皓说，回头你告诉姓邓的，今天没找到下手机会。等唐胜龙失踪的事传开后，你再告诉他，吴迪也从岛上消失了。梁树宽似乎明白了什么，他问，你想要姓邓的认为唐胜龙的失踪跟吴迪有关？秦皓把烟灰弹进黑暗中，说，没错。如果吴迪没死，我原本想让唐胜龙人间蒸发，永远找不到尸体。但现在吴迪死了，计划得调整，我要让他起死回生，当杀死唐胜龙的凶手。

当秦皓说出计划的细节时，梁树宽屏住呼吸，生怕听漏一个字。按照这个借尸还魂的计划，他和马丽不仅能脱罪，还能得到一大笔钱。梁树宽心想，难怪秦皓不在现场就能看出是他杀了吴迪，长在秦皓脖子上的，简直不是人脑，而是一台超级电脑。梁树宽的脸色逐渐明亮起来，说，皓哥，我听你的。

其实，秦皓帮梁树宽脱罪，并非完全是为了马丽。就像他当初没有告发梁树宽，也并非完全是为了保护吴迪的隐私。十二年前，发生在神鼎山顶的那场雷击事故让秦皓刻骨铭心。在铺天盖地的传闻中，他知道了受害者的具体信息。雷击死亡的老师叫梁斌，是神鼎林场子弟学校的美术老师。梁斌的妻子叫杨海琼，是林场医务室的医生，会拉小提琴，后来人疯了，死在汨罗江里，不知是失足落水，还是投河。夫妻俩有个儿子叫梁树宽，当时在上小学六年级。父母双亡后被外婆收养……

秦皓对这场事故深感愧疚，他的一次疯狂之举改变了梁树宽的命运。在送给马丽的那张照片上，不仅定格了闪电惊心动魄的美丽，也定格了一个家庭的苦难。当马丽把梁树宽介绍给秦皓时，他立马就知道了，当年的冤亲债主找上门来了，这是天意，躲不掉。他叮嘱马丽，千万不要让梁树宽看到墙上那些关于闪电的照片。马丽问，为什么？秦皓没有说出《生命之吻》背后的悲剧，只回答了一句，我在林场听说，宽子爸是被雷劈死的。马丽明白了，秦皓是担心梁树宽看到照片后触景生情，想起父亲的惨死。以后每次梁树宽来家里做客前，马丽都会把有闪电内容的照片从墙上取下来，等他走后再挂上去。正是因为内疚，在得知梁树宽勒索了吴迪五十万时，秦皓没有采取任何反制措施，也没有鼓动吴迪报复梁树宽。现在吴迪已经死了，报警并不能让人复活。出于赎罪心理，秦皓压住怒火，决定出手帮梁树宽一把。然而，梁树宽并不知道，住在渔村的这两个人，竟然跟他的家庭命运息息相关。

灯芯跳动了一下，迅速黯淡下去。此刻，两个活人和两个死人，仿佛置身在一个不见光的金属容器里，世界变得异常坚硬而冰冷。灯火忽然又亮了，不断闪烁着，秦皓和梁树宽映照在墙上的影子，显得奇诡而魔幻。

11月18日，也就是处理完两具尸体的次日早晨，梁树宽接到了邓嘉伟的电话，怎么搞的，昨晚你的手机都打不通，出什么事了？梁树宽说，没事，是手机没电了。昨天我在桑梓园没等到唐董，就自己去找吴迪，没顾得上给手机充电。邓嘉伟说，真是怪了，昨天下午两点后，唐董的手机就关机了，一直到现在都没开机。梁树宽说，可能他临时忙别的事去了，不方便接听电话。邓嘉伟说，不应该啊，以前从来没出现过这种情况。对了，事情办妥了没有？梁树宽说，没找到机会，他一直跟秦皓在一起，没单独出来活动，我今天再试试。邓嘉伟说，谨慎一点儿没错，宁愿放过，也不要蛮干。

11月19日傍晚，刚下过一场大雨，湖面全是氤氲的水汽。邓嘉伟来到岛上，在灯塔前找到正在钓鱼的梁树宽，有些焦躁地说，唐董还是联系不上，昨天一个重要的商务洽谈会也缺席了，他可能出了事。梁树宽问，他能出什么事？作为心腹，邓嘉伟对唐胜龙和马丽之间的情感纠葛了如指掌，他朝渔村方向看了一眼，本来想把这个秘密告诉梁树宽，犹豫了一下还是忍住了。他说，我也不知道，但感觉不太妙。梁树宽说，这两天我也没看见吴迪，他好像不在岛上了。邓嘉伟皱起了眉头，自言自语，两个人同时消失，这就古怪了。梁树宽故意问，怎么古怪？邓嘉伟说，这两人会不会冤家路窄，在岛上碰见了？如果真是这样就麻烦了。梁树宽装糊涂说，可吴迪并不知道唐董要算计他，碰上了能有什么事？邓嘉伟喃喃地说，我怕唐董没控制好情绪。梁树宽一拍脑袋，故作恍然大悟，唐董不光被绿了，还要替绿他的人养孩子，这种奇耻大辱谁受得了。他跟吴迪见了面，肯定眼睛都红了。弄不好两人会打起来，而且是往死里打。

邓嘉伟沉着脸，一声不响地抽烟。梁树宽继续说，狠的怕横的，横的怕不要命的。吴迪有严重的抑郁症，本来就不想活了。唐董跟他动手，恐怕会吃亏。邓嘉伟打断他的话，别乌鸦嘴！梁树宽猛地一拉钓竿，拽上来一条大鲤鱼。邓嘉伟说，你找秦皓和马丽打听一下吴迪的下落。梁树宽说，这两天也没看见秦皓，听说是回林区给他爸扫墓去了。马丽那边我打听过，她说吴迪可能是跟秦皓回林区了，两人走的时候没跟她打招呼。邓嘉伟盯着暮霭中越驶越远的渡轮，眼神散乱。梁树宽故意问，要报警吗？邓嘉伟从湖面收回目光，说，再等一个晚上看看，可能唐董真的忙别的事情去了。

梁树宽和邓嘉伟再次见面，是在发现唐胜龙尸体的那天，仍然是傍晚。邓嘉伟去猴子矶时叫上了梁树宽，他说，凶手八成就是吴迪，他和唐董在岛上撞见后动了刀子。为了掩盖杀害唐董的真相，他就假装绑匪敲诈勒索。梁树宽故意问，这么说，他没有和秦皓回林区？邓嘉伟沉思着说，应该没有，昨晚他还从我手里劫走了赎金。不过，这件事跟秦皓有没有关系，现在还不好说。

两人是发小，合伙作案是有可能的。

挖出唐胜龙尸体的那个沙坑还没有填埋，邓秘书一边焚香烧纸，一边告诉梁树宽，老董事长重新出山，接管了耀龙集团，之前许诺他的依然会兑现。邓嘉伟把一个丰乳肥臀的纸扎美女扔进火中说，如果吴迪落在警察的手里，他和王欢的那些事肯定会上热搜，到时耀龙集团的品牌形象会遭受重创，公司股价将会大跌，损失惨重。被火苗吞噬的瞬间，纸扎美女的脸孔陡然狰狞无比，梁树宽的身体止不住哆嗦了一下，他点燃一捆"美钞"说，生意上的事我不懂，你就说怎么办好了。邓嘉伟点着了几根货真价实的哈瓦那雪茄，插在沙土里祭奠唐胜龙，自己拿起一根抽了一大口，说，老董事长要我挑几个信得过的人，秘密寻找吴迪和秦皓。如果案子是吴迪一个人干的，就不动秦皓。如果两人是一伙的，就一块灭了。

梁树宽深吸了一口空气中弥漫的奇特香味，他也很想尝尝雪茄的味道，但忍住了，烧给死人的不吉利。邓嘉伟说，你在岛上注意观察一下，发现他们俩的踪迹后就赶紧通知我。老董事长现在最担心的不是家丑，也不是股价下跌，梁树宽问，他担心什么？邓嘉伟说，如果这件事情闹大了，一些有心人肯定会怀疑潼潼的身世，到时局面就不好收拾了。梁树宽说，我明白了，他想斩草除根，但如果潼潼被人盯上了，就不方便下手了。邓嘉伟点头说，留着后患无穷。梁树宽说，这事我来办。邓嘉伟，老董事长也是这个意思，你有什么想法？梁树宽老成地说，嫁祸给吴迪，前提是他必须彻底闭嘴。邓嘉伟说，老董事长发了话，事成了，再给你一百万。

烧完纸，邓嘉伟起身走了，裹着一身黑。他迎着风咧嘴一笑，只露出白生生的牙齿，就像一只从防空洞里窜出来的携带了冠状病毒的蝙蝠。梁树宽也在夜色中无声地笑着，那些黑色的火蝴蝶仿佛是从异度空间里召唤出来的，绕着他的身体翩翩飞舞，组成了一个具有强烈宗教色彩的神秘符号。

4

梁树宽坐在那台报废的手扶拖拉机上抽着烟，坐垫早已破损，露出了里面的海绵。那只缺了半只左耳的野猫蜷缩在几根烂木头后面，竖着尾巴，死死盯着他，像是要窥破他内心的秘密。这种目光让梁树宽感觉很不自在，他不喜欢猫，每次看到这种毛茸茸的家伙，他就会想起王欢对吴迪说的那句话，肉麻兮兮的。梁树宽把还在燃烧的烟头用力弹过去，不偏不倚弹在野猫的脑袋上。猫被烫到了，嘴里发出令人毛骨悚然的惨叫，迅速遁入黑暗中不知所踪，空气中留下了一股毛发被烧焦的气味。

从一名不文到暴富，梁树宽只用了大半年。虽然他现在拿到手的仅有五十万，但他并不担心，别人的秘密掌握在他手里，不怕赖账。梁树宽在2023年春天才知道，秘密原来是可以换钱的，而且是换大钱。到了冬天，他又明白了一件事，富人有了那么多钱后还不满足，不是因为贪婪，而是金钱真的会导致肾上腺素飙升，刺激多巴胺和内啡肽的分泌，让人高潮迭起，欲罢不能。这是一种类似吸毒的瘾，几乎无法戒掉。穷人是很难体会到这种感觉的，就像二维世界的金鱼根本无法理解三维世界的人类在思考什么。金钱不仅能划分阶级，还能带来维度的差别。

梁树宽也有了瘾，他想要更多的钱。从耀龙集团勒索到的六百万还没有分配，被秦皓藏在一个秘密的地方。如果能找到这只箱子，梁树宽的财富又会上一个新台阶。这个月色泛红的夜晚，风吹过渔村的很多空房子，发出怪诞的声音，如同一个咽喉发炎的老生在唱花鼓戏。梁树宽游魂一样晃荡到渔村，就是来试探马丽的口风。抽完第八根烟时，梁树宽跳下手扶拖拉机，拎着平时装钓具的帆布袋，朝马丽的住处走去。

此刻是九点二十五分，吊脚楼里隐约有如豆的灯火，马丽还没睡，正在看村上春树的《1973年的弹子球》，但一个字都没看进去。听到敲门声，确认是梁树宽后，马丽下楼打开房门。她端着一盏煤油灯，神情有点儿紧张地问，宽子，这么晚怎么过来了？梁树宽恰恰相反，表情相当放松，他拎起钓具在她眼前晃了晃，说，刚刚夜钓回来，有点儿渴了，看你还亮着灯，过来讨杯水喝。马丽还是下意识地朝黑暗深处张望了两眼，说，吓我一大跳，还以为出娄子了，快进来吧。梁树宽关上门，跟在马丽身后上楼，脚步声在寂静而空旷的渔村里回荡，有种说不出的诡谲。梁树宽说，皓哥的计划滴水不漏，出不了事。对了，丽姐，没打扰你休息吧？马丽说，没有，反正今晚睡不着。

梁树宽在二楼客厅的人造革沙发上坐下来，把帆布袋搁在脚边，习惯性地摸出烟盒。马丽放下煤油灯，转身去泡茶。梁树宽抽了口烟，没话找话，怎么，这么多天过去了，丽姐还在害怕呢？你就放一百二十个心吧，这个替死鬼，吴迪当定了。马丽说，我不是担心别的，是担心皓哥的安全，明天千万不能有任何闪失。

按照计划，明天是秦皓公开现身的日子，也是岛上那座灯塔被爆破拆除的日子。每一步都必须计算精确，秦皓脱身不能太早，也不能太迟。最好是在爆破前的几分钟出关。梁树宽说，皓哥要是知道你这么牵挂他，肯定很开心。马丽没接梁树宽的话，她把一杯姜盐豆子茶放在他旁边说，趁热喝，驱驱寒。梁树宽喝了一口茶，咂吧着嘴说，暖和多了，今晚在湖边吹了几个小时的风，一只虾子都没钓着。马丽坐在斜对面，半边身体都笼罩在灯影中，有点儿蒙娜丽莎的神秘韵味。她说，我真佩服你，这么沉得住气，居然还有心思钓鱼。梁树宽说，我也睡不着，不过不是担心，是想到皓哥明天就要脱身了，太兴奋了。

马丽拿起一小捆红蜡烛，这是她白天在超市买的，一共二十八根。秦皓今年二十八岁，不过生日是春天，早过了。马丽说，我打算十二点后把这些蜡烛全点上，给皓哥祈福，听说午夜许愿最灵了。梁树宽说，丽姐真有心，对了，你知道皓哥把装钱的箱子藏在哪里了吗？马丽顿时警觉起来，问梁树宽，你打听这个干吗？梁树宽讪笑着说，这么多钱，没人看管，我不踏实。你要是知道地方，我过去看看还在不在。马丽的戒备心松弛下来，但还是留了个心眼。梁树宽深夜前来讨水喝，她总感觉有些怪异。她敷衍道，好像在桑梓园，具体位置我不清楚。梁树宽并不相信马丽的话，以秦皓的谨慎，在自己涉险前，不可能不把这个秘密告诉马丽。那六百万可是真钞，不是冥币。万一出了事，这些钱他带到阴曹地府没法用。

梁树宽没有刨根问底，马丽和秦皓的关系一直让他困惑，他想先搞清楚状况再说。梁树宽跷着二郎腿，装出闲聊的样子，说，等钱到手了，丽姐打算怎么花？马丽说，我还没想过。梁树宽笑了，你才是真能沉得住气，我早就想好了，拿到钱后就远走高飞，找个自己喜欢的城市落脚，买房买车娶媳妇。马丽说，那些钱本来就不属于我，想这个干什么？就当没有好了。梁树宽嚼着芝麻豆子说，可现在那些钞票已经属于你了，总不能留着长霉吧，花出去更安全。马丽的身上全是暗色调，语言也是，她说，等皓哥出来，听听他的意见再说吧。

这是一句大实话，马丽一直没把勒索来的钱当成自己的。梁树宽说，你和皓哥合起来有四百万，只要不大手大脚，足够你俩以后花了。他故意把两人捆绑到一起，试探马丽的反应。马丽说，我是我，他是他，皓哥怎么花这些钱我可管不着。梁树宽故作惊讶地问，不会吧，难道是我看走眼了，你和皓哥不是那种关系？马丽端起茶杯暖手，说，你想多了，我和皓哥是好朋友，从小就是。梁树宽继续试探，不像啊，我觉得皓哥看你时眼里都带着光，能把这屋子都照亮。马丽红着脸说，宽子，别瞎说，皓哥以后还要找对象呢。梁树宽说，哎呀，看来是我误会你们了。不过话说回来，皓哥这人是真不错，仗义，重感情，没有花花肠子，人也特别聪明；要不是没背景，他早就发达了。

　　坦率地说，梁树宽并不是在恭维秦皓，而是由衷地佩服他脑子灵光。秦皓居然能在死人身上作锦绣文章，妙笔一挥，就把两起杀人案变成了谋财的绝佳工具。这绝不是一点儿小聪明就可以做到的，必须有大智慧。马丽深有感触地说，他要是有机会读大学，说不定能当上警察。梁树宽说，现在是拼爹的时代，唐胜龙就是因为有个好老爸才混得人模狗样。不过皓哥现在手里有了钱，可以做点儿生意。以他的脑子，发财是迟早的事。马丽说，是呀，跟皓哥在一起的女人肯定会很幸福。梁树宽朝马丽眨眨眼，说，丽姐，你真的不考虑一下皓哥这种绝世好男人？等他有了钱，往他身上贴的女人就多了去了。你要是不趁早把他拴住，当心他飞走了，世上可是没有后悔药吃。

　　梁树宽的这番话如同一股风，吹向马丽心中葳蕤的芳草。她不是没有对秦皓动过心，尤其是在渔村住的这段时间。如果没有李查德，没有唐胜龙，也许他们真会走到一起。马丽暗暗叹了口气，侧了下身子，把自己的伤感藏在晦暗的灯影里。她说，我不是白纸一张，配不上皓哥，他应该找个比我更好的女人。梁树宽脸上的真诚在灯光中轮廓分明，立体可见，他说，谁没有一点儿过去，有故事的女人才耐读，不会让男人乏味。马丽抿了一口茶，酸楚地笑了笑,他不在意,我在意,我和皓哥做朋友更合适。梁树宽又点了根烟,问,我挺好奇的,丽姐以后会找个什么样的男朋友?马丽一时语塞,斩断跟唐胜龙的孽缘后,她再没想过这个问题,甚至没想过要嫁人,她感觉自己还没有恢复元气。

如果非要说男朋友,李查德算不算呢?有时候马丽自己都觉得纳闷,这么多年过去了,为什么依然对那个走失的少年念念不忘?是的,李查德在她心中一直是个少年,尽管他快三十岁了。马丽觉得,秦皓有时候也像个大男生。唐胜龙和吴迪就不同了,他们很少表现出自己的真性情,处处都显得成熟稳重,身上很少有粗糙的棱角。其实女人更喜欢有点儿孩子气的男人,因为母性是女人的本能。这样的男人常常让女人牵肠挂肚,莫名地心疼。换句话说,女人的动物性并不比男人少,她们也是喜欢追求本能的动物。

跟秦皓在一起,马丽感觉身心特别安静,像是置身在一座深山古寺中,又像是坐在乡村的田野上看一望无际的紫云英,炊烟从马头墙上袅袅升起,溪水从脚下缓缓流过。小蝌蚪在池塘里摇头摆尾,麻雀在稻草人身上蹦来蹦去,脑袋里没有任何杂念,只有诗歌和芬芳。随着时光流逝,梦想远去,生活如漫画日渐扭曲变形,许多本真的东西已不复存在。但在马丽眼里,李查德和秦皓依然保持着原来的模样,他们的容颜和心灵,似乎从来没有折旧过。特别是每次看到秦皓双手插在裤兜里,用开口哨吹着《光阴的故事》,马丽就没把他当成年人,而是当成那个流浪在街头的腼腆男孩。

梁树宽似笑非笑，丽姐，别不好意思，随便说说呗，不是睡不着吗？就当是打发时间。马丽拿起村上春树的书胡乱翻着，说，我对男朋友没有特别的要求，看得顺眼就行。对了，不能让他知道我的过去。梁树宽说，塔城太小了，岛更小。要想一辈子不让身边的人知道自己的过往，最好是去一个很远的地方。马丽说，也许吧，改变不了时间，那就改变空间。梁树宽把话绕回来，说，等拿到钱，你就可以去远方寻找你梦中的橄榄树了。

马丽那时候还不知道，是王欢冒充李查德发起了白塔之约。她想起了十八岁那年夏天，"李查德"在信里说，要和父母去温哥华继承大伯的家产，在农场种蓝莓。从此蓝莓成了她最爱吃的水果，每次吃到嘴里，她心里都是李查德的味道。每个人都有一股水果味，那个讨厌的家伙就是蓝莓的味道，酸酸甜甜的，偶尔还有点儿涩。而秦皓是雪梨味，香香的，能解渴清火。唐胜龙是烂苹果味，吴迪是柚子味。她自己呢？她不知道，再怎么使劲都闻不出来。可能也是蓝莓味吧，沾染了李查德身上的。

马丽仿佛听到了阵阵风铃声，清脆空灵，来自心中的那座白塔，她憧憬道，如果真要离开这座岛，我想去温哥华，找一个多年前认识的朋友。梁树宽敏锐地发现，她眼里忽然星光灿烂，他试探性地问，是初恋男友吗？马丽迟疑了几秒，点点头，算是吧。梁树宽觉得自己终于找到了马丽没有脱单的原因，他说，能让丽姐惦记这么多年的男人，一定非常优秀。对了，你们怎么分手了？

屋内朦胧的灯光和窗外温柔的月色，激起了马丽的倾诉欲，她说起了和李查德的那段往事。梁树宽的心脏微微悸动了一下，他和马丽的经历出奇地相似，在脆弱的玻璃时代，在生命的至暗时刻，他们都曾被一束光照亮，都把那个带来光的人当成了自己的初恋。其实这只是一个人的恋爱，是单相思，也是长相思。

在梁树宽今晚进屋前，因为时间仓促，马丽没来得及把墙上有闪电内容的照片全部藏起来，她只取下了那张《生命之吻》，夹在村上春树的书里。回忆往事时，马丽竟然忘了秦皓的嘱咐，"闪电"对梁树宽来说是个敏感词。等她意识到自己的疏忽时，已经收不住嘴。但奇怪的是，梁树宽并没有表现出反感，至少不明显。这些年来，梁树宽一直害怕雷雨天，每次雷鸣电闪时，他就会把门窗关得严严实实，再拉上窗帘。尤其是父母刚离世那段时间，他更是夸张，只要一看见闪电，就会闭上眼睛。一听到雷声，就捂住耳朵，甚至钻到被窝里瑟瑟发抖。然而，李查德告诉马丽，闪电是大自然中最壮丽的风景，是光明的角斗士，是永不屈服黑暗的战神，更是地球的生命之源。梁树宽觉得这太不可思议了，强烈的好奇心冲淡了他心里的阴影。

看到梁树宽反应很平静，马丽就没有那么多顾虑了，她提起了那张《生命之吻》，说，照片是李查德冒着生命危险在山顶拍摄的，闪电像一朵在乌云里绽放的巨型郁金香。其中一道闪电如同金龙下凡，盘旋在山顶的一棵大樟树上张牙舞爪，蔚为壮观。梁树宽瞥了一眼那面挂着许多照片的墙壁，正中间的位置却反常地露出一处空白。梁树宽暗想，这里挂的应该就是对马丽来说意义非凡的《生命之吻》，但不知何故，照片被取下来了。梁树宽问，那张照片呢？马丽忽然意识自己说的太多了，连忙掩饰道，哦，怕弄久了，放在韭菜园的家里。

梁树宽没有追问，他对马丽的隐私并不是特别感兴趣。他故意把话题引申开来，信口胡诌，听说美国和加拿大的物价可贵了，房价也贵，你分的两百万到那边只怕不够花。马丽说，足够了，我去看他一眼，亲口尝尝他种的蓝莓就回来。梁树宽意味深长地说，回来干吗，跟自己喜欢的人待在一块儿多好呀。丽姐，你要是再多一百万，肯定可以留在那边。

马丽的身体和玻璃灯罩里的火苗同时抖动了一下。

房间里的气温似乎突然降低了好几度，阴冷阴冷的。马丽看向梁树宽，虽然在昏黄的光线中看不清他的表情，但她无比清晰地听出了弦外之音——如果只有他俩分那笔赃款，每人可以多得一百万。当然，前提是让秦皓人间消失，不参与分赃。梁树宽居然动了这种歹毒的心思，马丽仿佛赤身坐在冰窖里，冷得连灵魂都在打颤。梁树宽以为马丽在做思想斗争，他趁热打铁地说，不光是钱的问题，少一张嘴，就多一分安全。马丽霍然起身，不慎把玻璃灯盏碰翻了。灯倏地灭了，屋内陷入黑暗，什么都看不见。

马丽愤怒地说，你给我闭嘴！梁树宽知道自己会错意了，急忙说，丽姐，跟你开玩笑呢，别当真啊。马丽手指楼梯方向，厉声喝道，出去，我不想在灯亮起来的时候看见你！梁树宽狡辩道，丽姐，你真的误会我了。看你睡不着，我才跟你开个玩笑解闷。皓哥帮了我，我怎么会害他呢，那不是狼心狗肺吗？马丽顾不得烫手，抓起灼热的玻璃灯罩朝梁树宽扔过去，但黑咕隆咚的没砸中。哐当一声，灯罩掉在地上摔得粉碎。梁树宽赶紧拎着帆布包跑下楼，背后传来马丽异常冰冷的声音，梁树宽，你给我记住了，皓哥明天要是平安无事，我就当你今晚没来过。如果他出了什么事，不管是不是你干的，我都不会让你得到一分钱。

梁树宽灰头土脸地从吊脚楼上下来，心里懊恼不已，但并没有马上离开。他徘徊在篱笆墙外，像只偷鸡的黄鼠狼，不断地朝楼内张望。当楼上灯光重新亮起时，梁树宽扯开帆布袋上的拉链，里面装的不是钓具，而是一支虎头牌五连发，是吴迪留下的，他今晚根本就没去钓鱼。梁树宽相信马丽一定知道藏钱的具体位置，他琢磨着，如果把枪口顶着她的脑袋，她会不会说出秘密？梁树宽甚至想，如果今晚找到了装钱的箱子，干脆把马丽也弄没了，这样他可以独吞六百万。

至于秦皓，如果明天没有马丽的配合，必死无疑。知道秘密的人全都闭嘴了，只剩他一个人。他不用担心走漏风声了，那些钱他可以花得安心。但思来想去，梁树宽还是没有把握，马丽不是那种可以随意拿捏的橡皮泥，看似柔情如水，实则性格刚烈。否则，唐胜龙也不会死在她的刀下。如果马丽只字不吐，他拿她毫无办法。如果逼得太紧，马丽说不定会当场跟他鱼死网破，要是惊动了警察,那他有钱也没处花了。

梁树宽最终按捺住了威逼马丽的冲动,他把枪塞回帆布包里,转身离开。走了没多远,他突然看到手扶拖拉机上有两道绿幽幽的光,像萤火。他心头一紧,脚步停了下来。喵呜一声,萤火消失了。他长舒一口气,又是那只缺了半边左耳的野猫。他浑身忽然起了一层鸡皮疙瘩,吴迪的阴魂不会附在这只古怪的猫身上吧?他心里咒骂了一句,妈的,以后逮住这小畜生,一定剥皮抽筋。

人生就像钓鱼,你不钓别人,就会被别人钓,没有人可以置身游戏规则之外。

梁树宽就是这样想的,唐胜龙和吴迪都是王欢的鱼,当然,她也是这两个男人的鱼。他们的悲剧就在于,总是以渔夫的视角去玩人生这场游戏。他们太自负,从来没想过自己也是别人的鱼,忽视了周围潜在的危险。在生活的暗流中,很多钩子是模糊不清的,甚至完全隐形。一不留神,就容易被鱼饵吸引,上了别人的钩,到时就只能任人摆布了。梁树宽从小就爱钓鱼,在林区生活的时候,他经常手执一根钓竿,在汨罗江边从早坐到晚。他并非爱吃鱼,而是很享受垂钓过程。很像玩游戏,只是那时候还没有上升到人生哲学的高度。

稳、准、狠、快。

这是钓鱼的四大要诀,梁树宽自己总结的。稳,就是要沉得住气,不能轻举妄动,不要理会那些小鱼小虾的试探;准,就是善于把握机会，该提竿的时候不能犹豫不决，要杀伐果断，否则鱼上钩了也很可能会挣脱；狠，自然是不能心慈手软，不管是鱼肚子里有没有卵，钓上来就不能放生。否则，水里其他鱼都会受惊，不好再钓了，恐慌是会传染的。至于快，就更好理解了。天下武功，唯快不破。人生亦如此，资源有限，谁先占有，就是谁的。

梁树宽加快了脚步，一头撞进了深不可测的黑暗里。此刻，没有一颗星星，橙红色的月亮孤悬在渔村上空，就像夜色被烟头烫伤了，裂开了一个血口子。

风，不再像老生吊嗓子，很硬，吹在脸上有明显的钝感。

5

写作《刑侦笔记》期间，我经常翻阅一个硬壳蓝色封面的日记本。里面有秦皓写的57324个字，没错，就是这个字数，我不仅统计过，而且每个字都反复推敲过。说实话，我看村上春树的书都没这么认真。我有时候把这本日记当案卷看，有时候又当犯罪小说看。我很难准确定义文本的性质，但有一点儿毋庸置疑，这个冠以《死亡日记》之名的小本子，是秦皓留在世上的最后的文字。

我更确定的是，如果你有机会翻阅这本日记，你也会跟我一样，感受到浓浓的黑暗气息。前提是一定要独自在晚上阅读，并且关掉房间里所有的灯，只点一根蜡烛。不信？那我撷取秦皓自述的部分章节。

对了，记得先关灯——

我从小就没有写日记的习惯，我总觉得只有女人才有那么多隐秘的心思。但我没有想到，有朝一日自己也会开始写日记，而且是一本死亡日记……醒来时，我发现自己躺在一个极度黑暗的空间里，空气中飘浮着一种难闻的味道。这种味道我太熟悉了，伴随了我很多年，是从垃圾堆里散发出来的腐败气味。有一瞬间，我感觉自己在做梦，梦回从前的拾荒岁月，回到了先锋路那座堆满废品的铁皮房子里。那些折叠进大脑皮层的记忆像皮影戏一样，不合时宜地，全都在我眼前活灵活现地放映出来。然而，从后脑勺传来的疼痛感让这场皮影戏很快停止了播放。我在身边伸手一摸，触碰到了几块尖锐、生硬而冰凉的物体，是玻璃。被扎疼的手指湿湿的，似乎流了血。我甚至听到了苍蝇的嗡嗡声，一定是嗅着血腥味飞过来的。这更使我确信自己并不是在做梦。如果非要跟梦扯上关系的话，那就是我在经历一场噩梦般的遭遇。

四周黑得让人心慌，仿佛有头野兽在窥伺自己。我摸了一下裤兜，手机还在。我试图用手机照明，却怎么也开不了机。我这才想起至少一个星期没充电了，我平常很少开机，反正也没什么人找我。巡逻时会携带对讲机，我都是用这玩意儿跟同事联系。下了班回到渔村,我也不玩手机。要么在石头房子里看看书,要么到马丽住的吊脚楼里坐会儿,喝茶闲聊。

此刻,手机成了一块毫无用处的石头,我塞回裤兜,用双臂支撑着地面坐起来。肘部忽然碰到了一个扁平状的东西,很小,凭手感,是那种一次性的塑料打火机。咔嚓一声,砂轮滚动,橘黄色的火苗窜出来。借助这如同萤火的微光,我隐约看清楚了周遭的环境。这是一个面积大概四百多平方米的房子,地面和天花板都是混凝土浇筑的,附着斑斑驳驳的苔藓。三面都是墙,没有窗户。地面和墙壁都有机器被拆卸掉的痕迹,照明的灯具也被拆掉了。唯一没有墙的那面有扇被密封胶包裹得严严实实的大门,一丝光都透不进来。

我起身走过去,把耳朵贴在门上听了听,什么声音都听不见。门是从外面锁上的,里面打不开。我使劲推了推,纹丝不动。我声嘶力竭地朝门外大喊,有人吗?没有任何人回应我,除了我自己的回声。我又喊了几次,结果同样如此。我换了一种方式,摸索着捡起一块砖头,使劲敲打那扇门,希望能引起外面的人注意,我边敲边喊,我被困在里面了,有人听到请帮我报警!

门不是木头做的,砖头砸在上面有金属声。这很不妙,说明声音很难传出去,但我还是抱着侥幸心理继续喊,来人,快放我出去!门太坚实了,砖头很快断成了两截,我的呼救声像是被一条贪吃蛇吞噬掉了，渣都不剩。我大声爆了句粗口，然后停止了毫无意义的求救。在黑暗中喘息了一会儿，我再次摁亮打火机，环视这个幽闭的空间。房间中央有一大堆生活垃圾，腐败的气味正是来源于此。我苦笑，自己似乎也成了垃圾的一部分。

我看见了一张破烂不堪的布艺沙发，迫不及待地坐上去。熄灭打火机，深邃的黑暗顿时像一个茧，把我团团包裹其中，越挣扎束缚越紧。我不清楚此刻是白天还是黑夜，全然没了时间概念。从饥饿程度来判断，我被困在这里至少已有十几个小时。我就像被密封在一口钢筋水泥制造的棺材内，深埋地下。这个世界的安全感大都是光明给予的，最令人头皮发麻的，就是这种未知的深不见底的黑暗。我的生命在黑暗中一点点地流失，等待死神降临的恐惧远胜于死亡本身。

垃圾堆里散发出水果腐烂的气味。借着打火机的光亮，我找到了一捆白蜡烛、一些旧书报、一个日记本、一盒文具，以及两个烂苹果和一袋发霉的面包。我强忍着生理和心理的不适吞咽找到的食物。脑袋里乱糟糟的，像是有一大群蝗虫在飞。吃了点儿东西，我脑袋里的蝗虫才渐渐消失不见，意识清醒了一些。在凝固的时空中，我慢慢疏通被杂草覆盖的脑回路，想知道到底发生了什么。终于想起来了，11月17日中午，大约两点半，我下班回到渔村的石头房子里，正要上楼，吴迪突然用哑铃猛砸我的后脑勺。我瞬间跌进了一个恐怖的黑洞里，意识被撕裂成碎片……

看来是吴迪把我关到这鬼地方来的，我俩是发小，我不知道他为什么要这样做。对了，他半年前患上了抑郁症，最近更严重了。难道是他病情发作无法自控？可我从来没听说过抑郁症会伤害别人，这种患者一般都是跟自己过不去。会不会他还有别的精神疾病，比如精神分裂或躁郁症？这个可能性很大，吴迪的母亲和养父去世后，他像变了一个人，怎么说呢，就是有点儿神经质。他差不多每个礼拜都要到岛上来找我闲聊，讲着讲着就有些语无伦次，说一些莫名其妙的话。他还经常自言自语，在湖边一坐就是一整天，跟中邪了似的。听说武疯子大都有被害妄想。估计他当时处在发病中，把我当成了妖魔鬼怪——我只能这样解释，否则我无法理解他为什么有如此疯狂的行为。

打火机的光太微弱了，我点燃了一张废报纸，是两年前的《塔城晚报》。我想把这里照得亮堂一些，看看能否找到隐蔽的出入口。我第一眼看到的是枪，湿地保护站配发给我的雄狮牌五连发，在一个空纸盒旁边。我把枪攥在手里，检查了一下，枪膛里的五颗霰弹都在。我更加确定吴迪这家伙脑子有毛病，把我关里面枪也扔了进来，是要我用五连发打苍蝇吗？不过，枪声比我的嗓门大多了，说不定外面的人能听见。我精神一振，朝大门连开两枪，火花四溅。枪声在空旷的房间里震耳欲聋。我再次把耳朵贴在门上，然而，外面还是什么声音都听不见。我泄气了，把枪一扔，又坐到沙发上发了一会儿呆。

我迷迷糊糊地睡着了，忘了是什么时候醒来的。这次我点燃了一根把蜡烛。睡了一觉，头比之前更清醒了些，后脑也不怎么疼了。吴迪还是没下死手，不然我不挂掉也会成傻子。我再次端详着这里的一切，突然感觉似曾相识。花了大约三分钟，我终于想起来了。这是位于渔村东南边的冷库，就在灯塔下方，用来储存渔产品的，大型运输车可以直接开进来拉货。门的材质内含有不锈钢板，隔热和隔音性能都非常好。渔民集体搬迁后，这座地下冷库就被废弃了。在渔村散步时，我曾经来过这儿。当时冷库门是敞开的，里面堆放了很多垃圾，臭不可闻。吴迪这个脑壳有包的，到底是哪根神经搭错了，居然弄来了一把锁，把我关在这个鸟都不来拉屎的地方。幸亏压缩机和冷凝器等设备都拆了，不然，我早就冻成了鱼干。

烛光无风却闪烁不定，影子投映在我左边的墙上，寂寥瘦长。右边的墙上用木炭画了一个丰乳肥臀的裸女，线条十分夸张，很有些梵高的画风。裸女在烛光里一脸妖媚，臊气十足，像要活过来一样。在幽闭的空间等死，比直接杀死一个人更可怕。如同凌迟，让囚徒在清醒的状态中看见自己的生命一点点消逝。这种心理折磨像软刀子，足以令人发疯。在这里再待上几天，我跟吴迪这种精神病患者没什么区别了。

饥饿感消失后，求生欲大增，我点燃一根蜡烛，寻找垃圾堆里可用的东西。我收集了一些霉烂变质的食物，包括水果、糕点、火腿肠、土豆、蔬菜叶子，等等。还有几瓶喝剩的矿泉水，以及半条爬满霉菌的芙蓉王。这些东西狗都嫌，但我现在的处境连狗都不如。如果我不想办法自救，即使不饿死不渴死，幽闭恐惧症也会使我的精神渐渐崩溃。侥幸活到被救出来的那天，我也会被送进疯人院。我低下头，佝偻着身子，瞪大眼睛，努力翻找着，如同一个拾荒的流浪汉。十六岁以前，我就是个捡垃圾的，也被人当垃圾嫌弃。现在我又回到了垃圾堆中，这是天意还是黑色幽默？

我已经闻不到臭了，跟垃圾混在一起久了，嗅觉就会失灵，这一点我从小就知道。我点了根芙蓉王，稳定了一下情绪。霉变的烟草里肯定都是致命的黄曲霉素，但我无所谓了，一个将死之人，在乎健康是滑稽的。我把注意力从自己身上移开，这样心里会好受一点儿。人类的烦恼大都来源于对自身的过分关注，放下就轻松了。我虽然没有如此达观，不能彻底放下尘世的所有羁绊。但至少此时此刻此地，我可以对自己高抬贵手。人一倒霉，喝凉水都塞牙缝。我刚刚请了十天的年假，也就是说，这十天内不会有任何人知道我失踪了。如果没请假，我无故旷工，湿地保护站当天就会有人来找我。找不到人就会报警。警察一介入，也许很快就会找到这座冷库来，那我还有救。如果湿地保护站十天后再报警，等警察找到我，估计我已经被细菌分解成一堆垃圾了。

我想我大概率会死在这里，不行，我不能死得不明不白，我至少要告诉发现我尸体的人，我死前遭遇了什么。其实我主要是想告诉马丽，以后离吴迪那个神经病远一点儿，他一发病，铁哥们都不认。

我就是这个时候有了写日记的想法。准确地说，我写的这些不叫日记，因为我完全丧失了时间概念，不知道日期，不知道天气，叫遗书可能更合适。我打开被压扁的铁皮文具盒，找到了几支圆珠笔。接着，我翻开了那个沾满污渍的蓝色封面的硬壳日记本。这应该是一个课堂笔记本，数理化的内容都有。字迹娟秀，估计是个女生。日记本已经用掉了三分之一，我要在剩下的三分之二的空白纸张上，记录我生命最后的时光。把这些发臭的文字，当成我给自己撰写的墓志铭。

吃那些腐烂霉变的食物时，我会把蜡烛吹灭，眼不见为净，这样就不至于太反胃。我突然发现了一只硕鼠，趴在垃圾堆里，死死地盯着我手里的面包。我掰下一小块扔过去，它立马狼吞虎咽地吃掉了，然后继续盯着我。我没再喂它，自己都没得吃的，老子可没那么高风亮节，去管一只耗子的温饱。冷库实在是太安静了，孤独如同蛆虫呈几何倍数繁殖。我把这只老鼠当成了朋友，有时候会跟它说话，问它几岁了，是公是母，家在哪里，父母还好吗，有几个孩子，它们需要上学吗，就业难不难，有房贷的压力吗。硕鼠最开始很警惕，总是跟我保持两米远的距离。慢慢地，它不怕我了，在我的脚底下窜来窜去。有时候还会跳到沙发上来，摇头摆尾，冲着我唧唧叫。它好像听懂了我的话，可惜的是，我听不懂它在说什么。

我忽然觉得有些罪过，为了保护候鸟，我在岛上药杀了不少耗子，说不定就有这只老鼠的兄弟姐妹或七大姑八大姨。其实这些啮齿动物偷鸟蛋、捕杀幼鸟，也是为了生存，它们本身并没有什么错。非要说有错，那就是不该投胎鼠类。可是，这能怪它们吗？人都不能选择出身，左右不了自己的命运，何况一只老鼠。

没有声音，没有亮，没有蓝天，没有山川草木，没有日月星辰，没有车辆、行人和动物。地下冷库就像一个失落的远古世界。我的身体似乎被牢牢焊接在这深渊一样的黑暗中，纹丝不动。除了阳光和自由，我现在最渴望的是有一个倾诉对象。天天跟老鼠唠嗑，我害怕自己发疯。这个对象最好是马丽，如果她在，黑暗带来的恐惧和孤独也就不复存在了，因为她自带光源。

我像只困兽，不断在这个墓穴一般的黑暗空间里来回走动。在地狱般的寂静中，我经常出现各种幻觉。我看见马丽就坐在自己旁边，用编织针打毛衣。她身上有股暗香，是玻璃翠的香。我看见梁树宽站在黄昏的灯塔上，一脸忧伤地拉着小提琴，是《杰奎琳之泪》。我还看见吴迪坐在石头房子里，抽着华子，嘴角喷着哈喇子，跟我大谈他和各色女人的风流韵事。我甚至看见了蔚蓝的天空里飘荡的蒲公英小伞，看到了金光闪闪的湖面上集体跳芭蕾的候鸟，看到了狂风暴雨中飞舞的闪电。幻觉来得快，去得也快。大多数时候，我只能对着鼠友自言自语，讲我捡破烂时的各种奇遇，说我曾经的林场生活。我他妈是有多无聊，居然跟一只老鼠讲我当年如何神勇，帮警察破获在韭菜园轰动一时的箱尸案。鼠友不知是饿得没力气了，还是真的被我的故事吸引，它静静地趴在沙发上，耳朵竖得老高，哈欠都不打一个。

发霉的食物吃完后，我就吃废旧书报。撕碎了放进嘴里，一点点嚼烂，忍住干呕吞下去。等到那些书报也被吃光，饥饿的本能使我把目光对准了鼠友——它的身体已经不再圆圆滚滚，成皮包骨了。鼠友仿佛感觉到了我的杀意，迅速钻进垃圾堆里不再出来。我原本打算把它找出来杀死，鼠肉和鼠血也许能让我多支撑几天。但转念一想，还是算了，放它一条生路吧。如果注定要死，多活几天没有意义。而且，人鼠相处这么多天，患难与共，有感情了，我下不了手。也许我死了以后，那只老鼠还会苟延残喘。以我的尸体为食。我一百多斤，足够老鼠吃几个月的。按照能量守恒定律，我的能量转化到老鼠身上，老鼠活着，我也就活着。只不过是以另外一种形式，一种低级动物的形式。

想到自己会成为老鼠身体的一部分，我就觉得可悲。但想到老鼠脱困后能重见光明，这也意味着我寄托在老鼠身上的灵魂不再与黑暗为伍，我就释然了不少。不过，鼠友很可能没这么好的运气脱身。因为我记起来了，灯塔12月初要爆破拆除，施工单位已经提前张贴了告示。爆破产生的强大冲击波将瞬间摧毁冷库，里面所有的生命都难逃一劫。也许我的尸体，包括这个日记本，永远都不会被人发现。按照惯例，岛上的建筑垃圾都会被渣土车拉走，填湖扩大湿地面积。我的尸骸混杂在成吨的垃圾中，很难引起别人注意。

我只能祈祷奇迹出现，希望自己的下场没那么悲催。给我收尸的朋友们，请你们一定要把这本日记交给马丽。她是岛上的候鸟讲解员，笑起来有两个小酒窝。如果帮我完成了心愿，我会在另外一个世界保佑你们。

第6章 犯罪拼图

1

我又来到白塔，坐在冬日午后的塔檐上，望着江面缓慢行驶的拖轮，满脑子里都是这两天调查到的情况。

孟国柱消失的那笔存款经过多次虚假转汇，进入了招行雁城支行，开户人正是吴迪。银行监控显示，是吴迪本人提走了两百万现金，提款日期为3月9日下午。追踪这笔钱的流向时，查到了一个叫肖四海的男子，塔城人，以前开过茶楼和旅社。十天前，他从缅北偷运海洛因入境，被昆明警方抓获，目前关在看守所。我派贾庆松和郑瑞连夜乘机赶赴昆明，提审肖四海。据他供称，因为做生意失败，他萌生了贩毒的念头。3月13日，他以投资养殖场的名义，从吴迪手里"借"走了一百五十万，然后携款逃到中缅边境贩毒。那笔钱一部分充当了毒资，剩下的被他吃喝嫖赌挥霍一空。

黄萍查到了吴迪6月3日和6月6日往返澳门的出入境记录，以及在澳门的刷卡信息。6月4日，一共有二百八十八万分四次从他的银行卡中转出，而这笔钱是吴迪父母的保险理赔金和养老金。刷卡地点不是在商场，而是澳门葡京赌场。同时查到了吴迪和王欢于2022年10月1日和10月5日往返澳门的出入境记录，两人入住同一家酒店——永利皇宫酒店。

　　周雨彤查到吴迪和王欢在塔城、雁城、长沙和岳阳等地的开房记录，有六十多次。调查时，周雨彤意外得到一条线索，今年2月，有个叫周权的男子也曾查过两人的开房记录。调查后发现，周权是被《塔城晚报》开除的一名记者，经常以非法手段窃取他人隐私牟利，也就是所谓的私家侦探。经讯问，周权承认他受唐胜龙的秘书邓嘉伟的委托，秘密收集吴迪和王欢的偷情证据。周雨彤还查到吴迪近期在网上出售自己的房子和车子，但无人问津。

　　就在昨天，我去了趟市人民医院神经内科，查到了吴迪的电子病历。今年6月中旬，吴迪被诊断为抑郁症。据他自诉，是因为父母突然离世，导致他陷入悲伤的情绪当中难以自拔。吴迪一直在服用帕罗西汀和西酞普兰之类的抗抑郁药物，最近复查时，医生发现他病情明显加重，达到了中度级别，于是给他加开了两种处方药。

　　骤然响起的手机铃声打断了我的冥想，也惊动了一只趴在塔壁上的蜘蛛，它迅速钻进了砖缝中。周雨彤问，齐队，在哪儿呢？赵局叫您现在到他办公室去一趟。我说，在白塔，你告诉赵局，过一会儿我再回去。周雨彤娇嗔，您怎么不叫我？听说塔上风光不错，我还没去过呢。这丫头越来越黏我了，对我好像有那么一点儿意思，好多同事都看出来了。但我没有回答她，直接挂了电话，继续盯着奔流不息的湘江冥想。案情愈发清晰，我却愈发困惑。脑子里仿佛有一堆彩色的积木在不断旋转，乍一看上去，每块积木都在属于自己的位置上。无论大小、形状，还是颜色，都高度契合，浑然一体，找不到任何破绽。但我总觉得这张犯罪拼图有问题，但问题到底出在什么地方，我一时又看不明白。

真是日了狗了！

我感觉自己被困在这座积木堆砌的城堡里面，怎么也走不出去。

入警以来，我侦办过不少大案要案，有几桩还是省厅和部里督办的。在这些案件当中，无论是犯罪手法的隐秘性，还是罪犯的凶残程度，吴迪都只能勉强排进前三，绝对不是最冒尖的。当然，前提是吴迪确实制造了这起设计精巧的案中案。但我觉得案子中似乎还隐藏了一组密码，目前破译的只是很小的一部分。或许，这是罪犯故意让警方破译的。

换句话说，或许警方破译的这个谜底，构成了另外一组更高级的密码。

从接手这个案子开始，我就觉得秦皓是头号嫌疑犯，怀疑他是用案中案的方式帮马丽脱罪。然而，当所有的线索逐一指向秦皓时，我又动摇了，怀疑秦皓是被陷害。现在，同样的情况发生了。当所有的线索明确指向吴迪时，我再次动摇了，吴迪会不会也是被陷害的呢？没有任何证据支撑这种假设，我不知道自己为什么会有如此荒诞的念头，是因为笼罩在那座渔村之上的诡异气氛吗，还是因为那个叫马丽的谜一般的女人？

一想起马丽，我就觉得塔内充斥着她的气息，仿佛是从岛上，从渔村，越过洞庭湖，沿湘江逆流而上飘过来的。我又想起了秦皓，虽然只是看过他的照片，我却觉得这个人无比鲜活，血肉极其丰满。有时候，我觉得他似乎就在暗处看着我，嘴角带着一丝嘲讽。这种奇异的感觉在渔村尤为明显，每个旮旯角里，好像都有秦皓的分身。复盘马丽和秦皓的人生后，我迫切希望案子跟这两人无关。他们活得像盐碱地上的骆驼刺，吹的是锯齿状的风，淋的是咸涩的雨，生命承载了太多沉重的东西。让他们的余生过得轻松一点儿，明亮一点儿吧。那些沉甸甸的暗物质不要再吞噬他们的身体，撕裂他们的灵魂了。然而，这两人的嫌疑始终没有从我心里排除，即使吴迪已经上升为头号嫌疑犯。

我的主观愿望和职业本能不断发生碰撞，迸射出的钢花一次次灼疼了我。在看不见的灵魂深处，留下了一道道伤疤。每个案子有每个案子的气场，这是由犯罪者的人格和案件的性质决定的，跟指纹和DNA一样，独一无二，绝不会存在两个完全相同的气场。我觉得这个案子似乎跟吴迪的气场并不符合，虽然我没见过他本人，但已经从照片和案卷中感受到了他的气息。但案子跟马丽和秦皓的气场很吻合，正如他们身上的气质。我甚至觉得，那个叫梁树宽的司机也跟案子的气场沾了一点儿边。不过，这全都是我的臆想。办案是讲究证据的，即使知道真凶就站在跟前，没有证据也只能干瞪眼。

我把视线从江面转移到白塔的东南方向，那条杂草丛生的铁轨在太阳下闪烁着刺目的冷光。

我换了一种思路，把自己代入吴迪的角色，如果我嫁祸秦皓，会怎么做？首先，自然是故布疑阵，让线索时隐时现地指向秦皓。绝不能太明显，必须让警方多兜几个圈子。太直接了，反而会让警方生疑。做足戏码后，就制造机会，让警方找到能明确指控秦皓的证据，比如赃物和作案工具，还有被害人的血迹、指纹、毛发等生物信息。最后一步是金蝉脱壳，这也是最难的一步。锁定秦皓为凶手后，警方一定会大力追捕，生要见人，死要见尸。不然，案子会一直追查下去，随时有反转的可能。最稳妥的脱身方式，就是让警方发现秦皓的尸体，彻底结案。但尸检很容易查出死亡时间和死因，如果尸检表明秦皓很早之前就已死亡，而且是死于他杀。那么，警方就会怀疑凶手另有其人。要消除这个隐患有两种方式，第一，将尸体严重毁损，导致尸检无法准确推断死亡时间和死因；第二，秘密拘禁秦皓，直到金蝉脱壳的最后关头，再制造出他畏罪自杀的假象。第二种操作难度更大，但也更容易让警方确信秦皓就是凶手。

突然冒出的一个声音把我吓了一大跳：齐警官，你觉得哪种可能性更大呢？你猜猜，我是活着，还是已经死了？

我回头张望，背后并没有人，显然是幻听。几乎是同时，我出现了幻视。秦皓就站在白塔下面，双手插在裤兜里，仰头看着我，还冲我吹了一声口哨。明知是幻听和幻视，我却非常认真地跟这个幻象展开了对话：我倾向于第二种可能，你还活着。不要问为什么，就是一种直觉。每次上岛，特别是进入那座荒废的渔村，我都感觉你如影随形，躲在隐秘处窥视我。

秦皓掏出一盒精白沙，点了一根烟说，我窥视你干吗，人又不是我杀的。我从小捡破烂，穷惯了，不眼红别人的钱。我问，你真觉得自己很无辜吗？秦皓笑了，是那种难以察觉的笑，像隐藏在夜色中的一个陷阱，他大口吞吐着烟圈，说，我说了不算，你应该去找吴迪要这个答案。我努力直了直身体，让自己显得高大威猛一些，就像金字塔上的狮身人面像，我要在气势上压到对方。我目光锐利地看着秦皓说，我会找到终极答案的，如果你涉案，最好早点儿自首。不要被我亲手抓住，更不要连累了马丽。

秦皓脸上呈现出一种意义不明的表情，他没有再说话，而是将手中的烟头像箭矢一样弹射出去，身体渐渐缩小，最后化成一个烟圈消失在空气中。幻象被旷野里刮来的一阵风彻底吹散，我有点儿失落。我还有很多话想跟秦皓交流，关于案子，关于马丽，关于梁树宽，特别是关于那张《生命之吻》。我很想知道照片背后的故事，想从他的口里得到证实，那个雷鸣电闪的春天，梁老师在神鼎峰看见的诡影就是他。吴迪从招行雁城支行取走了两百万现金，一百五十万拿去放高利贷，另外五十万去向不明。我想从秦皓那里知道，这笔钱到底去哪儿了？另外，我还想知道，吴迪母亲和养父的死到底是怎么回事，真的只是吃蘑菇引起的意外中毒事故吗？有没有可能是一场以骗保为目的的完美谋杀？吴迪患上抑郁症，仅仅是因为悲伤过度吗，还是有别的原因？

关于吴迪的这些秘密，我相信秦皓肯定知道。也许，他还是秘密的一部分，甚至是最核心的部分。

赵宏森毫无征兆地出现在我身后，我正要起身，被他按住了肩膀。他在我旁边坐下来说，你这个刑侦队长比局长的官架子还大，请都请不动，还得我主动过来找你。我说，赵局，我这芝麻大的官，哪敢在您面前摆架子。我是想找个安静的地方，捋清思路后再跟您汇报。之前那只钻进砖缝的蜘蛛又悄悄爬出来，仿佛在偷听我们的对话。窥视别人是生命的本能，低级动物也不例外。赵宏森很享受我拍的马屁，笑呵呵地问，卷宗我仔细看过了，案情已经很清楚，你还要捋什么思路？我苦笑着说，我也讲不出个子丑寅卯。赵宏森问，你怀疑吴迪不是凶手？我说，吴迪涉嫌经济犯罪肯定是板上钉钉，但唐胜龙的死跟他有没有关系我存疑。

赵宏森眉头轻蹙问，吴迪的犯罪逻辑线还不够清晰吗？我说，水至清则无鱼。赵宏森递给我一根玉溪说，上次指控秦皓犯罪的证据确实存在瑕疵，但这一次，证据链完美闭合，凶手就是吴迪，而且他故意嫁祸秦皓。我说，犯罪是有逻辑可循的，但罪犯往往是反逻辑的。赵宏森看向我，掏出一副老花镜戴上，似乎我的五官变得让他陌生了。他说，你小子别跟我绕口令，到底什么意思？我说，任何犯罪行为都遵循内在的逻辑，没有无缘无故的犯罪。但罪犯为了掩盖自己的罪行，往往制造反逻辑的假象——

比如说，罪犯明明对花粉过敏，却故意把案发现场选择在花园里，警察调查时就不会把他列入嫌疑人名单，这就是反逻辑，也是反侦查的一种手段。鱼都喜欢在浑水中生活，这样更安全。如果一条鱼出现在清水里，很可能不是自己游过去的，而是有人故意放进去的。

赵宏森说，这是不是有点儿绝对了？证据链如果模糊不清，很容易出现冤假错案。我说，理论上没错，但刑侦实践上，证据往往是有残缺的，真相也是。赵宏森夹在手指间的玉溪，忘了弹烟灰，他问，凶手如果不是吴迪，会是谁？我迟疑了一下说，秦皓和马丽的可能性比较大。赵宏森摘下老花镜，用手帕使劲擦拭镜片，似乎想把某些晦暗不明的东西擦得亮堂一些。绕了一大圈，又回到起点，这让他相当郁闷。省厅领导已经发话了，这个案子影响太恶劣，限期一个月内破案，否则现有的专案组解散，省厅另外派人重建专案组。这不是当众打他的脸吗，他以后还怎么当这个局长？如今案子过去快半月了，好不容易锁定凶手，通缉令的内容都已经拟好，只差发放下去了。我却在这个关键时刻迎头浇了他一盆凉水，他不上火才怪。

后来案子破了后，赵宏森对我说，很奇怪，十几年过去了，秦皓和马丽在他心里似乎还是个孩子，这对少男少女和那条叫韭菜园的老街，以及教堂里钢琴弹奏的赞美诗，成了他担任派出所所长时最难忘的记忆。他无法把这两个命运多舛的孩子，跟命案中的犯罪嫌疑人等同起来。两人曾经是如此纯真而美好，就像谷雨前后，洒在香樟树上的阳光，朝气蓬勃，青春明媚。赵宏森特别希望凶手就是吴迪，或者别的什么人。但在侦破阶段，他没有把自己的倾向性告诉我，担心影响我的判断。作为警察，最忌讳感情用事。感情是把双刃剑，有时能给人温暖向上的力量，有时也会成为犯罪的温床，法不容情的道理他懂。

那个阳光冰冷的午后，我和赵宏森在塔檐上坐了很久，却没看见一列绿皮火车从铁轨上驶过。我告诉赵宏森，梁树宽也可能是秦皓和马丽的同伙。赵宏森惊讶地问我，你为什么怀疑他？我说，案发现场在石头房子里，这一点没有疑义。如果马丽确实是凶手，案发时她应该住在石头房子里。但我们看到的是，马丽住在吊脚楼里，这说明案发后秦皓故意和她交换了住处。梁树宽却没有对警方揭发，显然是故意隐瞒。赵宏森沉默了一会儿说，你的推理有一定的合理性，但我还有个疑问，邓秘书委托周权查询开房记录这件事，肯定是唐胜龙授意的，既然他查到了吴迪和王欢有私情，为什么不采取报复行动？

我看着空空荡荡的铁轨，陡然生出一股莫名其妙的人近中年的忧伤。我反问，如果唐胜龙要实施报复，他会让谁去？赵宏森说，自己肯定不会出面，也不会派邓秘书去，这太明显。应该是雇凶，但凶手必须非常可靠，否则他容易被人捏住把柄，遭到反噬。我说，他有一个非常合适的人选。赵宏森问，谁？我说，梁树宽——王欢是他干姐，他又认识吴迪，便于下手。赵宏森说，可是在岛上住这么长时间了，梁树宽并没有对吴迪下手。我说，如果吴迪始终不露面，那很可能他已经下手了。赵宏森浑身一怔，仿佛被脚下的蜘蛛咬了一口。

我伸手触碰了一下悬在头顶的青铜风铃，发出的声音竟然有点儿幽怨，像一个男人压抑的哭泣。

2

拆除灯塔的前一夜，马丽连个盹都没有打。点燃二十八根蜡烛，祈完福后，她一直坐等天亮。一阵风吹进屋子，照片上的那些候鸟仿佛活过来了，极力想挣脱墙体的束缚，飞到湖面去，她真切地听见了翅膀的扑棱声。秦皓是身体被禁锢在冷库里，马丽则是心灵被囚禁，这段时间她的生活暗无天日。她实在不想再煎熬下去了，跟秦皓一样，每一秒对她来说都是生命的流失。

看着桌上那一摊已经凝固的蜡油，马丽像在自言自语，又像在梦呓，皓哥，这一夜真长啊，你还好吗？她似乎听见秦皓饿得有气无力的声音，我挺好的，再过几小时我就自由了，真开心！她鼻子一酸说，是我害你吃了这么多的苦，分的钱我不要了，都给你。皓哥，你也老大不小了，该找个好女孩过日子了。

秦皓没回应，马丽听见他用口哨吹《光阴的故事》。

马丽说，我知道你心里有我，可我是真的配不上你。你太干净了，像面镜子，把我的那些不堪照得纤毫毕现。跟你生活在一起，我会无地自容。

这句话马丽很早就想跟秦皓说，埋在胸膛里，淋着心雨，都长出了几尺深的杂草。

2023年这个漫长的冬夜里，风声如猫叫，岛上的候鸟集体沉默。马丽就这样隔着时空，无声地跟秦皓对话。

不光是候鸟，照片上的闪电似乎也活跃起来。夜，瞬间没那么黑了。轰！马丽甚至听见了隐隐的雷声，穿过时光隧道，从她支离破碎的玻璃时代传过来。无数带电粒子组合成了一柄柄利剑，闪耀着熊熊火焰。那个叫李查德的少年，披着斗篷，御剑飞行，顷刻间就来到了她的身边。她不知道这家伙是从哪里冒出来的，是遥远的大洋彼岸，还是心中的白塔。

梦里梦外，马丽从没见过李查德长什么样，现在也是，他戴着一副黑色面具。奇怪的是，她竟能看见他在笑，小马驹，你终于长成大姑娘了。他还这么称呼她，真是讨厌死了！马丽把头扭到一边去，气他一去不复返。空气里都是带电粒子的嗞嗞声，李查德问，喜欢我送你的照片吗？马丽很想说，当然喜欢，看到这张照片，就好像回到了十五岁那年夏天，回到了我们一起住过的那间病房。但马丽没好意思说出来，她把话憋在嗓子眼里，脸和耳根全红了。李查德说，怎么不吭声，在生我的气呢？真是头倔强的小马驹。

他又在笑，笑他个大头鬼！

像是一把金属勺子滑过钢精锅，李查德的声音突然变调了，说，你的那些秘密我都知道了，你堕过胎，还杀过人。马丽终于按捺不住，捂着耳朵拼命摇头，不要说了！李查德的面具仿佛是生铁铸造的，泛着青色的冷光，让马丽感到彻骨的寒意。他说，你已经不是当年的你了。马丽含泪说，求你了，别说了！

天色，似乎是在马丽尖叫的一刹那亮起来的，李查德却忽然不见了，一起消失的还有雷声和闪电，以及惊慌失措的候鸟。

爆破拆除灯塔时间是12月1日上午十点整，这也是秦皓破除黑暗屏障的时间。

本来梁树宽今天要上班，他谎称胃疼跟同事调休，一大早就来到灯塔附近钓鱼。上午九点，施工队进入爆破作业区域，开始装填炸药。这种小型建筑物的定向爆破，安全距离是两百米。梁树宽钓鱼的地方正好在警戒线之外，他和马丽必须精准地把握时间，在爆破前夕救出秦皓。此刻，灯塔四周聚集了不少围观群众，大部分是对爆破感到好奇的游客。许多人举着手机，记录这座历史建筑消失前的最后画面。看见围观群众多，出于安全考虑，施工方把警戒线外延了一百米。

马丽今天轮休，她混杂在人群当中，心脏跳得很厉害，像打字机。冷库的那扇大门，不仅是秦皓的生死门，也是关系到整个计划成败的生死门。马丽不断地看向距离自己只有十几米远的梁树宽，想从他那里得到些许安慰。他却始终手握钓竿，目光一直停留在候鸟翻飞的湖面上。昨晚梁树宽离开后，马丽慢慢冷静下来，她想他可能真的是在开玩笑。秦皓对他有救命之恩，他怎么可能做出那种禽兽不如的事？她反应有点儿过度了，以后得找个机会跟他道歉。

正在钓鱼的梁树宽看似平静，心里却焦躁不安。他担心马丽把他昨晚打的小算盘告诉秦皓，给自己招来杀身之祸。他希望那扇生死门在爆破前不要打开，这样他就免除了后顾之忧，可以名正言顺地多分一百万。但梁树宽知道，这个可能性微乎其微。秦皓的计划非常周密，他捡漏的概率跟买彩票中大奖差不多。

九点四十分，安全员最后一次清场，上上下下，里里外外，仔细检查了灯塔的每个角落。渔民搬迁后，冷库就被废置，这一情况施工方事先已掌握。在秦皓还没被"拘禁"前，安全员就曾进入冷库踩过点，发现里面只有一大堆生活垃圾。加上此刻冷库大门挂着一把锁，安全员想当然地认为没人进去过，因此没有开门检查。

离起爆时间还剩十分钟，马丽瞟了一眼梁树宽，他已经离开钓鱼的位置，挤进人群中假装看热闹。只剩六分钟，该行动了！趁安全员不注意，马丽钻出人群，跑向冷库门口。短短三百米，却像是在跑一段马拉松，马丽的眼前发黑，脚步发飘，她仿佛在跟死神赛跑。她的举动把在场的所有人都吓了一大跳，爆破员连忙把已经放到电钮上的手指缩回来。安全员追过去大喊，马上要爆破作业，快离开，这里危险！马丽对警告充耳不闻，跑到冷库门口时，她一个踉跄跌坐在地，顺势从口袋里摸出一把挂着小公仔的钥匙，偷偷扔在草丛里。

安全员追到跟前大吼，你不想活了？灯塔里都是炸药，能把你炸成饺子馅！马丽气喘吁吁地说，灯塔不能爆破，冷库里可能有人！安全员检查了一下冷库门上的锁，完好无损，他说，锁是好的，里面怎么可能有人？没锁的时候我进去看过，只有一堆垃圾。马丽执拗地说，快把门打开，我要进去看看。安全员像看怪胎一样看着马丽，觉得这个漂亮女人可能是恋爱受了刺激，脑子不正常。马丽捡起一块砖头，用力砸锁。顾及马丽是个女人，安全员不便生拉硬拽，只能在旁边大声呵斥，你疯了！马丽没有理会，她继续哐当哐当地砸锁。这种老式锁很坚固，砖头断了锁还没断。

施工队长带着两名工人跑过来，黑着脸问，到底怎么回事？安全员抓耳挠腮地说，队长，她说冷库里有人，非要进去查看，怎么劝都不听。施工队长摆了摆手，两名工人立即冲上前扭住了马丽的胳膊。马丽奋力挣扎，喊道，你们放开我，里面可能真的有人！施工队长打量着马丽，感觉有些眼熟。他朝两名工人挥了挥手，马丽恢复了自由。施工队长问，你怎么知道里面有人？马丽从草丛里捡起那把带小公仔的钥匙，展示在他眼前，说，这是我朋友的，他失联好几天了，我怀疑他被困在冷库里面。施工队长终于想起这个女人像谁了，他问，你是"玛丽那个岛"的博主？他经常看她拍的小视频。梁树宽意识到打开那扇生死门已成定局，他越过警戒线跑过去说，没错，就是她。马小姐说的那个朋友我也认识，是湿地保护站的巡逻员，我见过他用这把钥匙。

施工队的很多人都坐过梁树宽开的观光车，那个队长赶紧吩咐手下拿来工具撬锁。当冷库门打开一条巴掌宽的缝时，一股阴冷腐臭的气味把众人熏得连连后退。只有马丽没退，她第一个钻进冷库大喊，皓哥，你在里面吗？梁树宽和施工队长等人掩住口鼻，跟在她后面鱼贯而入。冷库内光线很暗，看得不是很清楚。施工队长大声嚷嚷，喂，有人吗？马上要爆破拆除灯塔，这里是危险区域，有人的话赶紧离开。然而，没有任何回应。一只骨瘦如柴的老鼠从众人脚边跑过，眨眼间消失在门口，留下一道残影。当马丽适应了冷库里的光线后，她发现垃圾堆旁躺着一个人，凑近一看，正是秦皓。

在马丽的哭喊声中，施工队长指挥两名工人抬着昏迷的秦皓往冷库外面跑，他很有救援经验，叮嘱道，拿件衣服来，把他的眼睛蒙上。梁树宽迅速脱下自己身上的羽绒服，盖在秦皓脸上。施工队长脸色煞白，一身冷汗，真要是出了安全事故，赔钱事小，吊销施工资质可就是砸了自己饭碗。他气急败坏，朝安全员屁股上狠狠踹了一脚，骂道，你他妈怎么检查的，眼睛长脚板心上了？现在就去财务那里结算工资，马上给老子滚蛋！施工队长擦了一把头上的汗，转身想跟马丽道歉，台词都想好了：马小姐，实在抱歉，都怪我们安全意识不牢，差点儿酿成大祸。等你朋友醒了，我摆酒给你们压惊。对了，我是你的忠实粉丝，永远支持你！但他一抬头，发现马丽早就不见了。

秦皓是在光线照进冷库的一瞬间昏厥的。

其实秦皓听见了马丽的砸锁声，他点燃了仅剩的一个蜡烛头，故意在《死亡日记》中写下一行绝望的文字：

我不想在黑暗中死去，既然生命的尽头是永恒的黑暗，那就让光明陪我走完最后一程吧。

那只老鼠从垃圾堆里探出脑袋，它也听到了砸锁声，嗖地窜到门后面，然后兴奋地朝秦皓唧唧直叫，似乎在喊，有人来救我们了！

长时间待在这个像坟墓一样寂静的黑暗空间里，秦皓又冷又饿，身体已经达到了临界点，几近虚脱。他在《死亡日记》里写下了最后一行文字：

再见了，我的朋友。再见了，这个荒谬的人间。

其实，此时此刻，秦皓最想说的是另外一句话：对不起了，吴迪，我的好兄弟。他知道，冷库门打开的一瞬间，吴迪的罪名就坐实了。除了经济犯罪，吴迪还有两宗罪，杀人和勒索。

每一宗罪足够吴迪把牢底坐穿。

吴迪杀人骗保，没有得到任何惩罚。秦皓安慰自己，这次栽赃吴迪，就当是他为之前犯下的恶行赎罪。以后自己会多给他烧纸，让他在人间没有享到的福，能在另外一个世界尽情享受。再说了，他去给母亲和继父尽孝，也没有什么不好。秦皓一直觉得，地球上的生命不是起源于物种进化，而是外星人一次失败的基因试验的产物。就好像电脑执行了一次错误指令，bug 就隐藏在遗传密码里。所以人类才会犯各种非常愚蠢的错误，比如滥伐森林，污染环境，发起战争，等等。而有些人或许就是那些错误指令中的一个，比如吴迪，或许，还有他自己。跟中了顽固的木马病毒一样，他们无法自我修复系统，只能眼睁睁地看着人生走向崩溃。从某种意义上来说，他们就像一只在山路上推着粪球前行的屎壳郎，不断地遇到各种障碍物，不断地陷入困境，不断地破局。岁月就是如此周而复始，他们的世界中没有输赢，没有光荣和梦想，只有生死。

秦皓"获救"前夕，我正在琢磨怎么找人。不管疑凶是秦皓还是吴迪，在人没找到之前，所有的推理都只是假设。赵宏森建议发警情通报，面向社会征集犯罪嫌疑人的线索。但被我否决了，我认为案情还不明朗，过早给案件定性，容易造成不良的社会影响。我立下了军令状，赵局，给我半个月时间，再找不到人，我不当这个大队长了，给你当司机去。赵宏森斜睨了我一眼，你怎么找？我说，既然高科技不管用，那就只能采取最原始的办法了——地毯式搜查。我把人分成两组，一组我自己带，到岛上搜查。一组交给贾庆松，让他带人去林区走访调查。

赵宏森嚼着养生茶里的枸杞问，你确定嫌疑人就藏身在这两个地方？依据是什么？我说，不管他俩是哪一个作案，现在躲起来绝对比逃亡更安全。躲的话，肯定会躲在他们最熟悉的地方。赵宏森点了根玉溪，抽了几口又掐灭，说，行，就照你说的办。给你提个醒，如果找到秦皓，不管他是不是凶手，我都要活的。

我点点头，我知道赵局的心思，秦皓不光是破译这个案子的密钥，他身上还承载着赵局一段特殊的回忆。

立下军令状的当天，我带领一组到达岛上，逐一搜索渔村那些空置的民房。此时是上午九点半，灯塔那边的动静我已经注意到了，知道即将爆破作业。按照流程，爆破前会对作业区域进行清场。因此，我断定嫌疑人不会躲在那种地方。渔村的老式民房跟商品房完全不一样，结构复杂，有储藏室、猪圈、红薯窖，等等。有的天花板上隔出了小房间，有的还挖了地下室。我正在为搜查进度缓慢而焦虑时，两个游客走过来拍照，顺便跟我说了灯塔那边的情况，警察同志，快去看看吧，别真的闹出了人命。

我感觉浑身的血液都冲到了头顶，脑袋里像是爆发了一场巨大的海啸。我迅速瞥了一眼手表，离爆破时间只差两分钟了。我来不及解释，立即对全组成员下令，快，跑步去灯塔，阻止施工队爆破作业！

我拿出百米冲刺的速度朝灯塔狂奔，紧跟在我身后的是周雨彤。她边跑边问，齐队，发生什么事了？我没有理会，说话会泄气，我必须攒足所有力气奔跑。但还没跑出渔村，就已经到了十点整。我的心脏猛然往下一沉，像坠入海底。然而，意料中的爆破声并没有响起。又过了两分钟，我终于看到了灯塔，赶紧朝天鸣枪示警，大声问，谁是这里负责的？突如其来的枪声吓住了施工队长，他连忙跑过来说，我就是。我大口喘着气，说，立即停止爆破作业，我们要对冷库进行搜查！施工队长说，我们刚检查过了，在冷库里发现了一个男子。我急忙问，死的还是活的？施工队长说，还活着，是湿地保护站的巡逻员，好像叫秦皓，已经送去救治了。

施工队长把爆破前发生的惊险一幕讲述了一遍，我当即让他把灯塔内的炸药全部取出来，等候警方通知再进行爆破作业。我问他，你还记得马丽是在哪里捡到那把钥匙的吗？施工队长指着生长在冷库门口的一簇菟丝草说，就在你脚边，幸亏她眼尖，不然后果不堪设想。我又问，她站在哪里发现钥匙的？施工队长说，哟，这我就没注意了，但肯定是在警戒线以外。

安全警戒线还没有拆除，我来到三百米开外，不断地变换位置，朝发现钥匙的地方张望。

那座劫后余生的灯塔似乎受到了过度的惊吓，比以前更残破更苍老了，它沉默而忧伤地看着我，像是一个重度抑郁症患者。

3

岛上只有一家诊所，只能医治感冒发烧和急性肠胃炎之类的小病，马丽和梁树宽丝毫不敢耽误，立即将秦皓转往市人民医院。等我赶到时，秦皓已做完全身检查，住进了急诊科的留观室。我在走廊上碰见了刚刚打热水回来的梁树宽，问他，秦皓情况怎么样？梁树宽说，醒过来一次，又睡着了。医生说他主要是长时间没有进食进水，极度营养不良，大的毛病没有。哦，他后脑有伤，但已基本自愈。

我通过房门上的观察窗朝里瞟了一眼，马丽正在整理护士发放的药品，秦皓躺在床上输液，他蓬头垢面，身体消瘦。我分别给黄萍打了电话，叫她和郑瑞过来看护，二十四小时不间断，并且要带上枪。接着，我又给赵宏森打了电话，说了下大致情况。他长吁一口气，看来凶手不是秦皓。我没吱声，脑袋晕晕乎乎，之前掀起的海啸似乎还没有完全平息。

我离开医院没多久，秦皓就醒了。同房的病人都被他身上散发的臭气熏跑。梁树宽上街买生活用品去了，留观室里只剩下他和马丽。秦皓似乎一下子从世界末日来到宇宙新纪元，他已经吃了三包方便面和五根火腿肠，依然有着强烈的食欲。此刻在他眼里，窗外的云朵像刚炸好的爆米花，树是巧克力棒，阳光是奶酪色的。风吹过来，夹杂着荞麦面包的香气。

秦皓看着马丽，声音微弱地说，你好像瘦了，精神也不太好，这些天担惊受怕了吧？马丽握住秦皓脏兮兮的手，泪光盈盈地说，我没事，主要是担心你。秦皓说，后面的事我来应付，你不用操心了。马丽点点头，哽咽着说，你都是在替我受罪，本来这事跟你一点儿关系都没有。秦皓说，我从小就在垃圾堆里生活，习惯了，没觉得这是受罪。马丽嗔怪道，皓哥，别骗我了。我也经历过这种黑暗，真的很让人恐惧。你比我经历过的还要可怕，没吃没喝，还是住在垃圾堆里。换了我，一天都待不下去。秦皓笑了，说，都出来了，还说这些干什么。马丽给秦皓掖了掖被子，转移话题说，有件事我本来不想告诉你，可能是宽子在开玩笑，但我觉得还是跟你说一声比较好。

马丽把梁树宽昨晚来找她的事讲了一遍，秦皓输液的手臂猛然抖动了一下。他看着窗外，阳光不再是奶酪色，风吹过来的，是从停尸间里散发出的福尔马丽的气味。门突然开了，梁树宽拎着几个购物袋走进来，里面装着刚从超市买的衣服、鞋袜、毛巾和洗漱用品。他说，皓哥，这里有卫生间，等打完针，你好好洗个澡。缺什么，你告诉我，我再去买。秦皓说，宽子，费心了，你先回去上班吧，这边有马丽就够了。梁树宽说，也行，那丽姐就辛苦了。皓哥，回头我再来看你。

从留观室出来，梁树宽并没有走远，他躲在房门外偷听。刚才进来前，他已经偷听到秦皓和马丽的对话，但这一次，两人没有再提起他。梁树宽转身走了，他不再纠结。顺其自然吧，一切都是老天的安排。多少年来，他都是这样随性地生活。就像一只候鸟，一辆末班车，该来就来，该走就走。

秦皓的脱险如同一个传奇，迅速冲上热搜。媒体记者闻风前来采访，但都被黄萍和郑瑞拦在门外。不是以警方的名义，而是以家属的身份出面，说病人需要静养。我吩咐过两人，要穿便衣。除了医护人员，出入留观室的其他人都要登记身份信息。我也叮嘱马丽和梁树宽，不要接受任何媒体采访。理由是秦皓被困冷库这件事涉及案情，暂时需要保密。

记者打探消息的能力很强大，虽然没采访到当事人，但还是挖到了一些边角料，加上想象臆测的成分，一篇篇耸人听闻的报道就出炉了，标题都很炸裂，什么孤岛惊魂、生死迷雾、地狱囚徒。不过对于秦皓被困冷库的原因，文章中都语焉不详。没有媒体把这起事件跟唐胜龙被杀，以及吴迪的失踪联系起来。赵宏森提着礼品去探望过秦皓一次，但没有提跟案情有关的任何事，也没有派人做笔录，只是嘱咐秦皓好好休息——这是我特意交代赵局这么做的，暂时不要让秦皓知道警方的态度，等我研究完他在冷库里写的那本《死亡日记》再说。

对吴迪的查找依旧在继续，林区那边目前没有发现他的任何蛛丝马迹，正在扩大搜索面积。渔村的所有空房子翻了个底朝天，但一无所获。我对这个结果并不奇怪，因为秦皓和吴迪，只能有一人一个活着。

秦皓脱困第四天，我坐在那张三条腿的布艺沙发上。从午后直坐到黄昏，还把冷库门关上了，四周的黑暗恍如铜墙铁壁。我在体验秦皓被幽禁的感受，仅仅半天，就如同过了半年，那种与世隔绝的孤独、寂寞和黑暗让我坐立不安。秦皓却在里面待了整整十三天，这是一种怎样的末日情绪？这四天里，我把《死亡日记》看了不下十遍，已经闻不到上面的臭气了。日记并没有明确的时间线，更像记流水账。文字未做任何修饰，即使写了错别字也没改。秦皓记录自己的疼痛、饥饿、恐慌、孤独、绝望，以及一人一鼠的友谊和敌意。与其说这是一本日记，不如说是一本《黑暗传》，是在暗无天日环境中的生存手记。

在日记中，秦皓交代了后事。他写下银行卡密码，把自己的存款，包括还没结算的工资，全部赠予马丽。他感激上苍赐予了他和马丽的美好相遇，让他臭烘烘的世界有了香味儿。字里行间，充斥着秦皓的伤感和眷恋，牵挂和思念。我看的时候，一点儿都不觉得矫情，反而真真切切地感受到了他那种排山倒海的悲伤。

冷库门突然被推开了一道缝，光线照进黑暗。周雨彤走过来，跟我一起坐在那张布艺沙发上。她没有立即说话，而是用沉默倾听着我的沉默。我从地上捡起一个发霉的烟头，用打火机点燃后放进嘴里吮吸。周雨彤急忙说，齐队，这烟不能抽，有黄曲霉素，你没烟了我给你去买。我伸手拍了拍口袋里的烟盒，朝黑暗中吐了一个味道非常难闻的烟圈，说，我有烟，这个是秦皓抽过的，我找找感觉。周雨彤一脸迷惘地问，什么感觉？我笑笑，黑暗的感觉。周雨彤说，那我也试试。她也捡起一个烟头，忍着恶心，用我的打火机点着。

我看着她，憋着笑。

周雨彤只抽了一口就剧烈咳嗽起来，这是她第一次抽烟，把眼泪鼻涕都咳出来了，她说，又苦又辣又涩！我真搞不懂，你们男人为什么好这口。烟头很短，只够抽两口，我又点着了一个。我的眼神游离，像是在对周雨彤说话，又像是在对这个晦暗不明的空间说话，黑暗就是这种滋味，辛辣、苦涩、发霉，充满窒息感和濒死感，还有一种深深的无力感。周雨彤扔掉烟头说，齐队，看了秦皓的日记，我才明白他为什么能熬过十三天了。这跟他的经历有关，从小就在生活的底层中挣扎，习惯了忍辱负重。我没有吭声，盯着门口投射进来的那道光，一连抽了好几个烟头。周雨彤感慨道，这本日记有惊悚，有悬念，还有浪漫。我觉得完全可以拍成一部电影，就叫《地狱十三天》，让秦皓本色出演，说不定大火。我依旧沉默，空气里不仅漂浮着黑暗的味道，还有绝望和悲伤的味道。周雨彤说，秦皓的文笔挺好的，真没想到他还有当作家的潜质。

我终于开口了，他也有当演员的潜质。

周雨彤白皙的脸在黑暗中泛着光，她吃惊地看向我，问道，秦皓日记本里的内容难道是他胡编乱造的吗？我从脚下捡起一个空易拉罐，在手里捏扁，说，亦真亦假。周雨彤说，怎么可能有假？现场那么多人可以作证，他要是再晚几分钟从冷库里出来，就被活埋了。周雨彤完全接受不了我对《死亡日记》的评判，她看的时候都落泪了。现场勘查过了，物证检测过了，都没有问题。医生的检查结果也显示，秦皓虚弱的身体状况，是因为长时间缺乏营养造成的。

经过这几天的走访调查，还发现了一条重要线索——渔民搬迁后，那座冷库就成了免费倾倒垃圾的场所，但大门上始终挂着一把锁，处于开启状态。每周二四六的清晨，翠柳村舍的保洁员都会把打包好的垃圾扔到冷库里。11月18日星期六那天早上，大概六点半，保洁员蹬着三轮车来到冷库时，意外发现门被锁上了。此后保洁员又在不同的时间段去了冷库几次，门一直是锁着的。

她以为冷库禁止倾倒垃圾，就没再去了。这至少说明在 11 月 18 日六点半之前，秦皓已经被困在冷库里了。

周雨彤问，齐队，您自己不是说，在这里体验到了黑暗的滋味吗？我说，一个高明的演员，如果遇到了完美的剧本，他会把自己代入角色。不仅观众会入戏，也许他本人也会入戏。周雨彤难以置信地问，您是说秦皓关在这里是预先设计好的？我没有马上回答，从皱巴巴的烟盒里掏出一根芙蓉王，咔哒一声点着。昨晚我几乎没合眼，视网膜上像是爬了一只红蜘蛛。周雨彤又问，难道那些证据是假的？我说，不一定是假的，但证据会撒谎。周雨彤撒娇道，齐队，您能不能说点儿我听得懂的？我还准备毛遂自荐，去《地狱十三天》的剧组里出演女二号呢。

我仍然没吱声，起身抽离黑暗，朝冷库外面走去。黄昏柔和的光线照在我身上，像撒了一层薄薄的金粉。我的头发在风中凌乱，我的心也凌乱无比。周雨彤跟了出来，在后面说，齐队，您最近太累了，要不给自己放两天假，好好休息一下。我径直走到沙滩上，背靠着一艘废弃的渔船，长长地吐出一个烟圈，把那些黑暗的气息从体内排放出去。

抽完烟，我跳到这艘被岁月侵蚀得伤痕累累的渔船上，从口袋里掏出一个物证袋递给周雨彤，说，你看看这个。

里面有两张书签，是村上春树的《袭击面包店》和《开往中国的慢船》。

周雨彤站在船头问，在哪里找到的？我说，冷库的垃圾堆里。

周雨彤说，这有什么奇怪的，我就不喜欢书签，影响阅读，小说买回来的第一件事就是把书签扔掉。我望着渔村方向说，我第一次去吊脚楼的时候，发现马丽几乎买齐了村上春树出版的所有书，只缺了两本。周雨彤问，就是这两本？我点点头，说，如果我没猜错，书签应该是她掉的。周雨彤问，为什么不是扔的？那里本来就是一个垃圾堆。我说，作为书迷，是不会把书签当垃圾丢弃的。而且当时我翻阅过她收藏的那些书，里面都有书签。周雨彤问，怎么光有书签没有书？我说，书应该是被秦皓烧了。周雨彤吃惊地问，您的意思是，秦皓把这两本书带进冷库里消磨时间，不小心把书签弄掉了。看完后，他把书烧掉了，以免被我们发现，对吗？我说，以秦皓的智商，他不太可能犯这种低级错误。书应该是马丽带进去的，也是她自己不小心弄掉的。

天慢慢暗下去，黑与白混杂在一起，显现出一种类似酱油瓶的古怪颜色。甲板上生锈的锚链散发出一股铁腥味。

周雨彤的目光在湖面跳跃，像在打水漂。

我说，秦皓的那把钥匙上挂着一只黄颜色的吉祥物，是黄胸鹀。钥匙是马丽在冷库门口的菟丝草丛里捡到的，这种草也是黄色。我站在警戒线外观察了一下，不管处在哪个位置，都无法看到菟丝草里的东西。周雨彤问，是马丽临时放进去的，目的就是为了阻止爆破作业，让施工队确信冷库里面有人被困？我点头说，秦皓不仅是出色的演员，更是一个高明的导演和编剧。每一步他都精心推演过，看似自然，毫无刻意的痕迹，却恰到好处。他把自己置身在一个极端危险的境地，爆破前夕才逃生，就是为了迷惑警方，洗脱嫌疑。

周雨彤惊呼，天哪，他心思缜密得简直可怕，美剧都不敢这么拍！对了，他没有任何犯罪记录，看上去人畜无害，会不会有双重人格，平时把自己阴暗的那一面隐藏起来了？我摇摇头，说，秦皓不是一个具有反社会型人格的人，他从小被生活鞭打得遍体鳞伤，一直都没有展现出人性中的恶。长大了，生活稳定了，他却暴露出自己的阴暗面，这不合情理。除非，有一个强大的内驱力，打开了他埋在内心深处的潘多拉盒子，把里面的魔给放了出来。

风呼呼地吹着，扬起周雨彤的围巾，似乎也吹散了她盘旋不散的脑雾。我继续说，这个世界上，只有一个人值得秦皓如此疯狂，那就是马丽。他以自己的生命为赌注，用十三天的黑暗来交换马丽余生的光明，他一定觉得很值，甚至觉得赚发了。也许，我们认为的痛苦煎熬，对他来说，可能是一种幸福。周雨彤说，这也太冒险了，简直是拿自己的性命做赌注。我说，这就是一种反逻辑行为，越危险越有说服力，向死而生。周雨彤说，齐队，我把案子捋一捋——您最初的判断是对的，唐胜龙是在骚扰马丽时被杀。为了帮她脱罪，秦皓制造案中案，并且故意指证自己，这也是您说的反逻辑，因为没有犯罪分子会主动往警察的枪口上撞。之后他又引导警方查到吴迪头上，自己躲进冷库，制造被囚禁的假象，这样他就有了完美的不在场证明，是这样吗？

我望向夜空，繁星闪烁，好似一盘高深莫测的棋局。我似乎听到了涛声，像是风在湖中吹起了浪，又像是心头波涛汹涌。我说，没错，不是吴迪陷害秦皓，是秦皓栽赃吴迪。周雨彤的身体笼罩在星光中，夜色让她看起来更加妩媚动人，她问我，吴迪会不会被秦皓杀了？我跳下甲板说，秦皓杀吴迪的可能性不大，有可能吴迪的死恰好跟唐胜龙被杀在同一天，甚至同一时间。至于吴迪的死因，有可能是自杀，也有可能是他杀。周雨彤咂舌道，秦皓利用两个死人把一帮活人耍得团团转，简直就是个犯罪天才。

我朝轮渡码头走去，周雨彤追问，如果吴迪是他杀，那凶手会是谁？我说，梁树宽。周雨彤问，为什么是他？我说，梁树宽有可能是被唐胜龙当枪使，报复吴迪。另外，在林区搜查小木屋时，逃走的那个神秘男子肯定不是秦皓。他在冷库里饿得快虚脱了，动作不可能如此敏捷。梁树宽不仅熟悉林区地形，身高体重也跟秦皓和吴迪都差不多，很适合做替身。

周雨彤惊掉了下巴，她从没怀疑过梁树宽，在岛上，这个年轻的观光车司机似乎是一个模糊的存在。回市区的最后一班渡轮上，我和周雨彤都没有说话。星光下的湖面幽暗如魔镜，我仿佛在里面看到了终极答案。但有一种微妙而隐秘的东西，丝丝缕缕，如藤蔓，如苔藓，随着半个月亮，还有那些不可追忆的往事，悄无声息地爬上来。我的心脏被缠绕住了，有点儿血栓。

风在身边聚集，像在招魂，给人一种沉重的压迫感。我回头张望，渔村被夜色团团围困，一丝微光都看不见，如同一座无人祭奠的荒冢。

4

从岛上回来的第二天清晨,我和周雨彤去了市人民医院,替换了在那里值守的黄萍和郑瑞。马丽正好不在,她在医院旁边的公寓开了间房,带厨房的那种,每天一大早过去给秦皓做点儿好吃的,装在保温瓶里带回医院。

秦皓的脖子上戴着马丽织的那条蓝围巾,头发、胡子和指甲都修剪过了,脸色好了很多,但面颊瘦削,颧骨高耸,眼窝深陷,身体还是很消瘦。就在今年 10 月中旬,湿地保护站全体员工做过一次体检,当时秦皓的体重是七十五公斤。在冷库里待了十三天后,他的体重骤将至六十三公斤,血糖和血压全都在正常值以下。医生说,如果那天没有获救,他这种情况随时可能猝死。我带来了一束鲜花,是玻璃翠和蟹爪兰,马丽在阳台上种的那种,我要周雨彤从花店里买的。花放在床头柜上,斜靠着雪白的墙壁,像个慵懒的睡美人。留观室里一下子就有了岛上的味道,确切地说是渔村的味道,也许还有马丽的味道。

等秦皓按照医嘱吃完药,我坐在他侧面,先自我介绍了一番,然后说,看你今天气色好了不少,要是身体吃得消,我们就好好谈一谈。秦皓揉了揉后脑勺说,没问题,你们问吧。脑袋挨了那么一下,记性差多了。要是再过几天,我怕都忘了。周雨彤很贴心地把床摇起来，让秦皓坐得舒服一些。我说，你讲讲吴迪这次来岛上找你的情况。秦皓盯着床头柜上的花看了一会儿，回忆道，他是11月15日中午过来的，背着一只棕色的双肩包，神情有点儿恍惚。其实他这种状态持续很久了，从他母亲和养父去世后就这样，但这次更严重了。我问，你怎么看出来的？

秦皓中气不是很足，说话有点儿微喘，他跟我讲了很多轻生厌世之类的话，说想投胎变成一只候鸟，飞到岛上来。对了，他还在双肩面包里藏了一把五连发，虎头牌，是他养父留下的。我问，他带枪干什么？秦皓苦涩一笑，还能干什么？我肯定不会允许他打鸟，他想吞枪自杀，死个痛快。我问，你知道他有抑郁症吗？秦皓说，知道，他跟我说过。我劝了他很多次，但效果不明显。11月18日我开始休年假，要他跟我一块回林区扫墓，顺便散散心，烟酒和香烛纸钱我都提前买好了。我问，他为什么会得抑郁症？秦皓看向顺着输液管滴注的药液，沉默了半分钟说，吴迪是我发小，他的事我本来不该讲。但我听马丽说，唐胜龙在岛上被杀了。警察在我住的石头房子里找到了一些所谓的证据，怀疑那里就是案发现场，而我就是凶手。那我只能实话实说了，要不然，吴迪朝我身上泼的脏水，我跳到洞庭湖里也洗不清。

我问，吴迪的母亲和养父是死于谋杀，对吗？秦皓心情沉重地点头，说出了吴迪下毒的秘密，周雨彤在旁边快速记录着。秦皓的叹息声像窗外飘落的雪花，他说，吴迪杀人后很自责，后来到澳门赌博输了个精光，还不上挪用储户的存款，他快急疯了，自己把自己逼出了病。

　　这个冬天呈现出奇幻的一幕，窗外阳光和雪花一起飞舞，天地间一半金黄一半银白。护士进来换了一瓶药，周雨彤起身倒了杯温开水，递到秦皓手中。我接着说，谈谈你把吴迪偷袭的经过吧，越详细越好。秦皓喝了口水，放下杯子，再次揉了一下后脑勺，似乎那里还在隐隐作痛，他说，我搬到渔村后，吴迪每次来岛上都住我那里，我去上班后就把钥匙交给他保管。11月15日中午两点半左右，我下班回来。当时石头房子的门是关着的，我敲了几下吴迪才开门，刚进去就闻到一股血腥味。周雨彤插话道，你看见他杀人了？秦皓摇头说，没有。我早晨出门时，他说要从马丽那里捉只鸡过来杀了，亲自下厨炖鸡汤，我就没有多想，以为他刚杀了鸡。但我看见饭厅里有只紫色的行李箱，拉链锁上了。

　　我吹了吹垂到额前的头发，问秦皓，行李箱是谁的？秦皓说，是我的，原本放在楼上卧室里。我有点儿奇怪，问他把箱子拿下来干什么？他边举哑铃边说，明天不是要回林区吗，我帮你收拾了一下东西，都装箱子里了。我没有任何怀疑，准备上楼把巡逻时带的枪收好。但刚转身，后脑勺就被他用哑铃猛击了一下，等我醒来时，人已经在冷库里了。我问，你现在知道他为什么要偷袭你吗？秦皓叙述的节奏很慢，无论是语气还是神态，他说，我本来不想以恶意去揣度自己的好朋友，但出来后听马丽说了唐胜龙的案子，我才意识到自己被吴迪栽赃了。他杀了唐胜龙，然后把我当替死鬼，从耀龙集团敲诈了一大笔钱，这样他就可以补上银行的窟窿了。我怀疑他除了抑郁症，还有别的精神类疾病，否则，他肯定不会这么干，我们是二十多年的哥们了。

询问过程中，我一直审视着秦皓。我的目光很尖锐，却像是扎在一块厚厚的海绵上。秦皓偶尔会闭上眼睛假寐，似乎在为下一句话恢复体力。他抬头跟我的视线对撞时，没有铿锵声，也没有四溅的火花，而是无声无息。这种以柔克刚的方式，让我不得不收起尖锐，把目光变得柔软一些。我拿出了那本蓝色封面的硬壳日记本，上面的污垢已被擦拭干净。我继续问，后来呢？秦皓瞥了一眼我手中的日记本，说，后来发生的事都写在里面了。我问，吴迪为什么要把你锁进冷库？秦皓伸手调快了药液的滴注速度，说，他在制造假象——我作案后为了逃避警方追捕，藏在冷库里，结果在爆破拆除灯塔时意外身亡。我问，为了让这个假象更逼真，他把你的手机和枪也扔在冷库里，对吗？秦皓说，应该是的。周雨彤在手指间旋转着笔杆子，忍不住问，既然吴迪要嫁祸你，为什么会把冷库门锁上？哪有罪犯把自己锁在房间里的，这科学吗？

秦皓闭上眼思考了一会儿，然后凝视着雪白的天花板说，吴迪想让警方相信门被锁是个意外。比如，路过的孩子觉得好玩，或者，有人觉得冷库里面的垃圾太臭，就顺手把门锁上了。周雨彤语塞，秦皓的解释确实能说通。而且，如果灯塔顺利爆破拆除，不知猴年马月才能发现秦皓的尸体，到时不会还有人记得冷库门上是否有锁。我晃了晃日记本说，我通读了很多遍，写得太精彩了，堪称一本出色的悬疑小说。秦皓假装没听懂我的话，有些落寞地说，我小时候还真有当作家的梦想，可惜没这个命。我微微一笑说，你马上就要实现财务自由了，至少在那个岛上能够衣食无忧，你安心写作，成为作家指日可待。秦皓转头看向我，平静地反问，就我写的那些破事，还能成为畅销书赚大钱？齐警官不会是在开玩笑吧？

透过窗户，我看得很清楚，在门诊大楼和住院部之间，一群野鸽子突然倒飞，接着凭空消失在空中，这真是一个奇幻得让人莫名其妙的冬天。我说，我们已经找过冷库以前的保管员了，当初工人拆完冷库里的制冷设备后，他忘了锁上门，所以那里成了垃圾场。但他还保留着钥匙，你没想到吧？秦皓脸色微变，但一闪而逝。我继续说，我们将砸开的那把锁进行了技术复原，然后用保管员的钥匙去开锁，根本就打不开。经过技术鉴定，钥匙和锁根本不匹配。也就是说，原来冷库门上的锁被人更换过了。换锁的目的是为了方便出入冷库，因为原来的锁没有钥匙，一旦锁上，就打不开了。秦皓问，你怀疑是我把自己锁在了冷库里面？我说，没错，进入冷库后，你出来过两次，一次是用唐胜龙的手机给邓秘书发勒索短信。还有一次是从邓秘书手里劫走六百万赎金，然后在湖边沉车毁灭证据。秦皓问，我在里面，锁在外面，而且没有门缝，我是怎么打开锁的？我说，不是你打开的，是马丽。

秦皓说，如果锁被更换过，你们可以查一查，我和马丽是否买过这种锁。我说，这是一把旧锁，跟原来的锁一样，都是骆驼牌，很常见的一个牌子。捡废品是你的一个习惯，锁应该是你在岛上捡来的，没法查。接着，我又把秦皓制造案中案的前因后果一股脑儿说了出来。秦皓没有一丝慌乱，问道，齐警官，照你的意思，石头房子里的血迹、鸡蛋壳、吃过的方便面，和藏尸行李箱里的头发和烟头，还有放在登山包里的劳力士手表，都是我故意留下的？我回答得很干脆，对！秦皓问，我在冷库里写日记用的本子和笔，照明用的打火机和蜡烛，还有垃圾堆里那些霉烂变质的食物、水和香烟，都是我自己放进去的？

我透过吊瓶看着那张清瘦的脸，说，不完全是，有些原本就在垃圾堆里。秦皓问，那是谁把我打昏后扔进冷库里，是我自己？还是马丽？我说，很可能是梁树宽。秦皓的演技确实很丝滑，他哑然失笑问，怎么把他也扯进来了？我说，案发后，你和马丽交换了住处，梁树宽明明知道这个秘密，却没有跟我们说。秦皓问，你说的这些，证据呢？我掏出那把系着小公仔的钥匙，说，之前爆破作业的安全距离是两百米，这个距离内，马丽是能看见掉在冷库门口的钥匙的。但人算不如天算，那天施工方临时把安全线外延了一百米。我试过了，站在三百米外，根本看不见这把钥匙。

我仔细检查过这把钥匙，脏兮兮的，确实有日晒雨淋的痕迹。但这种做旧做脏的手法没有任何技术难度，随便扔在露天的哪个角落就可以了，并不能证明就是在冷库门口捡到的。施工队爆破灯塔前夕，马丽为了证明秦皓可能被困在冷库里，她必须有一个合理的借口，"捡到"的这把钥匙正好派上用场。在秦皓待在冷库期间，我相信马丽悄悄去看过他，还很有可能带上了干净的食物、水和香烟，包括村上春树的两本书，《袭击面包店》和《开往中国的慢船》，但秦皓必须在生理和心理上保持最真实的拘禁状态。脱困后才能蒙混过医生的体检，不会引起警方怀疑。所以他只留下了两本书，其他的东西都让马丽带回去了。然而，马丽不慎把书签掉在了垃圾堆里。在昏暗的环境中，两人都没有发现。

我说出了自己的推理，并且告诉秦皓，已经在书签上提取到了马丽的指纹，并且通过技术手段，查到了她购买这两本的记录。秦皓闭上眼假寐，我的目光再次变得尖锐，想要把他包裹在内心深处的秘密剖开。很遗憾，我失败了。不到一分钟，秦皓睁开眼说，那两本书有可能是马丽遗失后，被人捡走了，把书签扔在了垃圾堆里。齐警官，你们现在最重要的是找到吴迪，还原真相，而不是在这里对我搞有罪推定。他的眼神充满无辜，而且异常清澈。我有种奇怪的感觉，似乎不是在讯问犯罪嫌疑人，而是在跟一只不食人间烟火的候鸟对话。我说，吴迪很可能已不在这个世界上了，所以你才会嫁祸于他，反正死无对证。秦皓问，他死了？怎么死的？你们不会怀疑是我杀了他吧？我没上过什么学，文化不高，你们可以怀疑我的品位，但请不要怀疑我的人品。我不会如此丧心病狂，为了钱杀害自己的发小。我凝视着秦皓，他的眼神像猫瞳，就像渔村里那只缺了半只左耳的野猫。之前的无辜和清澈不见了，此刻瞳孔里闪烁着狡黠和诡谲。这是一双藏着许多秘密的眼睛，也是一双能窥破别人秘密的眼睛。

我说，吴迪不是你杀的。秦皓问，那是谁杀的？我说，要么他是自杀，要么是梁树宽杀了他。秦皓把目光移到窗外，阳光消失了，只剩下雪花。他说，我和宽子认识还不到半年，如果案子真的是我做的，我凭什么如此信任他，拉他入伙？我把吴迪和王欢的隐秘情史陈述了一遍，说，唐胜龙那天来渔村，应该不光是为了骚扰马丽，还有可能是来找梁树宽协商如何谋杀吴迪。没想到出了意外，唐胜龙被杀，梁树宽只好单独行动，但这一幕恰好被你撞见。出于共同的利益，你们结成了同盟。不过，还有一种可能。梁树宽在杀害吴迪时，手脚做得不够干净。你为了帮他脱罪，主动拉他入伙。秦皓冷笑一声，我既帮马丽脱罪，又帮梁树宽脱罪，你觉得我在学雷锋吗？我说，帮马丽脱罪，是因为你暗恋她。帮梁树宽脱罪，是因为你亏欠他。

秦皓一脸困惑地问，我又没找宽子借钱，亏欠他什么？

我的目光穿透留观室的窗玻璃，看见了纵横交错的电线吗，还看见了市人民医院屋顶上高高矗立的红色十字架。我深吸一口气，问，十二年前发生在神鼎峰的那起雷击事故，你应该毕生难忘吧？秦皓的视线落在旁边的一把空椅子上，目光迷离地说，记得，当时整个林区传遍了。我没敢去现场看，听说被雷劈的那个人死得很惨。我说，被雷劈死的人，就是梁树宽的父亲。秦皓显得很讶异，哦，是吗？这个我从没听他说过。我说，梁老师冒着雷暴，返回神鼎峰寻找的那个诡影，就是你——秦皓。

我话音未落，秦皓身体猛然一震，仿佛听到了一声炸雷，但很快他的身体就放松了，淡定地说，雷暴天我去神鼎峰干什么，找死吗？我提高声调，你是去拍这张照片的！我从口袋里掏出那张《生命之吻》，摆在秦皓面前，这是我趁马丽不注意，在吊脚楼里悄悄翻拍的。秦皓抚摸着照片，动作非常轻柔，仿佛在擦亮一段已被尘封的往事。然后他抬起头，缓缓地说，这是马丽十六岁生日的时候，一个叫李查德的男孩送给她的。我说，不，是你以李查德的名义送给马丽的。那个李查德在马丽出院后就再没出现过，高考前夕，约马丽去白塔见面的人也不是李查德，而是王欢。

似乎有一道球形闪电破窗而入，结结实实地击中了秦皓，他的整个身体僵硬了，仿佛所有的毛细血管瞬间发生了栓塞。他知道，那个守护了十二年的秘密已经不是秘密了。我抓住他那条没打吊针的胳膊，将病号服的袖子撩起来，露出了一大片"刺青"，像是在皮肤上文满了艳丽的花朵，又像是文了一条张牙舞爪的青龙，把周雨彤看得目瞪口呆。之前我在查阅秦皓的病历时，意外了解到他曾经遭遇过雷击伤，就诊时间正好是梁树宽父亲遇难的那一天。

我说，那年春天，你在神鼎峰拍摄闪电，跟梁树宽的父亲同时遭到雷击。闪电冲击波使红细胞从毛细血管渗透到表皮，伴随高温灼伤，形成了这些类似文身的疤痕，也叫利希腾贝格图形。你大难不死，梁老师却当场殒命，他是因你而死。所以，你对他的儿子梁树宽充满亏欠。秦皓平静得像一块玻璃，他说，好吧，我承认，这张照片是我拍的。梁老师的死，是我的无心之错。这些年来，我一直都很内疚。但我重申一遍，没有帮他脱罪，我也不知道他有什么罪。

我问，你冒死拍了这张照片，为什么又要以李查德的名义送给马丽？秦皓反问，我很好奇，你是怎么知道这些事情的？我犹豫了一下，语调低沉得像漏音的口琴，我说，侦查机密，无可奉告。秦皓不再追问，他看着手臂上的闪电文，思绪仿佛顺着那些纹理回到了从前。他说，马丽母亲被害后，她对这个世界的信任被彻底摧毁了，只剩下伤害、背叛和欺骗。是那个叫李查德的少年，帮她把一地的碎片粘合起来。那张照片，不仅是一件生日礼物，更是她心理重建的一把钥匙。有了这把钥匙，她就可以打开一扇门，看到真诚和信任之光。但李查德迟迟没有兑现承诺，我不忍心这扇门锁上，就当了一回李查德的替身。

秦皓的声音并不大，在我听来却铿锵有力。如同敲击编钟，整个房间里都是金属的颤音。我看向秦皓，这次视线终于碰个对着，火星四溅。我问秦皓，这张照片挂在墙上，难道梁树宽没看出来跟他父亲的死有关吗？秦皓说，我交代过马丽，如果梁树前来做客，就把墙上所有关于闪电的照片取下来，特别是这一张。我说，唐胜龙和吴迪的死都跟你无关，敲诈的钱你也没来得及花掉。你犯的罪不算太重，如果能及时回头，我可以算你投案自首。秦皓不假思索地说，齐警官，该承认的我都承认了，不该承认的我肯定不会乱说。你要是再捏造事实，我会告你诱供。

我厉声喝问，秦皓，你非要一条路走到黑吗？秦皓没吭声，他把头靠在墙上闭目养神。我的目光像水蛭一样吸附在他脸上，说，我相信马丽杀害唐胜龙是被迫无奈，甚至是正当防卫。如果你顽抗到底，只会害了她，把轻罪变成了重罪。秦皓依旧沉默不语，我知道他心里在想什么，他要救的不光是马丽，还有梁树宽。十二年过去了，他终于等来了一次赎罪的机会，绝对不会放弃。否则，余生难安。他在炼狱中煎熬了十三天，竭尽心思下了这么大一盘棋，而且是以性命相搏的险棋，突然主动认输，这个可能性实在实在太小了。从设局的那一刻开始，他应该就想好了，这盘棋不可能和解，也不可能悔棋。只有一个结局，要么输，要么赢。

我和秦皓都是有执念的人，只是出发点不同。我要捍卫的是警察的荣誉和尊严，破不了案，或者造成冤假错案，对警察来说都是一种奇耻大辱、秦皓要保护的是两个卑微的生命，让他们逃离命运的霸凌，生活不再一地鸡毛，从此岁月静好。

护士突然推门进来，说有个男的把电话打到值班台，要找秦皓。我没有多想，秦皓的手机长期处于关机状态，打电话的人可能是他的同事。之前黄萍反映过，这几天秦皓接到过好几个同事的慰问电话，都是由护士代转。经我允许后，护士拔掉针头，带秦皓去接听电话。周雨彤要跟过去，我摆摆手。目前并没有确凿的证据表明秦皓涉案，我的怀疑都是基于推理。秦皓此时要是逃跑反而会很被动，我相信他不会这样愚蠢。趁秦皓趿拉着拖鞋去接电话，我走到门诊大厅外面点了根烟。雪花更大了，往年这时候，最多下些小雪子。今年冬天挺反常，早些天就开始飘雪了，只是零零星星的，还不成气候。瞅今天这节奏，估计会下场大雪。

护士值班台那边，秦皓拿起电话，刚喂了一声，就听见里面传出马丽的哭腔，皓哥，千万别过来！紧接着电话里传出梁树宽恶狠狠的声音，秦皓，如果你还想见到马丽，就立刻赶到神鼎峰来。如果不来，或者报警，我就把她推下悬崖。说着，他就挂了电话。仿佛一只玻璃瓶蓦然在秦皓的胸腔里爆裂，但护士就站在旁边，他脸上没有表露出任何异样。放下电话时，他还礼貌地对护士说了声谢谢。尽管梁树宽没有说挟持马丽的原因，但秦皓已经猜到，一定是送他到医院那天，梁树宽意外发现了他身上的闪电文，继而知道了《生命之吻》背后的秘密。

等了十二年，梁老师的儿子终于来寻仇了。

5

秦皓猜得没错，送他到市人民医院就诊那天，梁树宽遵照医嘱脱下他的脏衣服，换上病号服时，发现了皮肤上的大片"刺青"。但医生说这不是刺青，应该是雷击造成的闪电纹。果然，把秦皓的身份信息输入电脑后，查到他十二年前在医院治疗雷击伤的病史。秦皓入院的那一天是2011年4月20日，谷雨，正是梁树宽父亲的忌日。梁树宽忽然想起了昨晚马丽说的话,《生命之吻》是李查德在山顶拍摄的,上面有美得像郁金香的紫色闪电,还有一棵大樟树。

梁树宽亲眼目睹,父亲就是被一道紫色闪电击中身亡的。就在他父亲遇难后的第三天,十六岁的马丽收到了生日礼物《生命之吻》。难道,那张照片是父亲遇难的同一时刻,在神鼎峰拍的?拍照的人不是什么李查德,而是秦皓?联想到照片墙中间的那处神秘空白,梁树宽疑窦丛生。回鸟岛的渡轮上,梁树宽没有进船舱,他靠着船舷边吹风边琢磨。两只白色水鸟不断在他头顶哀鸣,像父母不肯安息的亡灵。一到关公庙码头,梁树宽就给邓嘉伟打了个电话,说了秦皓获救的事,并谎称自己已经发现吴迪的行踪,就在岛上,今晚可以让其人间蒸发,叫他带钱上岛兑现承诺。

接着,梁树宽去了桑梓园,进入原塔城精神康复中心的太平间。屋内空空荡荡,只剩一张锈迹斑斑的停尸床,其中一只床脚缺失,垫着几块红砖。床上有条又脏又破的棉被、一套银灰色冲锋衣裤,还有一个枕头,上面散落着不少头屑和脱发。床底有一双箭牌球鞋和一只棕色的阿迪达斯双肩包——包内的很多物品,比如香烟、打火机、房门钥匙和车钥匙,上面都有吴迪的生物信息。尤其是吴迪的那顶藏青色棒球帽,被秦皓故意沾上了唐胜龙的血迹。地面有吴迪抽过的和天下烟头,是秦皓从石头房子里收集的。

这是秦皓进入冷库前给吴迪布置的"藏身处"。

太平间阴森恐怖，平时没人敢来。但秦皓知道，警察迟早会找到这里。

至于吴迪的尸体，在埋葬唐胜龙尸体的当天晚上，就用铁丝捆上石头，沉到了远离湖岸的深水处。

2023年这个阳光如雪的冬日下午，梁树宽穿上冲锋衣裤和箭牌球鞋，背着那只棕色双肩包走出太平间，步行前往几里开外的渔村。他身手敏捷地爬上了吊脚楼阳台，从窗口翻进了二楼客厅。出乎他意料的是，照片墙中间的空白处竟然挂上了一个木头相框，里面正是马丽说的那张《生命之吻》。梁树宽一眼就认出来了，照片是在神鼎峰拍摄的，而且拍照时间就是父亲遇难的那一刻！那座山峰，那棵古樟，那道紫色闪电，他再熟悉不过了，深深叠映在灵魂中。

梁树宽似乎在照片上听到了风声、雨声和雷声，还有少年的他撕心裂肺的喊声，爸，别上去了，危险，快回来！但父亲不理他，还是一个劲地往山顶跑。梁树宽听见了母亲的悲鸣，你太狠心了，就这么一走了之，撇下我们娘儿俩，以后谁听我拉小提琴，谁陪我采风？梁树宽看见全班同学对着山谷齐声高喊，梁老师，我们想你了！父亲浑厚的声音久久回荡：老师也想你们了。山上风大，同学们快回家吧。梁树宽甚至看见母亲站在古樟下拉着小提琴，琴声和同学们的呼喊声在神鼎峰上交替出现，如同悲伤的二重奏。

梁树宽的眼泪滚滚而下，像汛期的汨罗江。他全都明白了，马丽早就知道他父亲死于雷击，死于神鼎峰。每次在他进入吊脚楼之前，她会特意把《生命之吻》，甚至那些有闪电内容的照片，全都从墙上取下来，等他走后再挂回原处。一定是秦皓叫她这样做的，以便隐瞒照片背后血淋淋的秘密，当年出现在神鼎峰的那个神秘身影就是秦皓！

为了讨好马丽，秦皓在雷暴时跑到神鼎峰拍摄闪电，被梁树宽的父亲误以为是自己掉队的学生，于是冒险返回山顶救援，结果遭遇雷击身亡。马丽视为至宝的十六岁生日礼物，上面有梁树宽父亲的亡魂，不，还有他母亲的。

熊熊怒火忽然间充斥了梁树宽的胸膛，秦皓和马丽竟然把自己的浪漫建立在别人的痛苦，甚至生命之上，彻底毁了他的家，使他成了一个没爸养没娘疼的孤儿。换句话说，秦皓和马丽就是谋杀他父母的凶手，也谋杀了他的美好人生。梁树宽的怒火渐渐变成了仇恨，他砸碎相框，把《生命之吻》撕成了碎片。他决意报仇，否则，他无颜面对父母的在天之灵。至于秦皓是怎么遭到雷击的，又是如何大难不死的，以及他为什么要冒充李查德给马丽送照片，梁树宽统统不关心。

2024年冬天，在写作《刑侦笔记》期间，我揣摩了梁树宽当时的心理。他决定找秦皓和马丽复仇，应该不仅仅是因为两人毁了他的生活。他那晚阴谋算计秦皓的秘密，已经被马丽告诉秦皓。他为此惶恐不安，害怕秦皓会在背后冲他打黑枪。梁树宽见识过秦皓的胆识和智商，得罪了他，到时怎么死的都不知道。因此，梁树宽决定先下手为强。

晚上十点，是梁树宽和邓嘉伟约定见面的时间，两人坐在那座险些毁于爆破的灯塔上。邓嘉伟提着一只沉甸甸的密码箱，问梁树宽，钱我带来了，尸体呢？梁树宽说，孝敬龙王爷了。邓嘉伟下意识地看向夜雾弥漫的湖面，问，什么时候解决的？梁树宽说，傍晚时分。他从手机里调出几张照片，是在吴迪坠亡时拍摄的。邓嘉伟仔细辨认照片上的尸体，吴迪头部血肉模糊，脑浆迸裂，一看就是死得不能再死了。

梁树宽故作心有余悸地说，红的白的都出来了，把我恶心得晚饭都吃不下。

邓嘉伟有些反胃，连忙点了根烟压住往食道里翻涌的胃液。现在吴迪死了，该轮到潼潼了。潼潼聪明伶俐，活泼可爱，唐耀龙一度想放她一马，当成自己的亲孙女抚养。但犹豫再三，还是决定不留后患。慈不掌门，心太软就做不大企业。豪门之家的掌门人，哪个不是杀伐果断？等解决了潼潼，就轮到梁树宽了。有太多把柄抓在这个愣头青的手上，不解决掉他，唐耀龙会睡不好吃不香。不过，借梁树宽之手解决潼潼之前，还得哄着他。对唐耀龙来说，能用钱解决的问题，都不是问题。

邓嘉伟把尸体照片下载到自己手机里，问梁树宽，吴迪死前躲在哪里？我们这么多人找他，愣是一根汗毛都没找着。梁树宽打开密码箱，粗略地数了数码得整整齐齐的钞票，一百万，没错。他头也不抬地说，就在渔村的一个地窖里。邓嘉伟没有盘问细节，这种事知道多了，不仅没好处，还可能遭到反噬。梁树宽问，唐耀龙想怎么处理潼潼？邓嘉伟反问，你有什么好主意？梁树宽把自己的计划说了出来，邓嘉伟说，听上去有点儿意思，我回头跟老董事长汇报一下，你等我电话。

邓嘉伟走了，梁树宽没有立刻走，他坐在密码箱上。确切地说，是坐在一堆钞票上。跟我的感受一样，梁树宽也觉得这个冬天异象频生。他发朋友圈说，曾亲眼目睹一大群乌鸦飞着飞着，突然坠落地面集体死亡，就好像受到了某种诅咒；桑梓园里有棵老桑树，据说是明代洪武年间种植的，枯死很多年了，小雪那天居然长出了新芽；某天夜钓，他看见洞庭湖面升起了两个月亮。一个金黄色，一个蓝白色。

梁树宽的人生也如同进入了一个玄幻世界，光怪陆离，令他眼花缭乱。此刻，仰望着漫天星光，梁树宽仿佛打通了任督二脉，浑身异常舒畅。他感觉自己以前似乎一直穿着盔甲在负重前行，现在，这些羁绊都没有了。那些卑微的、焦虑的、痛苦的、无奈的情绪，统统一扫而光。他解脱了。成了一个轻装上阵的猛士，马上就要重启自己的高光人生。

是什么带给他这种神奇的体验呢？他抽了小半包烟才明白，是钱！

钱能让他脱胎换骨，浴火重生。

梁树宽的父母出事那年，外婆在堕落街找了个瞎子给他算命，说他八字苦，是劳碌命。如果不想认命，就得改命。为此，外婆给瞎子买了两条芙蓉王，请他画了一张改命符。然而，啥用都没有。梁树宽照样苦哈哈的，连普高都没考上。现在，梁树宽明白了，改命的最好方式不是求神拜佛，画符辟邪。而是赚钱，赚很多很多的钱。这个世界上，只有钱才是万能的护身符。

千万不要去问钱是怎么来的，花钱时，没人会问哪张钞票是高尚的，哪张是卑鄙的。

梁树宽又点了根烟，心中宁静而安稳，他在心里说，欢姐，我终于变成有钱人了。他仿佛看见王欢坐在灯塔旁的椿树上，拄着一把大提琴，目光憎恨地盯着他，宽子，你知道吗？你杀的是我最喜欢的人！梁树宽把一缕烟灰吹向夜空，说，我知道，可他没有真正爱过你，只喜欢你的身体和你的钱。王欢说，不，不可能！他亲口说爱我，后悔高中时没追我。整棵椿树似乎因为王欢的愤怒而摇摆不定，叶子簌簌作响。梁树宽冷笑道，那是他哄你。王欢在树影中拼命摇头，你瞎说，他是潼潼的亲爸。我们仨是一家人，他不可能不爱我。

梁树宽晦暗不明地笑了笑，不，他不是。王欢的幽怨比四周的黑暗更浓稠，你又瞎说，都做过DNA了，他和潼潼的确是父女关系。梁树宽自鸣得意地朝王欢吹了声响亮的口哨，别忘了，DNA检材是我提供的。王欢有些莫名其妙，问他，宽子，你什么意思？潼潼的父亲不是他是谁？梁树宽把一句憋在心里很久的话吐了出来，像吐出一根鱼刺，他说，是我，潼潼是我和你的女儿。王欢瞪大眼睛看着他，整棵椿树不再晃动，突然宁静了。

原来，2022年元月，梁树宽当代驾的那天晚上，从长沙返回塔城后，他先将吴迪送到湘江明珠小区，然后把王欢送回潇湘梅苑。王欢醉得人事不省，梁树宽把她扶进卧室。当她在席梦思上躺下时，长发披散，脸色皎洁，整个身体瘫软如泥。白皙的皮肤在黑暗中闪烁着荧光，就像一朵妖冶的大丽花。梁树宽被这美艳的一幕惊呆了，再也迈不动脚步。他试探着喊了几声，欢姐，要不要喝点儿水？王欢完全没有反应，梁树宽又推了她两下，她还是没有知觉。梁树宽的胆子大了起来，那个夜晚，他把自己变成了一只在花蕊中忙碌的蝴蝶。事后，他忐忑不安，彻夜未眠。但第二天王欢醒来，丝毫没意识到自己被侵犯了，还主动给他打电话询问，是否把吴迪安全送到了家。

梁树宽看着椿树，说，欢姐，给潼潼做DNA鉴定的检材，不是吴迪的，是我自己的。当邓嘉伟要梁树宽从吴迪那里获取生物检材时，他不知哪根脑回路通了电，决定先提供自己的检材。如果没匹配上，他再提供吴迪的。谁知一次就匹配上了，这令梁树宽欣喜若狂。他虽然没有跟王欢天长地久的缘分，但曾经拥有，他知足了。当梁树宽把这个秘密讲给王欢听后，她彻底蒙圈了。椿树开始剧烈摇晃起来，叶子纷纷落下，砸在地上铿锵有声。王欢颤声问，宽子，你说的都是真的吗？梁树宽发毒誓，瞎编一个字，我喝水被呛死，出门被车撞死。王欢哭了，哭得稀里哗啦。梁树宽连忙安慰，欢姐，潼潼是你生命的延续，就算她跟我没有血缘关系，我也不会杀她。现在更不会，因为我们仨是一家人了。

王欢凄楚一笑，幽幽拉起了大提琴，依然是那首令人断肠的《杰奎琳之泪》。

梁树宽信心满满地说，你放心，我现在有钱了，会让潼潼过上好日子的。他话音刚落，噔的一声，琴弦断了，是最华丽的A弦。他猛然看向椿树，哪里有什么王欢，只有一团黑，不漏一丝星光的黑。

潇湘梅苑位于汨罗江的支流白水河畔，两岸风光秀丽，有大片野生梅林。唐耀龙回国后就住在这里，和他一起入住的，除了妻子和潼潼，还有保姆，以及一条金毛。河边修了绿道，唐耀龙每天早上都要带潼潼去遛狗。

这个白雾弥漫的早晨，梅林静悄悄的。祖孙俩照例去河边绿道遛狗，潼潼背着漂亮的小书包，里面装满她的零食和玩具。一辆黑色的蒙迪欧尾随在后面，行驶至没有监控的偏僻处，梁树宽把车停下，从后备箱里拎出一只黄色行李箱，朝唐耀龙祖孙俩走去。

就在昨天下午，梁树宽得到了邓嘉伟的反馈，唐耀龙同意他此前设定的计划。按照计划，梁树宽今早会假装绑架潼潼，找唐耀龙勒索赎金，然后驾车把潼潼带到林区处理掉。这辆蒙迪欧是吴迪的，梁树宽天还没亮就潜入湘江明珠小区，把吴迪的蒙迪欧开走了。

梁树拦腰抱起正在摘野花的潼潼，金毛感觉到了危险，不断地朝他狂吠。潼潼挣扎着哭喊，爷爷，爷爷！梁树宽掏出一块含有麻药的手帕，捂住潼潼的口鼻。很快，她就昏迷过去。接着，梁树宽把潼潼塞进行李箱，放回车内。自始至终，唐耀龙都在冷眼旁观，直到梁树宽坐进驾驶室，他才开口，等潼潼醒来，告诉她不要怕，是带她去找爸爸妈妈。

梁树宽点点头。

看着远去的蒙迪欧，唐耀龙的眼睛眯成针芒状，像是要把剧毒的药物注射进梁树宽的体内。梁树宽没有直接前往林区，而是先去了一间出租屋。他把还在昏迷的潼潼从行李箱里抱出来，放在床上。房间里有很多玩具、零食和连环画，都是他提前买好的。接着，他把一些废旧书报塞进行李箱。他拎了拎箱子，觉得有点儿轻，又把潼潼那只鼓鼓囊囊的书包扔进了箱内。梁树宽把行李箱重新提到蒙迪欧的后备箱里，然后驾车来到市人民医院，停在绿化带旁边。

这几天梁树宽经常和马丽通电话，假装询问秦皓的恢复情况，知道她每天早上七点半左右都要回公寓做饭。七点四十五分，梁树宽看见马丽从门诊大厅走出来。他驾车尾随了几十米，在一处监控盲区按了几下喇叭。马丽回头看见了梁树宽，她迅速拉开车门坐进后排，有些紧张地问，宽子，你怎么把吴迪的车开出来了？梁树宽把正副驾驶前的遮光板都放了下来，说，吴迪的尸体浮出水面了，我得开他的车出去处理一下。马丽"啊"了一声，眼神惊恐，脑补着那个可怕场面。梁树宽目不斜视，他一踩油门，加速驶离人多眼杂的闹市区。

马丽问，不是在他身上绑了大石头，沉到了深水区吗，怎么还会浮上来？梁树宽说，鬼知道呢，可能是捆绑石头的铁丝松了。马丽惊惶地问，是不是他怨念太深，不想去投胎？梁树宽鼻子里哼了一声，他有什么好怨恨的，杀了自己的父母骗保，早就该吃枪子了，能活到这个冬天，已经是占了大便宜。马丽不想对一具尸体说三道四。沉到湖底的秘密突然上浮，她的心也随之悬了起来。她问，宽子，尸体是在哪里发现的？有人看见吗？梁树宽在后视镜里瞟了她一眼，说，在灯塔附近，就昨晚。我夜钓的时候发现的，当时周围没别人。马丽搓着胳膊上的鸡皮疙瘩，问，尸体呢？

梁树宽说，我连夜打捞上来了，在后备厢里。马丽回头看了一眼，喉头发紧，她问，怎么不在岛上挖个坑埋了？梁树宽在十字路口停下车，压低帽檐说，这段时间，警察不分白天黑夜在岛上找吴迪，我敢随便动土吗？马丽看着变化的红绿灯，焦躁不安地说，要不，我回医院找皓哥，问问他怎么办？梁树宽说，皓哥身边有警察，你刚出来又回去，会引起他们怀疑。再说了，皓哥身体还没完全康复，这点儿小事就别麻烦他了。马丽问，那你打算怎么处理尸体？梁树宽驾车通过十字路口，说，去林区，找个鸟不拉屎的地方埋了，越深越好。马丽问，需要我做什么？梁树宽说，你跟我一起去，我需要人望风。

恐慌如同病毒在马丽的体内迅速复制，她不假思索地答应了。车过北门，阳光和雪花同时飞舞，路上的行人和车辆开始增多。

在医院睡眠不太好，马丽很想靠着椅背打个盹，但她不敢。因为一闭上眼，她就感觉吴迪在背后盯着自己。梁树宽打开雨刷，刮走凝结在挡风玻璃上的薄薄的雪花，他问，丽姐，你去过神鼎山吗？马丽强打精神说，没有，我只去过白鹿山，皓哥带我去的，都好多年了，印象有点儿模糊。梁树宽意味深长地说，神鼎山比白鹿山更美，特别是神鼎峰。马丽看着他的背影问，你要把尸体埋到神鼎峰吗？梁树宽点头说，那里风水好，迪哥可以安息，以后就不会来找我们麻烦了。

马丽又忍不住回头看了车尾一眼，似乎担心尸体突然爬出来，坐到她身边。她说，我听你的，对了，在埋尸的地方做个记号，我和皓哥每年都来给吴迪烧纸。梁树宽掏出一副墨镜戴上，似乎想遮挡一些什么，交通探头，或是，回忆往事的伤感。他说，十二年前，我爸就是在神鼎峰遇难的。马丽有点儿纳闷，梁树宽刚才不是说那里风水好吗，怎么又成凶地了？

梁树宽开始讲述父亲遇难的经过，那声炸雷引起的余震似乎绵延了十二年，他握着方向盘的手明显抖了一下。车子跑偏，差点儿跟对面驶来的一辆面包车迎头相撞。梁树宽急忙纠正方向，集中注意力。这是马丽第一次听梁树宽讲述父亲遇难的细节，之前，她只知道他父亲是在雷击事故中丧生的。她全然不知道那起灾难背后，竟然隐藏着一个如此惨烈的故事。

听完后，马丽问，谁那么白痴，打雷还在山顶不下来，不要命了？梁树宽说，山顶还有一棵大樟树，活了一千多岁了，比十几层楼还高。马丽说,那就更危险了。山顶、紫色闪电、大樟树、十二年前、谷雨,这些熟悉的词汇像蚱蜢一样,在马丽的脑海里蹦蹦跳跳。她总觉得哪里不对,但一时半会儿又想不明白,到底是什么地方不对。

梁树宽说,当时我在后面扯着嗓子喊,叫我爸别上去,可他非不听。马丽说,你爸是个好老师,他这叫舍己救人,是英雄。梁树宽问,丽姐,说那个白痴就是杀害我爸的凶手,这话没毛病吧?马丽说,这家伙虽然不是故意的,但间接害死了你爸,应该找他赔钱,赔很多很多钱。梁树宽冷哼道,钱能买回我爸的命吗?能买回我的人生吗?

马丽看着沉默的远山,无言以对。

梁树宽没有再说下去,仿佛叙述这段悲情往事,耗尽了他全身的力气。

第7章 走失的李查德

1

从十八岁那年夏天起,马丽再也没有来过林区。那些色彩斑斓的树叶、一年四季蓬勃生长的野花、昆虫不知疲倦的大合唱,还有那山那云那风那水,全都被时光折旧了,成了一幅油彩剥落的抽象画。就跟封印在白塔里的李查德一样,马丽觉得这片深山老林里也封印着一个叫秦皓的少年。在岁月的新陈代谢过程中,许多东西改变了最初的模样。有些东西却光鲜如初,永远留在了原地,如同蝉蜕。

进入林区后,梁树宽把车停在一处偏僻的树林里。他摘掉棒球帽,掸掉遗存在上面的头屑和头发,塞进放在副驾驶座的棕色背包里。接着,他从包内掏出那支虎头牌五连发拐在肩上。然后,他拎起行李箱带着马丽钻进山林。走的是荒草丛生的小路,四周看不到人。马丽刻意跟梁树宽拉开距离,以免身体不小心碰到那只行李箱,里面的尸体让她害怕。她想起了装唐胜龙尸体的紫色箱子,还有装母亲尸体的蓝色箱子。马丽忽然觉得悲哀,生命如同行李，一个箱子就可以打包带走。谁也不知道下一站会被扔到哪里，谁也不知道是否还会有人认领。走着走着，马丽有些诧异。吴迪的尸体在水里浸泡了这么久，应该早就腐烂了，为什么闻不到一点儿臭味？是因为箱子密封性太好吗？还有，吴迪体重一百多斤，她却感觉梁树宽拎着箱子很轻松。难道是尸体高度腐败后，只剩下骨架了吗？想到这里，她恶心欲吐。

似乎是山野中丰富的负氧离子让梁树宽恢复了消耗掉的元气，他继续跟马丽讲述起十二年前的往事。这次的主角是他的母亲，那个从大城市来到山里，追逐爱情和浪漫的女医生。他说起和母亲一起看过的月色和星光，一起采过的菖蒲和艾叶，一起包过的粽子和蒿饺。他还说起了母亲拉的小提琴曲，带着一股《离骚》的味道。神鼎山下就是屈原笔下的汨罗江，这里的云，是从《诗经》里袅袅飘出来的。这里的雨声，这里的鸟啼，都像是在吟哦楚辞，有平仄有韵脚。他充满罗曼蒂克情结的母亲，永远少女心的母亲，最终就是葬身在这条诗意流淌的河里。来也浪漫，去也潇洒。

紧接着，梁树宽又讲述了那段堕落街往事，讲述了十七岁那年冬天，王欢是如何在警察的眼皮底下，挽着他的胳膊，把他从地狱拽回人间。马丽听了五味杂陈，小时候的王欢活泼开朗，玻璃时代的王欢多才多艺，大学时期的王欢善解人意，嫁入豪门的王欢腹黑骄横，她不知道到底哪一个才是真实的王欢。不过这已经不重要了，她和王欢之间的所有恩怨，都已经被2022年冬天的那场黑色的冷雨带走。王欢这个名字,也被雨水淋湿,在时光的纪念册中越来越模糊,越来越陌生了。

梁树宽是用一种抒情的语调在讲述自己的往事,马丽从没在他身上见过这种气场。这种沉浸式的倾听,让她一度忘记了跋山涉水的艰辛,忘记了惊慌,忘记了一会儿要去做一件世界上最恐怖的事情——埋尸。马丽突然有些憎恨那个在山顶神秘出现,又神秘消失的人。十二年前的那个春天,当雷暴来临时,如果他不在神鼎峰乱跑,梁树宽的父母就不会在风华正茂的年纪离开人世,这个幸福的三口之家就不会支离破碎。梁树宽也不会在岳麓山脚下的堕落街和王欢相识,更不会认识吴迪,卷入这桩惊天罪案。说到底,那个讨厌的家伙就是一只魔蝶,扇动了一下翅膀,就引起了一系列可怕的蝴蝶效应,把诗意和浪漫从梁树宽身边悉数带走,留下了无尽的伤痛与不堪。

终于到达神鼎峰,阳光和雪花不知什么已经消融,乌云压顶,山风浩荡。马丽被眼前的千年古樟震惊了,不是因为树有多么高大雄武,而是这棵树让她感觉异常熟悉。不仅如此,山顶的风光也让她有一种强烈的既视感。梁树宽放下行李箱,问,丽姐,认出这是哪里了吗?积雨云里掠过一道微不可察的闪电,马丽猛然打了个激灵,她把山顶的风景跟手机屏保壁纸进行仔细的比对。山和树,石和草,形态全都一样!唯一的区别是,照片上的樟树显得更葱茏一些,眼前的这一棵有半个树身漆黑如炭,没有长叶子。但她很快明白了,这是照片上的那条紫色"金龙"造成的,樟树半身不遂是因为遭受过雷火的洗礼。

　　这个令她魂牵梦萦了许多年的青春圣地，如今以这样一种不可思议的方式呈现在眼前。马丽失声惊呼，天哪，我不是在做梦吧？《生命之吻》竟然是在这里拍的！她现在知道了，之前那种奇特的感觉来自何方了。听梁树宽话里的意思，他好像早就知道这里是《生命之吻》的拍摄地。可是，他从没看过那张照片，又是怎么知道的？梁树宽突然把五连发顶在了马丽头上，眼里冒出凛冽的凶光。马丽的第一反应是，梁树宽为了多分一笔钱，想把她和吴迪的尸体一起埋到这荒无人烟的地方。梁树宽一改之前的抒情语调，声音似乎快要结成了冰，丽姐，实话跟你说吧，箱子里根本没有吴迪的尸体。我今天骗你到这里来，没别的意思，只是想了却一桩心愿，替我父母报仇。我现在可以明确告诉你，正是害死我爸的那个人，拍摄了《生命之吻》送给你。马丽说，不可能！李查德的家在雁城，离神鼎山至少有两百里，他怎么会跑到这里来拍照？她完全无法把少女时代的偶像，跟那个肇事者的形象重叠起来。可是拍摄时间和背景都对，她只能心存侥幸，或许，还有一个跟神鼎峰风光一模一样的地方。梁树宽的脸生硬得像铁器，父亲遇难后，这是他第一次上神鼎峰。他冷笑道，你说的没错，李查德不会来这里，但秦皓会！马丽说，这更不可能了，照片是李查德寄给我的，拍照的人怎么会是皓哥？

　　梁树宽讲了自己前几天在秦皓身上的惊人发现，说那张照片肯定是秦皓冒充李查德送给马丽的。接着，他把自己打印出来的秦皓十二年前的病历递给马丽，白纸黑字，由不得她不信。马丽蒙圈了，她做梦都没有想到，那张几乎辉映了她整个青春时代的照片居然是秦皓的杰作。山风猛烈地鞭笞在马丽身上，但她一点儿都不觉得冷，体内的血液似乎在燃烧。她说，宽子，我替皓哥跟你说声对不起。分给我的那两百万我不要了，全都给你，算是给你的补偿。梁树宽怒吼，就因为拍那张该死的照片，害得我家破人亡，赔几个钱就翻篇了吗？不，我不原谅，绝不原谅！马丽看着那张冷酷的脸问，那你要怎样？梁树宽的枪口一秒都没有离开马丽的头，声音似乎都扭曲了，他说，六百万全部归我！马丽从容地说，没问题，我来说服皓哥。他不是一个贪财的人，肯定会答应。我现在把埋钱的位置告诉你，就在桑梓园那棵歪脖子老桑树下面。

梁树宽依然举着枪，杀气不减地说，钱我要，秦皓的命我也要。你给他打电话，叫他到这里来。马丽说，宽子，你清醒一点儿，杀了皓哥，你也得吃枪子，要那么多钱还有什么用？梁树宽单手持枪，腾出一只手掏出唐胜龙的手机，说，用这部手机打，事后你跟警察说，吴迪借刀杀人敛财的把戏被戳穿了，他恼羞成怒，挟持你把秦皓骗过来杀害。丽姐，只要你配合，我保证不伤害你，我只要秦皓的命。对了，这把枪是吴迪的，事后我会丢弃在现场。背包也会留下，里面的东西都是吴迪用过的。警方已经把他当成嫌疑犯在搜捕了，你放心，没有人会怀疑你的口供。

为了实施这次复仇，梁树宽已提前准备好了自己的不在场证明——他把自己的手机和钓具交给邓嘉伟,如果警方调查,就说两人在一起钓鱼。

马丽发现梁树宽并非一时冲动,而是经过了周密谋划。昔日那个阳光帅气的小伙子,此刻成了可怕的地狱使者。她说,宽子,我绝对不会打这个电话。皓哥不是故意的,他不知道拍那张照片会给你家带来这么大的灾难。他自己也受了伤,就当是遭到了天谴,得到了报应。而且,那六百万是皓哥冒着生命危险拿到的,全都给你,你应该知足了。梁树宽猛地扇了马丽一巴掌,叫嚣道,我爸妈的命,还有我十几年吃的苦,只值六百万吗?马丽眼冒金星,口鼻流血,她说,你受唐胜龙指使,杀了吴迪,还骗了他五十万。如果不是皓哥做局救你,你早就被警察抓起来了。梁树宽像猫头鹰一样怪叫道,我他妈为什么要骗财杀人,不就是因为穷吗?如果我爸妈没死,我就不会活得像条狗,到处被人欺负,就会顺利地念完中学、大学,找份体面的工作,我他妈还会缺钱吗?我走到今天这一步,都是拜秦皓所赐!

马丽无力辩驳,从逻辑上来说,梁树宽的话并没有错。但秦皓也只是逻辑中的一环,如果他不去拍那张照片,后面的悲剧都不会发生。正是她对那份生日礼物的强烈渴望,才让秦皓有了冒充李查德给她寄照片的念头。如果李查德没有失诺,如果没有那个黑色的夏天……所有这些,都是逻辑上的一环。每个人看似都很无辜,都是按照既定程序在驱动,谁也无法预料下一步会生成什么结果。那到底谁才是真正的罪人呢,是生活本身,还是造物主？

没容马丽细想，梁树宽拨通了急诊科值班台的电话。

秦皓接听后，没有直接回留观室，而是朝走廊尽头的厕所走去。快到门口时，他回头看了一眼，发现护士并没有注意到他，于是立即折身从侧门走出门诊大厅。他上了一辆在路边揽客的摩的，谎称自己身患重症，要去白塔祈福。看到他身穿病号服，身体消瘦，摩的司机没有任何怀疑。双方谈好价钱，摩托车一路风驰电掣，只用了十几分钟就到达了白塔底下。趁车还没停稳时，坐在后座的秦皓挥拳猛击摩的司机太阳穴，将他打昏后拖到塔内。紧接着，秦皓扒下他的骑行服和皮鞋，穿在自己身上，然后戴好头盔，驾驶摩托车直奔神鼎山。

我预想的大雪并没有马上出现，反而飘起了冻雨。

在门诊大厅外面抽完烟，我回到留观室等了十几分钟，秦皓仍然没有回来。我隐隐觉得有些不妙，赶紧和周雨彤去值班台寻找，护士说秦皓接电话的时间很短，两分钟不到。他基本上都是在听对方说，自己没说什么话，离开时也不急不慢。我查看了来电显示，竟然是唐胜龙的手机号码！就在此时，曹磊打来电话，用急促的语气说，刚才监控到唐胜龙的手机开机了，位置在神鼎峰附近，但现在已关机。我的脑袋霎时大雾弥漫，吴迪不是死了吗，怎么还用唐胜龙的手机给秦皓打电话？难道是我的判断出现了错误，这个案子真的是吴迪干的？不，不可能，打电话的人一定不是吴迪！那会是谁？梁树宽吗？对，应该是他。打这个电话，就是为了制造吴迪还活着的假象，让秦皓摆脱借尸还魂的嫌疑。

我让曹磊马上定位梁树宽的手机，等待反馈的过程中，我和周雨彤在医院监控室看到了秦皓逃离的全过程。整个上午，这是我第一次看见秦皓如此慌张，他几乎是小跑着上了路边的摩的。刚从监控室里出来，我就接到曹磊的电话，他说梁树宽的手机信号在朝林区方向移动，距离神鼎山还有八十多里。很显然，用唐胜龙手机打电话找秦皓的人并不是他。曹磊还告诉我，局里刚刚接到110接警中心转来的电话，有位摩的司机报案，他在市人民医院门口搭载了一位穿病号服的男子前往白塔。结果一到目的地，他就被该男子打昏，摩托车被抢走，他身上的骑行服和皮鞋也被扒掉。我连忙叮嘱曹磊，抢车男子就是秦皓，马上追踪那辆摩托车的去向。曹磊说，正在视频追踪，但暂时没有发现被抢摩托车的踪迹。我立马明白了，秦皓开过出租车，对市区路况非常熟悉。他肯定是避开监控，走的小路。

我跳上停在医院门口的警车，在周雨彤还没坐稳时，就一脚油门冲了出去。轰鸣的引擎声像野兽发出的怒吼，透着一股无法遏制的孤独与悲伤。周雨彤问，齐队，我们现在去哪儿？我从牙缝里挤出三个字，神鼎峰。周雨彤说，秦皓熟悉那里的地形，这是要逃跑的节奏。我摇头说，不，他没有逃跑的理由。周雨彤懵了，问我，那他到底想干吗？不会是脑袋受伤，出现了什么后遗症吧？我在后视镜里看着这座变形的城市，说，一定是出了紧急状况，而且可能跟马丽有关。周雨彤一听，立即拨打马丽的手机，但话筒里传出关机的提示音。我心头一凛，似乎被蝎尾蜇了一下。周雨彤默默地看了我一眼，我知道这个眼神的含义，是在质疑我之前的推断。

我确实凌乱了，那个给秦皓打电话的人到底是谁？

难道这桩案子里面，还有一个至今没有露出任何行迹的隐形嫌疑人？另外，梁树宽今天去林区干什么？

沉重而坚硬的天幕后面，似乎躲着一位威猛无比的金甲武士，仅仅三拳两脚，就把乌云撕得粉碎。风呼啸而至，黑色的絮状物漫天乱飞。雨同时席卷而来，如急骤的鼓点，挟带着一股杀气。警车如同一头误闯钢筋水泥丛林的猛兽，一路咆哮着冲出市区，拼命跑向旷野，跑向大山，整个路面都在脚下剧烈颤抖。

周雨彤的脑回路似乎通了电，突然冒出火花。她问我，会不是吴迪把马丽绑架了，秦皓跑去救人？我反问，动机是什么？周雨彤说，吴迪本来想嫁祸秦皓，只差一步就成功了，结果被马丽破坏，彻底翻盘，他肯定恨死马丽了。我不置可否，还是不太相信吴迪会起死回生。

一路上我把车开得飞快，两旁的景物飞速倒退。我似乎急着赶去赴一场约会，一场迟到了许多年的约会。风不断把落叶吹到挡风玻璃上，雨刮急速摇摆。周雨彤问，齐队，怎么突然冒出一个李查德，他跟马丽是什么关系？我用了将近半小时，把李查德和马丽之间的事讲了一遍，包括那场改变马丽命运的"约会"。

周雨彤完全被我的叙述吸引住了，忘记了晕车带来的不适，她问，李查德真的存在吗？我反问，你为什么觉得不存在？周雨彤的眼神比挡风玻璃上凝结的雾气还要迷蒙，她说，当时马丽的母亲被害，自己又得了严重的眼疾，可能精神受了强烈刺激，产生了幻觉。对了，她那时处在青春期，幻想出一个救世主般的男生是完全可能的。我说，生活往往比戏剧更戏剧化。周雨彤突然想起了什么，侧头看向我，齐队，马丽这么隐私的事，你是怎么知道的？

我没有回答，已经能够看到群山了，但在阴沉的天气里，森林变了颜色，绿皮书成了黑色档案。我迫切需要做的，是破译这部黑色档案。周雨彤没有追问答案，她还在回味我刚才的话，她第一次听说能从闪电中发现美学和哲学意味，她觉得太新鲜了。

我走的是上次来林区寻找梁树宽的路线，车一停下，我和周雨彤就直奔通往神鼎峰的山路。之前下了一点儿雪，被雨水一淋，全化了，山路非常泥泞，只能深一脚浅一脚地往上走。我很快就摔成了泥猴，但脚步丝毫没有停顿。我像在追赶什么，又像在逃避什么。原本隐隐作响的雷声渐渐猛烈起来，但闪电迟迟没有出现。我每走一会儿就抬头观察山顶的情况。虽然是中午，但乌云低垂，雨太大，光线非常暗，除了隐约能见到那棵千年古樟，什么都看不真切。

我的面前就像竖立了一块磨砂玻璃，整个世界，包括那段风雨飘摇的青春，全都在镜像中模糊不清。

2

事后我才知道,秦皓比我和周雨彤早两小时抵达神鼎峰。正如我所料,他全程抄小路,成功避开了警方的视频追踪。

秦皓很懊恼,他千算万算,却灯下黑,忽略了身上的闪电纹。十二年来,他一直在刻意清除那个春天留存在大脑皮层上的记忆。久而久之,就真的忘记了,他习惯了皮肤上的那些奇怪纹理,甚至把它当成了真正的刺青。从某种意义来说,这的确是刺青。是镌刻在青春岁月中永不褪色的文身,将伴随他一辈子。现在,秦皓已经无法顾及自己下的这盘棋是输是赢了,他的当务之急是救回马丽。如果她有什么闪失,他连人生都会输掉。即使赢了跟警方博弈的棋局,又有什么意义呢?

来到神鼎峰脚下时,整座大山已经笼罩在一片混沌的雨雾当中。风吹过来,仿佛有一大群野生动物在林海中奔跑。有时像狮吼,有时像虎啸,有时像狼嚎。秦皓知道警察很快就会追踪过来,为了争取时间,他从羊肠小道攀援而上。他手脚并用,耳旁呼呼风声,一如小时候的逃亡。他裸露在衣服外面的皮肤被荆棘划得鲜血淋漓,其间好几次差点儿摔下悬崖。

终于登顶,秦皓看到了惊悚的一幕——梁树宽手持五连发,枪口对准了马丽的脑袋。两个人像是被铁水浇铸过,在风雨中纹丝不动。秦皓扔掉头盔,径直走过去,说,宽子,把枪放下,有事冲我来。威胁一个女人,你还算个大老爷们吗?秦皓如神兵天降，两具"雕像"瞬间复活。梁树宽把枪口从马丽头上移开，对准了秦皓，皮笑肉不笑地说，秦皓，你总算来了，看来你对丽姐是真爱。秦皓说，嫌分的钱少，你说一声。好歹朋友一场，何必动刀动枪伤了和气。这样吧，我那两百万都给你。马丽声音凄婉，皓哥，你不该来。他要的不光是钱，还有你的命。他已经知道《生命之吻》那张照片是你在这里拍的。你赶紧跑吧，快点儿啊，不然就来不及了。

秦皓没有跑，梁树宽冷冷地说，你欠我家的血债，赊欠了十二年，也该算一算了。对了，别把自己说得那么大方，那几百万不是你施舍给我的，是你他妈应该还的利息。今天，我连本带利一起收回。秦皓平静地说，宽子，我只是做了当时认为正确的事，很不幸伤害到了你和你的父母，我真诚地向你道歉。十二年来，每次回林区给我爸扫墓，我都会给你爸妈烧一些纸。

看着雨中苍翠的古樟，秦皓感慨万千，跟梁树宽一样，这是他在那次雷击事故后第一次来神鼎峰。当初他之所以没有继承父业当护林员，就是因为听说梁树宽父母的骨灰撒在林区。生活在这片土地上，他的灵魂难以安宁。秦皓深呼吸了几下，说出了自己当年拍摄《生命之吻》的前因后果，以及帮警方侦破韭菜园箱尸案的经过。他告诉梁树宽，他做的一切，都是为了把马丽从黑暗的世界中拉出来，他从没想过伤害谁。

在秦皓的讲述过程中，原本呼啸的山风突然静止了，那棵千年古樟似乎也在凝神谛听。不，不光是神树，整座大山，整个林区，都在安静地聆听。马丽泪流满面，原来，李查德从她的玻璃时代走失后，始终在她身边不离不弃的是秦皓，他才是她真正的守护神。她哭着说，皓哥，我真是眼瞎，你帮我做了那么多事，我竟然都不知道。梁树宽一声暴喝打断她的哭诉，闭嘴，别在这肉麻老子了！秦皓，你为什么拍那张照片我不关心，我只知道你把我的家给毁了，我的前途也被你毁了。秦皓问，你想怎么样？梁树宽问，那只装钱的箱子藏在哪儿？马丽说，宽子，我不是告诉过你了吗？但梁树宽有自己的小心思，如果秦皓跟马丽说的不一致，那就证明有一人撒谎了。他把枪口朝马丽一摆，别废话，我问他，没问你！

秦皓根本没打算隐瞒，小时候的拾荒经历，让他成了一个很容易满足的人。上下班的路上，每次捡到还能利用的废品，他都会很开心。那笔本来就不属于自己的巨款，他并不留恋。秦皓说，在桑梓园的歪脖子桑树下面，埋得不深，挖两尺就能看见。箱子是红色的，晚上会反光。你最好弄辆三轮车，箱子挖出来后，用深色的衣服包裹住，以免路上被人发现。马丽和秦皓的话对应上了，梁树宽满意地笑了笑，说，这个不用你操心，我不会让煮熟的鸭子飞了。

秦皓注意到了那只放在樟树下的黄色行李箱，说，宽子，你不会是想把我装进箱子埋到地下吧？在冷库待太久，我都有幽闭症了，换个死法吧。梁树宽说，不，没必要这么麻烦，箱子不是给你，而是给潼潼准备的。马丽愕然问，什么，你杀了潼潼？尽管王欢虐待过她，但孩子是无辜的，她照顾了几个月，对潼潼很有感情。梁树宽阴笑道。我怎么舍得杀死自己的亲生骨肉，箱子里连根潼潼的头发丝都没有。

在秦皓和马丽诧异的眼神中，梁树宽道出了潼潼身世的秘密，也说出了唐耀龙要他杀死潼潼，嫁祸吴迪的交易。秦皓长叹一声，在自己殚精竭虑下的这盘棋上，梁树宽作为最不起眼的一枚棋子，居然成了最后的赢家。马丽说，宽子，你想要的东西都有了，大把的钱、一个可爱的亲生女儿，你就算正常地念完大学，在你这个年龄，也不可能拥有这么多。你何必赶尽杀绝，置皓哥于死地？如果你觉得补偿你的还不够，我可以把韭菜园的房子卖了，钱都给你。

面对马丽的苦苦哀求，梁树宽心里异常舒坦。他甚至有一种难以言喻的生理快感，他仿佛又成了游荡在堕落街深夜里的那个蒙面少年。十二年来，他卑微得像条狗，现在终于轮到他扬起下巴，俯视别人的卑躬屈膝了。主宰别人命运的感觉真他妈爽！

梁树宽说，丽姐，这个世界上，不是所有的事情都可以用钱来解决，爱不可以，恨也不可以。秦皓对马丽说，不用求他了，我认命。梁树宽说，认命就对了，皓哥，记住了，下辈子碰到喜欢的女人，直接抢，不要再让给别人了。欢姐上大学期间，我要是霸蛮一点儿，跟她有了那种事，她就不会嫁给姓唐的了，也就不会死这么早，我他妈肠子都悔青了。秦皓看向马丽那张早已烙在他灵魂深处的脸，目光中有许多不舍。他说，冤有头债有主，我做的那些事马丽都不知情，希望你不要伤害她。马丽冲到秦皓身边，抱住了他，哽咽着说，皓哥，要不是你，我早就死几次了。我欠你的，要死我们一起死。秦皓说，不，你得活着，把走失的李查德找回来。马丽把秦皓搂得更紧了，她拼命摇头说，不，我不找他。皓哥，我要跟你在一起，我不能再把你给弄丢了。梁树宽狞笑着说，想秀恩爱啊，到阴曹地府去秀，别拿老子当电灯泡。

梁树宽此话一出，秦皓立即明白他不会放过马丽。就在梁树宽扣动扳机的瞬间，他抱着马丽往山崖下一滚。他记得下面有块长满灌木的斜坡，十二年前，他就是跌落在那里大难不死。梁树宽猝不及防，等他冲到崖边查看时，视野中一片云雾茫茫，秦皓和马丽已经不见踪影。他爆了句粗口，气急败坏地朝下面连开五枪，把枪膛里的子弹全部打光。梁树宽并不知道，距离悬崖边十几米远的地方有个缓冲地带。他以为秦皓和马丽是不想挨枪子，跳崖殉情了。等枪声沉寂后，梁树宽跪下来，对着神树磕了三个响头。花费了整整十二年，他终于解开了心结，那个每到雷雨天都会把他的心勒得生疼的结。他把枪和背包都留在树下，提着那只黄色行李箱，消失在铺天盖地的雨幕中。

一个钟头后，梁树宽来到一座深不见底的溶洞口。从汨罗江分叉出来的金沙河流入洞中，就像被一条巨大的水牛喝掉了一样，从此消失不见。因此，当地人把这个洞叫作牛魔洞。地质学家曾经来此考察过，据说里面有庞大而复杂的地下水系，有可能连通洞庭湖。牛魔洞地处神鼎山腹地，两岸都是原始森林。梁树宽小时候跟父母来过这里，站在洞口边缘，盛夏时节也寒气逼人，还时不时从洞内传出类似牛叫的声音。

梁树宽觉得黄色行李箱里装的不仅仅是废旧书报和潼潼的书包，也是自己不堪回首的人生。那些屈辱、自卑、苦难、贫瘠、失意全都密封在里面，再也不会跑出来了。把箱子扔进金沙河的同时，梁树宽用唐胜龙的手机拍下视频。这是他"抛尸"的证据，也是他事后从唐耀龙那里获取报酬的凭证。

神鼎峰的那场生死对决，仿佛让梁树宽完成了一次蜕变。十二年来，他就像被困在一个蛹里面。他无力挣脱苦难的束缚，外面花花绿绿的世界都跟他无关。此刻，他终于破茧成蝶了。

箱子抛入水中的声音空洞而沉闷，像是来自地狱的回响。然而，在即将漂进洞口时，箱子陷入一个漩涡中不断打转，似乎非常害怕被牛魔一口吃掉。梁树宽却觉得这是个好兆头，从今往后，他的人生要开挂了，那是过去在向他做最后的告别。梁树宽坐在金沙河边的一棵冬青树下，惬意地点了根烟。他看到了两只水獭趴在河中央的一块岩石上，身体紧贴在一起，宣泄着原始的本能。他忽然想起了马丽狂奔过去抱住秦皓的情景，妈的，这娘们性子还挺烈，在床上一定够骚。梁树宽淫邪地笑了，他拿起唐胜龙的手机，拨通了邓嘉伟的号码，说，潼潼处理完了，对了，我把马丽和秦皓也一块做掉了。

邓嘉伟惊讶地问，为什么杀他们？

电话那头同时传来他粗重的喘息声，以及走路踩断树枝的声音。

　　不知为什么，梁树宽总觉得邓嘉伟的声调像蝙蝠，他随便找了个理由说，马丽看见我杀吴迪了，告诉了秦皓，所以这两人必须死。邓嘉伟走在密林中，拿着两部手机，一部上面显示他和牛魔洞的距离，一部用来跟梁树宽通话。他有些恼怒地说，怎么事先不打招呼？如果事情闹大了，查到你头上来，会牵连我们这边。梁树宽并不知道，潼潼被他抱走时背的是一个智能书包，安装了防儿童走失的定位系统，邓嘉伟就是根据定位一路找了过来。

　　梁树宽看着一团团奇形怪状的水汽从牛魔洞内冒出来，有种说不出的诡异。他说，放心，这次手脚做得很干净，我让吴迪来背这个锅。邓嘉伟尽量让自己的呼吸显得平缓一些，好吧，反正他已经死了，多背几个锅无所谓。对了，你现在什么地方？梁树宽说，在抛尸地点，休息一会儿就走。

　　距离梁树宽只有十米了，邓嘉伟放慢了脚步，也放低了声音。他本来打算带个帮手，但唐耀龙不想有更多的人知道这个秘密，没同意，他只好带了根电棍。只一下，就能让人失去反抗能力。邓嘉伟觉得自己才是笑到最后的那个人，唐耀龙许诺，把该给梁树宽的钱全都给他，并提拔他当耀龙集团的总经理。邓嘉伟尽量拖延时间说，今晚唐董摆酒给你压惊，顺便把钱给你。对了，你确定潼潼不会活下来吗？梁树宽说，确定！那是个吃人洞，活物进去了就没有出来的。

　　梁树宽很想笑，但强行憋住了。等风头一过，他就把埋在桑梓园里的钱箱子挖出来,然后带着潼潼离开塔城。他才不想去耀龙集团上班呢,年薪再高也不去。他知道秘密可以卖钱,也可以招来杀身之祸。以前听欢姐说西双版纳不错,就去那里吧。买个大房子,给潼潼找个后妈。在那座边陲小城,几百万足够他和潼潼过上优渥的生活了。实在没钱了,再狠狠敲唐耀龙一笔,最好是从耀龙集团弄点儿股份。总之,潼潼就是摇钱树,只要她活着,唐家就得听他摆布。

只有五米了,邓嘉伟已经感觉到了溶洞里冒出来的水蒸气。他弓着身子,目光如电,屏住呼吸,把电棍电压调至最高挡。梁树宽听到身后有细微的足音,他以为是山里的野兽,连忙扔掉烟头,回头张望。一团黑影迅猛地冲过来,他还没看清楚是什么,就见蓝光一闪,接着浑身一麻,整个躯体失去重心。不受控制地坠入金沙河。

这时梁树宽才看清,身穿雨衣的邓嘉伟站在冬青树下,抽着雪茄朝他笑,手里拿着一根电棍。梁树宽刹那间全明白了,唐家人想把他变成一具能永远保守秘密的尸体。其实这一点他想到了,也预防了。他把抛"尸"地点选在人迹罕至的牛魔洞,就是为了防止唐耀龙和他玩螳螂捕蝉黄雀在后的把戏。梁树宽不知道自己到底是哪个环节出了差错,他很想对邓嘉伟说,潼潼没死,被他藏起来了,这样他就还有利用价值,不会被立即灭口。但现在说什么都晚了,他只能把这个秘密带进坟墓。梁树宽不会游泳,他在湍急而刺骨的河水中扑腾,目光怨毒,拼尽最后的力气嘶喊,声音透着绝望与惊惶：

姓邓的，等着吧，你和唐家人都会给我陪葬！

邓嘉伟笑得更欢了，他朝梁树宽吐出一口雪茄烟，跟从洞内冒出的水汽混合在一起，变幻成了一个青面獠牙的妖怪模样，张着血盆大口。

被急流冲向洞口时，梁树宽看见吴迪站在水里朝他招手，宽子，快来吧，等你好几天了。他还看见了唐胜龙和王欢，两人都伫立在洞内幽深处，张开双臂迎接他，宽子，欢迎你加入我们的阵营。他甚至看见了父母和外婆，他们笑容和蔼，神态慈祥。每个人脸上都洋溢着喜庆，仿佛在接待一位远道而来的贵宾。梁树宽感觉自己从来没有被这么重视过，那些人没有一个看不起他。原来在死亡面前，人类才会真正平等。

即将被溶洞吞噬时，梁树宽听见了大提琴曲，不是缠绵悱恻的《杰奎琳之泪》，而是充满悲悯的《圣母颂》。

就连那只黄色的行李箱也像是在等待梁树宽，在他经过的瞬间从漩涡中挣扎出来，把他一起打包带走。

梁树宽最后看见的，是一扇鬼气森森的地狱之门向他訇然敞开。

3

满身泥泞的邓嘉伟从林区一出来，就跌跌撞撞地跑到林业派出所报案。他惊魂甫定地说，今天早上六点二十分，唐董带着孙女在潇湘梅苑附近的绿道遛狗。六点三十五分左右，唐董进入公厕解手，突然听见自家的金毛在外面狂吠。他走出厕所查看，发现一个男子正在把潼潼塞进一只黄色的行李箱，往车子后备箱里搬。唐董连忙大声制止，但该男子掏出一支五连发对准了他。要他准备三百万现金来赎潼潼，具体时间和地点待定。

所长孙继业怀疑邓嘉伟精神不正常，他问，孩子装行李箱里肯定得憋死，家属还怎么交赎金？邓嘉伟说，绑匪跟唐董说，他在箱子上钻了几个洞，孩子待里面死不了。老孙脸一沉说，这不是公司，是派出所，别唐董唐董的，叫全名！邓嘉伟喝完大半杯热水后，舌头利索了一点儿，说，唐耀龙，耀龙集团的掌门人，儿子前些天遇害，凶手还没抓到。老孙一惊，登时重视起来，他问，早上丢的孩子，怎么到现在才报案？邓嘉伟说，绑匪威胁唐董不许报警，否则撕票。老孙递给邓嘉伟一根烟，又问，孩子不是在林区丢失的，你跑这儿来报什么案？邓秘书说，潼潼被绑架时背着一个防走失的智能书包，他和一位叫梁树宽的朋友根据定位追踪到牛魔洞，发现绑匪正在把装有潼潼的行李箱扔进河里。梁树宽跳进河里打捞箱子，结果被急流冲走生死不明，绑匪趁机逃走。

邓嘉伟描述了绑匪的体貌特征，身高一米八二左右，体型匀称，戴一顶阿迪达斯棒球帽和一副黑色口罩，穿卡其色夹克、石磨蓝牛仔裤和耐克球鞋，自称叫吴迪，开的是一辆黑色蒙迪欧。

听到吴迪这个名字，老孙的脑袋里像钻进了一大群嗡嗡作响的蛾子，他连忙把电话打给了我。

当天下午，一支专业洞穴探险队就进入牛魔洞，寻找梁树宽和那只黄色行李箱，但始终没找到。仅仅捞上来一只智能书包，经唐耀龙辨认，正是潼潼的。据推测，应该是行李箱被急流反复冲撞在溶洞岩壁上散了架，潼潼和箱子一起被冲走了。探险队的领队说，牛魔洞的洞穴系统非常复杂，落差大，很多地方淹没在水下，根本没法深入探查。

大雪，是在寻人的那天晚上下起来的。塔城的好多市民看见，随着一道如同郁金香的紫色闪电掠过夜空，雪就开始下了。在洞庭湖区，我从没见过这么壮观的雪，一连下了三天三夜。根据气象观测记录，这是五十年来南方最大的一场雪。很多树和电线都被压垮了，学校停课，交通一度中断。所有的水域似乎被冻住了，白茫茫的一片，像一幅巨大的宽银幕，仿佛准备上演一部人世间最悲情的电影。无数冰凌从屋檐上倒挂下来，像一排排锐利的刀剑，忠诚地守护着房屋内的主人。那些污秽的阴暗的杂乱的东西，全被掩埋了。天地间只剩一种简简单单的颜色，显得异常干净。空气里弥漫着一股花香，没骗你，雪花是有气味的。用心去闻，那是一种介于玻璃翠和蟹爪兰之间的芬芳，淡到极致。

神鼎山银装素裹，玉树琼枝，远远望去，如同一位体态婀娜、肌肤如雪的少女。悬挂在山脊之上的血红落日，则像是一颗充满神秘意味的滴泪痣。我和赵宏森站在神鼎峰，眺望着这个冰雕玉琢的奇幻世界。确切地说是我先来，赵宏森后到，事前没有约定。我们俩之间似乎有了某种默契，也许是案子带来的，也许是那条弥漫着香樟气息的老街带来的。赵宏森说，别纠结了，根据唐耀龙的证词，以及对那辆蒙迪欧的视频追踪，可以确定犯罪嫌疑人就是吴迪。虽然他进行了伪装，脸部无法识别。理论上来说有冒充的可能，但这个概率很小。

我没吭声，目光有些发直地看着雪景。大脑沟回似乎被大雪严严实实地覆盖了，毫无生机。这三天，我发了一场高烧，没有直接参与查案，只是退烧后翻阅了一下卷宗。说实话，我并没有细看。不是因为身体虚弱，而是我知道，上面记载的，都是犯罪嫌疑人想要警方看到的——在神鼎山脚下找到了被丢弃的蒙迪欧，从车上提取到了吴迪的大量生物信息，包括指纹、头发、皮屑和烟头中的唾液。在副驾驶座发现了一只棕色的阿迪达斯双肩包，已经证实是吴迪两年前网购的。在包内找到了棒球帽、和天下香烟、宝格丽打火机、飞利浦电动剃须刀、治疗抑郁症的药品，以及房门钥匙、车钥匙和一些洗漱用品，上面也都提取到了吴迪的生物信息。特别是在那顶藏青色的阿迪达斯棒球帽上，提取到了唐胜龙的血迹。这些物证非常有说服力，可以弥补视频证据的缺陷。

赵宏森问我，你还在怀疑什么？我清了清烟嗓问，赵局，你有没有想过，潼潼被绑架那天，邓秘书为什么会和梁树宽在一起？赵宏森说，这个我问过了，唐胜龙的妻子王欢是梁树宽认的干姐，所以邓秘书很早就认识他，两人还是钓友。12月5日那天上午八点左右，邓秘书和梁树宽正在冶炼厂内的废弃码头钓鱼，突然接到唐耀龙的电话，说潼潼被绑架了。因为潼潼的智能书包关联了唐耀龙的手机，唐耀龙就让邓秘书带上几个人，拿着自己的手机根据定位追踪吴迪，想不通过警方把潼潼解救出来。梁树宽也认识潼潼和吴迪，他自告奋勇跟邓秘书一块去救孩子。

我又问，潼潼是六点三十五分左右被绑架的，唐耀龙为什么八点才通知邓秘书？赵宏森说，据唐耀龙自己解释，他一直在犹豫要不要报警，所以耽误了时间。我问，有证据证明梁树宽是和邓秘书一起钓鱼，一起进入林区追踪吴迪的吗？赵宏森说，邓秘书是开着自己的路虎去林区的。当天光线昏暗，又是深色车膜，无法看清车上是否还有别人。不过，在路虎的后备厢里，找到了梁树宽的钓具，已经确认，上面有他的指纹。还有，邓秘书拿着梁树宽的手机，是梁树宽跳河捞箱子前交给他保管的。

一群乌鸦以奇特的姿态在山谷里飞翔，黑与白、动与静的强烈对比彰显出一种美学张力。我裹紧围巾说，这些所谓的证据都是邓秘书的一面之词，真实性存疑。赵宏森说，已经查过了，潼潼被绑架前，梁树宽和邓秘书的手机信号都出现在冶炼厂。从市区到金沙河边，两人的手机信号均被同一个基站覆盖，位置非常接近，这个证据难道也没有说服力吗？

我摇摇头，看向古樟上的雾凇。

赵宏森说，邓秘书用手机拍下了梁树宽在河中挣扎直至消失的视频，可以清晰地看见一只黄色行李箱在水中沉浮。据唐耀龙辨认，吴迪当时就是把潼潼塞进这只箱子里的。另外，根据信号追踪，唐胜龙的手机确实在牛魔洞附近短暂开过机，时间就在邓秘书拍视频的前十分钟，这总可以佐证吴迪到过现场了吧？我问，唐胜龙的手机为什么开机？赵宏森说，吴迪跟邓秘书通电话，把交付赎金的时间定在次日晚上九点，地点是白塔下。当时邓秘书故意讨价还价，以拖延时间稳住吴迪，没想到还是晚了一步。我问，赵局，人命关天，邓秘书不施救，反而去拍视频，您不觉得奇怪吗？赵宏森说，邓秘书解释过了，他说自己不会游泳，但又害怕事后说不清楚，所以拍下视频以证自己清白。

我掸了掸从树上飘到肩头的雪，说，可是现场勘查时，只提取到了梁树宽和邓秘书的鞋印，并没有发现吴迪留下的任何痕迹。赵宏森说，当时雨很大，吴迪在金沙河边的痕迹可能被破坏了。那支被丢弃的虎头牌五连发也一样，上面的指纹被雨水冲刷掉了。但已经进行了弹道检测，确认就是当年配发给董玉坤的枪。我说，还是不能排除凶手借枪杀人的可能性。

赵宏森说，岛上的搜索也取得了重大突破，在原塔城精神康复中心的太平间里，找到了吴迪生活过的痕迹，提取了大量生物信息，经鉴定都是属于吴迪的。我说，这是可以伪造的。赵宏森说，确实可以伪造，但是，你怎么证伪？我没有直接回答，而是说，赵局，我帮您总结一下——吴迪借刀杀人的计划被马丽破坏后，他恼羞成怒，绑架了马丽，胁迫秦皓前来营救，然后将两人枪杀。在此之前，吴迪还绑架了潼潼，企图再次勒索一笔巨款跑路。但他根本没打算释放潼潼，而是直接把装孩子的行李箱扔进了金沙河。不料被邓秘书和梁树宽当场撞见，于是他放弃了勒索，逃之夭夭。赵宏森说，没错，应该就是这样。

山顶有块大石头，旁边不知被谁堆了一个雪人，用红辣椒做的鼻子，我和赵宏森在石头上坐下来，各自点了根烟。我缓缓吐出一口烟圈说，绑架潼潼、枪杀马丽和秦皓的不是吴迪，而是梁树宽。赵宏森惊得差点儿把打火机掉在地上，我拿出在医院给秦皓做的笔录递给他。12月5日事发突然，笔录还没来得及归档。等赵宏森看完，我才说，应该是秦皓的这次就诊泄露了《生命之吻》背后的秘密，让梁树宽知道了，秦皓就是导致他父亲雷击致死的元凶。

接着，我还原了梁树宽12月5日当天的犯罪过程——

他先是在凌晨时分潜入湘江明珠小区，开门进入吴迪家，换上吴迪的衣服和鞋子，开走那辆蒙迪欧。之后去潇湘梅苑绑架了潼潼，再把刚从医院出来的马丽骗上车。到了神鼎峰，他用唐胜龙的手机给秦皓打电话，以马丽的性命相要挟，逼迫秦皓赶过去。当时在神鼎峰上发生了什么，暂时不得而知。但可以肯定，梁树宽是特意选择在父亲的遇难地杀人。从犯罪心理学来讲，这是一种所谓的献祭仪式，在仇杀案中很常见。但梁树宽枪杀秦皓和马丽，不光是为了报复，应该还有独吞六百万赎金的目的。行动前，梁树宽把自己的手机和钓具交给在冶炼厂废弃码头钓鱼的邓秘书，以便事后可以向警方提供不在场证明。正因为如此，定位才显示两人始终在一起。梁树宽杀人后，故意把枪扔在神鼎峰，然后来到牛魔洞丢弃那只黄色行李箱，结果被跟踪而来的邓秘书推进金沙河，并拍下所谓的落水救人视频。

赵宏森深吸一口烟问，梁树宽绑架杀害潼潼有何动机？邓秘书又为什么要杀他？我的回答很炸裂，潼潼非唐胜龙亲生女儿，她的生父应该是吴迪。这起所谓的绑架案其实是个幌子，是唐耀龙故意借梁树宽之手，除掉吴迪留在唐家的孽种，然后又将梁树宽灭口。赵宏森问，你怎么断定吴迪和潼潼是父女关系？我说，因为一个视频。赵宏森追问，什么视频？

我的目光投向身边的雪人，说，通过远程技术解码，发现唐胜龙的手机在牛魔洞附近关机前，拍下过一个视频，里面显示那只黄色行李箱漂浮在金沙河中。如果梁树宽真的想要勒索唐耀龙，不可能拍摄撕票的视频，这会给警方留下他杀害潼潼的证据。事出反常必有妖，只有一个解释，梁树宽想以此为证告诉别人，潼潼已经死了。潼潼一个还不谙世事的小姑娘，希望她死掉的人会是谁呢？肯定不是吴迪，因为他已经死了。

赵宏森问，你为什么如此肯定吴迪死了？

我说，很简单，只有吴迪死了，秦皓和唐耀龙才能顺利嫁祸于他，因为死人是不会为自己辩护的。而且，吴迪要是还活着，他家里的钥匙、车钥匙，还有那支枪，不可能落到别人手上。

赵宏森问，你为什么怀疑唐耀龙？我说，我让小周去潇湘梅苑秘密摸排了一下，看看有没有喜欢晨练和清早遛狗的人。有晨练和遛狗习惯的人倒是不少，但冬天早晨气温低，天亮得比较晚，大家基本上都是在七点后才出来活动。只有一个叫杨杰的中年男人，他是健身教练，每天六点准时去绿道晨跑。12月5日那天早上，六点二十五分左右，杨杰跑步途中突然肚子疼，就去上了个厕所。整条绿道，只有那一座公厕，一直到六点五十分，杨杰才从厕所出来继续跑步。据他反映，他上厕所期间根本就没别人进来过。

赵宏森问，公厕的蹲坑前都有挡板，是不是唐耀龙进来了他没看见？我说，不太可能，那座公厕是弹力门，开关会发出很大的声响。所以，潼潼被绑架前唐耀龙并没有去过厕所，他撒谎了。还有，小周查看了小区以及绿道附近的监控，并没有发现梁树宽近期来这里踩过点。但他精准地掌握了唐耀龙带潼潼遛狗的习惯。我想，应该是邓秘书主动告诉他的。能够对自己的孙女痛下杀手，只有一个解释，潼潼非唐家血脉。王欢生前和吴迪是情人关系，据此可以推断，潼潼是吴迪的亲生女儿。而唐家很可能是出于报复，买通梁树宽杀害了吴迪。

2024年春天，在我还没开始写《刑侦笔记》前，曾被邀请回母校给侦查系的学生讲课，系主任老庞要我重点介绍2023年12月5日的案子，讲述我的推理过程。我跟学生说，当时梁树宽完全可以将那只黄色行李箱随意扔在任何一个山旮旯里，但他一反常态，非要走很远的山路去牛魔洞丢弃，这有两个原因。第一，唐耀龙不希望潼潼的尸体被人发现，因为吴迪的DNA已输入警方数据库，只要一尸检，就会解开潼潼的身世秘密。如果箱子被冲入溶洞暗河，尸体就永远不会浮出水面，这个秘密也就无人知晓；第二，梁树宽不希望箱子被人发现，因为里面根本没有潼潼的尸体。

第一种假设学生很好理解，第二种假设却在教室里引起一阵骚动。

我解释说，梁树宽可能把潼潼藏了起来，原因有三。第一，潼潼是王欢的亲骨肉，他不忍心下手；第二，他想拿潼潼当摇钱树，以后随时勒索唐耀龙。从法律上来说，王欢的私生女也是享有唐家的部分财产继承权的；第三，梁树宽可能跟潼潼有血缘关系。

有个很帅的男生当即站起来问我，齐老师，你是说，梁树宽有可能是潼潼生物学上的父亲，对吗？

我记得那次讲课时，法国梧桐的飞絮不断撞击在教室的窗玻璃上，呈现出一种像雪花一样的几何图形。我忽然神经短路，脑袋一片空白。直到那个男生问第二遍时，才回过神来说，对，但这种可能性远没有吴迪大。

我的回答震碎了所有人的三观，大家都跟着我一起看向玻璃上的飞絮，似乎那上面有破译整个案件的密码。

回想起来，我和赵宏森那天在神鼎峰的交谈有点儿类似华山论剑。他说服不了我，我也没能说服他，因为我的大部分推理并无实证。我抽完身上的最后一根烟时,手机响了,是个陌生号码。接听后,里面传出一个女声,透着惊惶,喂,是齐队长吗?我是唐耀龙的妻子李娴。我有些意外地问,您好,有什么事吗?

通话持续了整整半小时,我几乎都在倾听,目光变得越来越灼热,似乎要把身边的雪人融化。挂断电话后,我点了根烟,平缓了一下情绪,才对赵宏森说,唐耀龙被送去塔城精神康复中心了,初步诊断为精神分裂。赵宏森吃惊地问,是潼潼的死刺激了他?我点点头,可以这么说。赵宏森说,这就证明潼潼确实是他的亲孙女。我说,不,恰恰相反。

这几天唐耀龙在家里接待前来吊唁的宾客,有好几个人看了潼潼的照片后说,爷孙俩长得很像。唐耀龙顿时犯起了嘀咕,不会是亲子鉴定搞错了吧?之前调查吴迪和王欢通奸这件事,唐耀龙并没有直接参与,是由唐胜龙交给邓秘书一手办理的,所以他对个中内情并不很了解。唐耀龙担心冤枉了儿媳妇,当即找邓秘书要来封存在保险柜里的调查资料,想看看她和吴迪到底是怎么回事。调查资料很详细,里面还记载了吴迪的家庭成员情况,包括工作单位、通讯方式、社会关系,甚至附上了照片。

当唐耀龙看见吴迪母亲的照片时,不由得惊呆了。吴迪的母亲以前叫吴丹,初中毕业后就进入一个草台班子唱青衣。当时唐耀龙还没成家,风流成性,他在一个很偶然的机会看见了吴丹唱戏,被她的美貌吸引,于是以谈恋爱的名义将单纯的吴丹诱奸,并导致她怀孕。当吴丹发现唐耀龙只是在玩弄她时,果断结束了这段孽缘。唐耀龙后来找过吴丹几次，但没找到，因为她不仅离开了戏班子，还改了名，叫吴清芳。从吴迪的生日来推断，他就是唐耀龙的私生子。

当初在美国给潼潼做亲缘关系鉴定时，用来对比的是李娴的DNA样本，两者自然不匹配。如果用唐耀龙本人的DNA为样本进行比对，匹配度应该是25%。也就是说，虽然潼潼不是唐胜龙的亲生女儿，但仍然是唐耀龙的亲孙女！然而，唐耀龙却借梁树宽之手，残忍地杀死了自己的亲儿子和亲孙女。看到唐耀龙目光呆滞，手脚发抖，李娴吓坏了。在她的连声催问下，唐耀龙才把这个毛骨悚然的真相告诉她，而此前她对这些全然不知情。

那时候，唐耀龙还不知道唐胜龙是死在马丽刀下，以为他是被吴迪所杀。2023年的那个雪冬，唐耀龙把唐胜龙、吴迪和潼潼三个人的遗像摆在一起，哭了又笑，笑了又哭，最终精神崩溃。李娴退休后信佛，她觉得这都是因果报应，当唐耀龙确诊为精神分裂后，她就拨通了我的电话。

赵宏森感叹，凶手和被害者居然全是自家人，妥妥的骨肉相残，唐耀龙不疯才怪！

下山前，我打电话给贾庆松，要他马上带人控制住邓嘉伟。

那天傍晚，风似乎吹到了我的大脑皮层上，把那些积雪一点点吹散。我将自己的围巾系在雪人的脖子上。不知道是不是风引起的错觉，当我回头张望时，它好像活过来了一般，眉毛轻挑，嘴角微扬，还露出两个可爱的酒窝。我醉了，不是酣畅淋漓的那种陶醉，而是心律不齐，头重脚轻，五脏六腑都堵得慌。

下到半山腰时，那颗血红的滴泪痣不见了。

赵宏森问我，如果潼潼没死，梁树宽会把她藏在哪儿呢？我说，12月5日那天早上，梁树宽驾驶蒙迪欧从潇湘梅苑返回市区后，曾驶入江东路和太傅路交界处的一处监控盲区，消失了半个钟头才出来，我已经让小周去那里走访调查了。赵宏森说，我看过车辆的行驶轨迹，这个我也注意到了，我觉得梁树宽可能是去吃早餐，或者上厕所。我摇头说，路过好几个早摊点和公厕他都没停车，消失的半个小时内，他应该有别的事。

回到市区已经是晚上十点多钟，贾庆松告诉我，邓嘉伟已经在讯问室，不停地问为什么要抓他。我叫贾庆松不用回答，把他晾一晾。我在太傅路找了个夜宵摊，请赵宏森撸串。没吃几口，周雨彤就打电话过来，问我，在哪里？我说了位置，她说，巧了，我就在对面呢。我抬头一望，周雨彤从对面一条幽深的小巷子里走过来，毫无淑女风度地坐我身边直接开吃。一看她这劲头，我就知道有戏。赵宏森也看出来了，放下局长架子给她倒了杯姜丝可乐，问，小周，调查还顺利吧？这丫头还真沉得住气，把整整一串烤羊肉吃完，才抹抹嘴巴说，一个钟头前，我在海棠巷走访时，一位大姐反映，她家隔壁这两天老有孩子哭。她过去敲了几次门，但一直没人开。

我问周雨彤，大姐隔壁是谁的房子？周雨彤说，也是这位大姐的，一室一厅，一个礼拜前才租出去，租期半年，租房人就是梁树宽。我找大姐要了钥匙，开门后看见潼潼趴在一堆零食和玩具当中，泪眼婆娑，手脚冰凉。赵宏森霍然起身说，你怎么把孩子一个人留屋里，赶紧上送医院去！周雨彤吃吃笑着说，已经送妇幼保健医院了，还好，除了受了点儿惊吓，有点儿营养不良，潼潼没有大碍。赵宏森重新落座，长舒了一口气。我问，怎么才报告？周雨彤喝了口可乐说，哪有时间，先是带潼潼做各种检查，然后哄她睡觉。好不容易脱身回来，我想进出租屋仔细搜查一遍，再跟两位领导汇报。

赵宏森问，还有什么发现？周雨彤压低声音说，在厨房的一个米缸里找到了很多钱，我大致数了数，应该有一百五十万。几乎是同时，我和赵宏森被羊肉串噎住了喉咙。周雨彤神秘兮兮地说，对了，屋子内有个相框，你们知道里面是谁的照片吗？我喝了口可乐，吞下羊肉串，笑道，肯定不是你的。周雨彤狠狠剜了我一眼，要不是赵宏森在，这丫头可能会泼我一脸可乐，她在我面前是越来越放肆了。赵宏森说，我猜是王欢的。周雨彤说，赵局，您只猜对了一部分，是梁树宽、王欢和潼潼的合影，有合成的痕迹。

2024年春天，母校侦查系的阶梯教室里门窗紧闭。不知为什么，我却闻到了糖油粑粑的味道，听到了大提琴拉的曲子，像是穿过三月的阳光，从岳麓山下的堕落街一路飘过来的。一位长着兔牙的女生问我，齐老师，吴迪和潼潼才是父女，梁树宽怎么把自己和王欢母女俩合成了全家福？我卖了个关子，反问学生，你们觉得是什么原因?教室里鸦雀无声,五分钟后,一位高个子男生回答,吴迪的 DNA 样本是由梁树宽提供给唐家的,他完全可以用自己的样本冒充吴迪的。我说,没错,事后证明就是如此,这三人才是真正的一家人。

在太傅路撸串的那天后半夜,雪又开始下起来,在天地间织成了一张密不透风的网。似乎整座塔城,整个洞庭湖,都要被这张网当成猎物吞噬掉,所有生命注定无处可逃。

4

给学生上最后一堂课时,不止一个人问我,走失的李查德到底在什么地方?提问的都是女生,她们都有过纯净而脆弱的玻璃时代,或许,灵魂深处还矗立着一座封印着粉红心事的白塔。那天窗外下着雨,噼噼啪啪地落在法国梧桐树叶上,我听出了打字机的声音。好吧,那就让这台春天牌打字机把李查德的秘密打印出来吧。

李查德的父亲是气象工程师,母亲是杂技团的演员。婚前第一次约会时,父亲特意选了一个雷雨天,还是户外。母亲推托说,还是改日吧,找个晴天去踏青。父亲坚持说,就今天,不去拉倒。说实话,李查德父亲的自身条件是不错的,年纪轻轻就是单位的技术骨干,个头差不多有一米九,浓眉大眼,用他自己的话说,给他写过情书的女孩能坐满一辆大巴车,还不算站的。父亲很强势,母亲则有些柔弱,她犹豫着说,雷声太吵了,我们说话都听不清楚。父亲一本正经地说,我没觉得吵,我听雷雨声,就像别人听理查德的钢琴曲一样心旷神怡。母亲被逗笑了,说,你姓李,那我以后叫你李查德好了。

那次母亲坐上了父亲从单位借出来的一辆皮卡,车厢里有台由几十根无缝钢管组成的奇怪装置,管口以七十五度的仰角指向天空。父亲解释说,这是火箭炮,用来人工降雨的。后来母亲每次在电视里看见中东国家的游击队,开着皮卡拖着火箭炮到处跑,她就想起那天约会时父亲开的车,真的是很拉风,有上战场的感觉。

父亲那次带母亲去郊外追逐闪电,皮卡像是要开进那一道道被带电粒子撕开的时空裂缝里,挡风玻璃被震得刷刷作响。母亲见过追剧、追星和追风筝的,从没见过追闪电的。她出身杂技世家,胆子大,没觉得恐惧,只觉得新奇刺激,心想,以后跟这个男人过日子肯定不会乏味。母亲那时并不知道,父亲此前开车带五个女朋友做过同样的事,下车后对方都果断提出了分手,觉得他神经病。母亲是唯一一个享受这种乐趣的女人,他俩就这样在一起了。父亲挺喜欢李查德这个昵称,后来干脆把它当成了儿子的大名。

李查德从小就跟着父亲东奔西跑,到野外观测各种天气。小学五年级暑假,他甚至跟着父亲到塔克拉玛干沙漠观测流星雨,还找到了一块陨石。他血液里不仅遗传了父亲的冒险因子,而且耳濡目染，迷上了气象。他觉得气象不仅是一门深奥的科学，也是一门独特的美学，其神秘而丰富的内涵，超越了人类所有的艺术。于他而言，大自然就是一个伟大的美学家。暴风雨是粗犷之美，风和日丽是儒雅之美。烈日炎炎是阳刚之美，烟雨濛濛是阴柔之美。月色是朦胧美，星光是璀璨美。大雪纷飞是洒脱美，云雾缭绕是娇羞美。李查德最喜欢的还是闪电，如猛士狂飙突进，不怯懦，不退缩，在绝地中反杀。那是一种极其悲壮的美，带着悍不畏死的勇气，带着淋漓的鲜血，让天地和山川为之变色发抖。

十三年前的那个夏天，李查德到塔城姨妈家过暑假，偷骑表哥的摩托去荒野追逐闪电，结果在南门外的那条铁道旁出了车祸，摔伤眼眶住进了市人民医院。当时眼科的一位小护士是李查德表哥的女朋友，两人闲聊时，李查德得知了发生在马丽身上的那些事。出于好奇，也许还有无聊，他时不时跑到隔壁病房门口朝里面窥探。

那时候马丽饱受病魔和家庭变故的双重折磨，脸色晦暗，头发失去了光泽，身体消瘦，跟之前的那位美少女判若两人。但人真是一种奇怪的动物，见到马丽的第一眼，李查德的心就怦然一动。他很难形容那种感觉，有点儿像他第一次看见狮子座流星雨划过夜空的壮丽景象，又有点儿像他首次用天文望远镜看到月球上的环形山。不，更像他头回亲眼目睹球状闪电的心情，兴奋、紧张和欢喜交织在一起。他不知道这种感觉从何而来，也许是因为她的楚楚可怜，也许是因为她娇柔的声音，还有可能是因为她身上散发出来的一种莫名其妙的气质，来自汨罗江，来自粽子和楚辞。

2010年的那个夏夜，发现坐在窗台上的马丽试图自杀后，李查德立即把她拽回了病房。为了防止马丽再次自杀，李查德要表哥的女朋友把他换到她的房间。两人同居一室，他寸步不离地看着她。他给她讲闪电，讲暴风雨，讲各种神奇的气象现象，偶尔会夸张一点儿，甚至杜撰——这个不重要，只要她开心就好。不过他说的基本都是真实的，他能从那些风雨雷电和云雾霜露中看到别人看不到的风景。他善于观察细节，善于从一个新奇的视角来审视大自然，窥视被隐藏起来的美。他觉得气象现象是造物主创作的神迹，只有用灵魂去感受才能领略其中蕴含的魅力。

李查德出车祸是瞒着父母的，他出院前夕，姨妈和母亲通电话时不慎说漏了嘴，母亲急忙赶到塔城。李查德原本打算等马丽恢复光明后，送她一大束丁香花，制造一个惊喜。但出院那天，他被母亲直接带回了雁城。不久，李查德在报纸上看到，马丽母亲的失踪案已经告破，凶手竟然是她继父。他还从表哥的女朋友那里得知，马丽的手术很成功，已经康复出院了。他立即写了一封信寄到韭菜园183号，向马丽表示祝贺，并解释了他当初失诺的原因，但她一直没回信。起初，李查德并没有把马丽不回信这件事放在心上，以为她视力还处在恢复阶段，不方便写字。那个夏天结束后，李查德又接连给马丽写了好几封信，有的信封内还附了他拍摄的闪电照片。

直到2010年冬至,李查德才收到了马丽的一封回信。他欣喜地拆开,内容却是指责他在住院期间不怀好意,经常以搀扶她为借口,故意触碰她身体的敏感部门,是性骚扰。她说自己当时眼睛看不见,不敢反抗,只能忍气吞声。她警告李查德,如果再写信骚扰她就报警,让学校开除他,把他的丑事公布到网上,让他社死。李查德没料到自己的好心被当成了恶意,他连忙写信解释,但她再也没有回过信。自那以后,两人就断绝了联系。

李查德很迷惑,马丽在医院和他分别时非常不舍,为什么仅仅过了半年,就突然对他恶语相向,还捏造事实辱骂他?后来李查德阅读了很多心理学方面的书籍,书上说,有些人患上恶疾后会心理扭曲,导致性情大变,他怀疑马丽可能也出现了这种后遗症。

一个喜欢气象、喜欢大自然的少年,心胸是宽广的,他原谅了马丽的恶意。但那封回信李查德一直保留着,压在箱底,成了他少年时代的一道伤疤。

2023年的冬天,李查德才知道,是王欢利用母亲当邮递员的便利条件,私自扣留了他写给马丽的信,并冒充马丽给他回了那封绝交信。理由很简单,王欢嫉恨马丽抢她的风头,不希望马丽拥有一个知心朋友,尤其是异性朋友。

2024年春天,我在给学生讲课时,讲述了那个霜冷枫红的冬夜,王欢在堕落街对梁树宽的救赎。一个亲手把同桌推下黑暗深渊的女孩,换了一个时间和空间,居然冒险把一个男孩从深渊里拉了回来。这不是一时冲动,更不是精神分裂,而是真实而复杂的人性。

我告诉学生,每个人都是一个多面体,没有纯粹的单一人格,双重人格和多重人格普遍存在。这并非与生俱来,而是由生活的环境决定的。人间如戏,在生命的不同阶段,每个人需要扮演不同的角色,未成年时是孩子,成年后是丈夫或妻子,父亲或母亲。在不同的场合,面对不同的人,扮演的角色也不一样。总之,世上万物,包括白与昼、雌与雄,都是相伴相生的,从来不会孤立存在。每个犯罪嫌疑人,哪怕是穷凶极恶的杀人犯,也会有善良和慈悲的一面——或许不是永恒的,但至少在某个时间或空间会突然展现。每个心地纯良的人,身上同样也会存在暗物质。道德和法律的作用,就是为了克制人性中的假丑恶,放大真善美。

那个雨水凶猛的春天,我站在讲台上告诉学生,李查德填报的高考第一志愿,是华东地区的一所气象学院,那也是他父亲的母校。但就在考试前两天,他母亲在杂技团排演空中飞人时,保险绳意外断裂,当场坠亡。母亲的突然离世严重影响了李查德的考试状态,结果他以两分之差和气象学院失之交臂,被第二志愿省警官学院录取。阶梯教室里顿时一阵骚动,像煮沸的麻辣烫,学生都没想到李查德竟然是他们的校友,纷纷猜测是哪一届的,姓什么。

我继续说,李查德的父亲和母亲非常恩爱,母亲去世后,父亲给他改了名字，取自母亲名字的谐音。每次叫他，就像在叫母亲。父亲以这种特殊的方式来纪念母亲，正如两人当年恋爱时，母亲叫父亲李查德一样。对气象无限热爱的父亲非常豁达开明，他没有传宗接代的世俗观念，觉得儿子跟谁姓不重要。宇宙之中，星空之下，人类是如此渺小卑微。自大不仅愚蠢至极，而且滑稽可笑。万物更新，生生不息。没有一个人的名字能够永垂不朽，唯有爱，才能够永恒。讲到这里，我停顿了一下，喝了口水。杯子还没放下，一道紫色闪电像在天空炸开了一朵大礼花，紧接着是一声惊天动地的落地雷。

我的身影映照在窗玻璃上，如同某部怀旧电影里的男主角。

一个鹅蛋脸的女生迫切想知道答案，她举手提问，齐老师，李查德的母亲叫什么名字？

我用粉笔在黑板上写下了"齐鹭"两个字，教室瞬间进入静音模式。那台春天牌打字机也仿佛出了故障，停止了打字。当又一道紫色闪电绽放时，所有人的目光齐刷刷地投向窗外，似乎在那些神奇的带电粒子里找寻一个秘密，一个关于玻璃时代的秘密，一个介于友情和爱情之间的秘密。

是的，我叫齐鲁，也叫李查德。在鸟岛见到马丽的第一眼，我就认出来了，她就是我曾经的同房病友，是我青春岁月中的那道伤。她变漂亮了，成熟了，但身上的气质没有变，特别是那对小酒窝，笑起来依旧甜甜腻腻的。声音也如当年那般软糯，像刚蒸熟的粽子，又像是才煎炸出来的糖油粑粑。

而我变了，不再是那个追逐闪电的狂狷少年了。

5

我的叙述出现了断层，12月5日，我和周雨彤在刺骨的冷雨中攀登神鼎峰，后面就没有下文了。似乎我俩突然进入了一个诡异的平行空间，那里的时间慢得出奇，雨还在下，山还在爬，大雪还没来。事实当然并非如此，叙述中断的原因是我不忍心写出后面的文字，我在故意逃避。或者说，是选择性失忆。但我知道，绕了一个大弯后我还是必须面对，我别无选择。无论多厚的积雪，终究会融化，那些被雪藏的东西迟早会暴露在阳光之下。

那一天，躺在崖壁灌木丛里的马丽是被雨淋醒的。确切地说，是血雨，从秦皓体内一滴一滴淌下来的。那时候乌云已消散，天空蔚蓝，风温柔地从山谷里吹过，有点儿像诵经声。她睁眼看见秦皓趴在自己身上，叫他不应，推他不动，两人浑身被血浸透。马丽用了一分钟，也许更久，想起了之前发生的事。她的灵魂瞬间随着阳光一起，破裂成无数尖锐的碎片。虽然她身上的伤口在流血，但没有丝毫痛感，她痛的是灵魂。这种痛呈放射性，不断地向骨髓里弥漫。而且是撕裂状的，像是要把什么不可分割的东西，硬生生地从灵魂里剥离出来。

这些年，黑暗如同一头饥肠辘辘的野兽，不断地在后面追赶马丽，她拼命逃亡。她原本以为，秦皓从冷库脱身后，这种逃亡就会结束。没想到，汹涌而至的，是更深的苦难。《生命之吻》带给她无限的美好，又带给她磅礴的悲伤。那张照片足够轻，哈口气就能吹走；但又足够重，承载着沉甸甸的命运。一直以来，秦皓在默默地维系她可怜的自尊、脆弱的坚强，以及那个缥缈得有些离谱的爱情幻梦。李查德走了，秦皓来了，他成了那个走失少年的替身。马丽心中的那座白塔轰然坍塌，十几年来，她像是被封印在一个结界里。仅仅因为，李查德曾经像闪电一样照亮了她的至暗时刻。她追逐着这道光，忽略了身边所有的明亮和色彩。最后她被困在里面，这道光反而成了坚硬无比的屏障，给她带来另外一种意义上的黑暗。突破结界后，站在废墟之上，马丽忽然感觉到了一片更强烈更广袤的光，那是秦皓带给她的。跟李查德的光不一样，更真实、更温暖，让她感觉更宁静和更安稳。

玻璃时代，马丽梦想有一座以自己名字命名的岛，蒹葭苍苍，云水茫茫。后来梦想成真了，她来到鸟岛，秦皓给她的视频号取了个名字"玛丽那个岛"。她喜欢这个专属于她的名字，也喜欢这块水中央的陆地。她记得秦皓当时吹着口哨，说这座岛很像她，温婉、清雅，孤傲但不高冷。马丽经常做一个不可思议的梦，她坐在一列驶往黑暗隧道的火车上，可是过了很久很久，火车始终开不出隧道，就好像隧道一直通到时间尽头，通到世界末日。周围除了黑，还是黑，车厢里也是黑的。整列火车上只有她一个人，连司机和乘务员都没有。她耳旁是车轮碰撞铁轨的咣当声，单调而寂寥。直到火车拉响汽笛，她的眼前才豁然开朗。她看到了山川和树木，看到了天空和田野。奇怪的是，那串汽笛声竟然像口哨。现在她想起来，就是秦皓吹的，似乎是在吹一首能震撼灵魂的乐章。原来他早就隐藏在她的梦境深处，像一个光明使者，引导火车驶出充斥着无尽黑暗的隧道，奔向那片光，这不是宿命是什么？

马丽不再呼喊秦皓了，也不再推他了，而是张开双臂紧紧拥抱了他。任由爱的烈焰，把两人熔化。她甚至有一种王者的荣耀。像是把整座神鼎山，整个洞庭湖，整个太阳，都拥抱到了自己怀里，全宇宙都是她的。现在马丽只想跟秦皓厮守，她特别怀念岛上静谧的光阴。怀念橘子黄的晨曦，怀念金光闪耀的湖面和四季常绿的乔木。在这片生机勃勃的地方，有个叫秦皓的男人，催开了她心中晦暗的花朵。那里天地辽阔。各种候鸟的叫声汇聚，如同在演奏一首具有宏大叙事结构的交响曲，不知疲倦地诉说着迁徙路上的沧桑和传奇。那里可以黄昏听雨，雪中漫步，月下品茶，一个人可以放声歌唱，两个人可以盛大狂欢。自从住到岛上，马丽才明白，以前自己到达的都是驿站，这里才是终点，她再也没有了流浪的感觉。

秦皓脸上流淌的，不知是泪水和雨水。她吮吸着，咸咸的，还有股涩味。很快，她的舌头像一条贪吃蛇，灵巧地钻进了他的口腔，她要把他的痛苦、悲伤和咸涩全都吃进自己肚子里，留给他的只有甜味儿。她要和他的舌头打个结，永远都解不开的生死结。虽然这是他们第一次接吻，但一点儿都不违和，自然得就像候鸟飞回故乡。马丽已经不在乎那个李查德的下落了，此刻她只在乎秦皓。她很后悔，不该同意那个替她脱罪的计划。失去了最在乎的人，拥有自由和财富又有什么意义呢？她免去了刑责，心灵却背负上了沉重如山的枷锁。这是一种更严酷更不可饶恕的罪，而且是无期。终其一生，她都要饱受炼狱的折磨。

马丽好想告诉秦皓，从这一刻起，她就是他的女人了。她要拽着他，亦步亦趋，走向生命的归宿地。谁说没有证婚人？山峰为证，神树为证，风为证，云为证，石头为证，草木为证，它们都会见证他们白头到老。马丽更用力地拥抱了秦皓，她的脸在发烫，身体也是，感觉放一根玉米在上面，都能爆出花来。她甚至被一种无与伦比的欢愉淹没了，肉体和灵魂同时达到了高潮。她的意识就在这种快感中渐渐模糊，身体也变得异常轻盈，如同一根羽毛飘向太空。但她没有丝毫恐惧，因为她知道自己并不孤单。她是追逐着他的口哨声而去的，她要回到玛丽那个岛。那里不是异乡，是他们共同的家园。

然而，快接近岛屿时，出现了一条幽深的隧道，跟经常出现在梦境中的那条隧道一模一样。每次她要飘进去时，就会被一双大手推了出来。她看清楚了，那个人就是秦皓。她不知道他为什么禁止她回家，反复好几次后，他忽然化身成一道刻满奇异文字的石门，锁死了入口。她急了，用尽全身力气，一头撞在上面。门被撞开了，眼前却不是隧道，而是一道光，一道强烈得几乎让她致盲的光。

我和周雨彤赶到神鼎峰时，地面一片狼藉，有血，有枪，有子弹壳，有脚印，但没有人，空气中隐隐弥漫着一股硫黄味。我的心脏猛然收缩，紧赶慢赶，到底还是来迟了。我捡起那支五连发端详，是虎头牌，没错，吴迪养父的枪！秦皓和马丽一定在这里出现过，还和凶手发生了搏斗。有血就说明有人受伤，在这种复杂的地理环境和恶劣的天气状况下，伤者不可能走得太远。可是，我和周雨彤上山过程中并没有遇见任何人，难道还有隐蔽的小路通往山脚？

风雨已经停了，云雾散去，能见度很好。我下意识地探头朝悬崖下张望，看见了我终生难忘的一幕——秦皓和马丽相拥着倒卧在崖壁的灌木丛里，身上都是血。乍一看上去，就像怒放的杜鹃花。确切地说，当时我并没有看见两人的脸，他们的身体重叠在一起，脸贴脸，五官完全被遮挡住了。但我立即猜到就是他们，我之前说过，每个人都是有专属自己的独特气息，或者叫气场。隔着十几米远的距离，我感觉到了这种熟悉的气场。

我冲周雨彤吼道，快，跟我下去救人！花了整整半个小时，费了九牛二虎之力，我和周雨彤才把两个血人抬到山顶的千年古樟下。秦皓已经没有了生命体征，但马丽还有微弱的呼吸。靠人力送下山抢救根本来不及，我当即打电话请示赵局，协调当地驻军调来一架直升机，把两人紧急送往市人民医院。等待机降时，我紧握着马丽尚有余温的手，即使身负重伤，她依然美貌不减，躺在树下，温婉如玉。后来周雨彤酸酸地跟我说，我守护马丽时，眼里不是悲伤，而是湖水一般的柔情，而且是春天的洞庭湖水，泛着光。

终于等来了直升机，同机而来的军医确认秦皓已经死亡。军医说，大部分霰弹都打在秦皓身上。根据两人的伤口和发现时的姿态来推断，应该是秦皓有意用自己身体帮马丽挡了子弹。这个我早就看出来了，秦皓有这种疯狂的举动我丝毫都不觉得奇怪。读完《死亡日记》，我最大的感想是，秦皓甘愿用自己的黑暗来换取马丽的光明。如果有必要，他也愿意为马丽付出生命。这不是心血来潮，而是一种极致的爱，刻在骨髓里，烙在灵魂中。也许有点儿偏执和疯魔，但世间最激荡人心的爱情又何尝不是如此，梁祝是，许仙和白娘子是，罗密欧与朱丽叶是，卡西莫多和艾丝美拉达也是，至美背后都是至悲。

人来到这个世上，都是带着使命的。没有使命的人，无异于行尸走肉。对秦皓来说，拯救马丽，也许就是他的使命。马丽的生活被一次次撕裂了，秦皓做的一切，都是为了重建她的生活。经历了生活的跌打损伤后，秦皓和马丽或许已经开悟，因此住进了那座荒芜的渔村，回归真实纯粹的自己。但生活从来不会轻易放过任何一个人，人类穷其一生都在被各种厄运围追堵截。有的人被打败，有的人举手投降，有的人成功突围。很不幸，秦皓和马丽成为了战败者。这些年，两人一直试图用光明来跟黑暗和解，但失败了。所以他们选择了用黑暗，用更深的黑暗来跟黑暗和解。他们把黑暗胶囊当成治愈黑暗的良药，遗憾的是，再次失败了。

他们弄错了，黑暗不能单纯地用光明来和解。要用爱和悲悯，用仁慈，一点儿一点儿地来中和。

雪，还没有完全融化，从屋檐上滴滴答答地落下来，带着颤音，像在弹一曲箜篌。下午两点半的阳光呈琥珀色，透过窗玻璃照亮了半间病房，马丽全身像打了一层蜡，显得古典清雅。马丽的伤主要集中在肝脏和肺部，做完手术，她昏迷了整整六天才苏醒，适应强光后，她第一眼看到的是我，然后是床头柜上的两本书，《袭击面包店》和《开往中国的慢船》，我买了送给她的，还没撕开书膜。

我凝视着马丽，那张脸在白色的背景中漫射出大理石般的光泽。我嘶哑的声腔里透着欣喜，你终于醒了！恍惚了几分钟，马丽的呼吸开始急促，问我，皓哥呢，他怎么样了？快带我去见他！她挣扎着起身，试图下床，我按住她的肩膀说，我们尽了最大的努力，但很遗憾，他的伤太重了——马丽的脸瞬间比窗外的雪还白，吊瓶里的药液一点点注入体内，她却感觉有某种东西从自己的灵魂里慢慢流失。她望着天花板发呆，往事像蛛网一样爬上来。又恍惚了十几分钟后，她说，唐胜龙是我杀的。我说，你现在不用说这些，先养好伤。有些情况我们已经掌握了，不着急录口供。但马丽坚持说完了整个作案经过，包括《死亡日记》内容的真假，包括那两张书签和那把锁，包括藏赃款的地点，包括吴迪一家人的死亡之谜，以及梁树宽枪杀她和秦皓的原因。她告诉我，梁树宽其实是潼潼的亲生父亲——这对我来说已经不是秘密了，在梁树宽的住处提取了他的生物检材，DNA鉴定结果刚刚出来，他和潼潼的确是父女关系。

真正让我惊奇的，是梁树宽那段见不得光的堕落街往事。当时我在警官学院念书，这个案子在学校有很多版本。马丽解密后，我才发现传闻和真相相去甚远。我也把全部案情告诉了她，说梁树宽已经死了，唐耀龙住进了精神病院，邓秘书被抓——据他供认，唐胜龙后来之所以突然改变主意，坚持要杀吴迪，是因为无意中发现了父亲珍藏的一张老照片，上面竟然是吴迪的母亲，她一身青衣扮相，光彩照人。唐胜龙认出她就是父亲年轻时的情人，吴迪很可能就是他同父异母的弟弟。吴迪抢了他的妻子，还可能抢唐家的财产，唐胜龙自然不能容忍，因此动了杀心。

然而，马丽似乎对我讲的这些毫不关心，她眼神空洞地看着天花板，没有多问一句。坐在床头的光影里，我也有些恍惚，说，你知道吗，你能活下来，是秦皓替你挡了子弹。马丽的眼里突然有了璀璨的星光，脸颊浮现出少女的红晕，原本虚弱的声音腻得像刚烤出来的桂花年糕。她说，我知道，我欠他的，而且是高利贷，两辈子都还不清。他不光给我挡了子弹，我这一生的风风雨雨，都是他替我挡住的。

我从口袋里掏出《生命之吻》的原始照片递给马丽，上面布满裂纹，有明显的粘贴痕迹。我说，这是我在吊脚楼里捡的，应该是被梁树宽撕毁的。马丽深情凝视着照片，忽然问我，齐警官，有笔吗？我不懂她的意思，但还是把一支圆珠笔交到她手中。马丽把照片翻转过来，用圆珠笔把"李查德"的落款涂抹掉，写上秦皓的名字。我立即明白了，从这一刻开始，在马丽心中那座白塔的废墟里，重新建起了一座塔，更巍峨、更神圣的塔，里面住着一个叫秦皓的少年。

同样的白色布景，同样的福尔马林气味，让我的神志瞬间发生了飘移。十三年前的夏天，我曾经搀扶着眼前的这个女孩，一步步走出黑暗。可是在接近光明边缘时，我却突然撒了手。如果我再坚持一下，秦皓就不会去神鼎峰拍那张《生命之吻》，后面的那些破事就都不会发生了。马丽把照片小心翼翼地放进胸前的口袋里，又要起身，我连忙阻止，你要干吗？马丽说，我要去见皓哥，他在哪儿，太平间还是殡仪馆？我说，你还没康复，不能去。马丽梗着脖子说，不，我必须去！我脱口而出，小马驹，你不要太任性。马丽惊讶地看着我，这句话就像一股毫无征兆的风，穿过白塔吹了过来。

我意识到刚才跟马丽说话时，竟然不自觉地带上了十三年前的口吻，如同一个还没变声的少年。我知道自己不能再逃避了，在2023年这个阳光温柔的冬日下午，在村上春树的书香里，我掏出王欢冒充马丽写的那封绝交信，说出了关于李查德的所有秘密。马丽听完没有吭声，只是默默凝视着我，瞳孔里泛着点点泪光。过了很久，她才缓缓摇头说，不，你不是李查德，我记得他的声音，你一点儿都不像。我放下竖起的衣领，裸露出脖子，用手指了指喉结下面一个早已愈合的伤疤，说，当上刑警的第二年，我抓捕持刀歹徒时，这里受过伤，气管差点儿被切断，后来做了手术，声音发生了变化。马丽的嘴唇翕动着，想说什么，却什么都没说出来。她使劲耸了耸鼻子，就好像我是裹着 2010 年的光穿越过来的，身体里迸射出带电粒子的气味。她的眼神有点儿迷惘，似乎发生了曼德拉效应，这股气味让她既熟悉又陌生。护士进来提醒我，说病人需要休息，不宜多说话，更要避免情绪波动。我只好起身告辞，临走前，我把自己带来的两瓶中成药放在床头柜上，说，这是我托朋友找一个老中医开的药，润肺养肝，补血生肌，你试试。记住了，大瓶的，一天三次，一次两粒，饭后吃；小瓶的，早晚各一次，一次一粒，空腹吃。

跟十三年前一模一样的叮咛，马丽捂住胸口，似乎那里疼得厉害，2010 年夏天的阳光仿佛灼痛了她的心脏。隔壁病房里摔碎了一个吊瓶，传出很大的声响，但马丽一点儿都没听到，就好像我那句话留下的余音，彻底盖过了世界所有的声音。她闭上眼睛，十三年的黑，穿透时空弥漫而来，她泪如雨下。

住院部临街，压抑沉重的病房和闹市的车水马龙形成鲜明的对比。有时候，生与死，仅仅隔着一面墙。我刚走出住院部大楼，就听见人行道上一片惊呼声，很多人朝楼上翘首张望。我回头一看，一个穿病号服的女人坐在十三楼的窗台上，身体被风吹得晃晃悠悠。我立马认出来了，正是马丽！十三年前那个雷鸣电闪的夜晚，她也是这样坐着，被我从窗外拽了回来。但这一次，我知道自己来不及了。我跑回病房至少需要五六分钟，她跳下来，只要一秒。我挥舞手臂,扯着嗓子朝她大喊,叫她马上回房间,千万不要冲动,一切等我回来再说。

城市的喧嚣掩盖了我的声音,马丽似乎没听见,一脸无动于衷,眼睛却居高临下地看着我。

隔着遥远的距离,我却清楚地看见了马丽的瞳孔,恍若就在眼前。她瞳孔里是有色彩的,红色的是火烧云,橙色的是月亮,黄色的是梅子雨,绿色的是杨柳风,青色的是河边草,蓝色的是极光,紫色的是闪电。大自然中最美的风景都被她摄进了小小的瞳孔里。她眼里还有韭菜园,有香樟树,有哥特式教堂,有林场,有神鼎峰,有白塔,有绿皮火车,有岛,有候鸟,有那个喜欢双手插在裤兜,用口哨吹《光阴的故事》的少年。

马丽的这种眼神我太熟悉了,十三年前就见过。清清亮亮的,没有丝毫杂质,能一眼看到底,像从我老家门前流过的汨罗江。还散发出《离骚》和楚辞的韵味,即使她当时什么都看不见。但这一缕光太微弱了,如同我小时候装在蓝墨水瓶里的萤火虫,总是被漫山遍野的黑暗吞没。十三年前,就是这种眼神令少年热血的我怦然心动,我渴望保护那缕孱弱的光不被风吹灭。可那时年少懵懂的我并不知道,还有一种黑,即使是闪电也难以劈开。那就是人性的阴暗,如同一个深不可测的黑洞,能把所有物质,包括粒子和可见光,全都吞噬进去,渣都不剩。

每个人身边都游离着无数暗物质,当这些暗能量聚集在一起,在某种特殊条件的催化下,就会形成黑洞。可怕的是,这种黑洞往往被折叠起来，藏在隐秘的角落里，肉眼不可察。王欢、唐胜龙、吴迪、秦皓、梁树宽，都是被这种黑洞吞噬的。现在，马丽也坐在了黑洞边缘，而我无力阻止。就像我无力阻止黑夜降临，无力阻止季节的变幻和候鸟的归期。

马丽的身体忽然前倾，围观的人群尖叫起来。我呼吸着锯齿状的风，喉咙里像是塞进去了一大团水草，再也喊不出声音来。马丽跳了下来，如同一只断翅的候鸟。她背着屋顶上那个巨大的十字架，张开双臂，像是背负着一副枷锁。我痛苦地扭过头去，竖起衣领遮住耳朵，遮住这个世界的一切声音。我的视网膜仿佛脱落了，眼里瞬间汹涌着一片海。我的心脏似乎被什么啮齿动物狠狠咬了一口，疼得我浑身直哆嗦。悲伤和绞痛从每个毛细孔溢了出来，一直溢到了大街上。慢慢地，我眼里那片海变成了红色，不断翻滚着喧哗着，我甚至闻到了一股浓浓的血腥味。我点了一根烟，木然地站立在人行道上。坠落在我身后的不只是一具血肉之躯，还有一段岁月。一段尘封在时间胶囊里的，再也回不去的岁月。我觉得自己的整个少年时代，还有逆光生长的秘密，全都浓缩在十三年前那个奇异的夏天里。风，吹动楼顶的积雪，一片片六角形的星状结晶体，手舞足蹈地飘到大街上，飘到我跟前。我忘了抽烟，忘了人间。那些白色的晶状体穿过我的黑发，我的胸腔，落到了我的灵魂里。

我伸手攥住一片雪花。

久久不愿松开。

再次登上鸟岛,是一年后,还是一个阳光和雪花同时飞舞的日子。渡轮到达码头时拉响了汽笛,呜呜咽咽,有些变调,像是从扭曲的时空里传出来的。灯塔早已爆破拆除,渔村的房子全部消失,成了一片湿地。天色蓝白相间,像刚洗过的牛仔裤。湖面倒映着流云,忽而清晰忽而模糊,如同埋在岁月深处的往事。游客比以前多了许多,四处观光拍照。但没有人知道,这里曾经发生过一桩惊心动魄的刑事大案。更没有人知道,案子背后那段被霰弹撕碎的爱情。

周雨彤像只果蝇一样在我旁边嗡嗡转悠,说,齐队,小姨给我介绍了个男朋友,约了今天吃晚餐,我们一起去吧,你帮我参考参考。我举着手机,兀自拍摄刚刚落在椿树叶尖上的雪花。周雨彤说,那个男的刚从伦敦留学回来,读的MBA。我转身去拍吹过芦苇的风,周雨彤锲而不舍地说,他身高一米八四,体重七十五公斤,皮肤比较白。我又开始拍湖面氤氲的水汽,周雨彤把刘海往耳根后拢了拢,夹杂着水汽的风吹在她脸上,像敷了一层面膜。她继续说,他是双眼皮,但戴眼镜,四百多度,鼻子坚挺,就是嘴唇厚了一点点。

我把镜头对准了脚下的湖面,一只水螅在展露凌波微步的绝技。

我问周雨彤,他犯什么罪了?这种体貌特征还是很明显的,应该好逮着。周雨彤怔住了,气得嘟起了小嘴。她觉得我心不在焉，完全把她的话当成了耳边风。她说，他什么事都没犯，是你脑子犯迷糊了。我说的不是犯罪嫌疑人，是小姨给我介绍的男朋友！我还是那副没心没肺的样子，说，哦，这样啊，听上去还凑合。我转而去拍一朵云，像葵花。周雨彤重复了一遍自己的请求，她盼着我答应，更盼着我凶巴巴地对她说，去什么去，我不去，你也不许去！但我没说，我的目光被湖畔的一群候鸟吸引住了。我不断地按下相机快门，自言自语，它们是天生的艺术家——白鹳跳的是芭蕾，黑天鹅跳的是探戈。小周快看，那两只白琵鹭跳的像不像伦巴？小白额雁像唱花鼓戏的，唱的还是花旦。绿头鸭喜欢扎堆，像跳广场舞。

周雨彤气呼呼地问，齐队，听我说话你能不能走点儿心？我回头看向她，有些发愣，第一次见这丫头冲我发火。周雨彤像只求偶的白天鹅，声音高亢地说，你真行，都成候鸟讲解员了，名字都背得滚瓜烂熟。齐鲁，你给我交个底，是不是还惦记着马丽？都一年了，该放下了。谁没有年少轻狂过，谁成长的时候没有任性傲娇过？她的死，不是你的错。

周雨彤说着说着，竟然哭了。

我用掌根抹掉她的眼泪说，都大姑娘了，还哭鼻子。幸好没穿制服，不然丢死人了。你瞅瞅，那些候鸟都在笑你呢，笑得可欢了。周雨彤泪眼婆娑地说，你还没回答我的问题呢。我迟疑了一下说，给我一点儿时间好吗？周雨彤问，是想多点儿时间来忘掉她吗？我摇头说，不是为了遗忘，有些东西是永远忘不掉的。

周雨彤问，那是为了什么？我看着雪花说，为了找回，找回曾经走失的我。周雨彤没听太懂，但还是点了点头。黑色的瞳孔里闪烁着斑斓的色彩。我心头一阵悸动，她认真的样子，像极了那个眼里曾经有光的女孩。

已经是黄昏了，这是洞庭湖区一天中最美的时刻。落霞就像一幅波澜壮阔的大红湘绣，每一道针脚都巧夺天工。那些飞鸟点缀其中，与湘绣浑然一体。我捡起一块残破的琉璃瓦当，打了个水漂。瓦当像长了翅膀的候鸟，贴着湖面飞行。从玛丽那个岛，一直飞，飞过洞庭湖，飞过湘江，飞过白塔和韭菜园。

飞过黑暗，飞向十三年前的夏天。

飞进一个深邃而奇幻的秘密胶囊里。